# BEEMOTE
## — A REVOLUÇÃO —

# Obras do autor publicadas pela Galera Record

*Tão ontem*

SÉRIE VAMPIROS EM NOVA YORK
*Os primeiros dias*
*Os últimos dias*

SÉRIE FEIOS
Volume 1 – *Feios*
Volume 2 – *Perfeitos*
Volume 3 – *Especiais*
Volume 4 – *Extras*

SÉRIE LEVIATÃ
Volume 1 – *Leviatã: A missão secreta*
Volume 2 – *Beemote: A revolução*

# SCOTT WESTERFELD

# • BEEMOTE •
## — A REVOLUÇÃO —

Ilustrações de
KEITH THOMPSON

Tradução de
ANDRÉ GORDIRRO

1ª edição

GALERA RECORD
RIO DE JANEIRO • SÃO PAULO
2013

CIP-BRASIL. CATALOGAÇÃO NA FONTE
SINDICATO NACIONAL DOS EDITORES DE LIVROS, RJ

W539b

Westerfeld, Scott, 1963-
  Beemote / Scott Westerfeld ; ilustrado por Keith Thompson ; tradução André Gordirro. – Rio de Janeiro : Galera Record, 2013.
  il. (Leviatã ; 2)

  Tradução de: Leviathan
  Sequência de: Leviatã
  ISBN 978-85-01-09752-1

  1. Ficção infantojuvenil americana. I. Thompson, Keith. II. Gordirro, André. III. Título. IV. Série.

13-1470
CDD: 028.5
CDU: 087.5

Título original em inglês:
*Behemoth*

Copyright © 2009, 2010, 2011 by Scott Westerfeld

Publicado primeiramente por Simon Pulse, uma marca Simon & Schuster's Children's Publishing Division.
Os direitos desta tradução foram negociados com
Jill Grinberg Literary Management LLC e Sandra Bruna Agencia Literaria, SL.

Todos os direitos reservados.
Proibida a reprodução, no todo ou em parte, através de quaisquer meios.
Os direitos morais do autor foram assegurados.

Texto revisado segundo o novo Acordo Ortográfico da Língua Portuguesa.

Composição de miolo: Renata Vidal da Cunha

Direitos exclusivos de publicação em língua portuguesa somente para o Brasil adquiridos pela
EDITORA RECORD LTDA.
Rua Argentina, 171 – Rio de Janeiro, RJ – 20921-380 – Tel.: 2585-2000,
que se reserva a propriedade literária desta tradução.

Impresso no Brasil
ISBN 978-85-01-09752-1

Seja um leitor preferencial Record.
Cadastre-se e receba informações sobre
nossos lançamentos e nossas promoções.

Atendimento e venda direta ao leitor:
mdireto@record.com.br ou (21) 2585-2002.

EDITORA AFILIADA

PARA JUSTINE:
9 ANOS, 17 LIVROS E CONTANDO

# ● UM ●

**ALEK ERGUEU A ESPADA.**

— Em guarda, senhor!

Deryn levantou a própria arma enquanto estudava a postura de Alek. Os pés dele estavam abertos em ângulos retos, o braço esquerdo se projetava das costas como a asa de uma xícara. A armadura de esgrima fazia com que Alek parecesse com um edredom ambulante. Mesmo com a espada apontada diretamente para Deryn, ele parecia um bobo berrante.

— Eu tenho que ficar *assim*? — perguntou ela.

— Se você quiser ser um perfeito esgrimista, sim.

— Um perfeito idiota, isso sim — murmurou Deryn, que novamente desejou que a primeira aula fosse um pouco menos pública. Uma dezena de tripulantes estava assistindo, juntamente com um par de curiosos farejadores de hidrogênio. Porém, o Sr. Rigby, o contramestre, proibira lutas de espada dentro da aeronave.

Ela suspirou, ergueu o sabre e tentou imitar a postura de Alek.

Era um belo dia no topo do *Leviatã*, pelo menos. A aeronave deixara a península italiana para trás na noite anterior, e o mar calmo se estendia por todos os lados, o sol da tarde espalhava diamantes por sua superfície. Gaivotas davam voltas no céu, levadas pela brisa fresca do oceano.

Melhor de tudo, não tinha oficiais ali em cima para lembrar Deryn de que estava de serviço. Havia rumores de dois encouraçados alemães à espreita por perto, e Deryn deveria ficar de olho em sinais do aspirante Newkirk, que estava pendurado em um ascensor Huxley a 600 metros acima deles.

Mas ela não estava fazendo corpo mole, na verdade. Havia apenas dois dias, o capitão Hobbes dera ordens para que Deryn ficasse de olho em Alek e descobrisse o que fosse possível. Certamente uma missão secreta do capitão em pessoa era mais importante que seus deveres habituais.

Talvez fosse idiotice que os oficiais ainda considerassem Alek e seus homens como inimigos, mas pelo menos isso dava uma desculpa para Deryn passar um tempo com ele.

— Pareço um bobalhão? — perguntou Deryn a Alek.

— Com certeza, Sr. Sharp.

— Bem, o senhor também, então! Seja lá como se fala bobalhão em mekanistês.

— A palavra é *"Dummkopf"* — disse ele. — Mas *eu* não pareço um bobalhão porque minha postura não é horrível.

Ele abaixou o sabre, se aproximou e ajustou os braços e pernas de Deryn como se ela fosse um manequim em uma vitrine.

— Mais peso no pé de apoio — falou Alek ao afastar mais as botas de Deryn —, para que você possa tomar impulso quando atacar.

Alek estava bem atrás dela agora, com o corpo bem colado ao ajustar o braço da espada. Ela não tinha percebido que esse negócio de esgrima seria tão cheio de toques.

Ele pegou na cintura de Deryn, que sentiu um arrepio na pele.

Se Alek subisse mais as mãos, poderia notar o que estava escondido debaixo da costura que ela fez com cuidado.

"AULAS MARCIAIS NA ESPINHA."

— Sempre fique de lado para o oponente — disse ele ao girá-la com delicadeza. — Dessa maneira, seu peito oferece o menor alvo possível.

— Certo, o menor alvo possível — suspirou Deryn. Seu segredo estava a salvo, ao que parecia.

Alek se afastou e retomou a própria postura, de forma que as pontas das espadas quase se tocaram. Deryn respirou fundo, pronta para lutar finalmente.

Porém, Alek não se mexeu. Longos segundos se passaram, os novos motores da aeronave roncaram sob seus pés, as nuvens passaram lentamente pelo céu.

— Nós vamos lutar? — perguntou Deryn, finalmente. — Ou só vamos nos *encarar* até a morte?

— Antes que um esgrimista cruze espadas, ele tem que aprender essa postura básica, mas não se preocupe — Alek deu um sorriso cruel —, nós não ficaremos aqui mais do que uma hora. Esta é apenas sua primeira aula, afinal de contas.

— O quê? Uma hora berrante inteira sem se mexer? — Os músculos de Deryn já reclamavam, e ela notou que os tripulantes seguravam o riso. Um dos farejadores de hidrogênio se aproximou de mansinho para fungar sua bota.

— Isso não é nada — disse Alek. — Quando comecei a treinar com o conde Volger, ele nem sequer me deixava segurar uma espada!

— Bem, esta parece ser uma maneira idiota de ensinar alguém a lutar com espada.

— Seu corpo precisa aprender a postura adequada, caso contrário você cederá aos maus hábitos.

Deryn soltou um muxoxo de desdém.

— É de imaginar que *não se mexer* em uma luta seria um mau hábito! E se nós estamos apenas parados aqui, por que você está de armadura?

Alek não respondeu, apenas franziu os olhos com o sabre imóvel no ar. Deryn notou que a ponta da própria espada tremia. Ela trincou os dentes.

Claro que o berrante *príncipe* Alek aprendera a lutar da maneira perfeita. Até onde Deryn sabia, a vida inteira de Alek fora uma procissão de mestres. O conde Volger, seu professor de esgrima, e Otto Klopp, o professor de mekânica, podiam ser os únicos mestres que o acompanhavam agora que ele estava em fuga, mas na época em que o príncipe viveu no castelo da família Habsburgo, devia ter havido mais uma dezena de professores, todos enchendo a cachola de Alek com lero-lero: línguas antigas, costumes de salão e superstições mekanistas. Não era de admirar que ele achasse que ficar parado como um par de jarros era educativo.

Mas Deryn não se deixaria superar por um príncipe esnobe qualquer.

Então ela ficou ali encarando Alek, perfeitamente imóvel. Conforme os minutos se arrastaram, o corpo enrijeceu, os músculos começaram a latejar. E era pior dentro do cérebro, onde o tédio virava raiva e frustração, e o ronco dos motores mekanistas da aeronave transformavam a cabeça de Deryn em uma colmeia.

A parte mais difícil era sustentar o olhar de Alek. Os olhos verde-escuros do príncipe permaneciam fixos no olhar de Deryn, tão firmes quanto a ponta de sua espada. Agora que conhecia os segredos de Alek — o assassinato dos pais, o sofrimento de deixar o lar para trás, o fardo cruel das disputas de sua família terem começado essa guerra horrível —, Deryn conseguia enxergar a tristeza por trás daquele olhar.

Ocasionalmente, ela via os olhos de Alek brilharem com lágrimas, que eram contidas apenas por um orgulho implacável. E, às vezes, quando eles disputavam coisas estúpidas, como quem conseguia escalar as enxárcias mais rápido, Deryn quase sentia vontade de deixá-lo vencer.

Mas ela jamais poderia dizer essas coisas em voz alta, não como um garoto, e Alek jamais a encararia nos olhos dessa maneira outra vez se algum dia descobrisse que ela era uma menina.

— Alek... — começou ela.

— Precisa de um descanso? — O sorrisinho irônico de Alek afastou os pensamentos caridosos de Deryn.

— Vá se catar. Só estava pensando, o que vocês mekanistas farão quando chegarmos à Constantinopla?

A ponta da espada de Alek tremeu por um momento.

— O conde Volger pensará em alguma coisa — respondeu ele. — Sairemos da cidade o quanto antes, imagino. Os alemães jamais procurarão por mim nas florestas do Império Otomano.

Deryn deu uma olhadela para o horizonte vazio à frente. O *Leviatã* poderia chegar à Constantinopla ao alvorecer do dia seguinte, e ela conhecera Alek havia apenas seis dias. Será que ele iria embora assim rápido?

— Não que seja tão ruim aqui — falou Alek. — A guerra parece mais distante do que jamais pareceu na Suíça, mas eu não posso permanecer voando para sempre.

— Não, não creio que possa — disse Deryn ao concentrar o olhar na ponta das espadas. O capitão podia não saber quem fora o pai de Alek, mas era óbvio que o garoto era austríaco. Era apenas uma questão de tempo até que a Áustria-Hungria entrasse oficialmente em guerra contra a Grã-Bretanha, e então o capitão jamais deixaria os mekanistas irem embora.

Não seria justo considerar Alek um inimigo depois de ele ter salvado a aeronave em duas ocasiões até agora. Uma vez, ele salvou o *Leviatã* de uma morte gelada ao dar comida para os tripulantes, e a segunda vez, Alek resgatou a nave dos alemães ao entregar os motores que permitiram que todos escapassem.

Os alemães ainda caçavam Alek e tentavam terminar o serviço que começaram com seus pais. *Alguém* tinha que ficar ao lado dele...

E, como Deryn aos poucos admitiu para si mesma nos últimos dias, ela não se importava que esse alguém acabasse sendo ela.

Um movimento no céu chamou sua atenção, e Deryn deixou o dolorido braço da espada cair.

— Rá! — disse Alek. — Já chega para você?

— É o Newkirk — falou ela, enquanto tentava entender os sinais frenéticos do garoto.

As bandeirolas de sinalização passaram as letras outra vez, e lentamente a mensagem se formou na mente dela.

— Dois conjuntos de chaminés a 65 quilômetros de distância — disse Deryn, enquanto pegava o apito de comando. — São os encouraçados alemães!

Ela se viu dando um sorrisinho ao apitar. Constantinopla teria que esperar um tiquinho.

O uivo de alerta se espalhou rapidamente, foi passando de um farejador de hidrogênio para o outro. Em pouco tempo, toda a aeronave ecoava com os berros dos monstrinhos.

Os tripulantes lotaram a espinha, onde armaram as armas de ar comprimido e levaram bolsas com comida para os morcegos-dardos. Farejadores dispararam pelas enxárcias e procuraram por vazamentos na pele do *Leviatã*.

Deryn e Alek operaram o guincho do Huxley para trazer Newkirk para perto da nave.

— Vamos deixá-lo a 300 metros — falou Deryn, enquanto observava as marcas de altitude no cabo. — Aquele mané sortudo. Dá para ver a batalha inteira lá de cima!

— Mas não será uma grande batalha, não é? — perguntou Alek. — O que uma aeronave pode fazer contra um par de encouraçados?

— Acho que ficaremos absolutamente imóveis por uma hora, apenas para não cedermos aos maus hábitos.

Alek revirou os olhos.

— Estou falando sério, Dylan. O *Leviatã* não tem artilharia pesada. Como nós lutaremos contra eles?

— Um grande respirador de hidrogênio pode fazer muita coisa. Temos algumas bombas aéreas sobrando, e morcegos-dardos... — As palavras de Deryn foram sumindo. — Você disse "nós"?

— Perdão?

— Você acabou de dizer "como *nós* lutaremos contra eles?". Como se fosse um de nós!

— Creio que possa ter dito. — Alek olhou para as botas. — Meus homens e eu *estamos* servindo a bordo desta nave, afinal de contas, mesmo que vocês sejam um bando de darwinistas ateus.

Deryn sorriu novamente ao prender o cabo do Huxley.

— Garanto que vou mencionar isso ao capitão da próxima vez que ele perguntar se você é um espião mekanista.

— Como você é gentil — falou Alek, que depois ergueu os olhos para encarar os dela. — Mas esta é uma boa questão: será que os oficiais confiarão na gente na batalha?

— Por que não confiariam? Você salvou a nave e deu os motores de seu Stormwalker para nós!

— Sim, mas se não tivesse sido tão generoso, ainda estaríamos presos naquela geleira com vocês. Ou em uma prisão alemã, mais provavelmente. Não foi exatamente uma doação por amizade.

Deryn franziu a testa. Talvez as coisas *fossem* um tiquinho mais complicadas agora, com a proximidade da batalha. Os homens de Alek e a tripulação do *Leviatã* se tornaram aliados praticamente por acidente, e havia apenas alguns dias.

— Você apenas prometeu nos ajudar a chegar ao Império Otomano, creio eu — falou Deryn com delicadeza. — Não prometeu lutar com outros mekanistas.

Alek concordou com a cabeça.

— Isso é o que os seus oficiais pensarão.

— Sim, mas o que *você* está pensando?

— Nós cumpriremos ordens. — Ele apontou para a proa. — Viu aquilo? Klopp e Hoffman já estão trabalhando.

Era verdade. As nacelas dos motores de ambos os lados da cabeça do grande aeromonstro roncavam mais alto e soltavam duas grossas colunas de gases de escapamento no ar. Entretanto, ver os motores mekanistas em uma aeronave darwinista era apenas outro sinal da estranha aliança em que o *Leviatã* se metera. Comparado aos minúsculos motores feitos na Grã-Bretanha que a nave foi projetada para levar, eles soavam e fumegavam como locomotivas.

— Talvez esta seja uma chance para você provar seu valor — disse Deryn. — Deveria ir ajudar seus homens. Precisaremos de boa velocidade para pegar aqueles encouraçados ao anoitecer. — Ela deu um tapinha no ombro de Alek. — Mas não morra.

— Vou tentar não morrer. — Alek sorriu e prestou continência. — Boa sorte, Sr. Sharp.

Ele deu meia-volta e correu pela espinha.

Ao vê-lo ir embora, Deryn imaginou o que os oficiais lá embaixo na ponte estariam pensando. Lá estava o *Leviatã*, entrando em combate com motores novos e pouco testados, operados por homens que, na verdade, deveriam estar lutando do outro lado.

Mas o capitão não tinha muita escolha, tinha? Ele podia confiar nos mekanistas ou ser levado indefeso pela brisa. E Alek e seus homens precisavam se juntar à luta ou perderiam os únicos aliados.

Deryn suspirou e se perguntou como esta guerra havia ficado tão confusa.

# ⬢ DOIS ⬢

**AO DISPARAR NA DIREÇÃO DOS MOTORES,** Alek se perguntou se Dylan dissera toda a verdade.

Parecia errado correr para se juntar a esse ataque. Alek e seus homens lutaram contra os alemães — até mesmo contra compatriotas austríacos —, uma dezena de vezes enquanto fugiam para a Suíça. Mas a situação agora era diferente — esses encouraçados não o prejudicavam.

De acordo com as transmissões de rádio que o conde Volger ouvira escondido, os dois navios ficaram presos no Mediterrâneo no começo da guerra. Com o controle britânico do estreito de Gibraltar e do canal de Suez, não houve jeito de eles retornarem à Alemanha. Os encouraçados permaneceram fugindo no decorrer da última semana.

Alek conhecia a sensação de ser perseguido, estar preso a uma briga que outra pessoa qualquer começara. Mas lá estava ele, pronto para ajudar os darwinistas a despachar dois navios repletos de homens cheios de vida para as profundezas do oceano.

O enorme monstro rolou debaixo dos pés de Alek, os cílios que cobriam os flancos ondularam como grama ao vento enquanto ele fazia uma curva lenta. Pássaros fabricados voaram em volta de Alek, alguns já equipados com instrumentos de guerra.

Esta era outra diferença. Desta vez ele lutaria lado a lado com essas criaturas. Alek fora educado para acreditar que elas eram abominações hereges, mas após quatro dias a bordo da aeronave, os guinchos e gritos começaram a soar naturais. Exceto pelos horríveis morcegos-dardos, monstros fabricados podiam até ser bonitos.

Será que ele estava virando um darwinista?

Quando chegou à espinha acima das nacelas dos motores, Alek desceu pelas enxárcias de bombordo. A aeronave se inclinou para subir, o mar despencou debaixo de Alek. As cordas estavam escorregadias com o ar salgado, e, enquanto ele se esforçava para não cair, as questões de lealdade fugiram da mente.

No momento em que chegou à nacela do motor, Alek estava ensopado de suor e desejou não estar usando a armadura de esgrima.

Otto Klopp estava nos controles, seu uniforme da Guarda dos Habsburgo tinha uma aparência esfarrapada depois de seis semanas longe de casa. Ao lado dele estava o Sr. Hirst, o engenheiro-chefe do *Leviatã*, que observava a máquina barulhenta com um toque de desgosto. Alek tinha que admitir que os agitados pistons e as velas que soltavam faíscas pareciam bizarros ao lado do flanco ondulante do aeromonstro, como mecanismos presos às asas de uma borboleta.

— Mestre Klopp — berrou Alek, mais alto que o barulho. — Como a nave está funcionando?

O velho ergueu os olhos dos controles.

— Bem o suficiente para esta velocidade — respondeu. — O senhor sabe o que está acontecendo?

Obviamente, Otto Klopp não falava quase nada de inglês. Mesmo que um lagarto-mensageiro subisse com notícias para a nacela, ele não saberia por que a aeronave estava alterando o curso. Tudo o que tinha visto eram códigos coloridos disparados da ponte para a listra de sinalização, ordens a serem cumpridas.

— Nós detectamos dois encouraçados alemães. — Alek fez uma pausa; ele usou "nós" de novo? — A nave está perseguindo.

Klopp franziu a testa, ruminou as notícias por um instante, depois deu de ombros.

— Bem, os alemães não fizeram favor algum para nós ultimamente, mas também é verdade, jovem mestre, que podemos estourar um piston a qualquer momento.

Alek olhou para as engrenagens que giravam. Os motores recém-reconstruídos ainda estavam temperamentais, a toda hora davam algum problema inesperado. A tripulação jamais saberia se uma pane temporária era intencional.

Mas esta não era a hora de trair os novos aliados.

Por mais que dissessem que Alek salvara o *Leviatã*, a aeronave é que realmente o tinha salvado. O plano do Pai fora que Alek se escondesse nos Alpes Suíços enquanto a guerra durasse e só saísse para revelar seu segredo — que ele era o herdeiro do trono da Áustria-Hungria. A queda da aeronave o resgatara de passar anos escondido na neve.

Alek tinha uma dívida com os darwinistas por ter sido resgatado por eles e por confiarem em seus homens para operar esses motores.

— Vamos torcer para que isto não aconteça, Otto.

— Como o senhor mandar.

— Algo errado? — perguntou o Sr. Hirst.

Alek passou a falar em inglês:

— Nada. Mestre Klopp disse que a nave está funcionando bem. Creio que o conde Volger foi designado para a equipe dos motores de estibordo. Devo ficar aqui para traduzir para vocês dois?

O engenheiro-chefe entregou para Alek um par de óculos de proteção a fim de resguardar seus olhos das fagulhas e do vento.

— Por favor, fique — pediu ele. — Nós não queremos algum... malentendido no calor da batalha.

— Claro que não. — Alek colocou os óculos e se perguntou se o Sr. Hirst notara a hesitação de Klopp. Como engenheiro-chefe da aeronave, Hirst era um raro darwinista que entendia de máquinas. Ele sempre observava o trabalho de Klopp nos motores mekanistas com admiração, embora os dois não falassem a mesma língua. Não havia sentido em levantar suspeitas da parte dele agora.

Com sorte, essa batalha acabaria rápido, e eles poderiam prosseguir para Constantinopla sem atraso.

Quando a noite caiu, dois finos objetos escuros surgiram no horizonte.

— Aquele pequeno não é grande coisa — falou Klopp ao abaixar o binóculo de campanha.

Alek pegou o binóculo e olhou por ele. O encouraçado menor já estava avariado. Uma das torres de canhões tinha sido escurecida por um incêndio, e o navio deixava uma mancha de óleo como rastro, um arco-íris negro que cintilava no sol poente.

— Eles já estiveram em combate? — perguntou Alek ao Sr. Hirst.

— Sim, eles estão sendo caçados pela Marinha por todo o Mediterrâneo. Levaram tiros algumas vezes de longe, mas continuam escapando. — O homem sorriu. — Mas não escaparão desta vez.

— Eles certamente não conseguem correr de nós — falou Alek. O *Leviatã* havia percorrido uma distância de 60 quilômetros em poucas horas.

— E também não podem revidar — falou o Sr. Hirst. — Estamos muito altos para que nos acertem. Tudo que temos que fazer é retardá-los. A Marinha já está a caminho.

Um estrondo ecoou lá em cima na espinha, e uma revoada de asas negras decolou da frente da aeronave.

— Eles estão mandando os morcegos-dardos primeiro — falou Alek para Klopp.

— Que tipo de criatura herege é essa?

— Eles comem pregos. — Foi tudo que Alek pôde dizer. Sentiu um arrepio.

A revoada começou a se juntar e formar uma nuvem negra no ar. Faróis foram ligados na gôndola, e conforme a luz do sol ia embora, os morcegos se reuniam nos fachos como mariposas.

O *Leviatã* perdera inúmeros monstros nas batalhas recentes, mas a aeronave aos poucos se consertava. Mais morcegos já estavam procriando, como uma floresta que se recuperava após uma longa temporada de caça. Os darwinistas chamavam a nave de um "ecossistema".

De longe, havia algo fascinante sobre a maneira como o enxame negro se agitava nos faróis. Eles se enroscavam na direção do encouraçado menor, prontos para liberar a chuva de pregos de metal. A maior parte da tripulação estaria a salvo debaixo da blindagem, mas os homens na artilharia leve do convés seriam despedaçados.

— Por que começar com morcegos? — perguntou Alek para Hirst.

— Os dardos não afundarão um encouraçado.

— Não, mas eles vão rasgar as bandeirolas de sinalização e cabos de rádio. Se pudermos evitar que os dois navios se comuniquem, será menos provável que eles se separem e tentem fugir.

Alek traduziu para Klopp, que apontou o horizonte e falou:

— O grandão está mudando o rumo.

Alek ergueu o binóculo novamente e levou um momento para encontrar a silhueta do navio maior contra o horizonte que escurecia. Só conseguiu ler o nome no costado — o *Goeben* parecia bem mais formidável que seu companheiro. Ele tinha três grandes torres de canhões e um par de catapultas lançadoras de girocópteros, e o formato do rastro na água revelou um conjunto de braços antikraken sob a superfície.

No convés de popa, havia algo estranho — uma torre alta coberta por cabos de metal, como uma dúzia de transmissores de rádio enfiados no mesmo lugar.

— O que é aquilo na traseira? — perguntou Alek.

Klopp pegou o binóculo e observou. Ele trabalhava com forças alemãs por anos e geralmente tinha uma opinião inteligente sobre questões militares. Porém, neste momento, Klopp franziu a testa e falou com uma voz hesitante:

— Não tenho certeza. Aquilo me lembra um brinquedo que vi uma vez... — Klopp apertou mais o binóculo. — Ele está lançando um girocóptero!

Uma pequena forma foi disparada no ar de uma das catapultas. Ela se inclinou de lado e desceu zumbindo na direção dos morcegos.

— O que ele vai fazer? — perguntou Klopp, baixinho.

Alek observou com a testa franzida. Girocópteros eram máquinas frágeis, mal tinham força para levar um piloto. Foram feitas para patrulha, não para ataque, mas a pequena aeronave se dirigia diretamente para a nuvem de morcegos, com os dois rotores girando freneticamente.

Ao se aproximar da revoada agitada, o girocóptero subitamente acendeu na escuridão. Rajadas de fogo foram disparadas da ponta da aeronave, um jato escarlate de fogos de artifício brilhantes cruzou o céu.

Alek se lembrou de algo que Dylan dissera sobre os morcegos — que eles sentiam um medo mortal de luz vermelha; ficavam assustadíssimos.

O jato de fogo rasgou a revoada e espalhou morcegos em todas as direções. Segundos depois, a nuvem desaparecera como um dente-de-leão negro em uma lufada de vento.

O girocóptero tentou mudar de direção, mas ficou preso sob uma onda de morcegos em fuga. Alek viu os dardos caírem e brilharem sob a luz dos faróis, e o girocóptero começou a estremecer em pleno ar. As pás dos rotores foram arrancadas e destruídas, a energia remanescente destroçou a delicada estrutura.

Alek observou a máquina voadora cair do céu e desaparecer em um pequeno respingo branco na superfície escura do oceano. Ele se perguntou se o pobre piloto sobrevivera ao ataque dos dardos a tempo de sentir o frio da água.

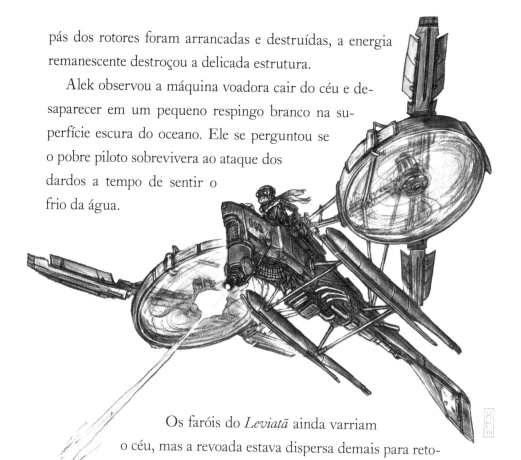

Os faróis do *Leviatã* ainda varriam o céu, mas a revoada estava dispersa demais para retomar o ataque. Pequenas silhuetas agitadas já retornavam para a aeronave.

Klopp abaixou o binóculo.

— Os alemães têm alguns truques novos, ao que parece.

— Eles sempre têm. — Alek conseguiu dizer enquanto olhava para as ondulações que se espalhavam a partir do ponto onde o girocóptero havia caído.

— Ordens chegando — falou o Sr. Hirst ao apontar para a listra de sinalização. Ela ficara azul, o sinal para diminuir o motor. Klopp ajustou os controles e lançou um olhar de questionamento a Alek.

— Nós vamos desistir do ataque? — perguntou Alek, em inglês.

— É claro que não — disse o Sr. Hirst. — Apenas mudaremos de curso. Creio que vamos ignorar o *Breslau* por enquanto e iremos atrás do grandão. Só para garantir que outro girocóptero não nos incomode com aqueles fogos de artifício.

Alek prestou atenção ao barulho contínuo da nave por um momento. O motor de estibordo ainda estava a toda e conduzia o *Leviatã* em uma curva lenta na direção do *Goeben*. A batalha ainda não havia acabado. Mais homens morreriam naquela noite.

Ele voltou a olhar para o giro das engrenagens do motor. Klopp poderia pará-las de uma dezena de formas sutis. Uma palavra de Alek seria o suficiente para encerrar esta batalha.

Porém, ele prometera a Dylan que lutaria de maneira leal. E após jogar fora seu esconderijo, o Stormwalker e o ouro do Pai para conquistar esses aliados darwinistas, parecia um absurdo traí-los agora.

Ele sabia que o conde Volger concordaria. Como herdeiro do trono da Áustria-Hungria, Alek tinha o dever de sobreviver. E sobreviver em um campo inimigo não começava por motim.

— O que acontece agora? — perguntou a Hirst.

O engenheiro-chefe tirou o binóculo de campanha de Klopp.

— Não perderemos mais tempo rasgando as bandeirolas de sinalização do inimigo, isso é garantido. Provavelmente atacaremos com bombas aéreas, que um girocóptero não consegue deter.

— Nós vamos bombardeá-los — traduziu Alek para Klopp. — Eles estão indefesos.

O homem apenas concordou com a cabeça e ajustou os controles. A listra de sinalização ficou vermelha novamente. O *Leviatã* encontrou o rumo.

# ◈ TRÊS ◈

**O *LEVIATÃ* LEVOU LONGOS MINUTOS** para finalmente chegar perto do *Goeben*.

Os canhões do navio trovejaram uma vez e cuspiram fogo e fumaça no céu de noite, mas o Sr. Hirst estava certo — os projéteis passaram bem abaixo do *Leviatã* e levantaram colunas brancas de água a quilômetros de distância.

Conforme o *Leviatã* se aproximava, Alek observou o navio alemão pelo binóculo de campanha. Homens corriam pelos conveses do encouraçado e cobriam a artilharia leve com o que pareciam ser pesadas lonas pretas. As coberturas emitiam um brilho fosco nos últimos resquícios do poente, como se fossem de plástico ou couro. Alek se perguntou se eles haviam criado alguma espécie de novo material forte o suficiente para deter dardos.

Mas plástico algum era capaz de parar explosivos de alta potência.

Os homens no encouraçado mal pareciam preocupados, porém. Não havia botes salva-vidas de prontidão, e o segundo girocóptero permanecia na catapulta com os rotores amarrados contra o vento. Em pouco tempo, ele também foi protegido com a lustrosa cobertura negra.

— Jovem mestre — falou Klopp —, o que está acontecendo no convés de popa?

Alek virou o binóculo de campanha e viu luzes piscarem no topo da estranha torre de metal do encouraçado.

Ele forçou mais a vista. Havia homens trabalhando na base da torre, vestidos em uniformes feitos do mesmo material negro e lustroso que cobria os canhões do convés. Eles andavam lentamente, como se estivessem envolvidos por uma camada fresca de piche.

Alek franziu a testa.

— Olhe, mestre Klopp — pediu ele. — Rápido, por favor.

Quando o velho pegou o binóculo de campanha, as luzes piscantes ficaram mais intensas; Alek foi capaz de vê-las a olho nu agora. Brilhos cintilantes corriam pelos suportes da torre, como cobras nervosas feitas de relâmpago...

— Borracha — falou Alek, baixinho. — Eles estão protegendo tudo com borracha. Aquela torre inteira deve estar carregada de eletricidade.

Klopp praguejou.

— Eu devia ter percebido, mas eles nos mostraram apenas brinquedos e modelos de demonstração, nunca um tão grande assim!

— Modelos *de quê*?

O velho abaixou o binóculo.

— É um canhão Tesla — respondeu. — Um de verdade.

Alek balançou a cabeça.

— Como o Sr. Tesla, o homem que inventou o rádio? Você quer dizer que aquilo é uma torre de transmissão?

— Esse mesmo Sr. Tesla, jovem mestre, mas aquilo não é um transmissor. — O rosto de Klopp estava pálido. — É uma arma, um gerador de relâmpagos.

Alek olhou horrorizado para a torre cintilante. Como Dylan sempre dizia, o relâmpago era o inimigo natural de uma aeronave. Se eletricidade

[ 26 ]

pura corresse na pele da aeronave, até mesmo o menor vazamento de hidrogênio poderia entrar em combustão.

— Já estamos ao alcance?

— Os geradores que vi mal conseguiam acertar um tiro do outro lado de uma sala — disse Klopp. — Eles apenas provocavam formigamento nos dedos ou deixavam os cabelos em pé. Mas este é *imenso* e tem as caldeiras de um encouraçado para alimentá-lo!

Alek se virou para o Sr. Hirst, que acompanhava a conversa entre eles com um ar de desinteresse, e falou em inglês:

— Temos que mudar de rumo! Aquela torre no convés de popa é uma espécie de... canhão de relâmpagos.

O Sr. Hirst ergueu uma sobrancelha.

— Um canhão de relâmpagos?

— Sim! Klopp trabalhou com as forças terrestres alemãs. Ele já viu essas coisas antes. — Alek suspirou. — Bem, os modelos de brinquedo, de qualquer maneira.

O engenheiro-chefe olhou para o *Goeben*. A eletricidade piscava mais intensamente agora e se desdobrava pelos suportes da torre em formas parecidas com aranhas que dançavam.

— Não está vendo? — berrou Alek.

— É meio estranho. — O Sr. Hirst sorriu. — Mas seriam relâmpagos mesmo? Duvido que seus amigos mekanistas tenham dominado as forças da natureza justamente agora.

— O senhor tem que informar a ponte!

— Eu tenho certeza de que a ponte está vendo muito bem. — Hirst puxou um apito de comando do bolso e soprou uma nota curta. — Mas irei informá-los de sua teoria.

— Minha *teoria*? — gritou Alek. — Não temos tempo para um debate! Precisamos dar meia-volta!

— O que nós faremos é esperar por ordens — disse o Sr. Hirst ao guardar o apito no bolso.

Alek conteve um gemido de frustração, depois se virou para Klopp.

— Quanto tempo nós tempos? — falou em alemão.

— Todos saíram dos conveses, exceto aqueles homens na roupa de proteção. Então pode ocorrer a qualquer momento. — Klopp abaixou o binóculo. — Colocar este motor em força máxima em reverso nos faria dar a volta mais rápido.

— Sair de força máxima à frente para em reverso? — Alek balançou a cabeça. — Você jamais faria com que isso parecesse um acidente.

— Não, mas posso fazer com que parecesse ideia minha. — Klopp pegou Alek pelo colarinho e o empurrou com força para o chão. Assim que a cabeça de Alek bateu contra o convés de metal da nacela do motor, o mundo se encheu de estrelas por um momento.

— Klopp! Que raios você está...

O rangido das engrenagens abafou as palavras de Alek, a nacela inteira tremeu nas estruturas ao redor dele. De repente, o ar ficou imóvel quando a hélice estalou e parou.

— O que significa isto? — berrou Hirst.

A visão de Alek voltou ao normal, e ele viu Klopp brandir uma chave-inglesa na direção do engenheiro-chefe. Com a mão livre, o velho habilmente colocou o motor em força máxima em reverso, depois pisou no pedal.

A hélice estalou e voltou a funcionar, jogando ar para trás pela nacela.

— Klopp, espere! — Alek começou a falar e tentou ficar de pé, mas a cabeça girou, e ele caiu sobre um joelho.

Raios! O homem realmente o *machucara*!

Hirst voltou a assoprar o apito, deu um sinal agudo, e Alek ouviu um farejador de hidrogênio uivar em resposta. Em pouco tempo, uma matilha das criaturas feiosas viria para cima deles.

Alek ficou de pé e esticou o braço para pegar a chave-inglesa.

— Klopp, o que você está *fazendo*?

O homem deu um golpe em Alek e berrou:

— Tem que parecer convincente!

A chave-inglesa passou assobiando sobre a cabeça de Alek. Ele se abaixou e voltou a cair sobre um joelho, praguejando. Será que Klopp havia ficado *maluco*?

O Sr. Hirst meteu a mão em um bolso e puxou uma pistola de ar comprimido.

— Não! — gritou Alek ao pular para a arma. Quando os dedos agarraram o pulso de Hirst, a pistola explodiu com um estalo ensurdecedor. O tiro não acertou Klopp, mas a bala ecoou como um sino de alarme ao ricochetear pela nacela do motor.

Alguma coisa chutou Alek nas costelas com força, e uma dor intensa explodiu na lateral do seu corpo.

Ele caiu para trás, os dedos soltaram o pulso de Hirst, mas o homem não ergueu a arma novamente. Boquiabertos e chocados, Hirst e Klopp encararam o flanco do *Leviatã*.

Alek pestanejou para afastar a dor e acompanhou o olhar dos dois. Os cílios se movimentavam furiosamente, ondulavam como folhas em uma tempestade. A enorme extensão do aeromonstro se dobrou mais do que ele já tinha visto antes. O grande arnês gemeu em volta deles ao ser esticado e foi acompanhado pelo estalo dos cabos nas enxárcias.

— O monstro sabe que está em perigo — disse Klopp.

Alek assistiu com espanto enquanto a nave parecia se enroscar no ar. As estrelas giraram no céu, e em pouco tempo o enorme animal executara uma meia-volta completa.

— Volte à força máxima... — Alek começou a dizer, mas doía muito falar. Cada palavra era outro chute nas costelas. Ele olhou para a mão que apertava a lateral do corpo e viu sangue entre os dedos.

[ 29 ]

Klopp já estava trabalhando para colocar o motor em reverso nova-mente. O Sr. Hirst segurava a pistola com força e ainda encarava espan-tado o flanco do aeromonstro.

— Saia da nacela, jovem mestre — gritou Klopp, quando as engre-nagens da hélice giraram novamente. — É de metal. O relâmpago vai pular nela.

— Acho que não consigo.

Klopp se virou.

— O quê?

— Levei um tiro.

O velho largou os controles e se curvou ao lado dele, com os olhos arregalados.

— Eu levanto o senhor — falou.

— Cuide do motor, homem! — Alek conseguiu dizer.

— Jovem mestre. — Klopp começou a falar, mas as palavras foram abafadas por um estalo no ar.

Com um esforço doloroso, Alek se levantou a fim de olhar para trás. O *Goeben* estava cada vez mais distante, mas o canhão Tesla emitia um brilho ofuscante. Ele tremeluziu como um maçarico e lançou sombras agitadas pelo mar escuro.

Embaixo de Alek, os cílios da aeronave ainda se agitavam e ondula-vam, empurravam o ar como um milhão de remos minúsculos.

*Mais rápido*, rezou Alek para o aeromonstro gigante.

Uma grande bola de fogo se formou na base da torre, depois subiu dançando e brilhando rapidamente. Quando chegou ao topo, ecoou um trovão poderoso.

Relâmpagos colossais e irregulares foram disparados do canhão Tesla. Eles cobriram o céu inteiro primeiro como uma árvore de fogo branco, depois pularam na direção do *Leviatã* como se fossem atraí-

dos pelo faro. Os relâmpagos espalharam uma teia incandescente na pele do aeromonstro, uma onda ofuscante sobrecarregada por sua extensão. Em um instante, a eletricidade fluiu por 300 metros do rabo à cabeça, pulando animada pelos suportes de metal que sustentavam a nacela do motor.

A nacela inteira começou a estalar, as engrenagens e os pistons lançaram raios radiantes de fogo. Alek foi pego por uma força invisível; todos os músculos do corpo se retesaram. Por um longo momento, o relâmpago arrancou seu fôlego. Finalmente, a energia definhou, e ele caiu de volta no convés de metal.

O motor estalou e parou novamente.

Alek sentiu cheiro de fumaça e uma martelada horrível no peito. As costelas doíam com cada batimento cardíaco.

— Jovem mestre? Está me ouvindo?

Alek se forçou a abrir os olhos.

— Estou bem, Klopp.

— Não está, não — disse o homem. — Vou levar o senhor à gôndola.

Klopp passou um braço grandalhão pelo corpo de Alek e o levantou, o que provocou uma nova onda de agonia.

— Pelas chagas de Deus, homem! Isto *dói*!

Alek cambaleou, abalado pela dor. O Sr. Hirst não lhe ofereceu ajuda, os olhos nervosos varriam a extensão do *Leviatã* ao lado deles.

De alguma forma, a aeronave não estava em chamas.

— O motor? — perguntou Alek para Klopp.

O homem fungou o ar e fez que não com a cabeça.

— Toda a parte elétrica queimou, e o motor de estibordo está em silêncio também.

Alek se virou para Hirst e falou:

— Nós perdemos os motores. Talvez o senhor possa guardar a arma.

O engenheiro-chefe olhou para a pistola de ar comprimido na mão, depois guardou a arma no bolso e puxou um apito.

— Vou chamar um médico para o senhor. Diga para seu amigo amotinado que lhe coloque no chão.

— Meu "amigo amotinado" acaba de salvar sua... — Alek começou a falar, mas foi tomado por uma nova onda de tontura. — Deixe-me sentar — murmurou para Klopp. — Ele disse que pode chamar um médico para vir aqui em cima.

— Mas foi ele quem atirou no senhor!

— Sim, mas estava mirando em você. Agora, por favor, me coloque no chão.

Com um olhar feio para Hirst, Klopp encostou Alek nos controles com delicadeza. Enquanto recuperava o fôlego, Alek olhou para cima, para o flanco da aeronave. Os cílios continuavam a ondular como grama ao vento. Mesmo sem os motores para incentivá-lo, o grande monstro ainda se afastava dos encouraçados.

Alek olhou para a popa por entre as hélices paradas. Os encouraçados estavam indo embora e soltavam fumaça.

— Isso é estranho. Eles não parecem querer dar o golpe final.

Klopp concordou com a cabeça.

— Eles voltaram ao rumo norte-noroeste. Devem estar sendo esperados em algum lugar.

— Norte-noroeste — repetiu Alek. Ele sabia que isso era importante, de alguma forma. Também sabia que deveria se preocupar porque o *Leviatã* agora ia para o sul, para longe de Constantinopla.

Mas respirar já era preocupação o bastante.

# ◦ QUATRO ◦

**DERYN SE LEVANTOU DEVAGAR** e pestanejou para recuperar a visão.

Um relâmpago berrante! Foi isso que pulou daquele navio de guerra mekanista, cruzou o céu e dançou em cada tiquinho de metal no topo do *Leviatã*. O guincho do Huxley soltou uma nuvem ofuscante de fagulhas brancas e ainda derrubou Deryn, meio atordoada.

Ela olhou para todos os lados, com medo de ver fogos irrompendo a torto e a direito pela membrana, mas tudo estava escuro, exceto pelas centelhas irregulares queimadas na visão. Os farejadores deviam ter executado seu serviço brilhantemente antes da batalha. Não havia nem um tiquinho de hidrogênio vazando da pele.

Então ela se lembrou — o *Leviatã* deu meia-volta bem a tempo, a aeronave inteira se contorceu como um cachorro que persegue o próprio rabo.

*Hidrogênio...*

Ela ergueu os olhos para o céu escuro, e o queixo caiu.

Lá estava Newkirk, agitando os braços freneticamente, enquanto o Huxley ardia em chamas acima dele como um grande bolo de Natal embebido em conhaque.

Deryn se sentiu enjoada, da mesma forma que se sentia em uma centena de pesadelos nos quais revia o acidente do pai, tão perto daquela visão terrível acima dela. O Huxley repuxava o próprio cabo e era levado mais alto pelo calor das chamas, o que girava a manivela do guincho.

Porém, um instante depois, quando o hidrogênio acabou, o aeromonstro começou a cair.

Newkirk se contorcia no assento de pilotagem, ainda vivo de alguma maneira. Então Deryn viu um vapor ao redor do Huxley na luz das estrelas. Newkirk derramara o lastro de água para evitar que se queimasse. Garoto esperto.

A carcaça morta do aeromonstro se inflou como um paraquedas esfarrapado, mas ainda caía rapidamente.

O Huxley estava a 300 metros de altura, e, se não acertasse o topo do *Leviatã* ao cair, despencaria por outros 300 metros até ser detido pelo cabo. Melhor tornar aquela viagem a mais curta possível. Deryn esticou o braço para o guincho, mas a mão parou.

Será que a eletricidade permanecia ali?

— *Dummkopf!* — Ela ficou brava consigo mesma e se forçou a agarrar o metal.

Nenhuma faísca pulou da manivela, e Deryn começou a girá-la o mais depressa possível, mas o Huxley descia mais rápido do que ela conseguia puxá-lo. O cabo começou a se enroscar pela espinha da aeronave e se emaranhou nos pés dos tripulantes e farejadores que passavam correndo.

Ainda girando a manivela freneticamente, Deryn ergueu os olhos. Newkirk estava caído debaixo da carcaça queimada que se afastava do *Leviatã*.

Os motores pararam, e os faróis também se apagaram. Os tripulantes usavam lanternas para chamar os morcegos e gaviões-bombardeiros de volta do céu negro — o aparelho mekanista de raios apagara tudo.

Mas se a aeronave estava sem energia, por que o vento levava Newkirk embora? Todos eles não deveriam flutuar juntos?

Deryn olhou para baixo na direção do flanco e arregalou os olhos.

Os cílios continuavam a se mexer, ainda afastavam a aeronave do perigo.

— Ora, isto é estranho — murmurou ela.

Geralmente, um respirador de hidrogênio sem motores se contentava em ser levado pelo vento. Obviamente, o aeromonstro *vinha* se comportando de maneira estranha desde a queda nos Alpes. Todos os velhos tripulantes diziam que a queda nos Alpes — ou os motores mekanistas — destrambelhara a cachola do *Leviatã*.

No entanto, este não era o momento para refletir. Newkirk pairava a apenas 30 metros, perto o suficiente para Deryn ver o rosto escurecido e o uniforme ensopado, porém ele não parecia estar se mexendo.

— Newkirk! — berrou ela, com a mão em carne viva na manivela do guincho, mas ele caiu e passou por Deryn sem responder.

Os rolos do cabo frouxo começaram a se agitar como um ninho de cobras espalhado pelo topo. O Huxley arrastava o cabo atrás de si enquanto caía debaixo da aeronave.

— Afaste-se do cabo! — berrou Deryn, gesticulando para um tripulante parado entre os rolos que deslizavam pelo topo. O homem se afastou, o cabo estalou em seu tornozelo e tentou arrastá-lo também.

Ela pegou a manivela novamente até que o cabo se retesou com um tranco irritante. Deryn freou e verificou as marcações do cabo — um pouco acima dos 150 metros.

O *Leviatã* tinha 60 metros de cima a baixo, então Newkirk estaria pendurado a menos de 90 metros lá embaixo. Preso ao assento de pilotagem, ele provavelmente estava bem, a não ser que tivesse sido alcançado pelo fogo ou o tranco tivesse quebrado seu pescoço...

Deryn respirou fundo e tentou evitar que as mãos tremessem.

Ela não conseguiria içá-lo. O guincho fora projetado para um Huxley cheio de hidrogênio, não para içar um peso morto.

Deryn acompanhou o cabo retesado ao descer pelas enxárcias no flanco do aeromonstro. À meia-nau, só conseguia ver a silhueta escura do Huxley se sacudir contra a crista branca das ondas.

— Aranhas berrantes — murmurou Deryn. A água estava mais próxima do que esperava.

O *Leviatã* estava perdendo altitude.

É claro — o grande aeromonstro tentava encontrar o vento mais forte para se afastar dos encouraçados alemães. Não se importaria em esmagar o pobre e queimado Newkirk contra a superfície agitada do mar.

Entretanto, os oficiais poderiam soltar o lastro e fazer a nave subir contra sua vontade. Deryn puxou o apito de comando e chamou um lagarto-mensageiro, depois olhou novamente para o Huxley lá embaixo.

Não havia movimento humano que ela conseguisse ver. Newkirk tinha que estar atordoado, pelo menos. E não teria o equipamento adequado para subir pelo cabo. Ninguém esperava ter que *subir* de um ascensor.

Onde estava aquele lagarto-mensageiro berrante? Deryn viu um monstrinho correndo pela membrana e apitou para ele, mas o lagarto apenas a encarou e tagarelou alguma coisa sobre um problema elétrico.

— Brilhante — murmurou ela. O relâmpago mekanista fritava os cérebros dos monstrinhos! Lá embaixo, a água escura parecia mais próxima a cada segundo.

Deryn teria que resgatar Newkirk sozinha.

Ela vasculhou os bolsos do traje de voo. Na aula de aeronáutica, o Sr. Rigby ensinava como os amarradores "ancoravam", que era o termo da Força Aérea para descer escorregando por um cabo sem quebrar o pescoço. Deryn encontrou alguns mosquetões e linha suficiente para fazer um par de nós direitos.

Após prender o grampo de segurança no cabo do Huxley, Deryn fechou bem o mosquetão. Ela não podia passar o cabo pelos quadris porque o peso do Huxley morto a dividiria ao meio, mas depois de um momento mexendo no aparato, Deryn prendeu os mosquetões sobressalentes ao cinto de segurança e passou o cabo por eles.

*O Sr. Rigby não aprovaria este método*, pensou ela ao dar um chute para se afastar da membrana.

Deryn desceu em pequenos solavancos, a fricção dos mosquetões impediu que caísse rápido demais. Porém o cabo estava quente debaixo das luvas, as fibras se esfiapando toda vez que ela parava de estalo. Deryn duvidava que ele tivesse sido projetado para aguentar o peso de um Huxley morto e dois aspirantes.

O oceano trovejou embaixo de Deryn, o vento ficou mais frio agora que o sol finalmente tinha se posto. A crista de uma onda alta bateu na membrana flácida do Huxley e estalou como um tiro.

— Newkirk! — berrou Deryn, e o menino se remexeu no assento de pilotagem.

Ela sentiu um arrepio de alívio — Newkirk estava vivo, ao contrário do pai.

Deryn se deixou cair pelos últimos 20 metros, a corda assobiou loucamente e soltou um cheiro de queimado no ar salgado. Porém as botas aterrissaram suavemente na membrana esponjosa do aeromonstro morto, que cheirava a fumaça e sal como uma água-viva cozida em uma lareira.

— Onde raios eu estou? — murmurou Newkirk, mal sendo ouvido com o estrondo das ondas. O cabelo estava queimado, o rosto e as mãos escurecidos pela fumaça.

— Quase no oceano berrante, isso sim! Consegue se mexer?

O menino olhou para as mãos escurecidas, mexeu os dedos, depois se soltou do cinto de segurança. Ele ficou de pé precariamente na estrutura do assento de pilotagem.

— Sim, só estou tostado. — Newkirk passou os dedos pelo cabelo, ou pelo que sobrou dele.

— Pode subir? — perguntou Deryn.

Newkirk olhou para a barriga escura do *Leviatã*, acima.

— Sim, mas aquilo está a *quilômetros* de distância! Você não conseguiu me içar mais rápido?

— Você podia ter caído *mais devagar*! — berrou Deryn de volta. Ela soltou dois mosquetões e enfiou nas mãos de Newkirk, juntamente com um pequeno pedaço de linha. — Faça um nó direito. Ou não se recorda das aulas do Sr. Rigby?

Newkirk olhou para os mosquetões, depois para a aeronave distante.

— Sim, eu me recordo, mas jamais pensei que ascenderia tanto.

"Ascender", obviamente, era um termo da Força Aérea para *subir* um cabo sem quebrar o pescoço. Os dedos de Deryn trabalharam rápido na própria linha. Um nó direito deslizava livremente cabo acima, mas ficava firme quando havia peso pendurado nele. Dessa maneira, ela e Newkirk podiam parar e descansar sem depender dos músculos para evitar que voltassem a deslizar.

— Você vai primeiro — ordenou Deryn. Se Newkirk descesse deslizando, ela poderia detê-lo.

Ele subiu alguns metros, depois testou o nó ao balançar livremente na corda.

— Funciona!

— Sim, você vai conquistar o monte Everest a seguir! — Quando Deryn falou, outra onda bateu no Huxley e molhou os dois. Ela se desequilibrou, mas o nó a segurou firme.

Deryn cuspiu água salgada e gritou:

— Vá indo, seu *Dummkopf*! A nave está perdendo altitude!

Newkirk começou a escalar, usando pés e mãos. Não demorou a tomar distância suficiente para que Deryn pudesse arrastar-se para longe do Huxley morto.

Outra onda acertou o aeromonstro e retesou a linha com um estalo. Newkirk desceu escorregando até quase ficar em cima de Deryn. Caso o *Leviatã* tivesse baixado um pouco mais, a carcaça do monstrinho estaria se arrastando na água. Se a membrana se enchesse de água, o Huxley puxaria o cabo como um barril cheio de pedras.

O suficiente para quebrar qualquer cabo... Ela precisava soltar o Huxley.

— Mais alto! — berrou Deryn, que começou a subir loucamente.

A cerca de 6 metros acima do Huxley, Deryn parou e ficou pendurada logo acima de um trecho bem esfiapado. Ela tirou a faca para cordame, abaixou o braço e começou a cortar a linha. O cabo tinha uma grossura berrante, mas quando a próxima onda alta acertou o aeromonstro, as fibras se soltaram rapidamente e se romperam.

Sem o peso morto do monstrinho para firmá-los, de repente os dois balançaram pelo mar negro, levados pelo vento. Surpreendido, Newkirk gritou acima de Deryn.

— Desculpe! — gritou Deryn para o alto. — Eu deveria ter avisado você.

Mas sem o peso do Huxley, o cabo não deveria se romper... provavelmente.

Ela começou a subir novamente e desejou pela centésima vez que tivesse a força de um garoto no braço. Porém, em pouco tempo, as ondas não ameaçavam mais suas botas dependuradas.

A meio caminho da subida, Deryn fez um longo descanso e vasculhou o horizonte atrás dos dois encouraçados alemães. Não estavam em lugar algum.

Talvez a Marinha Real estivesse por perto e tivesse feito os navios fugirem. Porém, Deryn não viu sinal algum de embarcações na superfície. A única silhueta na água era a carcaça do Huxley, uma mancha escura e solitária nas ondas.

— Pobre monstrinho. — Deryn sentiu um arrepio. Toda a aeronave e sua tripulação poderiam ter acabado assim: queimadas e enegrecidas, tão solitárias quanto madeira à deriva no mar negro. Se os farejadores de hidrogênio tivessem deixado passar um único vazamento, ou se o aeromonstro não tivesse se virado bem a tempo, todos estariam perdidos.

— Mekanistas berrantes! — murmurou Deryn. — Eles criam o próprio *relâmpago* agora.

Ela fechou os olhos para afastar as memórias sombrias, o rugido do calor que fustigava a pele e o cheiro de carne queimada. Desta vez Deryn ganhou. O fogo não levou ninguém que ela gostava.

Deryn sentiu um novo arrepio e depois recomeçou a subir.

# ◈ CINCO ◈

**– ISTO É TOTALMENTE INACEITÁVEL!** — gritou a Dra. Barlow.

— S-sinto muito, madame — gaguejou o guarda —, mas o capitão disse que o menino mekanista não deve receber visitas.

Deryn balançou a cabeça; a resistência do homem já fraquejava. Ele estava de costas contra a porta do camarote de Alek, e sua testa porejava.

— Eu não sou uma visita, seu imbecil — falou a Dra. Barlow. — Sou uma médica que veio ver um paciente ferido!

As orelhas de Tazza se eriçaram diante do tom ríspido da cientista, e ele soltou um rosnado baixo. Deryn segurou a guia com um tiquinho mais de força.

— Quieto, Tazza. Sem morder.

— Mas o médico já esteve aqui — guinchou o guarda ao encarar de olhos arregalados o tilacino. — Ele disse que o menino apenas machucou uma costela.

— Além de sofrer um choque, sem dúvida — disse a Dra. Barlow. — Ou o senhor deixou de perceber nosso recente encontro com uma quantidade prodigiosa de eletricidade?

— Claro que não, madame. — O guarda engoliu em seco e ainda olhava Tazza com nervosismo. — Mas o capitão foi bem específico...

— Ele *especificamente* proibiu médicos de visitar o paciente?

— Hã, não.

*Desista logo*, pensou Deryn. Não importava que a Dra. Barlow fosse uma cientista — uma fabricante de monstrinhos —, e não um médico do tipo que tira a pressão e manda colocar a língua para fora. Ela veria este determinado paciente, de uma forma ou de outra.

Deryn torcia para que Alek realmente estivesse bem. O relâmpago mekanista percorreu a nave inteira, mas deve ter sido pior nas nacelas dos motores, com todo aquele metal por perto... Bem, segundo pior, de qualquer forma. O cabelo de Newkirk estava meio queimado, e ele tinha um galo na cabeça do tamanho de uma bola de críquete.

Mas como Alek machucara uma costela? Isso não parecia com algo que um choque elétrico fizesse.

Finalmente o guarda abandonou o posto e saiu para verificar com o segundo sargento, na confiança de que a Dra. Barlow esperaria até que ele voltasse. Ela não esperou, obviamente, e simplesmente escancarou a porta.

Alek estava deitado na cama com as costelas enfaixadas. A pele parecia pálida, os olhos verde-escuros reluziam na luz da alvorada que entrava pelas vigias.

— Aranhas berrantes! — disse Deryn. — Você está tão pálido quanto uma larva de besouro.

Um sorriso fraco surgiu no rosto do garoto.

— É bom ver você também, Dylan. E a senhora, Dra. Barlow.

— Bom dia, Alek — cumprimentou a cientista. — E você está *mesmo* pálido, não? Como se tivesse perdido sangue. Um sintoma estranho para eletrocussão.

Alek fez uma careta ao se sentar mais ereto com dificuldade.

— Infelizmente, a senhora está certa. O Sr. Hirst atirou em mim.

— Atirou em você? — gritou Deryn.

Alek concordou com a cabeça.

— Felizmente, foi com uma de suas fracas armas de ar comprimido — prosseguiu ele. — O Dr. Busk disse que a bala acertou uma costela e ricocheteou, mas nada foi quebrado, graças em parte à minha armadura de esgrima. Devo voltar a andar em breve.

Deryn olhou para as bandagens.

— Mas *por que* raios ele atirou em você?

— Ele estava mirando em Klopp. Os dois tiveram um... desentendimento. Klopp percebeu o que estava prestes a acontecer, o que era o canhão Tesla, e decidiu dar meia-volta.

— Um canhão Tesla? — repetiu a Dra. Barlow. — Como aquele horrível Sr. Tesla?

— Foi isso que Klopp disse — falou Alek.

— Mas vocês mekanistas não deram meia-volta — disse Deryn. — Todo mundo está falando que o próprio monstrinho deu meia-volta porque se assustou.

Alek balançou a cabeça.

— Klopp colocou o motor de bombordo em reverso primeiro, depois o aeromonstro seguiu o exemplo. Parece que o *Leviatã* tem mais bom senso que seus próprios oficiais.

— Você falou que eles tiveram um desentendimento? — perguntou a Dra. Barlow. — Quer dizer que vocês mudaram o curso sem ordens?

— Não havia tempo para esperar por ordens — retorquiu ele.

Deryn soltou um gemido baixo. Não era de admirar que Alek estivesse sob guarda.

— Isso é um motim berrante — falou ela, baixinho.

— Mas nós salvamos a nave.

— Sim, mas você não pode desobedecer ordens apenas porque os oficiais estão sendo tapados, especialmente durante uma batalha; isso é um crime punível com a forca!

Alek arregalou os olhos, e o quarto ficou em silêncio por um momento.

A Dra. Barlow pigarreou.

— Por favor, não diga coisas preocupantes para o meu paciente, Sr. Sharp. Assim como eu, ele não faz parte desta tripulação e, portanto, não está sujeito à sua brutal autoridade militar.

Deryn conteve uma resposta. Ela duvidava que o capitão Hobbes encarasse a situação dessa forma. Esta provavelmente tinha sido sua preocupação desde que os mekanistas chegaram a bordo, de que eles ignorariam a ponte e pilotariam a nave da maneira que bem quisessem.

Mudar de rumo não era como ficar de brincadeira ou aprender esgrima em serviço. Era motim, pura e simplesmente.

A cientista se sentou recatadamente na única cadeira do camarote e estalou os dedos para Tazza vir até ela.

— Agora, Alek — falou a Dra. Barlow, enquanto acariciava o flanco listrado do tilacino —, você disse que Klopp operava o motor. Então esse "motim" não foi ideia sua?

O garoto pensou por um momento.

— Creio que não — respondeu, finalmente.

— Então me diga, por favor, por que *você* está sob guarda?

— Quando o Sr. Hirst sacou a pistola, eu tentei tirá-la dele.

Deryn fechou os olhos. Agredir um oficial — *outro* crime passível de forca.

— Muito sensato da sua parte — disse a Dra. Barlow. — Esta nave não irá muito longe sem seu mestre de mekânica, não é?

— Onde está Klopp agora? — perguntou Alek.

— Creio que no xadrez — falou Deryn.

— *Em vez* de trabalhar nos motores, e, assim sendo, está atrasando ainda mais minha missão. — A Dra. Barlow ficou de pé e ajeitou a saia. — Não se preocupe com o mestre Klopp, Alek. Agora que ouvi todos os fatos, tenho certeza de que o capitão vai compreender.

Ela entregou a guia para Deryn.

— Por favor, leve Tazza para passear e depois verifique os ovos, Sr. Sharp. Eu não confio naquele Sr. Newkirk, especialmente com a cabeça inchada como um melão. — Ela se virou. — Na verdade, prefiro muito mais que você vigie os ovos, Alek. Por favor, melhore logo.

— Obrigado, madame. Vou tentar. Porém, se não se importa, Dylan poderia ficar um momento?

Os olhos da cientista avaliaram os dois, e depois ela sorriu.

— É claro. Talvez você possa entreter o Sr. Sharp com seja lá o que saiba sobre este... canhão Tesla? Eu conheço o inventor por alto, e parece ser um aparelho muito intrigante.

— Infelizmente, não sei muito... — Alek começou a falar, mas a Dra. Barlow já tinha saído pela porta e ido embora.

Deryn ficou calada um momento enquanto imaginava por onde começar. Pelo aparelho de relâmpagos dos mekanistas? Ou como Newkirk quase foi todo queimado? Ou pela possibilidade de que Alek iria à corte marcial e seria enforcado? Então o olhar recaiu sobre as bandagens, e ela foi tomada por um sentimento horrível. Se a arma tivesse acertado alguns centímetros acima, Alek poderia estar morto.

— Dói muito levar um tiro? — perguntou ela.

— Foi como se eu levasse um coice de mula.

— Hum. Eu nunca fui tapado a ponto de deixar isso acontecer.

— Nem eu. — Alek deu um sorriso fraco. — Mas a sensação parece ser essa mesmo.

Os dois ficaram em silêncio novamente, Deryn se perguntou como as coisas degringolaram tão rápido. Antes de Newkirk ter localizado os encouraçados, ela vinha torcendo para que Alek acabasse ficando a bordo do *Leviatã* de alguma forma, mas não pretendia que ele ficasse deitado ferido na cama ou preso a ferros por motim, ou passasse por *ambas* as situações.

— Esta é a segunda vez que alguém atira em mim — disse Alek. — Você se lembra daqueles artilheiros no zepelim?

Deryn concordou devagar com a cabeça. Nos Alpes, o príncipe tapado havia saído do Stormwalker no meio de uma batalha, bem em frente a uma metralhadora. Apenas um vazamento de hidrogênio o salvara quando os artilheiros alemães atearam fogo à própria aeronave.

— Talvez não fosse para eu morrer naquele dia — falou ele. — Ou nem na noite de ontem.

— Sim, ou talvez você apenas tenha tido uma *sorte* berrante.

— Creio que sim — disse Alek. — Você realmente acha que eles irão nos enforcar?

Deryn pensou por um tempo, depois deu de ombros.

— Não existem regras para algo assim, acredito eu. Nunca tivemos mekanistas a bordo antes. No entanto, eles vão obedecer à cientista, por causa do nome do avô dela.

Alek fez outra careta. Deryn se perguntou se foi por causa da ferida ou por ter sido lembrado de que a Dra. Barlow era parente do velho Charles Darwin em pessoa. Mesmo após servir em uma aeronave viva, os mekanistas ainda eram supersticiosos a respeito de cadeias vitais e seres fabricados.

— Eu queria que nós *tivéssemos* nos amotinado — falou Alek —, e terminado aquela batalha sem sentido antes que houvesse começado. Klopp e eu pensamos a respeito de parar os motores e simular um defeito.

— Bem, pensar não é o mesmo que fazer — disse Deryn ao desmoronar na cadeira. Ela cogitara ideias mais malucas do que motim, como contar a Alek que era uma menina ou dar um tapa na Dra. Barlow; essa última mais do que uma vez. O truque era nunca deixar transparecer para o mundo o que a pessoa pensava.

— E, de qualquer maneira — continuou ela —, eu não ouvi nada sobre esse assunto de motim, então os oficiais devem estar mantendo em segredo. Talvez o capitão queira perdoar vocês sem parecer frouxo. Todo mundo acha que foi o aeromonstro que deu meia-volta com medo do canhão mekanista.

— O monstro *realmente* deu meia-volta. Deve ter sentido o cheiro do relâmpago; ele sabia que todos nós queimaríamos.

Deryn sentiu um calafrio novamente, como sentia toda vez que pensava a respeito de quão perto passaram de morrer queimados. Ainda era capaz de ver o Huxley ardendo em pleno ar como o balão do pai.

— Mas Newkirk não morreu — falou ela, para si mesma, baixinho.

— Perdão?

Deryn pigarreou. Ela não queria que a voz soasse aguda como a de uma menina.

— Eu disse que o motor morreu. E o aeromonstro ficou lelé e acha que ainda está fugindo daquele troço do Tesla. Estamos a meio caminho da África!

Alek praguejou.

— Eu creio que aqueles encouraçados já estejam lá — falou ele.

— Onde, na África?

— Não, *Dummkopf*, Constantinopla. — Ele apontou para a escrivaninha no camarote. — Tem um mapa naquela gaveta. Por favor, pegue para mim.

— Sim, sua alteza — disse Deryn ao se levantar para pegar o mapa. Era típico de Alek pensar em mapas e planos enquanto estava deitado e ferido, ameaçado com a forca.

Ela se sentou na cama ao lado dele e ajeitou o rolo de papel, que estava marcado com texto mekanista, mas deu para ver que era o mapa do Mediterrâneo.

— Os encouraçados rumavam para o norte e entravam no mar Egeu — falou Alek. — Viu?

Deryn traçou o curso do *Leviatã* a partir do sul da Itália com um dedo até encontrar o ponto onde eles lutaram com o *Goeben* e o *Breslau* — quase ao sul de Constantinopla.

— Sim, eles rumaram naquela direção. — Ela apontou para o estreito de Dardanelos, o apertado trecho de mar que levava à antiga cidade.

— Mas se os encouraçados foram para o norte, eles ficarão presos no estreito como uma mosca em uma garrafa.

— E se eles planejam permanecer lá?

Deryn fez que não com a cabeça.

— O Império Otomano ainda é neutro, e embarcações de guerra não podem permanecer em um porto neutro — contra-argumentou ela. — A Dra. Barlow diz que nós só podemos ficar em Constantinopla por 24 horas. A mesma regra deve valer para os alemães.

— Mas ela também não disse que os otomanos estavam furiosos com os britânicos por terem roubado o navio de guerra deles?

— Bem, sim — falou Deryn, que depois emendou baixinho —, mas os britânicos apenas pegaram emprestado, na verdade.

Na verdade, porém, a situação *era* um pouco como um roubo. A Grã-Bretanha acabara de completar um novo encouraçado para a Marinha otomana, juntamente com uma enorme criatura que fazia par com o navio, algum novo tipo de kraken. Tanto o navio de guerra quanto a criatura já tinham sido pagos, mas, quando a guerra começou, o ministro da Marinha decidiu manter a embarcação e seu monstrinho, pelo menos até o conflito acabar.

Empréstimo ou roubo, a situação causou uma confusão diplomática que a Dra. Barlow e o *Leviatã* foram enviados para resolver. De alguma forma, os misteriosos ovos na sala de máquinas eram destinados a ajudar.

— Portanto, talvez os otomanos decidam permitir que os encouraçados permaneçam, apenas para se vingar do seu lorde Churchill — falou Alek.

— Bem, isso tornaria tudo mais complicado, não é?

Alek concordou com a cabeça.

— Isso significaria ainda mais alemães em Constantinopla e pode até mesmo levar os otomanos para a outra facção mekanista! O canhão Tesla do *Goeben* é bem convincente.

— Sim, ele me convenceu — disse Deryn. Ela não gostaria de estar na mesma cidade que aquele aparelho.

— E o que acontece se os otomanos fecharem o estreito de Dardanelos à navegação britânica?

Deryn engoliu em seco. Os ursos de combate do exército russo precisavam de muita comida, a maior parte trazida por navios. Se fossem isolados dos aliados darwinistas, os russos passariam um longo inverno com fome.

— Mas você tem certeza de que é para lá que os encouraçados foram?

— Não, não ainda. — Alek ergueu o olhar sério do mapa. — Dylan, você pode me fazer um favor? Um favor secreto?

Ela engoliu em seco.

— Depende do que é.

— Preciso que você entregue uma mensagem.

# ⬢ SEIS ⬢

– **MALDITAS ARANHAS BERRANTES!** — murmurou ela, enquanto puxava Tazza pelos corredores da aeronave.

Deryn mal pregara o olho na noite anterior, cuidando de Newkirk e levando o tilacino para passear cedo. Ainda por cima, continuava precisando verificar os preciosos ovos da Dra. Barlow. Porém, em vez de cuidar dos afazeres, lá estava ela entregando mensagens secretas para os mekanistas.

Ajudar o inimigo em tempo de guerra. Que tal isso como motim?

Ao se aproximar do camarote, Deryn começou a formular justificativas e explicações: *"Eu apenas perguntava ao nosso conde amigo se ele precisava de alguma coisa." "Eu estava em uma missão secreta do capitão." "Alguém tinha que ficar de olho nestes mekanistas amotinados, e essa era a melhor maneira!"* Porém, todas eram bem patéticas.

Deryn tinha noção do único motivo pelo qual dissera sim para Alek. Ele parecera tão indefeso deitado ali, pálido e enfaixado, sem saber se o enforcariam no dia seguinte ao amanhecer. Isso só tornou a maneira como ela se sentia mais difícil de ignorar.

Deryn respirou fundo e bateu de leve na porta do camarote.

Após um longo momento, a porta se abriu e revelou um homem alto em uniforme de gala. Ele olhou pelo nariz adunco para Deryn e Tazza, sem dizer uma palavra. Ela se perguntou se deveria fazer uma reverência porque o homem era um conde e tudo mais. Porém, Alek era um príncipe, o que soava mais importante, e ninguém nunca fazia mesura para ele.

— O que foi? — perguntou o homem, finalmente.

— É um prazer conhecê-lo, senhor... hã, conde Volger. Sou o aspirante Dylan Sharp.

— Eu sei quem você é.

— Certo. Porque Alek e eu andamos praticando esgrima e tudo mais. Somos amigos.

— Você é aquele garoto idiota que colocou uma faca no pescoço de Alek.

Deryn engoliu em seco e quis que a língua se desenrolasse. Ela apenas fingira que fizera Alek de refém nos Alpes, para forçar os mekanistas a negociar em vez de explodir a aeronave.

Porém, sob o olhar arrogante do homem, a explicação não vinha.

— Sim, aquele era eu — conseguiu dizer —, mas foi apenas para chamar sua atenção.

— Você conseguiu.

— E eu usei o gume cego da faca, só para garantir! — Deryn olhou para os dois lados do corredor. — Posso entrar?

— Por quê?

— Eu tenho uma mensagem de Alek. Uma mensagem secreta.

Com essas palavras, a expressão de pedra do conde Volger se alterou um tiquinho. Ele ergueu a sobrancelha esquerda e, então, finalmente, deu um passo para trás. Um momento depois, Deryn e Tazza estavam dentro do camarote. O tilacino cheirou as botas do homem.

[ 54 ]

— Que criatura é esta? — perguntou o conde ao dar outro passo para trás.

— Ah, é apenas Tazza. Ele é inofensivo — falou Deryn, que a seguir se lembrou do estrago que o tilacino fizera no camarote da cientista. — Bem, a não ser que o senhor tenha cortinas, o que, hã, claramente não tem.

Ela pigarreou e se sentiu como uma bobalhona. O jeito frio e esnobe do homem fez com que Deryn começasse a tagarelar.

— Ele é capaz de repetir nossas palavras?

— O quê? O senhor acha que Tazza *fala*? — Deryn conteve uma risada. — Ele não é um lagarto-mensageiro; é um monstrinho natural, um tilacino da Tasmânia. Tazza é o companheiro de viagem da Dra. Barlow, embora, como pode ver, ele é *minha* responsabilidade na maior parte do tempo. De qualquer forma, tenho uma mensagem do...

Volger silenciou Deryn com a mão erguida, depois olhou de relance para os tubos de mensagens no alto do camarote. Havia um lagarto com a cabeça para fora de um deles, e o conde bateu palmas uma vez para assustá-lo.

— Essas coisas hereges estão por toda parte — murmurou ele. — Sempre escutando.

Deryn revirou os olhos. Os outros mekanistas eram ainda mais nervosinhos do que Alek em relação aos monstrinhos. Eles pareciam pensar que todos os seres vivos a bordo da aeronave queriam pegá-los.

— Sim, senhor, mas os mensageiros apenas levam mensagens. Eles não bisbilhotam.

— E como você pode ter certeza disso?

Ora, essa era uma pergunta tapada. Os lagartos-mensageiros podiam, ocasionalmente, repetir trechos de conversas por acidente, especialmente caso fossem recentemente atordoados por um canhão Tesla, mas isso não era a mesma coisa que bisbilhotar, era?

Então ela se lembrou de como o conde Volger fingira não falar inglês quando embarcou, na esperança de ouvir segredos. E como a Dra. Barlow usou o mesmo truque para cima dos mekanistas ao fingir que não entendia nada de alemão. Não é de admirar que esses dois sempre suspeitassem de todo mundo — eles próprios eram arapongas.

— Os cérebros daqueles lagartos não são maiores que nozes — disse Deryn. — Calculo que não dariam bons espiões.

— Talvez não. — O conde se sentou à escrivaninha, que estava coberta com mapas e rabiscos. Uma espada embainhada servia como peso para papel. — E quanto ao *seu* cérebro, Sr. Sharp? Você é esperto o bastante para ser um espião, não é?

— O quê? Eu disse para o senhor, Alek me mandou aqui!

— E como eu *sei* que isso é verdade? Na noite de ontem, fui informado de que ele foi ferido na batalha, mas não permitiram que o visse; ou o mestre Klopp. E agora eu recebo esta mensagem "secreta" de Alek, cortesia de um garoto que o fez de refém?

— Mas ele... — Deryn começou a falar, depois gemeu de frustração. Era o que ela ganhava por fazer favores aos mekanistas. — Alek é meu amigo. *Ele* confia em mim, mesmo que o senhor não.

— Prove.

— Bem, é claro que Alek confia. Ele me contou o segredinho dele, não foi?

O conde Volger a encarou com os olhos franzidos por um momento, depois olhou para a espada na mesa.

— O segredo dele?

— Sim, Alek me contou quem ele... — Deryn começou a falar, mas foi sendo tomada por uma lenta compreensão. E se Alek jamais tivesse mencionado para Volger que havia contado tudo para ela? Descobrir isso agora poderia dar um sustinho no homem. — O senhor sabe, aquele *grande* segredo dele?

O ar assobiou quando Volger girou o corpo, a luz do sol brilhou no aço, a cadeira rodopiou pelo chão e fez Tazza dar um pulo. A espada subitamente se estendeu da mão de Volger, com a ponta fria e descoberta na garganta de Deryn.

— Diga que segredo — exigiu o conde. — *Agora.*

— S-sobre os pais dele! — falou Deryn, com nervosismo. — Seu pai e mãe foram assassinados, e foi isso que começou esta guerra berrante! E ele é um príncipe ou alguma coisa assim!

— Quem mais sabe disso?

— Apenas eu! — guinchou ela, mas o metal a cutucou. — Hã, e a Dra. Barlow. Porém, mais ninguém, eu juro!

Volger olhou feio para Deryn por um longo momento, seus olhos vararam os da menina. Tazza soltou um rosnado baixo.

Finalmente o conde recuou o sabre alguns centímetros.

— Por que você não informou ao seu capitão?

— Porque Alek nos fez prometer. — Deryn encarou a ponta da espada. — Achei que o senhor soubesse que ele nos contou!

O conde Volger abaixou a espada.

— Obviamente eu não sabia.

— Bem, isto não é culpa *minha*! — berrou Deryn. — Talvez seja no *senhor* que ele não confia!

O homem olhou para o chão.

— Talvez.

— E o senhor não precisava arrancar minha cabeça berrante!

Volger deu um pequeno sorriso para Deryn ao ajeitar a cadeira caída.

— Foi apenas para chamar sua atenção — respondeu ele. — E eu usei um gume cego. Certamente você sabe reconhecer um sabre de esgrima?

Deryn esticou o braço e pegou a lâmina da arma. Ela praguejou — era o mesmo sabre com que treinara ontem, tão afiado quanto uma espátula de manteiga.

[ 57 ]

"UMA DISCUSSÃO."

O conde Volger desmoronou na cadeira e balançou a cabeça enquanto limpava a espada com um lenço do bolso, antes de embainhá-la de volta.

— Um dia aquele menino me mata.

— Pelo menos Alek confia em alguém! — disse Deryn. — Todo o resto de vocês *Dummkopfs* são loucos de dar nó! Mentem, mantêm segredos e... têm medo de *lagartos-mensageiros*. Com todas as suas intrigas, não é de admirar que o mundo esteja em uma grande guerra berrante!

Tazza rosnou de novo, depois soltou seu estranho latidinho ao pular nas pernas traseiras. Deryn se ajoelhou para acalmá-lo e esconder do conde Volger os olhos que ardiam.

— Alek está mesmo ferido? — perguntou o homem.

— Sim, mas foi apenas um costela machucada.

— Por que não me deixam ver Alek ou Klopp?

— Por conta do que o mestre Klopp fez durante a batalha — falou Deryn, enquanto alisava o flanco de Tazza. — Ele virou a nave exatamente antes de o canhão Tesla disparar. Sem ordens.

Volger soltou um muxoxo de desdém.

— Então é *por isso* que seu capitão me chamou? Para discutir a cadeia de comando?

Deryn ergueu o olhar sério para o conde e respondeu:

— Ele pode considerar o que aconteceu como um motim, um crime punível com a forca!

— Uma ideia absurda, a não ser que ele queira que sua nave seja levada pelo vento para sempre.

Deryn respirou fundo, devagar, e fez carinho em Tazza novamente. Era verdade — o *Leviatã* ainda precisava dos mekanistas e de seus motores. Agora mais do que nunca, com o aeromonstro sendo desobediente.

— Acho que o capitão só quer deixar clara a sua posição — disse ela —, mas não é por isso que estou aqui.

— Ah, sim. Sua mensagem secreta.

Deryn lançou um olhar sério para o homem.

— Bem, talvez o senhor não se importe de uma forma ou de outra, porém Alek acha que aqueles dois encouraçados estão a caminho de Constantinopla, assim como nós!

Volger ergueu uma sobrancelha ao ouvir isso e depois apontou para a cadeira caída.

— Sente-se, menino, e me conte tudo.

# ⬡ SETE ⬡

– **OUVIU ISSO?** — perguntou o cabo Bauer.

Alek limpou as mãos em um trapo encardido e prestou atenção. O ar tremeu com o barulho distante de um motor sendo ligado. Ele deu uns estalos a princípio e depois passou a emitir um ronco baixo e constante.

Alek olhou para o emaranhado de engrenagens diante de si e falou para seus homens:

— Três contra um, e Klopp fez o motor dele funcionar primeiro!

— Odeio ter que dizer isto — Bauer espalmou as mãos sujas de graxa —, mas eu e o senhor não somos de muita ajuda.

O mestre Hoffman deu um tapinha nas costas do artilheiro e riu.

— Um dia eu consigo transformar você em um engenheiro, Bauer. É aquele ali que é um caso perdido. — Hoffman olhou para o Sr. Hirst, que os observava mal-humorado da nacela do motor, com as mãos perfeitamente limpas.

— O que está acontecendo? — perguntou o homem.

Alek passou a falar em inglês:

— Nada, Sr. Hirst. Apenas parece que Klopp nos venceu.

— É o que parece — falou o homem, que voltou a ficar calado.

Era o fim da tarde, menos de 48 horas depois do infeliz encontro com o *Breslau* e o *Goeben*. Alek, seus homens Hoffman e Bauer, e Hirst foram destacados para o motor de estibordo, enquanto o mestre Klopp estava no motor de bombordo sob guarda armada, sendo traduzido pelo conde Volger.

Desde o incidente com a pistola de ar comprimido, ficou decidido que Klopp e o Sr. Hirst não dividiriam mais a mesma nacela de motor. Alek não estava sob guarda, mas ele suspeitava que o único motivo eram as bandagens em volta da costela ferida. Toda vez que Alek erguia uma chave-inglesa, ele fazia uma careta de dor.

Mas ninguém estava preso no xadrez, pelo menos. Fiel à sua promessa, a Dra. Barlow convencera o capitão a encarar a realidade — sem a ajuda de Klopp, a aeronave ficaria à deriva ao sabor dos ventos. Ou pior, o grande aeromonstro poderia levá-los em uma jornada à própria escolha.

A boa vontade do capitão viera sob certas condições, entretanto. Os cinco austríacos ficariam a bordo do *Leviatã* até que os darwinistas entendessem plenamente o funcionamento dos novos motores, não importando o tempo que isso levasse.

Alek suspeitava que eles não desceriam em Constantinopla.

Meia hora depois, o motor de estibordo finalmente voltou à vida. Quando a fumaça saiu dos canos de escapamento, o mestre Hoffman ligou as engrenagens, e a hélice começou a girar.

Alek fechou os olhos e curtiu o ritmo constante dos pistons. A liberdade podia não estar mais perto, porém pelo menos a aeronave estava inteira novamente.

— Está se sentindo bem, senhor? — perguntou Bauer.

Alek respirou fundo a maresia.

— Apenas contente por estar a caminho — respondeu ele.

— É bom sentir um motor roncando sob os pés novamente, não é? — Hoffman acenou com a cabeça na direção do Sr. Hirst. — E talvez nosso amigo rabugento tenha finalmente aprendido alguns novos truques.

— Tomara que sim — falou Alek, sorrindo. Desde a batalha, Bauer e Hoffman passaram a não ir com a cara do engenheiro-chefe do *Leviatã*. Afinal de contas, os dois estiveram ao lado de Alek desde a noite terrível em que seus pais morreram e abriram mão das carreiras para protegê-lo. Não aceitaram muito bem a ideia de o Sr. Hirst ter atirado nele e no mestre Klopp, com ou sem motim.

Em pouco tempo, ambos os motores funcionavam em conjunto, e o *Leviatã* retomou o rumo ao norte. A superfície da água passou por baixo deles cada vez mais rápido até que a aeronave deixou para trás a escolta de gaivotas famintas e golfinhos curiosos.

O ar em movimento era mais gostoso, decidiu Alek. A aeronave se deixara levar pelos ventos na maior parte do dia, mantivera a mesma velocidade e direção do ar, e envolvera tudo em uma calmaria. Entretanto, agora que eles voavam com os motores, a maresia era intensa contra o rosto de Alek e afastou a sensação de estar aprisionado.

— Uma daquelas coisas falantes — falou Bauer, com a testa franzida.

Alek se virou, viu um lagarto-mensageiro vindo pela pele da aeronave e suspirou. Era provavelmente a Dra. Barlow querendo designá-lo novamente para a tarefa de cuidar dos ovos.

Porém, quando o lagarto abriu a boca, o monstrinho falou com a voz do timoneiro mestre:

— O capitão deseja ter o prazer de sua companhia na ponte na primeira oportunidade disponível.

Bauer e Hoffman olharam para Alek ao reconhecer a palavra em inglês para "capitão".

— Ele quer me ver na primeira oportunidade disponível — traduziu Alek, e Bauer deu um muxoxo de desdém. Não seria muito oportuno descer até a gôndola com uma costela machucada.

Entretanto, Alek se pegou sorrindo ao limpar a graxa das mãos. Era a primeira vez que qualquer um deles era convidado a ir à ponte. Desde que chegara a bordo, ele se perguntava como os oficiais comandavam os efetivos combinados de homens, animais fabricados e máquinas. Será que era como um encouraçado terrestre dos alemães, em que a tripulação da ponte controlava diretamente os motores e o canhão? Ou como uma embarcação, com ordens despachadas para as salas de máquinas e postos de armas?

Alek se virou para o Sr. Hirst.

— Eu tenho que ir, senhor — informou.

O homem concordou com um aceno de cabeça um pouco rígido. Ele jamais se desculpara por atirar em Alek, e nenhum dos oficiais nunca admitiu que Klopp salvara a nave. Porém, quando eles começaram a trabalhar na manhã daquele dia, Hirst revirara os bolsos do avesso em silêncio, para mostrar que não estava mais armado.

Já era alguma coisa, pelo menos.

Alek viu Volger à sua espera na escadaria principal da gôndola.

Era estranho ver o traje de equitação do conde manchado de óleo, e o cabelo desgrenhado pelo jato de ar da hélice. Na verdade, Alek não via Volger desde a batalha. Ambos estiveram trabalhando nos motores todo o tempo possível desde a soltura de Alek.

— Ah, sua alteza — falou o conde ao fazer uma mesura sem entusiasmo. — Eu me perguntava se você tinha sido convocado também.

— Vou aonde os lagartos me mandam.

Volger não sorriu, apenas se virou e começou a descer os degraus.

— Criaturas monstruosas — disse. — O capitão deve ter notícias importantes para nos deixar ver a ponte finalmente.

— Talvez ele queira nos agradecer.

— Eu desconfio que seja algo menos agradável — disse o conde. — Algo que ele não queria que nós soubéssemos *até* que consertássemos seus motores novamente.

Alek franziu a testa. Como sempre, o que o conde dizia fazia sentido, ainda que de maneira suspeita. Viver entre estas criaturas hereges do *Leviatã* não melhorara seu temperamento.

— Você não confia muito nos darwinistas, não é? — perguntou Alek.

— Nem você deveria. — Volger parou e examinou os corredores de um lado a outro. Ele esperou que um par de tripulantes passasse, depois puxou Alek, e os dois desceram mais pela escada. Após um momento, eles estavam no convés mais baixo da gôndola, em um corredor iluminado pelas lagartas bioluminescentes da nave.

— As despensas da nave estão quase vazias — falou Volger, baixinho. — Eles nem sequer as protegem mais.

Alek sorriu.

— Você andou bisbilhotando, não?

— Quando não estou ajustando engrenagens como um mekânico comum. Mas temos que falar rápido. Eles já me pegaram aqui uma vez.

— Então, o que achou da minha mensagem? — perguntou Alek. — Aqueles encouraçados estão a caminho de Constantinopla, não estão?

— Você contou a eles quem é.

Alek ficou assustado por um momento ao compreender as palavras. Depois pestanejou e virou o rosto, com os olhos ardendo de vergonha e frustração. Sentia-se como um menino novamente, quando Volger o acertava à vontade com o sabre.

Ele pigarreou ao se lembrar de que o conde não era mais seu professor.

— A Dra. Barlow lhe contou, não foi? Para mostrar que ela sabe algo sobre nós.

— Não é um palpite ruim, porém foi mais simples que isso: Dylan deixou escapar.

— Dylan? — Alek fez que não com a cabeça.

— Ele não sabia que você mantinha segredos de mim.

— Eu não mantenho... — Alek começou a falar, mas era inútil discutir.

— Você ficou maluco? — sussurrou Volger. — Você é o herdeiro do trono da Áustria-Hungria. Por que *contou isso aos nossos inimigos?*

— Dylan e a Dra. Barlow não são inimigos — disse Alek, com firmeza, enquanto encarava o conde Volger no fundo dos olhos. — E eles não sabem que sou o legítimo herdeiro do trono. Ninguém sabe da carta do papa, a não ser eu e você.

— Bem, agradeça aos céus por isso.

— E eu *não* contei para eles, não realmente. A Dra. Barlow adivinhou quem eram meus pais por conta própria. — Alek virou o rosto novamente. — Mas sinto muito, eu deveria ter contato para você que eles sabiam.

— Não, você jamais deveria ter admitido qualquer coisa, não importa o que eles adivinharam! Aquele menino Dylan é completamente ingênuo, incapaz de manter um segredo. Você pode achar que ele é seu amigo, mas é apenas um camponês. E você colocou seu futuro nas mãos dele!

Alek balançou a cabeça. Dylan podia ser um plebeu, mas ele *era* um amigo. Já arriscara a vida para manter a identidade de Alek em segredo.

— Pense um pouco, Volger. Dylan deixou escapar para *você*, não para um dos oficiais da nave. Nós podemos confiar nele.

O homem se aproximou na escuridão, a voz era pouco mais alta que um sussurro:

— Espero que esteja certo, Alek. Caso contrário, o capitão irá nos dizer que seus novos motores nos levarão de volta para a Grã-Bretanha, onde eles terão uma jaula à sua espera. Você acha que ser o monarca de estimação dos darwinistas será agradável?

Alek não respondeu por um momento e repassou na mente todas as promessas sinceras de Dylan. Depois se afastou e começou a subir pela escada.

— Ele não nos traiu. Você verá.

A ponte era muito maior do que Alek havia imaginado.

Ela tomava toda a largura da gôndola e acompanhava a curvatura suave do semicírculo da proa da aeronave. O sol da tarde entrava pelas janelas que se estendiam quase até o teto. Alek se aproximou de uma — o vidro tinha uma inclinação sutil para fora, o que permitia que ele olhasse diretamente para a água que passava rápido abaixo.

Refletidos na janela, uma dezena de tubos de lagartos-mensageiros se enroscavam ao longo do teto; outros brotavam do chão como cogumelos reluzentes de latão. As paredes eram repletas de alavancas e painéis de controle, e pássaros mensageiros se agitavam em jaulas penduradas em um canto. Alek fechou os olhos por um momento para ouvir o burburinho e o falatório de homens e animais.

Volger puxou o braço de Alek com delicadeza.

— Estamos aqui para negociar, não para admirar como bobos.

Alek fez uma expressão séria e seguiu Volger, mas ainda observava e escutava tudo ao redor. Não importava quais fossem as notícias do capitão, ele queria absorver todos os detalhes do lugar.

Na frente da ponte estava o timão principal, como o leme de um velho veleiro, entalhado no estilo sinuoso dos darwinistas. O capitão Hobbes deu as costas para o timão a fim de recebê-los com um sorriso no rosto.

— Ah, cavalheiros. Obrigado por virem.

Alek seguiu o exemplo de Volger e fez uma ligeira reverência para o capitão, uma mesura adequada para um nobre de menor status e importância indefinida.

— A que devemos o prazer? — perguntou Volger.

— Estamos a caminho novamente — falou o capitão Hobbes. — Eu gostaria de lhes agradecer pessoalmente por isso.

— Estamos felizes em ajudar — disse Alek, na esperança de que as suspeitas do conde Volger fossem exageradas, pelo menos uma vez.

— Mas também tenho más notícias — continuou o capitão. — Eu acabei de ser informado de que a Grã-Bretanha e a Áustria-Hungria estão oficialmente em guerra. — Ele pigarreou. — Lamentável.

Alek respirou lentamente e se perguntou há quanto tempo o capitão sabia. Será que esperara até que os motores estivessem consertados para contar? Então se deu conta de que ele e Volger estavam sujos de graxa, vestidos como mecânicos, enquanto o capitão Hobbes se exibia em seu belo uniforme azul. Subitamente, odiou o homem.

— Isso não muda nada — falou Volger. — Não somos soldados, afinal de contas.

— Sério? — O capitão franziu a testa. — A julgar pelos uniformes, seus homens são integrantes da Guarda dos Habsburgo, não são?

— Não desde que saímos da Áustria — disse Alek. — Como eu lhe disse, nós tivemos que fugir por motivos políticos.

O capitão deu de ombros.

— Desertores ainda são soldados — retorquiu.

Alek se irritou.

— Meus homens estão longe de ser...

— O senhor está dizendo que somos prisioneiros de guerra? — interrompeu Volger. — Se for assim, nós recolheremos nossos homens das nacelas dos motores e nos retiraremos para o xadrez.

— Não sejam precipitados, cavalheiros. — O capitão Hobbes ergueu as mãos. — Eu simplesmente queria dar a má notícia e pedir sua complacência. Isso me coloca em uma situação embaraçosa, os senhores entendem.

— Nós também achamos... *embaraçoso*.

— É claro — disse o capitão ao ignorar o tom de Alek. — Eu preferia chegar a algum tipo de acordo, mas tentem entender minha posição. Os senhores jamais disseram quem são. Agora que nossos países estão em guerra, isso torna sua situação bem complicada.

O homem esperou ansioso, e Alek olhou para Volger.

— Creio que torne, mas ainda preferimos não nos identificar — falou o conde.

O capitão Hobbes suspirou. Então prosseguiu:

— Então terei que me dirigir ao almirantado para receber ordens.

— Informe-nos o que eles disserem — falou o conde Volger, simplesmente.

— É claro. — O capitão tocou o quepe e se voltou para o timão. — Bom dia, cavalheiros.

Enquanto Volger fez uma nova reverência, Alek se virou rigidamente e foi embora, ainda furioso com a impertinência do homem. Porém, conforme voltava para a escotilha, ele se viu diminuindo um pouco o passo, apenas para escutar por mais alguns segundos o ritmo do *Leviatã* no coração da aeronave.

Havia prisões piores que esta no mundo.

— Você sabe quais serão as ordens do almirantado — murmurou Volger, lá fora no corredor.

— Que nós sejamos presos assim que o capitão puder passar sem nossa ajuda.

— Exatamente. É hora de começar a planejar nossa fuga.

# ◈ OITO ◈

**NAQUELA NOITE NA SALA** de máquinas, Alek ficou olhando para os ovos enquanto a mente vagava.

Eram objetos com uma aparência tão insignificante, mas esta aeronave gigantesca e maravilhosa cruzara a Europa na base da briga para levá-los ali. O que havia dentro deles? Que tipo de criatura herege poderia evitar que os otomanos se juntassem à guerra?

Os aquecedores reunidos ao redor dos ovos emitiam um brilho suave, e, no silêncio da nave, Alek sentiu o sono surgir. Ele ficou de pé e se sacudiu para acordar.

Passava um pouco das 3 da madrugada, hora de começar.

Ao tirar as botas, ele sentiu uma pontada na lateral do corpo, mas a dor nas costelas era apenas um leve incômodo. Nada que fosse atrapalhá-lo naquela noite.

Foi preciso discutir por uma hora para convencer o conde Volger de que seu plano tinha lógica. Klopp continuava sob guarda, Bauer e Hoffman estavam ocupados com os motores, e Volger já fora flagrado bisbilhotando lá embaixo. Era a vez de Alek descobrir como eles escapariam.

Ele encostou o ouvido na porta da sala de máquinas e prendeu a respiração.

Nada.

Alek virou o trinco e empurrou devagar a porta. As lâmpadas elétrikas estavam apagadas. Apenas a luz fraca das lagartas bioluminescentes iluminava os corredores, uma claridade verde tão tênue quanto a luz das estrelas. Alek entrou de meias no corredor, totalmente em silêncio, e fechou a porta delicadamente.

Ele esperou por um momento para que os olhos se ajustassem, depois foi na direção da escada. Tinha que haver alguma escotilha de emergência em algum lugar, um jeito de a tripulação abandonar a nave por cordas ou paraquedas. O deque inferior da gôndola era o lugar mais lógico para procurar por isso.

Porém, Alek não fazia ideia de onde eles encontrariam cinco paraquedas — ou algumas centenas de metros de corda. Eles teriam que escapar quando a nave estivesse pousada em Constantinopla, depois bancar a ida para um local seguro com a última barra de ouro do Pai.

Os degraus não rangeram sob seu peso. A madeira dos darwinistas vinha de árvores fabricadas e era mais leve que madeira natural e mais forte que aço. A aeronave não rangia e estalava como um navio, pelo contrário, era tão quieta quanto um castelo de pedra. O ronco distante dos motores era reduzido a um mero tremor debaixo dos pés.

Alek passou rapidamente pelo convés central da gôndola. À noite, um guarda ficava na porta da ponte, mais dois guarneciam o arsenal, e os cozinheiros da nave estavam sempre na cozinha antes da alvorada. Porém, após os cinco dias que a nave passara na geleira, os porões e as despensas estavam vazios e desguarnecidos.

A meio caminho do último lance da escadaria, um som fez Alek parar imediatamente.

Será que era um tripulante passando no convés superior? Ou alguém atrás dele?

Ele se virou e olhou para os degraus acima — nada.

Alek se perguntou se aeronaves tinham ratos. Até mesmo encouraçados terrestres de metal podiam ser infestados. Ou será que os cães farejadores de seis pernas também caçavam ratos assim como vazamentos?

Deu de ombros e prosseguiu.

No pé da escada, o convés estava frio sob os pés de Alek. O ar noturno passava logo abaixo, rarefeito e quase gelado a esta altitude.

Os corredores eram mais largos ali embaixo, com dois trilhos no chão para carrinhos de carga. De cada lado as despensas estavam abertas. Eram banhados por escuridão, as lagartas bioluminescentes reduzidas a pontinhos verdes nas paredes.

O som surgiu novamente — o roçar de botas na madeira. *Havia alguém atrás dele!*

Com o coração disparado, Alek andou mais rápido na direção da popa. Havia alguns sacos de ração meio vazios nas sombras, mas não existia um bom lugar para se esconder.

O corredor terminava em uma porta fechada. Alek se virou e viu uma silhueta se mover atrás dele. Por uma fração de segundo, considerou se entregar e fingir que se perdera. Porém, Volger já havia sido flagrado ali embaixo...

Alek avançou até a porta e a fechou ao passar.

O aposento estava um breu, e havia um cheiro forte no ar, como palha velha. Alek permaneceu parado ali no escuro com a respiração acelerada. A impressão era de que o lugar era pequeno e abarrotado, mas o som de uma porta se fechando pareceu ecoar por um momento.

Ele pensou ter ouvido murmúrios. Será que ali era um alojamento cheio de aeronautas dormindo?

Alek esperou que os olhos se ajustassem à escuridão e desejou que o coração parasse de martelar nos ouvidos...

Alguém ou alguma *coisa* estava respirando ali dentro.

Por um terrível momento, Alek se perguntou se havia criaturas a bordo do *Leviatã* que Dylan não tinha mencionado. Monstros, talvez. Ele se lembrou de seus brinquedos militares e das criaturas de combate darwinistas fabricadas a partir das cadeias vitais de répteis gigantes e extintos.

— Hã, alô? — sussurrou ele.

— Alô? — respondeu alguém.

Alek engoliu em seco.

— Ah, parece que estou perdido. Sinto muito.

— Perdido? — Veio a resposta. As palavras soaram hesitantes, e havia algo estranhamente familiar na voz.

— Sim, já estou indo. — Alek se virou para a porta e tateou às cegas pela maçaneta. O metal guinchou um pouco quando girou, e Alek se assustou.

De repente, o aposento se encheu de pequenos chiados e reclamações.

— Sinto muito — disse uma voz. Depois outra sussurrou — Alô?

Os murmúrios aumentaram e cresceram em intensidade. O cômodo não parecia maior que um closet, mas dava a impressão de que uma dezena de homens despertavam ao redor de Alek. Eles murmuravam meias palavras, em um falatório nervoso e agitado.

Será que era o *hospício* da aeronave?

Alek escancarou a porta e bateu com ela no pé descalço. Ele gritou de dor, e uma sinfonia de vozes irritadas respondeu. Mais gritos tomaram conta da escuridão, como se uma briga começasse!

Pela porta semiaberta um rosto verde o encarou.

— Aranhas berrantes! O que você está *fazendo*? — disse o intruso.

— Aranhas! Aranhas berrantes! — Uma dezena de gritos veio de todas as direções.

Alek abriu a boca para gritar, mas aí um assobio baixo flutuou pelo aposento. A cacofonia silenciou instantaneamente.

Uma lanterna com lagartas bioluminescentes foi erguida na frente do rosto de Alek. Sob a luz verde, ele conseguiu ver Dylan com os olhos franzidos e um apito de comando na mão.

— Calculei que fosse você — sussurrou o menino.

— Mas... quem são esses...

— Calado, seu bobalhão. Não provoque os monstrinhos novamente. — Dylan empurrou Alek para trás e entrou no aposento, depois fechou a porta. — Daremos sorte se os navegadores já não tiverem ouvido esta confusão.

Alek piscou, e, à luz da lanterna de lagartas bioluminescentes, finalmente enxergou a pilha de gaiolas amontoadas nas paredes. Estavam cheias de lagartos-mensageiros, amontoados como filhotinhos de cachorro numa loja de animais.

— Que lugar é este? — sussurrou ele.

— É a sala berrante dos lagartos, não é? — murmurou Dylan. — É onde o Dr. Erasmus cuida dos monstrinhos.

Alek engoliu em seco, o olhar recaiu sobre uma mesa onde havia um lagarto dissecado e alfinetado. Depois viu que o teto estava coberto pelas bocas abertas de tubos de mensagens, um emaranhado como os trilhos de uma estação de trem.

— E é também uma espécie de entroncamento, não?

— Sim, o Dr. Erasmus é o responsável por todo aquele falatório: etiquetas de origem e destino, alertas de emergência, acabar com engarrafamentos.

Alek encarou as dezenas de minúsculos olhos que o espiavam, todos reluziam na luz das lagartas bioluminescentes.

— Eu não fazia ideia de que era tão... complicado.

"ESCONDIDOS EM UMA SALA DE MENSAGEIROS."

— Como pensa que os monstrinhos sempre achavam você? Por magia? — Dylan deu um muxoxo de desdém. — É um trabalho complicado, mesmo para um cientista, especialmente com metade dos lagartos ainda tontos com aquele relâmpago mekanista. Olhe só para os pobrezinhos, e cá está você agitando os monstrinhos!

Alguns lagartos começaram a murmurar e repetir as palavras de Dylan, mas quando ele soprou outra nota suave no apito de comando, ficaram quietos novamente.

Alek olhou para Dylan.

— Você não me seguiu por acaso, não foi? — perguntou ele.

— Não, eu não conseguia dormir. E você sabe que a Dra. Barlow não quer que a gente incomode um ao outro quando cuidamos dos ovos, não é? Bem, eu pensei que, se fizesse uma visita agora, ela não estaria por perto.

— Mas eu não estava lá.

Dylan concordou com a cabeça.

— E *isso* foi um tiquinho estranho. Então pensei em bisbilhotar e ver o que você estava aprontando.

— Não levou muito tempo para me encontrar, não foi?

— A agitação dos monstrinhos ajudou, mas eu calculei que você estaria aqui embaixo nas despensas. — Dylan se aproximou. — Está procurando um jeito de escapar, não é?

Alek sentiu o maxilar se retesar.

— Sou tão óbvio assim?

— Não, eu apenas sou muito esperto — falou o menino. — Você não notou?

Alek levou um momento para pensar a respeito, depois sorriu.

— Notei.

— Ótimo. — Dylan passou por ele e se ajoelhou ao lado de uma pequena escotilha do outro lado do aposento. — Passe por aqui então, antes que a gente provoque uma nova gritaria dos monstrinhos.

# ◆ NOVE ◆

**DYLAN PASSOU PRIMEIRO** pela escotilha e desceu alguns degraus presos na parede inclinada.

Alek passou a lanterna lá embaixo, jogando luz na pequena câmara esférica. Ele já tinha visto este lugar do lado de fora da aeronave: uma saliência redonda na parte inferior da gôndola. O espaço estava apertado com o que parecia ser um par de telescópios diferentes apontado para o mar.

— Isto é uma arma? — perguntou ele.

— Não. A grossa é uma câmera de reconhecimento — falou Dylan. — E a pequenina é uma mira para bombas aéreas e navegação. Mas elas são inúteis à noite, então aqui é isolado o suficiente.

— Se não confortável — falou Alek. Ele desceu e se enfiou em um canto, meio agachado em uma engrenagem gigante presa à lateral da câmera. — Mas a gente não está diretamente embaixo da ponte?

Dylan ergueu o olhar.

— Aquela é a sala de navegação acima de nós — respondeu —, e a ponte fica em cima dela, porém é mais seguro aqui do que na sala dos lagartos. Você deu sorte de não mandar um alerta para a toda a nave berrante!

— Isso teria sido constrangedor — disse Alek ao imaginar um exército de lagartos correndo pelos tubos de mensagem da aeronave e gritando com sua voz para a tripulação adormecida. — Sou um espião bem inútil, creio eu.

— Pelo menos foi esperto o suficiente para ser flagrado por mim, e não por alguém que poderia se opor a você se esgueirar por aí.

— Eu dei mais com a cara na parede do que me esgueirei — falou Alek. — Mas obrigado por não me denunciar.

O garoto deu de ombros.

— Imagino que escapar seja a obrigação de um prisioneiro. Afinal de contas, vocês mekanistas não param de salvar a nave, já foram *três* vezes agora, e o capitão os trata como se fossem inimigos! E apenas porque a Grã-Bretanha declarou guerra ao seu tio-avô. Eu acho podre essa situação.

Alek se pegou sorrindo. Quanto à lealdade de Dylan, pelo menos, as suspeitas de Volger estavam completamente erradas.

— Então é por isso que você procurava por mim — disse Alek. — Para conversar sobre como a gente pode escapar.

— Bem, eu não estou a fim de *ajudar* você. Isso poderia ser um tiquinho demais de traição, mesmo para mim. É apenas que... — A voz de Dylan foi sumindo.

— O quê?

— Nós estaremos em Constantinopla pelo meio-dia de amanhã, então calculei que você fosse dar no pé em breve, e esta poderia ser nossa última chance de conversar. — O menino se abraçou. — E eu mal tenho dormido, de qualquer maneira.

Alek franziu os olhos na escuridão. Os traços delicados de Dylan pareciam tensos, mesmo à luz suave das lagartas bioluminescentes. Não havia sinal do sorriso de sempre.

— O que houve?

— Foi o que aconteceu com Newkirk. Aquilo me deixou em frangalhos.

— Frangalhos? — Alek franziu a testa. Novamente, ficou confuso com o jeito estranho de Dylan falar inglês. — Newkirk é o aspirante cujo Huxley queimou, certo?

— Sim, foi muito parecido... com o que aconteceu quando meu pai morreu. Isso tem me dado pesadelos.

Alek concordou com a cabeça. Dylan nunca havia falado muita coisa a respeito da morte do pai, apenas que o perdera em um acidente, e que ficara sem falar um mês inteiro depois.

— Você nunca falou sobre isto com ninguém, não foi?

O garoto fez que não com a cabeça, depois ficou calado.

Alek esperou e se lembrou de como foi difícil contar a Dylan sobre os próprios pais. No silêncio, ele ouviu o vento soprar pela proa da aeronave e forçar as juntas e as emendas. Uma brisa subiu por onde a câmera se projetava para o céu noturno lá fora, uma aragem fria girou em torno dos seus pés.

— Quero dizer, uma vez que você vai embora da nave de qualquer maneira, eu imaginei que ouvir não seria um grande sacrifício.

— Claro que pode me contar, Dylan. Você sabe muitos segredos meus, afinal de contas.

O garoto concordou com a cabeça, mas fez silêncio novamente, ainda mantendo o abraço firme em si mesmo. Alek tomou fôlego devagar. Ele nunca tinha visto Dylan com medo de falar o que pensava. O menino jamais parecera ter medo de alguma coisa antes, muito menos de uma lembrança.

Talvez ele não quisesse ser visto daquele jeito por ninguém, parecendo fraco e... em frangalhos.

Alek tirou a jaqueta e colocou sobre a lanterna. A escuridão envolveu os dois.

— Conte-me — falou ele, suavemente.

Um momento depois, Dylan começou a falar.

— Papai voava em balões de ar quente, sabe, mesmo depois que os respiradores de hidrogênio ficaram tão grandes. Eu sempre ia com ele, portanto estava presente quando aconteceu. A gente ainda estava no chão, os maçaricos ligados para aquecer o ar no envelope. Então, de repente, houve uma grande rajada de calor, como uma caldeira sendo aberta. Um dos tanques de querosene...

A voz de Dylan foi ficando mais suave aos poucos, quase como a de uma menina, e então sumiu por completo. Alek se aproximou e passou o braço pelos ombros do garoto até que ele falasse novamente.

— Foi a mesma coisa com Newkirk. O fogo disparou até que o balão inteiro estivesse queimando acima de nós, e o calor levou a gente para o céu. Os cabos aguentaram, embora eles devessem estar em chamas também. E meu pai me empurrou para fora da gôndola.

— Ou seja, ele salvou você.

— Sim, mas *foi isso que o matou.* Sem meu peso, os cabos se romperam, todos ao mesmo tempo, como dedos sendo estalados. E o balão do papai foi embora rugindo.

Alek ficou sem ar. Lembrou-se novamente do zepelim alemão que caiu em frente a ele nos Alpes, com o hidrogênio em combustão por causa dos tiros de metralhadora. Ainda era capaz de ouvir o assobio da neve debaixo dos destroços enquanto ela virava vapor, e os gritos fracos de dentro da gôndola.

— Todo mundo viu como ele me salvou — falou Dylan, enquanto metia a mão no bolso. — Deram uma medalha para o meu pai por causa disso.

[ 82 ]

Ele retirou uma pequena condecoração, uma estrela de prata arredondada pendurada em uma fita azul-celeste. No escuro, Alek mal conseguiu ver o rosto de Charles Darwin gravado no centro.

— É chamada de Cruz da Bravura Aérea, a maior honra que eles podem conceder a um civil por feitos no ar.

— Você deve se orgulhar — falou Alek.

— Naquele primeiro ano, quando não conseguia dormir, eu costumava olhar para ela à noite. No entanto, achava que os pesadelos tinham acabado até o que aconteceu com Newkirk. — Dylan olhou para ele. — Talvez você entenda um tiquinho sobre a volta dos pesadelos, não é? Por causa dos seus pais?

Alek concordou com a cabeça enquanto encarava a medalha e pensava no que dizer. Ele ainda sonhava, é claro, mas a morte dos pais ocorrera na distante Sarajevo, não diante de seus olhos. Mesmo os pesadelos não podiam se comparar ao que Dylan descrevera.

Mas aí ele se lembrou do momento em que o canhão Tesla disparou, do medo de que o *Leviatã* fosse engolido pelas chamas.

— Acho que você é muito corajoso em servir nesta nave.

— Sim, ou louco. — Os olhos do menino reluziram na luz bruxuleante das lagartas bioluminescentes debaixo da jaqueta de Alek. — Você acha que é uma loucura? Como se eu estivesse tentando morrer queimado da mesma forma que ele?

— Não seja ridículo. Você está honrando seu pai. Claro que ele gostaria que você estivesse nessa nave. Se eu não fosse... — Ele fez uma pausa. — Quero dizer, se as coisas fossem diferentes, eu gostaria de estar aqui também.

— Gostaria?

— Bem, talvez seja bobagem. Porém, nos últimos dias, é como se algo estivesse mudando dentro de mim. Tudo que eu sempre soube está de ponta-cabeça. Às vezes, é quase como se eu estivesse... apaixonado...

O corpo de Dylan ficou tenso ao lado de Alek.

— Eu sei que parece bobagem — disse ele, rapidamente. — É obviamente bem ridículo.

— Mas você está dizendo que...? Quero dizer, e se as coisas *fossem* diferentes do que você pensou? Se eu fosse... ou você já adivinhou? — Dylan soltou um gemido. — O que está *dizendo* exatamente?

Alek balançou a cabeça.

— Talvez eu esteja me expressando mal, mas é quase como se... eu estivesse apaixonado por sua nave.

— Você está apaixonado — disse Dylan devagar — pelo *Leviatã*?

— Eu me sinto *bem* aqui. — Alek deu de ombros. — Como se fosse aqui que eu deveria estar.

Dylan soltou uma estranha risada abafada ao recolocar a medalha no bolso.

— Vocês mekanistas... — murmurou. — Vocês são todos ruins da cachola.

Alek tirou o braço dos ombros do garoto e franziu a testa. Dylan estava sempre explicando como as espécies interligadas da nave sustentavam umas às outras, como cada monstro era parte do todo. Com certeza ele podia compreender.

— Dylan, você sabe que eu sempre fui solitário. Nunca tive colegas de escola, apenas professores.

— Sim, porque você é um príncipe berrante.

— Porém eu estou longe até mesmo de ser um príncipe por causa do sangue da minha mãe. Eu nunca me misturei com plebeus, e o resto da minha família sempre quis que eu desaparecesse. Mas aqui nesta nave... — Alek entrelaçou os dedos à procura das palavras certas.

— Este é o lugar onde você se encaixa — falou Dylan, secamente. — Onde se sente autêntico.

Alek sorriu.

— Sim, eu sabia que você entenderia.

— Sim, é claro. — Dylan deu de ombros. — Só achei que estivesse dizendo outra coisa, apenas isso. Eu sinto a mesma coisa que você... sobre a nave.

— Mas você não é um inimigo aqui ou esconde o que é — falou Alek, e suspirou. — É bem mais simples para você.

O garoto deu uma risada triste.

— Não tão simples quanto pensa.

— Eu não disse que *você* era simples, Dylan. É apenas que você não tem segredos pairando sobre a cabeça. Ninguém está tentando colocar você para fora da nave ou a ferros!

Dylan fez que não com a cabeça.

— Diga isso para a minha mãe — retorquiu o menino.

— Ah, certo. — Alek se lembrou de que a mãe de Dylan não queria que ele entrasse para as Forças Armadas. — Tem horas que as mulheres conseguem ser bem loucas.

— Na minha família, elas são um tiquinho mais loucas que a maioria. — Dylan tirou a jaqueta de Alek da lanterna. — Cheias de ideias estúpidas. Loucas como você não seria capaz de acreditar.

No súbito clarão de luz verde, o rosto de Dylan não estava mais triste. Os olhos apresentavam a vivacidade de sempre, mas havia um brilho furioso neles. O garoto jogou a jaqueta para Alek.

— Nós dois sabemos que você não pode ficar a bordo desta nave — falou Dylan, baixinho.

Alek sustentou seu olhar por um momento, depois concordou com a cabeça. Assim que os darwinistas entendessem seus novos motores, jamais permitiriam que ele servisse no *Leviatã*. Alek e os demais seriam levados de volta à Grã-Bretanha sob custódia, quer os darwinistas tivessem descoberto quem ele era ou não.

Alek tinha que escapar.

— Acho melhor voltar a me esgueirar.

— Sim, é melhor — disse Dylan. — Vou subir e vigiar os ovos para você. Volte antes da alvorada, porém, ou a cientista vai arrancar nossas cabeças.

— Obrigado — falou Alek.

— Só podemos ficar em Constantinopla por 24 horas. Você vai ter que encontrar seja lá o que esteja procurando hoje à noite.

Alek concordou, o coração batia um pouco mais rápido. Ele esticou a mão.

— Caso nós não nos falemos novamente — disse —, espero que continuemos amigos, não importa o que aconteça. As guerras não duram para sempre.

Dylan encarou a mão estendida e fez que sim com a cabeça.

— Sim, amigos. — Ele ficou de pé. — Fique com a lanterna. Sei achar o caminho no escuro.

Dylan se virou e subiu para a escuridão sem mais uma palavra. Alek olhou para a mão e, por um momento, se perguntou o que havia acontecido. Por que Dylan ficara tão frio de repente? Talvez o garoto tenha deixado transparecer mais sentimentos do que planejava. Ou talvez Alek tenha dito alguma coisa errada.

Alek suspirou. Não havia tempo para pensar nisso — ele precisava se esgueirar por aí. Assim que o *Leviatã* começasse a voltar para a Grã-Bretanha, não haveria outra chance para escapar. Ele tinha que ir embora dessa nave em menos de dois dias.

Pegou a lanterna e seguiu para a escotilha.

# ◈ DEZ ◈

**DERYN JAMAIS TINHA** visto uma cidade mekanista antes.

Constantinopla passou lá embaixo, com morros lotados de gente. Palácios de pedras claras e mesquitas com cúpulas se espremiam contra prédios modernos, alguns que chegavam a seis andares de altura. Dois braços estreitos de água cristalina cortavam a cidade em três partes, e um mar plácido se estendia ao sul, salpicado por inúmeros navios mercantes a vapor e a vela, com dezenas de bandeiras diferentes.

Uma mortalha de fumaça pairava sobre tudo, cuspida por fábricas e motores incontáveis, e encobria os andadores que circulavam pelas ruas estreitas. Não havia pássaros mensageiros no ar imundo; apenas alguns biplanos e girocópteros passavam rente aos telhados e contornavam as torres de pedra e as antenas dos rádios.

Era estranho imaginar que Alek vinha de um lugar assim como esse, cheio de máquinas e metal, praticamente sem vida, exceto pelo seres humanos e seus germes. Claro, era estranho pensar em Alek neste momento. Deryn bancara uma tremenda *Dummkopf* na noite anterior por tagarelar sobre o acidente do pai e depois por confundir a confiança de Alek com algo mais do que era.

Como ela fora tapada ao imaginar por um momento que um príncipe berrante pensaria a respeito dela *daquela* maneira. Alek sequer sabia seu verdadeiro nome. E se descobrisse de alguma forma que ela era uma menina vestida de menino? Alek fugiria correndo.

Ainda bem que ele pretendia fugir de qualquer maneira. Em algum momento na noite de hoje, Alek e seus amigos mekanistas dariam no pé para aquela massa enfumaçada de cidade e iriam embora para valer. Então ela pararia de agir feito uma menina da roça que torcia a barra da saia sempre que um determinado garoto passava.

Deryn Sharp não teria esse destino patético, tão indigno para um soldado.

O *Leviatã* sobrevoou rente à água, e Newkirk se aproximou do janelão do refeitório dos aspirantes para espiar, de olhos arregalados. Sem dúvida ele procurava na floresta de mastros e chaminés lá embaixo a ponta mortal do canhão Tesla do *Goeben*.

— Viu algum navio alemão? — perguntou ele, com nervosismo.

Deryn fez que não.

— Apenas alguns navios mercantes e um carvoeiro. Eu disse que aqueles encouraçados já teriam ido embora há muito tempo.

Mas Newkirk, com o quepe do uniforme de gala bem enfiado sobre o cabelo queimado, não parecia muito tranquilizado. O mar embaixo deles se estendia até o estreito de Dardanelos, com vários recantos para um encouraçado se esconder. O *Leviatã* fora a Constantinopla sobre terra firme, afinal de contas, pois não queria se arriscar a levar o relâmpago dos encouraçados mekanistas novamente.

— Aspirantes Sharp e Newkirk! — Veio uma voz da porta. — Tenho que dizer que os senhores estão bonitos.

Deryn se virou e fez um tiquinho de reverência para a cientista. Ela sentiu vergonha do uniforme de gala, que já o havia usado antes na cerimônia de juramento. O alfaiate que confeccionara o uniforme para ela em Paris provavelmente havia se perguntado por que uma garota tapada qualquer tinha se dado tanto trabalho para uma festa à fantasia.

Agora, um mês depois, a jaqueta elegante estava justa sobre os novos músculos nos ombros, e a camisa parecia tão dura quanto a gola de vigário.

— Francamente, madame, eu me sinto um pouco como um pinguim — falou Newkirk, enquanto ajustava a gravata-borboleta de seda.

— Pode ser — falou a Dra. Barlow —, mas temos que estar apresentáveis para o embaixador Mallet.

Deryn se voltou para a janela e soltou um suspiro. As despensas estavam vazias, e eles tinham apenas 24 horas para reabastecer a nave inteira. Parecia idiotice levar diplomatas ao Grande Bazar, especialmente se isso envolvia se arrumar. A Dra. Barlow estava toda vestida com roupa de equitação, como uma duquesa em uma caça à raposa.

— Será que eles vendem carne seca em Constantinopla? — perguntou Newkirk, esperançoso.

— Is-tam-bul — falou a Dra. Barlow, enquanto batia com o chicote de equitação na bota uma vez a cada sílaba. — É assim que temos que nos lembrar de chamar a cidade. Caso contrário, os nativos ficarão chateados.

— Istambul? — Newkirk franziu a testa. — Mas está "Constantinopla" em todos os mapas.

— Nos *nossos* mapas — disse a cientista. — Nós usamos esse nome para homenagear Constantino, o imperador cristão que fundou a cidade, mas os moradores a chamam de Istambul desde 1453.

— Eles mudaram o nome há 400 *anos*? — Deryn se voltou da janela. — Talvez seja a hora de a gente consertar nossos mapas berrantes.

— Sábias palavras, Sr. Sharp — falou a Dra. Barlow, que depois acrescentou baixinho: — Eu me pergunto se os alemães já consertaram os próprios mapas.

O *Leviatã* desceu em um largo campo de aviação empoeirado na divisa a oeste da cidade.

Havia uma torre de amarração no centro do campo, como um farol em um mar de grama. Não parecia diferente do mastro lá em Wormwood Scrubs. Deryn considerou que, não importava que fosse darwinista ou mekanista, um campo de aviação tinha que se proteger do vento praticamente da mesma forma. As várias equipes de solo certamente pareciam eficientes ao recolher os cabos de amarração, seus barretes vermelhos fazendo um contraste intenso contra a grama.

— O Sr. Rigby diz que eles treinam bastante com as aeronaves alemãs — falou Newkirk. — Disse que a gente deveria estudar a técnica deles.

— A gente poderia, caso estivesse mais perto — disse Deryn. Ela se coçava para estar lá embaixo ajudando ou pelo menos trabalhando com os amarradores no topo. Porém, a Dra. Barlow mandou que os dois aspirantes não desarrumassem os uniformes de gala.

Os motores pulsavam acima e viraram a nave na direção do vento. Até mesmo Alek e seus amigos mekanistas tinham trabalho de verdade a fazer.

Dez minutos depois, o *Leviatã* foi preso por uma dezena de cabos, cada um segurado por dez homens, e o nariz do aeromonstro foi pressionado contra a torre de amarração, e os grandes olhos foram encobertos por antolhos.

Deryn franziu a testa.

— Eles nos amarraram um pouco alto — disse ela. — Ainda estamos a 15 metros do chão!

— Tudo de acordo com o plano, Sr. Sharp — falou a Dra. Barlow, enquanto apontava o chicote de equitação para o horizonte.

Deryn ergueu o olhar e viu o que estava saindo do arvoredo; seu queixo caiu.

— Eu não sabia que países mekanistas tinham elefantinos! — berrou Newkirk.

— Aquilo não é um monstrinho — falou Deryn. — É um *andador* berrante.

A máquina avançou de maneira desajeitada sobre patas imensas, as presas balançando de um lado para o outro ao caminhar. Quatro pilotos em uniformes azuis estavam sentados em selas que se projetavam das ancas, cada um operava os controles de uma pata. Uma tromba mecânica, dividida em uma dezena de segmentos de metal, ia de um lado para o outro, como o rabo de um gato adormecido.

— Ele deve ter 15 metros de altura — disse Newkirk. — É até maior que um elefantino de verdade!

[ 92 ]

O sol bateu no andador quando ele saiu do arvoredo, e a carapaça de aço escovado reluziu como espelhos. A plataforma na traseira estava coberta por um guarda-sol no formato do capuz de um gavião-bombardeiro. Havia um punhado de homens em uniforme de gala na plataforma, enquanto um quinto piloto se aboletava na frente, no controle da tromba. As enormes orelhas de metal do elefante batiam devagar e agitavam as tapeçarias cintilantes penduradas nos flancos.

— Como os senhores podem ver — falou a Dra. Barlow —, o embaixador viaja com estilo.

— Eu sei que a gente não pode usar monstrinhos aqui na terra dos mekanistas — disse Deryn —, mas por que fazer um andador que pareça com um animal?

— A diplomacia se resume a símbolos — explicou a Dra. Barlow. — Elefantes significam realeza e poder; de acordo com a lenda, um elefante previu o nascimento do profeta Maomé. As próprias máquinas de guerra do sultão são feitas no mesmo formato.

— Todos os andadores se parecem com monstrinhos? — perguntou Newkirk.

— A maioria, sim — disse a cientista. — Nossos amigos otomanos podem ser mekanistas, mas eles não se esqueceram da teia de vida à nossa volta. É por isso que tenho esperança.

Deryn franziu a testa e pensou por um momento nos ovos misteriosos na sala de máquinas. O que significavam as criaturas dentro deles?

Porém não havia muito tempo para refletir. Pouco depois, o elefante de metal estava ao lado da gôndola da aeronave, com uma prancha esticada entre eles.

— Andem logo, cavalheiros — disse a Dra. Barlow. — Nós temos um elefante para pegar.

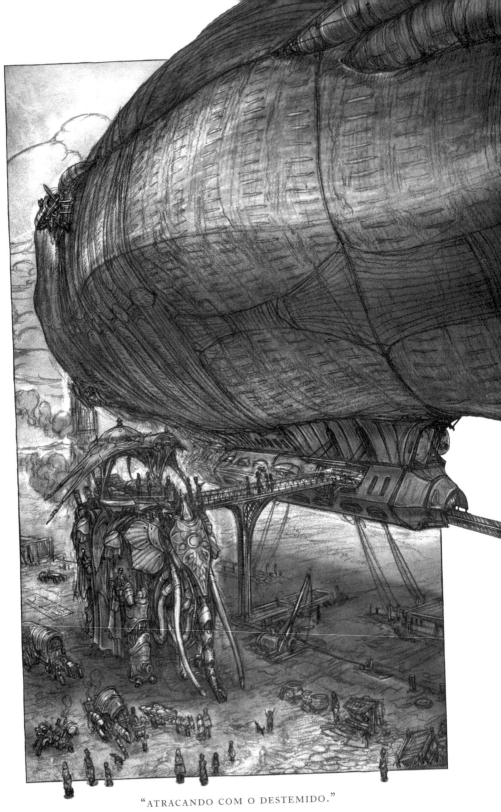

"ATRACANDO COM O DESTEMIDO."

# ● ONZE ●

**O *HOWDAH*, COMO O EMBAIXADOR** chamara a plataforma do *Destemido*, parecia com um pequeno barquinho no mar. Ele balançava de um lado para o outro com o passo do elefante, mas o movimento era estável e previsível. Não era o suficiente para deixar Deryn mareada.

Com Newkirk foi diferente, obviamente.

— Não vejo por que a gente tem que andar nesta engenhoca — falou ele, com o rosto mais pálido a cada passo. — Nós entramos para a Força *Aérea*, não para a berrante Brigada Elefante!

— E nem para o corpo diplomático — murmurou Deryn.

Desde que foram apresentados, o embaixador e seus assistentes ignoraram os dois aspirantes. Eles falavam sem parar com a Dra. Barlow em francês, o que era uma atitude tapada pois todos eram ingleses, mas era assim que funcionava a diplomacia. E, até onde Deryn era capaz de dizer, ninguém falava nada sobre o transporte de suprimentos.

Ela imaginou como o *Destemido* carregaria todas as provisões que a aeronave precisava. Não havia muito espaço no *howdah*, que de qualquer forma era todo feito de seda e franjas, sofisticado demais para pilhas de caixotes. A máquina poderia puxar um trenó ou uma carroça como um verdadeiro elefantino, calculou Deryn, mas não havia nenhum por perto. Talvez quando eles chegassem ao Grande Bazar...

— Posso fazer algumas perguntas para vocês, meninos?

Deryn se virou. O homem que interrompera seus pensamentos não estava vestido como os diplomatas. Na verdade, sua roupa era uma bagunça. O paletó tinha remendos nos cotovelos, o chapéu era uma massa disforme na cabeça. Havia uma câmera volumosa pendurada no pescoço e uma espécie de sapo empoleirado no ombro.

O embaixador apresentara o homem como um repórter de um jornal de Nova York, então Deryn calculou que seu sotaque estranho devia ser americano.

— É melhor perguntar para a cientista, senhor — falou Newkirk. — Não é permitido que os aspirantes tenham opiniões.

O homem riu, depois se inclinou para a frente e falou baixinho:

— Extraoficialmente, então: existe algum motivo especial para sua aeronave estar aqui em Istambul?

— Apenas uma visita amigável. — Deryn indicou o embaixador com a cabeça. — Diplomacia e tudo o mais.

— Ah. — O homem deu de ombros. — E cá estava eu pensando que pudesse ser por causa da entrada em massa de alemães.

Deryn ergueu uma sobrancelha, depois olhou para o sapo-boi. Ele tinha a aparência inteligente de um sapo memorizador, o tipo de monstrinho que registrava processos judiciais e sessões do Parlamento. Ela decidiu ter cuidado com o que falaria.

— Engenheiros, na maior parte — continuou o repórter. — Eles estão construindo todo tipo de coisas. Acabaram de terminar um novo palácio para o sultão.

— Sim, a cientista o visitará amanhã — disse Newkirk.

Deryn calou Newkirk com uma cotovelada nas costelas, depois se voltou para o repórter.

— Qual é o seu nome, senhor? — quis saber ela.

— Eddie Malone, do *New York World*. E, por favor, não me chame de senhor. — Ele ofereceu a mão e sorriu novamente. — Eu não perguntarei seu nome, é claro, pois tudo isto é extraoficial.

Derek apertou a mão do sujeito e se perguntou se ele era cheio de lero-lero. Quando o embaixador os apresentou, ela viu o repórter anotar todos os nomes no bloquinho surrado. Ele também tirou fotos com a velha câmera surrada, que espocou com a luz de um vaga-lume fabricado, que vivia no mecanismo do flash.

Os americanos eram um tipo esquisito — não eram mekanistas, nem darwinistas. Eles praticavam as duas vertentes, misturavam tecnologias como lhes convinham. Todo mundo achava que os americanos deviam ficar de fora da guerra, a não ser que alguém fosse tapado o suficiente para arrastá-los para dentro.

— Há oficiais alemães aqui também. — Malone apontou para os guardas em posição de sentido ao lado dos portões do campo de aviação do qual se aproximavam. Em vez de barretes vermelhos, eles usavam os capacetes pontudos que pareciam um pouco com o quepe de pilotagem de Alek.

— Aqueles são alemães? — perguntou Newkirk, alarmado.

— Não, são soldados otomanos — falou o repórter. — Mas olhe só para eles. Esses soldados costumavam usar uniformes mais coloridos, até que foram vestidos de cinza como perfeitos mekanistas pelo marechal de campo.

— Quem é esse? — perguntou Deryn.

— Marechal de campo Liman von Sanders. Um sujeito alemão, bom amigo do *kaiser*. Os otomanos deram para ele o comando do exército aqui em Istambul. Seus amigos diplomatas fizeram um estardalhaço, é claro, e ele entregou o posto. — Malone desfilou pelo *howdah* com uma imitação de passo de ganso. — Mas não antes de fazer os soldados marcharem como alemães!

Deryn deu uma olhadela para Newkirk. O homem era claramente lelé.

— Os otomanos colocaram um alemão no comando do próprio exército berrante?

Malone deu de ombros.

— Talvez eles tenham se cansado de ser intimidados. Os franceses e os ingleses costumavam mandar aqui, porém não mandam mais. Creio que você tenha ouvido falar do *Osman*?

Deryn concordou devagar com a cabeça.

— Sim, o navio que lorde Churchill pegou emprestado.

— "Emprestado"? — Malone riu e anotou no bloco. — Ah, *isso* eu posso usar.

Deryn praguejou baixinho e ficou brava consigo mesma por ser uma *Dummkopf*.

— Então devem estar comentando sobre essa situação aqui — falou ela.

— Comentando? É a maior notícia em Istambul! O sultão está meio falido, entende, então o encouraçado foi comprado com dinheiro arrecadado pelo povo. Vovós venderam as joias e entregaram o dinheiro. Crianças cataram centavos e compraram fantoches de sombra da criatura que faz par com o navio. Todo mundo no império possui um pedaço daquele navio! Ou pelo menos possuía, até o lorde Churchill roubá-lo. — O sorriso do homem era alucinado demais, o sapo-boi no ombro estava a postos para memorizar o que Deryn falasse.

Ela pigarreou.

— Eu creio que eles estejam um tiquinho furiosos agora?

Malone apontou com a cabeça o campo de aviação que se descortinava diante deles e depois lambeu a ponta da caneta.

— Você verá em breve — respondeu ele.


Pelos portões, uma larga avenida se estendia na direção da cidade. Conforme o andador avançava vagarosamente, as ruas se tornavam mais cheias, os prédios ficavam tão altos quanto o *howdah*. Pessoas e carrinhos de mão passavam por janelas cheias de tapetes e louças, tudo decorado com loucos desenhos quadriculados que maravilhavam os olhos de Deryn. As calçadas estavam lotadas com barracas onde se vendiam nozes e frutas secas, ou carne assada em espetos giratórios. Havia pilhas de condimentos em tons de vermelho ferruginoso e amarelo cinzento, e temperos de verde brilhante que jorravam de sacas tão grandes quanto sacos de ração. Odores desconhecidos e fortes irromperam pelo cheiro dos motores, tão intensos que Deryn podia senti-los na boca, como o ar dentro de uma estufa de fabricação.

Ela agora percebia para que servia a tromba. Conforme a máquina atravessava a multidão pesadamente, ela varria de um lado para o outro com delicadeza enquanto cutucava os pedestres para que saíssem do caminho. Os dedos do piloto do *howdah* se moviam com agilidade pelos controles; ele empurrava carroças para o lado e até mesmo resgatou o brinquedo caído de uma criança e evitou que fosse destruído pela pata gigante do andador.

Outros andadores puxavam carroças pelas ruas. A maioria parecia com camelos ou burricos, e um deles tinha a forma de uma criatura com chifres que Eddie Malone explicou se tratar de um búfalo da Índia. Um escaravelho de metal tão grande quanto um ônibus levava passageiros pela multidão.

No fim de uma rua lateral estreita, Deryn viu um par de andadores quase no formato de homens. Eles eram tão altos quanto o *Destemido*, tinham pernas curtas, braços compridos e rostos sem feições. As máquinas eram decoradas com panos listrados e símbolos estranhos, e não levavam armas nas mãos gigantes com garras.

— Algum tipo de andador do exército? — perguntou Deryn ao repórter.

— Não, são golens de ferro. Eles guardam os bairros judeus. — Malone gesticulou para a multidão. — A maioria dos otomanos é formada por turcos, mas Istambul é um caldeirão. Não apenas judeus, mas também gregos, armenos, árabes, curdos e valáquios vivem aqui.

— Bolhas — disse Newkirk. — Eu nunca ouvi falar de metade desses aí.

O homem sorriu e anotou no bloquinho.

— E todos eles têm os próprios andadores de guerra — prosseguiu o jornalista —, apenas para manter a paz.

— Parece um tipo meio capenga de paz — murmurou Deryn ao ver as ruas lá embaixo. As pessoas se vestiam de dezenas de maneiras diferentes, usavam barretes com franjas e robes de deserto, havia mulheres com véus e homens de paletó como qualquer um em Londres. De qualquer forma, todo mundo parecia conviver bem, pelo menos sob o olhar impassível dos golens de ferro.

— O que é aquilo? — perguntou Newkirk ao apontar para a frente. A 400 metros à frente do elefante, a rua parecia se agitar, uma massa escarlate avançava pela multidão e se aproximava.

Eddie Malone lambeu a caneta.

— Aquilo seria nosso comitê de boas-vindas.

Deryn foi à parte da frente do *howdah* e protegeu os olhos contra o sol. Conseguiu distinguir um grupo de homens com barretes vermelhos e braços que acenavam no ar. Atrás dela, o falatório em francês dos diplomatas parou de repente.

— Ai, Deus — falou o embaixador Mallet. — Esses camaradas novamente.

Deryn se voltou para o piloto do *howdah*.

— Quem são eles?

— Um bando chamado de Jovens Turcos, creio eu, senhor — falou o homem. — Esta cidade está cheia de sociedades secretas e revolucionários. Eu mesmo mal consigo acompanhar todos eles.

Houve um clarão de luz quando Eddie Malone tirou uma foto.

O embaixador começou a limpar os óculos. Falou:

— Os Jovens Turcos tentaram depôr o sultão há seis anos, mas foram sufocados pelos alemães. Agora eles odeiam todos os estrangeiros. Eu creio que isso era de se esperar. Segundo minhas fontes, eles estão sendo atiçados pelos jornais a respeito do *Osman*.

— Segundo suas *fontes*? — perguntou a Dra. Barlow

— Bem, eu não falo turco, é claro, nem ninguém da minha equipe, mas tenho fontes excelentes, lhe garanto.

A cientista ergueu uma sobrancelha.

— O senhor está me dizendo, embaixador, que nenhum dos senhores sabe ler os jornais locais?

O embaixador pigarreou, e os assistentes olharam para o nada.

— Não há muito motivo — falou Eddie Malone, enquanto alimentava o vaga-lume do flash da câmera com um torrão de açúcar. — Pelo que ouvi dizer, os alemães são donos de metade dos jornais, de qualquer maneira.

A Dra. Barlow encarou o embaixador novamente alarmada.

— Os alemães são donos de apenas *um* jornal. — O embaixador contestou enquanto ainda limpava os óculos. — Embora ele pareça ser muito influente. É muito inteligente da parte dos alemães espalhar suas mentiras aqui em Constantinopla.

— O nome é *Istambul* — falou a Dra. Barlow baixinho, com os dedos firmes no chicote de equitação.

Deryn balançou a cabeça e se voltou para a multidão.

Os homens se aproximavam e cantavam com os punhos erguidos em uníssono. Eles corriam entre a confusão de pessoas e carroças, cada barrete parecendo água escarlate passando pelas pedrinhas de um córrego. Em pouco tempo, os homens cercaram o andador, gritaram para os pilotos sentados nas selas e agitaram jornais. Deryn franziu os olhos — cada primeira página mostrava a foto de um navio embaixo de uma enorme manchete.

A multidão cantava "*Osman! Osman!*", porém havia outra palavra na algazarra — "beemote" —, que Deryn não reconheceu de maneira alguma.

— Bem — falou a Dra. Barlow —, isto *é* um começo desanimador.

O embaixador se empertigou e deu tapinhas na borda do *howdah*.

— Não há motivo para se preocupar, madame. Nós superamos coisas muito piores no *Destemido*.

Deryn teve que admitir que eles estavam a salvo ali em cima, a 15 metros da turba. Ninguém jogou nada ou tentou escalar as enormes patas do elefante. O piloto do *howdah* habilmente empurrava os manifestantes para o lado com a tromba, de maneira que o avanço do andador mal foi atrasado.

A expressão da Dra. Barlow, porém, tornou-se gélida.

— Não é questão de "superar", embaixador. Meu objetivo é manter este país amigável.

— Bem, fale com o lorde Churchill, sendo assim! — gritou o homem. — Não é mesmo culpa do Ministério das Relações Exteriores se ele foi lá e pegou um...

As palavras sumiram quando um gemido metálico ecoou no ar, e o mundo se inclinou embaixo deles. As botas do uniforme de gala de Deryn derraparam no tapete de seda, e todo mundo cambaleou para estibordo do *howdah*. O parapeito acertou o estômago de Deryn, e seu corpo caiu metade para fora do andador até ela se ajeitar.

Deryn olhou para baixo — o piloto da pata dianteira tinha caído do poleiro e estava esparramado em um círculo de protestantes. Estes pareciam tão surpresos quanto o piloto e se abaixaram para oferecer ajuda.

Por que o homem tinha caído da sela?

Quando a máquina cambaleou até parar, Deryn vislumbrou alguma coisa com o rabo do olho. Um laço voou da multidão e pousou em volta dos ombros do piloto da pata traseira, que depois também foi arrancado da sela. Um homem de uniforme azul subia com dificuldade pela pata da frente.

— Estamos sendo abordados! — berrou Deryn ao correr para bombordo do *howdah*. O *Destemido* também estava sendo atacado por ali. O homem que pilotava a pata traseira já tinha sido arrancado do poleiro, e o piloto da pata dianteira lutava contra uma corda em volta da cintura.

Deryn viu outro homem de uniforme azul — um uniforme *inglês* —, tomar o lugar do piloto da pata traseira e pegar os controles.

De repente a máquina cambaleou e voltou a andar, dando um enorme passo em cima da multidão. Alguém gritou quando uma pata imensa desceu e transformou os paralelepípedos em pó, e os manifestantes de barretes vermelhos começaram a se dispersar.

[ 105 ]

# ◈ DOZE ◈

— FAÇA ALGUMA COISA, Sr. Sharp — gritou a Dra. Barlow mais alto que a balbúrdia. — Parece que fomos capturados!

— Sim, madame, eu notei! — Deryn esticou a mão para pegar a faca para cordame, mas é claro que o uniforme completo de gala não tinha bolsos. Ela teria que usar os próprios punhos.

— Como eu desço até as selas? — perguntou Deryn para o piloto do *howdah*.

— Daqui não dá, senhor — disse o homem, os nós dos dedos brancos nos controles da tromba. Ele empurrava as pessoas para locais seguros enquanto a máquina cambaleava no meio da multidão em pânico. — Os pilotos das patas sobem do chão quando o elefante fica ajoelhado.

— Bolhas! Você tem algum cabo a bordo?

— Infelizmente, não, senhor. Isto aqui não é um navio.

Deryn gemeu de frustração; como uma embarcação não tinha *cabos*? A máquina cambaleou novamente, e ela agarrou o parapeito para manter o equilíbrio.

Deryn avançou pela borda do *howdah* e viu que três pilotos haviam sido substituídos por impostores em uniformes azuis. Apenas o piloto da pata dianteira de bombordo permanecia no assento, mas ainda havia uma corda em volta dele, que se estendia até a multidão lá embaixo. O homem seria puxado em breve.

No mesmo instante, as outras três patas do andador batiam e arrastavam os pés, na tentativa de fazer a engenhoca voltar a andar. Enquanto Deryn observava, a enorme pata direita dianteira pisou na barraca de um comerciante e espalhou pela rua castanhas sem casca como granizo.

— Berrantes máquinas estúpidas! — sussurrou Deryn. Um monstrinho de verdade saberia quem mandava.

De repente, a tromba balançou para bombordo. Ela se enfiou entre os manifestantes e encontrou o homem que tentava arrancar do assento o piloto da pata dianteira. O sujeito gritou e soltou a corda ao ser arremessado para o lado.

— Bom trabalho! — disse Deryn para o piloto do *howdah*. — Você pode arrancar os impostores?

O homem balançou a cabeça.

— Não consigo alcançar as selas traseiras de maneira alguma, mas talvez...

Ele mexeu os controles, e a tromba chicoteou para estibordo. Ela se curvou para trás e tentou alcançar o piloto na pata dianteira, mas parou a 1 metro de distância com os segmentos de metal rangendo.

— Não adianta, senhor — falou o homem. — Ele não é tão flexível quanto um monstrinho de verdade.

Por mais inflexível que fosse, a máquina tinha uma potência berrante. Ela avançava pelas ruas aos tropeços agora e espalhava pessoas e veículos em todas as direções. Uma pata enorme pisou em uma carroça e a despedaçou. O piloto inglês remanescente lutou para parar a máquina, mas não havia muita coisa que uma pata pudesse fazer contra três.

[ 107 ]

— Você consegue pegar alguma coisa para usar como arma? — perguntou Deryn ao piloto do *howdah*. — Só precisa de mais 1 metro de comprimento!

— Isto é uma engenhoca mekanista, senhor! Está longe de ser tão habilidosa assim.

— Bolhas — praguejou Deryn. — Então creio que vai ter que ser eu!

O homem tirou os olhos dos controles por um segundo.

— Perdão, senhor?

— Dobre a tromba até aqui em cima. E rápido, homem! — ordenou Deryn, enquanto tirava a jaqueta elegante. Ela se virou para jogar a roupa para Newkirk, depois saiu do *howdah* e subiu na cabeça do elefante.

— O que raios você está fazendo? — berrou Newkirk.

— Algo bem tapado! — gritou Deryn, quando a ponta da tromba com articulações de metal se empinou diante dela. Deryn ficou a postos na superfície oscilante da cabeça do elefante.

E pulou...

Seus braços agarraram o metal reluzente. Os segmentos rasparam uns nos outros e retiniram conforme a tromba se flexionou e levou Deryn para o alto, acima da multidão. Os pés balançaram para fora da força centrífuga como se ela estivesse na ponta de um chicote gigante que assobiava pelo ar.

O borrão das silhuetas que passavam girou em volta de Deryn, que balançou na direção da pata dianteira de estibordo. O piloto impostor a encarou de olhos arregalados quando Deryn mirou os pés nele.

Mas o homem se abaixou no último segundo, as botas do uniforme de gala rasparam assobiando a cabeça dele. Ao passar pelo piloto, as palmas das mãos de Deryn deslizaram na tromba de metal reluzente, e ela foi escorregando.

O homem olhou Deryn com uma cara feia e sacou uma faca.

Havia algo no rosto dele; o sujeito era mais pálido que a maioria dos manifestantes na rua.

— *Dummkopf*! — gritou Deryn para ele.

— *Sie gleichen die*! — berrou o homem de volta. A língua dos mekanistas!

Deryn franziu os olhos — este não era um turco, valáquio, curdo ou qualquer outra coisa que havia em Istambul. O homem era um alemão, sem dúvida.

O problema era como se *livrar* dele? Ela não apostaria nas botas de gala em uma luta contra aquela faca.

Deryn ergueu o olhar para o *howdah*. A Dra. Barlow estava gritando alguma coisa para o piloto do *howdah*, e Deryn torceu que, o que quer que a cientista estivesse armando, funcionasse rápido. A cada passo cambaleante que o elefante dava, ela perdia um tiquinho de firmeza no aço escovado.

A tromba começou a se flexionar novamente e balançou Deryn rente à rua, os paralelepípedos passaram como um borrão embaixo dela. Deryn se perguntou que tipo de estratégia de cientista ela deveria adivinhar enquanto era jogada pelo ar.

Então a tromba parou e tremeu, e o piloto tentou manter Deryn firme enquanto a máquina avançava cambaleante. Ela olhou para baixo e viu que estava balançando bem acima de uma mesa cheia de condimentos.

— Mas que raios? — murmurou Deryn. Será que a Dra. Barlow esperava que ela tirasse o alemão do poleiro com a tentação de uma comidinha caseira?

Porém, após um instante pendurada ali, começou uma coceira no fundo da garganta de Deryn, e seus olhos começaram a arder. Mesmo à certa distância, os condimentos eram fortes o suficiente para serem notados.

"UM OUSADO ASPIRANTE CUIDA DA SITUAÇÃO."

— Nada mal, Dra. Barlow — murmurou ela, que depois espirrou.

Deryn esticou o braço e pegou o saco das pimentas mais vermelhas e com aparência mais malvada.

A tromba voltou a balançar e jogou Deryn novamente na direção do alemão que pilotava a pata dianteira de estibordo. Ela viu a expressão fria no rosto do homem ao se aproximar dele e da faca que reluzia na mão.

— Experimente isto aqui no jantar, vagabundo! — Ela atirou o saco inteiro no homem.

O impulso da tromba em velocidade redobrou a força do lançamento, e o saco atingiu o alemão como uma bala de canhão. Ele explodiu no peito do piloto e o envolveu em uma nuvem vermelho-escuro. A pimenta se espalhou por todas as direções e voltou para Deryn em um redemoinho.

Dedos incandescentes fecharam os olhos da garota. Ela arfou para respirar, e fogo líquido desceu pelos pulmões. O peito parecia cheio de carvão em brasa, e a mão escorregava...

Mas ela desceu suavemente — o piloto do *howdah* colocou Deryn no chão. Ela ficou ali tossindo e cuspindo, o corpo tentava expelir a pimenta dos pulmões.

Deryn finalmente se forçou a abrir os olhos ardentes.

O elefante de metal estava imóvel. Ambas as patas dianteiras dobravam-se como se a máquina enorme se curvasse diante dela. As patas traseiras sozinhas não haviam sido suficientes para manter o andador em movimento.

Deryn viu vislumbres de azul em fuga no meio da multidão — eram os outros dois impostores escapando. Porém, o alemão que ela acertara com a pimenta estava caído em uma pilha de pó vermelho, ainda tossindo e cuspindo.

Ao ficar de pé, Deryn olhou para si mesma.

— Aranhas berrantes! — gritou ela, depois espirrou. O uniforme estava arruinado.

Porém, a perda do uniforme de gala de aspirante não era nada comparada à trilha de destruição que se espalhava pela rua: carroças grandes e pequenas viradas, um andador no formato de burrico esmagado como se fosse um inseto de metal. A multidão reunida estava em silêncio, ainda em choque pelo que o elefante enfurecido fizera.

Uma prancha desceu do ventre do andador. Dois assistentes do embaixador pegaram o alemão atordoado pela pimenta enquanto Newkirk e Eddie Malone correram pela multidão até Deryn.

— O senhor está bem, Sr. Sharp? — gritou Newkirk.

— Acho que sim — falou ela, no momento em que o flash da câmera de Malone espocou e cegou Deryn novamente.

— Então é melhor a gente voltar a bordo — disse Newkirk. — Estes caras podem se agitar novamente.

— Mas pode haver alguém ferido. — Deryn pestanejou para afastar os pontinhos da vista e olhou para a rua. Será que havia corpos em algum lugar entre a madeira despedaçada e as janelas quebradas?

— Sim, é por isso que estamos com pressa. Temos que encontrar nossos pilotos e começar a andar novamente antes que a situação fique feia!

— A situação já parece feia para mim — falou Eddie Malone ao dar um punhado de torrões de açúcar para seu vaga-lume. Ele apontou a câmera para a rua devastada.

Ainda pestanejando por causa da pimenta ardida, Deryn acompanhou Newkirk de volta ao *Destemido*. Ela se perguntou quantas pessoas viram os pilotos impostores subirem a bordo a 100 metros atrás. Será que alguém se daria conta de que a tripulação inglesa do elefante não causara este desastre?

Mesmo que a multidão tivesse visto o que acontecera, os jornais não relatariam desta forma. Não aqueles que os alemães controlavam.

— O senhor viu, certo? — disse Deryn para Eddie Malone. — Eram impostores que pilotavam! Não eram nossos homens.

— Não se preocupe, eu os vi — falou o repórter. — E nós apenas publicamos a verdade no *New York World*.

— Sim, em Nova York. — Deryn suspirou ao subir pela prancha. A multidão já se agitava em volta deles conforme o choque da destruição passava.

A questão era: será que alguém acreditaria neles ali em Istambul?

# ◉ TREZE ◉

**ALEK ESPEROU NA SALA** de máquinas e se perguntou quando viria o sinal.

Ele abriu outro botão da jaqueta. A Dra. Barlow tornara a sala tão quente quanto um forno naquela noite. Ela sempre parecia adicionar mais aquecedores quando Alek tomava conta dos ovos, apenas para irritá-lo.

Pelo menos ele não teria que sofrer por muito mais tempo. Já era possível ouvir o ronco distante das velas na nacela de estibordo. Klopp, Hoffman e Bauer estavam fingindo trabalhar no motor lá em cima. E faziam muito barulho, de maneira que ninguém ficaria surpreso ao ver Alek subir para ajudar.

Após o desastroso começo da missão da Dra. Barlow, o plano de fuga havia mudado. Alek observara o rápido retorno do andador em forma de elefante, que veio sem suprimentos e com a lateral suja por alguma espécie de pó vermelho. Rumores se espalharam pela nave de que o andador fora atacado, um incidente em que dezenas de civis foram feridos.

Em uma hora, multidões furiosas chegaram ao portão do campo de aviação e ameaçaram atacar o *Leviatã*. Guardas estavam postados em todas as escotilhas da aeronave agora, e um anel de soldados otomanos cercava a gôndola. Não haveria como sair de mansinho pelo convés de carga naquela noite.

No entanto, do posto que ocupava lá em cima na nacela do motor, Klopp reportara que não havia ninguém guardando a torre de amarração. Ela estava ligada à cabeça do aeromonstro por um único cabo pendurado a 80 metros no ar. Se os cinco conseguissem atravessá-lo e descer, talvez pudessem escapar pelo campo de aviação às escuras.

Alek ficou ouvindo o motor espocar e esperou pelo sinal. Agora que o capitão o considerava um prisioneiro de guerra, Alek estava contente em deixar o campo de aviação para trás. Fora um tolo em se deixar envolver. Volger estava certo — fingir que esta abominação voadora era seu lar apenas causava sofrimento. Dylan poderia ter sido um bom amigo em algum outro mundo, mas não neste.

Lá estava o sinal — cinco espocadas intensas das velas. Isso significava que Bauer e Hoffman dominaram os tripulantes darwinistas na nacela. De seu camarote, Volger estaria a caminho.

Eles realmente estavam indo embora. Naquela noite.

Alek ajeitou os ovos pela última vez. Pegou um novo aquecedor e agitou para ligar, depois enfiou o aparelho na palha. Do jeito que a sala de máquinas estava quente, a misteriosa carga da Dra. Barlow provavelmente ficaria bem até o amanhecer. De qualquer maneira, isso não era mais preocupação dele.

Alek notou uma velha mancha de graxa na caixa dos ovos e passou o dedo sobre ela. Depois desenhou uma faixa nas bochechas como se estivesse trabalhando lá em cima, na nacela do motor. Se fosse avistado, eles considerariam que Dylan se encontrava ali embaixo com os ovos, e que Alek estava pegando peças para os engenheiros.

Ele ficou de pé e levantou a caixa de ferramentas, que estava entupida com trocas de roupa e o rádio do Stormwalker. O aparelho era pesado, mas assim que ele e seus homens estivessem escondidos na floresta, o rádio seria o único meio de contato com o mundo exterior.

Alek suspirou. Ali, a bordo do *Leviatã*, ele quase se esquecera como era solitário correr e se esconder. A porta se abriu com um leve rangido. Alek colocou a cabeça para fora no corredor e prestou atenção aos murmúrios da nave.

Um som baixo de batidas chegou-lhe aos ouvidos. Será que vinha alguém?

Ele praguejou baixinho. Provavelmente era Dylan para conversar pela última vez. Ver o garoto novamente só tornaria a situação mais difícil, e Alek precisava começar a ir para a nacela do motor.

Porém, o barulho vinha *detrás* dele...

Alek deu meia-volta — um dos ovos estava se mexendo.

Sob a luz rosada dos aquecedores, ele conseguiu ver um buraquinho se formar no topo do ovo. Pequenas lascas se soltaram e desceram pela superfície branca e lisa. Pedacinho por pedacinho, o buraco foi crescendo.

Alek permaneceu parado ali, com a mão na maçaneta. Ele deveria estar a caminho do topo e deixando estas criaturas hereges para trás. Porém, passara sete longas noites tomando conta dos ovos enquanto se perguntava o que sairia deles. Em poucos momentos, ele finalmente veria.

Fechou a porta de mansinho.

O estranho era que o ovo do meio era aquele que estava se rompendo — o mesmo que a Dra. Barlow dissera que estava doente.

Algo saía do buraco agora. Parecia com uma garra — ou era uma *pata?* A coisa tinha pelo claro, e não penas.

Um pequeno nariz preto saiu e fungou o ar.

Alek imaginou se a criatura era perigosa. Claro, era apenas um bebê, e ele tinha uma faca para cordame embainhada no cinto. Porém continuou perto da porta, só por garantia.

O monstrinho saiu devagar e pegou a borda da caixa com mãozinhas de quatro dedos. O pelo estava empapado, e os olhos enormes pestanejaram no brilho dos aquecedores. Ele observou ao redor com atenção e se contorceu ao sair mais do ovo quebrado.

Pelas chagas de Deus, mas a coisa era *horrorosa*. A pele parecia grande demais para o corpo e pendia como a de um velho. A criatura lembrava o gato pelado da tia de Alek, criado por ter uma aparência bizarra.

O monstrinho encarou Alek e fez um barulho baixo e melancólico.

— Você deve estar com fome — falou Alek, com gentileza, mas não fazia a menor ideia do que ele comia.

Pelo menos ficou claro que a criatura *não* comia humanos. Era pequena demais para isso e muito... cativante, mesmo com o estranho excesso de pele. De alguma maneira, os olhos grandes pareciam inteligentes e tristes. Alek se viu querendo pegar o animal e consolá-lo.

A criatura estendeu uma mãozinha.

Ele pousou a caixa de ferramentas e se aproximou. Quando esticou a mão, o animal tocou a ponta dos dedos de Alek e apertou um por um. Depois se inclinou para a frente e escorregou por cima da borda da caixa de ovos.

Ele pegou o monstrinho bem a tempo. Mesmo no calor da sala de máquinas, o corpo da criatura era quente e tinha um pelo curto tão macio quanto o casaco de chinchila que sua mãe sempre usara no inverno. Quando Alek o segurou mais de perto, o monstrinho arrulhou.

Os olhos grandes da criatura pestanejaram devagar e encararam os de Alek. Os braços finos agarraram o pulso dele.

Era estranho como a criatura não deixava Alek incomodado da mesma maneira que as demais criações darwinistas. Ela era pequena demais e tinha uma aparência sonolenta, passava um ar de calma sobrenatural.

O motor espocou de novo, e Alek se deu conta de que estava atrasado.

— Desculpe, mas eu tenho que ir — sussurrou.

Ele recolocou a criatura na caixa no meio do brilho suave dos aquecedores, mas quando afastou as mãos, o animal soltou um choramingo agudo.

— Quietinho — murmurou Alek, com delicadeza. — Alguém vai vir em breve.

Ele se perguntou se isso era verdade. Dylan estaria ali ao amanhecer, mas isso demoraria horas.

Alek deu um passo para trás e se ajoelhou para pegar a caixa de ferramentas. A criatura arregalou os olhos e soltou outro gritinho que terminou em uma nota alta e envolvente, tão pura quanto uma flauta.

Alek franziu a testa — o último som foi estranhamente parecido com os apitos que a tripulação usava para comandar os monstros. E foi alto o suficiente para acordar alguém.

Ele esticou a mão para pedir silêncio. No momento em que foi tocado, o animal se calou.

Alek se ajoelhou ali por um momento e fez carinho no pelo macio. Finalmente os olhos grandes se fecharam, e Alek arriscou afastar a mão.

O monstrinho acordou instantaneamente e recomeçou a choramingar. Alek praguejou. Isto era um absurdo, ser mantido como refém por esse recém-nascido. Ele deu as costas e atravessou a sala.

Porém, assim que a porta foi aberta, os gritos viraram uma série de assobios. As lagartas luminosas da sala de máquinas reagiram e irradiaram luz verde das paredes. Alek imaginou a nave inteira acordando, e lagartos-mensageiros vindo correndo de todas as direções em resposta aos berros da criatura.

— Quieto! — sussurrou ele, mas o monstro não parou até que Alek voltasse e o pegasse novamente.

Parado ali enquanto alisava o pelo claro, Alek chegou a uma conclusão horrível.

Para ter alguma esperança de fuga, ele teria que levar o animal recém-nascido. Dificilmente poderia deixá-lo sentado ali, berrando até cansar sua cabecinha disforme para a nave inteira escutar.

Alek não tinha ideia do que dar para a criatura comer ou como tomar conta dela, ou mesmo o que o monstro *era*. E o que o conde Volger diria quando ele aparecesse com essa abominação nos braços?

Mas Alek não tinha muita escolha.

Quando tirou o animal da palha, ele subiu correndo pelo braço e se dependurou no ombro como um gato, com as pequenas garrinhas cravadas no pano do uniforme de mekânico.

O monstro olhou para Alek com expectativa.

— Nós vamos dar um passeio agora — falou ele baixinho, e levantou a caixa de ferramentas novamente. — Você vai ficar quietinho, certo?

A criatura pestanejou para ele com uma expressão presunçosa de satisfação no focinho.

Alek suspirou e seguiu em direção à porta. Ele a abriu de novo e olhou de um lado para o outro do corredor. Ninguém veio para investigar os barulhos estranhos — pelo menos, não por enquanto.

Abriu a jaqueta, pronto para enfiar a criatura dentro caso encontrasse alguém. Contudo, por enquanto o animal dava a impressão de estar contente no ombro — e quieto. Parecia tão leve quanto um passarinho ali, como se tivesse nascido para viajar daquela forma.

*Nascido*, pensou Alek. Este animal era fabricado, não era obra da natureza. Tinha um propósito nos planos dos darwinistas, um papel no projeto da Dra. Barlow para manter os otomanos fora da guerra.

E ele não fazia ideia do que era esse propósito.

Alek sentiu um arrepio, depois entrou no corredor escuro.

# ● QUATORZE ●

**– AÍ ESTÁ VOCÊ! –** chamou o conde Volger baixinho do suporte da nacela do motor. — Quase desistimos de você.

Alek subiu pelas enxárcias e sentiu a criatura se mexer dentro da jaqueta. Ela estava flexionando as garras novamente como pequenas agulhas que perfuravam a pele.

— Eu tive um pequeno... problema.

— Alguém viu você?

Alek deu de ombros.

— Apenas alguns tripulantes no caminho, mas não perguntaram aonde eu ia. Você conduz um motor quebrado bem convincente, maestro Klopp.

De dentro da nacela, o mestre de mekânica bateu continência com um sorrisão no rosto. Ao lado dele estava um Sr. Hirst com uma aparência muito irada, amordaçado e firmemente amarrado ao painel de controle.

— Então é hora de irmos — falou Volger. — Espero que todos estejam prontos para uma briga, se a situação chegar a esse ponto.

Bauer e Hoffman brandiram ferramentas, e Volger estava com o sabre. Porém, Alek mal poderia empunhar uma faca por conta da criatura escondida sob o casaco. A hora para revelá-la era agora, não no meio da fuga.

— Ainda tem o meu pequeno problema.

Volger franziu a testa.

— Do que você está falando? O que aconteceu?

— Bem na hora em que eu estava saindo, um dos ovos da Dra. Barlow se rompeu. Saiu uma espécie de monstro. Bem barulhento. Quando tentei ir embora, ele começou a uivar, como o choro de um recém-nascido, creio eu. Pensei que fosse acordar a nave inteira!

Volger concordou com a cabeça.

— Então você teve que esganá-lo. Bem desagradável, tenho certeza, mas eles não encontrarão o corpo até o amanhecer, e, até lá, já teremos ido embora há muito tempo.

Alek pestanejou.

— Você se livrou daquilo, não foi, Alek?

— Na verdade, essa estratégia não me passou pela cabeça. — Dentro da jaqueta, a criatura se mexeu, e Alek fez uma careta.

Volger colocou a mão no cabo da espada e sibilou:

— O que raios há debaixo do seu casaco?

— Eu garanto a você que não faço ideia. — Alek pigarreou. — Mas é perfeitamente bem-comportada, desde que a pessoa não tente abandoná-la.

— Você a trouxe consigo? — Volger chegou mais perto. — Caso não tenha percebido, sua alteza, no presente momento nós estamos tentando escapar dos darwinistas. Se você estiver com uma de suas abominações, faça a gentileza *de jogá-la fora*!

Alek se segurou com mais firmeza nas enxárcias.

— É óbvio que não farei isso, conde — retrucou. — Para começar, o monstro faria um barulho considerável ao cair.

Volger gemeu baixinho e descerrou os punhos.

— Muito bem, então. Creio que, se chegarmos a ponto de lutar, nós poderemos usá-lo como refém.

Alek concordou com a cabeça e desabotoou a jaqueta. A criatura colocou a cabeça para fora.

Volger deu as costas e sentiu um arrepio.

— Apenas mantenha isso quieto ou eu mesmo vou calá-lo. Você primeiro, sua alteza.

Alek começou a ir na direção da proa, e os demais seguiram em silêncio. Eles subiram as enxárcias logo acima da meia-nau da aeronave, os cabos cederam com o peso dos cinco homens e suas bolsas pesadas. Era um avanço lento, e o pobre velho Klopp estava com uma expressão de terror no rosto, mas pelo menos ninguém na espinha poderia vê-los.

Quando o monstro recém-nascido começou a se contorcer, Alek abriu a jaqueta pelo resto do caminho. Ele saiu, subiu no ombro e franziu os imensos olhos na brisa.

— Apenas tenha cuidado — sussurrou Alek. — E fique quieto.

A criatura se voltou para ele com uma expressão de tédio, como se Alek dissesse algo terrivelmente óbvio.

Em pouco tempo, os horrorosos morcegos-dardos estavam por toda parte.

A proa da aeronave estava coberta por eles, uma massa agitada de pequenas formas negras que estalavam baixinho. Certa vez, Dylan explicara para Alek que os estalos eram ecos que as criaturas usavam para "enxergar" no escuro. Os morcegos-dardos também tinham olhos — mil pares de olhos pequenos e brilhantes seguiam Alek com expectativa. Não importava o quanto ele tomasse cuidado ao se mover, os morcegos se agitavam ao redor dele. Era como passar de mansinho por um bando de pombos em uma calçada.

— Por que eles nos observam com tanta atenção? — sussurrou Klopp.

— Eles acham que estamos aqui para alimentá-los — disse Alek. — Dylan sempre alimenta os morcegos à noite.

— Quer dizer que estão com *fome?* — perguntou Klopp, com o rosto brilhando de suor no luar.

— Não se preocupe. Eles comem figos — falou Alek, que omitiu a parte sobre os pregos de metal.

— Fico contente em saber... — Klopp começou a falar, mas de repente um morcego bateu asas na frente dele. Ao passar pelo rosto do mestre de mekânica, suas botas fugiram das enxárcias.

Klopp se sacolejou e parou um instante depois, as mãos apertaram com força os cabos, mas o corpanzil balançou para o lado e bateu na membrana da aeronave, o que provocou uma onda em todas as direções. Em volta deles, os morcegos alçaram voo, e os estalos viraram guinchos e chamados.

Alek agarrou o pulso de Klopp enquanto o homem lutava para recolocar o pé nos cabos. Um momento depois, ele estava a salvo, mas a agitação se espalhava, os morcegos saíam voando como ondas em um lago escuro.

*Estamos perdidos agora*, pensou Alek.

A criatura no ombro de Alek se empertigou e cravou as garras de maneira dolorosa. Um estalo baixo saiu de sua boca — o som que os morcegos estiveram fazendo antes.

— Mantenha esse monstro... — sibilou Volger, mas Alek fez um gesto para que se calasse.

Ao redor, os morcegos ficavam mais quietos. Os guinchos diminuíram, o tapete de silhuetas negras se assentou novamente sobre a pele da aeronave.

A criatura ficou em silêncio e voltou os olhos enormes para Alek novamente.

Ele devolveu o olhar. Será que aquela coisa, o que quer que fosse, acabara de calar os morcegos-dardos?

Talvez... por acidente. Era alguma espécie de mímica, como os lagartos-mensageiros. E, no entanto, a criatura não precisava de treinamento algum, de educação alguma. Talvez fosse assim com todos os monstros darwinistas recém-nascidos.

— Continuem andando — sussurrou Volger, e Alek obedeceu.

A torre de amarração subia aos céus diante deles, mas Alek se viu olhando para baixo. Na escuridão enevoada, o chão parecia estar a mil quilômetros.

— Aquele cabo parece forte o suficiente? — perguntou ele para Hoffman.

O homem se ajoelhou para passar a mão no cabo delgado que se esticava até a torre, talvez a 30 metros de distância. Parecia fino demais para sustentar o peso de um homem, embora os materiais fabricados dos darwinistas fossem mais fortes do que pareciam.

— Pelo que eu vi, senhor, todos os cabos pesados estão presos à gôndola lá embaixo, mas este deve estar aqui por algum motivo. É meio inútil se não puder sustentar o peso de um homem.

— Creio que sim — disse Alek, que era capaz de pensar em outras criaturas que poderiam utilizar o cabo. Ele podia ser usado por lagartos-mensageiros para cruzar até a torre ou como poleiro para os gaviões-bombardeiros.

Hoffman soltou um pedaço de corda do ombro.

— Essa linha vai segurar qualquer dois de nós, juntamente com nossos equipamentos — disse.

— Eu vou — falou Alek.

— Não com seu ferimento, jovem mestre — disse Klopp.

— Eu sou o mais leve. — Alek esticou a mão. — Passe a corda.

Klopp olhou para Volger, que concordou com a cabeça e falou:

— Amarre na cintura para que ele não se mate.

Alek ergueu a sobrancelha, um pouco surpreso que Volger o deixasse ir primeiro.

O conde entendeu sua expressão e sorriu.

— Se aquele cabo se romper, *todos* nós estaremos presos aqui, então pouco importa quem vai primeiro. E você é o mais leve, afinal de contas.

— Então minha ousadia gerou a estratégia correta, conde?

— Até mesmo um relógio parado está certo duas vezes ao dia.

Alek não respondeu, mas a criatura se eriçou no ombro, como se sentisse seu aborrecimento.

Klopp deixou escapar um riso ao se ajoelhar e amarrar a corda mais pesada na cintura de Alek. Em pouco tempo, ela estava firme, e a outra ponta atada às mãos de Bauer, Hoffman e Klopp como um cabo de guerra.

— Rápido agora — falou Volger.

Alek concordou, deu meia-volta e desceu pelo declive da cabeça do aeromonstro. Os outros deram corda devagar, um puxão suave na cintura do garoto. Isso lembrou Alek da época em que tinha 10 anos, e seu Pai deixava que se inclinasse para fora do parapeito do castelo enquanto mantinha a mão firme em seu cinto. Claro que, naquele tempo, ele se sentira bem mais seguro.

O cabo fino se estendia adiante e desaparecia entre os suportes escuros da torre de amarração. Alek pegou o cabo com as duas mãos.

— Espero que você não tenha medo de altura, monstrinho.

A criatura recém-nascida apenas olhou para ele e pestanejou.

"CRUZANDO UM ABISMO NA ESCURIDÃO."

— Muito bem, então. — Alek deu um passo no vazio. Ele ficou pendurado pelas mãos por um momento, depois ergueu as pernas para passá-las pelo cabo. Embora tenha cravado fundo as garras no ombro, o monstrinho não fez barulho algum.

Tinha uma coisa boa em estar pendurado de rosto para cima desta maneira: Alek não podia ver o chão escuro lá embaixo, apenas as próprias mãos firmes no cabo e as estrelas no céu. Ele se afastou da aeronave mão após mão, e o cabo cortava a parte de trás dos joelhos enquanto avançava devagar.

No meio do caminho, Alek estava ofegante. A costela machucada começara a latejar, e as mãos estavam ficando dormentes. O ar da noite esfriou o suor na testa. Conforme ele se afastava lentamente da aeronave, a corda pendurada na cintura ficava mais longa e pesada.

Alek imaginou o cabo se rompendo ou os dedos escorregando. Ele cairia por um momento terrível, mas a corda na cintura o balançaria de volta para a aeronave, onde bateria no nariz — talvez com força suficiente para a própria baleia acordar e reclamar...

A torre de amarração ficou mais próxima, mas agora o cabo nas mãos doloridas fazia uma subida sutil e era mais difícil de escalar do que nunca. A criatura começou a gemer baixinho e imitar o vento nos suportes da torre.

Alek cerrou os dentes, ignorou os músculos que latejavam e subiu os últimos metros. Pelo menos uma vez, ficou grato pelos anos de cruéis aulas de esgrima de Volger.

Finalmente um suporte de metal ficou ao alcance, e Alek passou um braço em volta dele. Ficou pendurado ali por um momento, depois ergueu o corpo sobre o aço frio da torre.

Com dedos trêmulos, Alek desamarrou a corda grossa na cintura e deu um nó no suporte. Agora que ela se esticava até a cabeça da aeronave, a corda parecia pesar uma tonelada. Como ele a carregara tão longe?

Alek se deitou de barriga para cima e observou os demais se prepararem para atravessar e dividirem as sacolas de ferramentas e armas. Era estranho ver o *Leviatã* desse ângulo frontal. A visão fez Alek se sentir insignificante, como uma criatura minúscula prestes a ser engolida por uma baleia.

Porém, a escuridão atrás da aeronave era ainda maior. O breu parecia pontilhado pelas tochas dos manifestantes no portão do campo de aviação e, além das tochas, pelas luzes da cidade.

— Constantinopla — falou Alek, baixinho.

— Hum, Constantinopla — disse a criatura.

# ◆ QUINZE ◆

**DESCER A TORRE FOI SIMPLES.** Havia uma escadaria em espiral no centro, e o quinteto desceu rapidamente.

Ou era um *sexteto* agora? De repente, Alek sentiu o peso do monstro fabricado empoleirado em seu ombro. A única palavra que dissera tornou o animal mais pesado de certa forma, como se sua esquisitice fosse algo sólido.

Alek não contara para os demais, obviamente. Volger já tinha muito medo de lagartos-mensageiros. Por que dar ao conde outra desculpa para se livrar da criatura recém-nascida?

Pelo menos o monstrinho parecia saber quando ficar calado. Desde que falou aquela única palavra, não emitiu outro som.

Conforme eles se aproximavam do pé da escada, Alek se viu no mesmo nível que a ponte da aeronave. A luz das lâmpadas de lagartas bioluminescentes reluzia pelas janelas e recortava dois oficiais de serviço no interior. Porém a leve claridade verde não alcançava as sombras dentro da torre.

Os guardas do *Leviatã* estavam em posição de sentido nas escotilhas da aeronave. Equipes de solo com barretes vermelhos estavam voltadas para eles, os dois grupos se vigiavam com desconfiança. O resto dos otomanos se encontrava nos portões do campo de aviação, de olho nos manifestantes.

Ninguém guardava a base da torre de amarração.

A lua surgia, um crescente imenso no céu, e a longa sombra da torre apontava para oeste, para longe da cidade e da multidão. Volger liderou os demais pela faixa estreita de escuridão, na direção de um trecho vazio de cerca no limite do campo.

Alek se perguntou o que aconteceria se eles fossem avistados naquela hora. A tripulação do *Leviatã* não tinha autoridade alguma ali em solo otomano, mas ele duvidava que os darwinistas deixariam seus únicos engenheiros fugirem sem resistência. Por falar nisso, os otomanos poderiam não ver com bons olhos estrangeiros que transgrediam seu campo de aviação.

Em suma, era melhor permanecerem invisíveis.

De repente, a criatura recém-nascida ficou de pé apoiada nas patas traseiras, com os ouvidos voltados para trás, na direção da nave. Alek parou e prestou atenção. O assobio distante de um apito de comando chegou aos ouvidos.

— Volger, acho que nós fomos...

O uivo de um farejador de hidrogênio ecoou pela noite. O som veio das proximidades da nacela do motor — alguém encontrara o Sr. Hirst amarrado e amordaçado.

— Continuem andando — sussurrou Volger. — Estamos a meio quilômetro da cerca. Eles vasculharão a nave antes de pensar em olhar aqui fora.

Alek começou a correr e sentiu um arrepio ao imaginar que monstros os darwinistas mandariam atrás deles. Os cães farejadores de seis patas? Os terríveis morcegos-dardos? Ou havia criaturas ainda piores a bordo da nave?

O alarme se espalhou pela enorme silhueta escura atrás deles, as luzes da gôndola piscaram e foram de verde-claro para um branco brilhante. No ombro de Alek, a criatura imitou baixinho os sons do alarme, os latidos e uivos dos cães, os berros e apitos de comando.

— Não sei se isso ajuda — murmurou ele para o monstrinho.

— Ajuda — repetiu a criatura, baixinho.

Um minuto depois, um farol ofuscante disparou da espinha da nave. A princípio, ele foi apontado para o portão do campo de aviação, mas aos poucos começou a ser virado como um farol em um oceano escuro.

Lá se foi a ideia de que os darwinistas deixariam que eles escapassem.

— Vocês quatro sigam em frente — disse Klopp, com o rosto muito vermelho. — Eu não consigo continuar correndo assim!

Alek diminuiu o passo e pegou a pesada caixa de ferramentas do homem.

— Que besteira, Klopp. Ficarmos separados apenas torna mais fácil que eles nos vejam.

— Ele está certo — falou Volger. — Fiquem próximos.

Alek olhou para trás. A luz vinha na direção deles e passava pela grama como uma onda luminosa.

— Abaixem-se! — sussurrou ele, e os cinco se deitaram no chão.

A luz ofuscante passou rapidamente, mas não parou sobre eles — estava apontada muito para o alto. A equipe do farol vasculhava o campo de aviação de fora para dentro, eles verificavam os limites primeiro. Porém, Alek duvidava que Klopp conseguisse chegar à cerca antes que a luz desse a volta novamente.

A criatura recém-nascida cravou as garras com mais força no ombro de Alek e fez um novo barulho em seu ouvido... um som de asas batendo.

Alek voltou a olhar para a nave e arregalou os olhos. Uma nuvem negra se aglomerava na parte inferior da gôndola, milhares de silhuetas pretas eram expelidas no ar. A tempestade de asas subiu pelo facho de luz e reluziu com o brilho de garras de aço.

— Gaviões-bombardeiros — sussurrou Alek. Lá na geleira, ele vira os gaviões em ação contra os soldados alemães. E na noite anterior mesmo, tinha visto um tripulante afiar as garras de aço que as aves usavam, como uma navalha, em uma tira de couro.

Os pássaros se espalharam a partir da nave, e, em pouco tempo, o céu ficou cheio de silhuetas agitadas.

Alek olhou para a frente — a cerca estava a apenas 100 metros de distância.

Porém, um momento depois, os gaviões começaram a circular e formaram um redemoinho de asas e aço reluzente no céu. Alek encolheu os ombros e esperou por um ataque.

— Apenas continuem correndo! — gritou Volger. — Não temos utilidade para eles se morrermos.

Alek correu e torceu para que o conde estivesse certo.

Enquanto a massa agitada se tornava cada vez maior, o farol mudou de rumo e se dirigiu para o enorme redemoinho de pássaros. A luz chegou em segundos e capturou Alek como a mirada de um grande olho ofuscante.

O uivo dos farejadores de hidrogênio chegou aos ouvidos do garoto novamente, mais perto que antes. O monstro no ombro imitou o som.

— Eles estão vindo a pé — falou Alek.

— Vá em frente, Bauer — gritou Volger. — Você está com os alicates!

Alek acompanhou enquanto o homem disparava na frente. O limite do campo não estava longe agora; o facho de luz passou por eles e reluziu no arame farpado.

Quando Bauer e Alek chegaram à cerca, Bauer pegou o alicate tesoura e começou a trabalhar. Ele cortou a trama de arame farpado e aos poucos abriu uma passagem. Porém, os berros dos monstros atrás ficavam mais altos a cada segundo.

Bauer estava a meio caminho de acabar o serviço quando os outros chegaram.

— A floresta é densa por aqui — falou Volger ao apontar para a escuridão atrás da cerca. — Corram para oeste até se cansarem, depois encontrem um esconderijo.

— E quanto a você? — perguntou Alek.

— Eu e Hoffman vamos proteger a passagem pelo tempo que for possível.

— Proteger a passagem? — disse Alek. — Com chaves inglesas e um sabre de esgrima? Não vão conseguir lutar com aqueles monstros!

— Não, mas podemos atrasá-los. E assim que os darwinistas perceberem que têm um engenheiro e um tradutor em mãos, eles podem decidir que não vale a pena perseguir os demais. Especialmente em território otomano.

— Nós planejamos isso, jovem mestre — falou Klopp, ofegante. — Tudo faz parte do plano!

— *Que* plano? — berrou Alek, mas ninguém respondeu. — Por que vocês não me contaram?

— Minhas desculpas, sua alteza — Volger sacou a espada —, mas você andou meio falastrão com nossos segredos ultimamente.

— Pelas chagas de Deus, Volger! Você vai bancar o mártir?

— Se eles não estivessem bem atrás de nós, eu iria com você, mas alguém tem que detê-los aqui. E, cá entre nós, eu e Hoffman oferecemos a chance de eles manterem a nave voando, desde que não nos tratem muito mal.

— Mas eu não posso... — Alek engoliu em seco.

— Está feito, senhor — disse Bauer.

[ 134 ]

"UMA RESISTÊNCIA."

— Vá, então — falou Volger ao entregar a bolsa para Klopp, que correu pela passagem. As sombras dos farejadores de hidrogênio e dos homens cresceram por causa do farol.

Alek cerrou os punhos.

— Mas, Volger, eu não vou conseguir fazer isto sem você! Nada disso!

— Infelizmente, você tem que conseguir. — Volger fez uma reverência com o sabre. — Adeus, Alek. Deixe seu pai orgulhoso.

*Mas meu Pai está morto... e você, não.*

— Venha, senhor. — Bauer pegou o braço de Alek, que tentou puxar e se soltar, mas o homem era maior e mais forte. Ele se viu sendo arrastado pela abertura na cerca, a jaqueta foi repuxada pelas farpas do arame, a criatura no ombro se abaixou e uivou como um farejador de hidrogênio em perseguição.

Um momento depois, eles estavam entre as árvores escuras, e Klopp arfava na frente dos dois. O cabo Bauer ainda puxava Alek e se desculpava baixinho. Em pouco tempo, a floresta abafou os sons da batalha, e mal dava para vislumbrar o farol entre as folhas. Os uivos dos farejadores se atenuaram, e os gaviões-bombardeiros foram forçados a voar mais alto por causa dos galhos pesados.

Os três avançaram aos trancos e barrancos para o interior da floresta até que tudo foi engolido pela escuridão. Alek só conseguia enxergar as manchas na visão causadas pelo farol. Atrás deles, os sons sumiram abruptamente.

Volger estaria negociando neste momento, oferecendo Hoffman e a si mesmo em troca da liberdade dos demais. Os darwinistas tinham pouca escolha. Se lutassem para passar pela cerca, arriscariam matar o último engenheiro e tradutor.

Alek se viu diminuindo o passo. O plano do conde Volger funcionara à perfeição.

Bauer o segurou com mais força.

— Por favor, senhor — pediu ele. — Nós não podemos voltar.

— Claro que não. — Alek se soltou e parou. — Mas não é preciso correr, a não ser que a gente queira provocar um ataque cardíaco no pobre velho Klopp.

Klopp não discutiu. Ele parou, dobrou o corpo e ofegou com as mãos nos joelhos. Alek olhou para a direção de onde os três vieram e prestou atenção aos sons de perseguição — nada. Nem mesmo um pássaro no céu.

Ele finalmente estava livre, mas jamais se sentira tão sozinho.

O príncipe Aleksandar sabia o que seu Pai teria dito. Era hora de ele assumir o comando.

— Nós deixamos cair alguma coisa?

Bauer rapidamente contou as sacolas.

— O rádio, as ferramentas, a barra de ouro. Estamos com tudo, senhor.

— O ouro... — disse Alek, enquanto imaginava o quanto eles foram atrasados pelo remanescente da fortuna de seu Pai. Ele teria trocado todo o ouro pelos minutos extras comprados pelo sacrifício de Volger.

Porém, agora não era hora para autocomiseração ou para desejar que a situação fosse diferente.

— E tem isto aqui — acrescentou Klopp ao puxar da jaqueta um canudo feito de couro para guardar pergaminhos, que estava marcado com as chaves cruzadas do selo papal. — Ele disse que o senhor deveria levá-lo de agora em diante.

Alek fitou o objeto. Era uma carta do papa que atestava que Alek era o herdeiro dos títulos e propriedades do Pai, apesar da vontade do tio-avô, o imperador. Era possível argumentar que a carta também fazia dele o herdeiro do trono da Áustria-Hungria. Era por isso que Alek estava sendo caçado pelos alemães — um dia, ele poderia ter o poder de acabar com esta guerra.

[ 137 ]

Quando os dedos se cerraram em volta do canudo, Alek se deu conta de que sempre confiara em Volger para manter a carta em segurança, mas agora tinha que carregar o próprio destino.

Ele enfiou o objeto em um bolso e o abotoou.

— Muito bem, Klopp. Posso carregar a bolsa de Volger por você?

— Não, jovem mestre — falou o homem, ofegante. — Eu vou ficar bem.

Alek esticou a mão.

— Infelizmente, tenho que insistir — disse. — Você está nos atrasando.

Klopp fez uma pausa. Este era o momento em que ele normalmente teria olhado para o conde em busca de aprovação, mas aquilo acabara. Klopp entregou a bolsa, e Alek gemeu quando sentiu o peso.

Volger, obviamente, estivera carregando o ouro.

A criatura imitou o gemido, e Alek suspirou. O monstrinho não tinha uma hora de vida e já estava se tornando chato.

— Espero que você aprenda novos truques logo — murmurou ele, e a criatura respondeu com um piscar de olhos.

Bauer pegou as outras duas sacolas.

— Para que lado, senhor? — perguntou ele.

— Você quer dizer que o conde Volger não passou mais algum plano secreto para vocês?

Bauer olhou para Klopp, que deu de ombros.

Alek respirou devagar. Agora tudo dependia dele.

A oeste ficava a Europa, que despencava na loucura e na guerra. A leste estava o Império Otomano, enorme e diferente, que se estendia para o coração da Ásia. E entre os dois continentes, estava a antiga cidade de Constantinopla.

— Nós ficaremos na capital por enquanto. Precisamos comprar roupas... e talvez cavalos. — Alek fez uma pausa ao perceber que poderiam comprar o próprio andador com a barra de ouro, se quisessem. As possibilidades eram infinitas. — Pelo menos na cidade alguns dos lojistas entenderão alemão.

— Muito sensato, mas aonde *agora à noite*, jovem mestre? — falou Klopp.

Bauer concordou com a cabeça e olhou para o caminho de onde vieram. A floresta estava silenciosa, mas o farol ainda brilhava no horizonte.

— Nós seguiremos para oeste por uma hora — falou Alek. — Depois voltamos para a cidade. Talvez encontremos uma estalagem hospitaleira.

— Uma estalagem, senhor? Mas os otomanos não estarão à nossa procura? — perguntou Bauer.

Alek pensou por um momento, depois balançou a cabeça e respondeu:

— Eles não saberão quem procurar, a não ser que os darwinistas contem para os otomanos. E não creio que contarão.

Klopp franziu a testa.

— Por que não?

— Veja bem, os darwinistas não *querem* que nós sejamos capturados. — Ao dizer as palavras, os próprios pensamentos de Alek ficaram mais claros. — Sabemos demais a respeito do *Leviatã*: como os motores funcionam, a natureza de sua missão. Não será bom para eles que nós estejamos nas mãos dos otomanos.

Klopp concordou devagar com a cabeça.

— Eles podem dizer que somente Volger e Hoffman tentaram escapar e que os dois foram capturados, portanto não há mais ninguém para procurar!

— Exatamente — disse Alek. — E, sendo uma nave de guerra, o *Leviatã* tem que sair do território neutro amanhã. Assim que for embora, ninguém saberá que estamos aqui.

[ 139 ]

— E quanto aos alemães, senhor? — perguntou Bauer, baixinho. — Eles viram o Stormwalker nos Alpes, com o brasão dos Habsburgo, e viram o *Leviatã* montado com nossos motores. Eles devem saber que estivemos a bordo e adivinharão quem tentou escapar hoje à noite, mesmo que os otomanos não adivinhem.

Alek praguejou. Havia agentes alemães por toda parte em Constantinopla, e a confusão daquela noite não fora discreta.

— Você está certo, Bauer, mas duvido que haja muitos alemães neste bosque. Continuo dizendo para dormirmos em uma estalagem hoje à noite, uma que seja tranquila, confortável e que aceite lascas de ouro como pagamento. Amanhã nós arrumaremos disfarces adequados.

Alek entrou na escuridão e se guiou pelo último vislumbre dos faróis atrás dele. Os outros dois ergueram as sacolas e o seguiram. Sem discussões ou debates.

E, simples assim, Alek estava no comando.

# ◈ DEZESSEIS ◈

**DERYN LEVOU A BANDEJA** com cuidado, quase sem confiar que conseguiria andar direito.

Ela fora mantida acordada a noite inteira pela fuga dos mekanistas — correra até o viveiro para soltar os gaviões-bombardeiros, fora arrastada por uma matilha de farejadores empolgados, depois passara duas horas com os oficiais enquanto eles explicavam tudo para as autoridades otomanas, que consideraram um tiquinho rude que a tripulação do *Leviatã* perambulasse por seu campo de aviação sem permissão.

Quando Deryn finalmente arrumou um momento para verificar a sala de máquinas, a Dra. Barlow já estava lá. Um dos ovos havia se rompido à noite, e o monstrinho recém-nascido sumira!

O estranho era que a cientista mal parecia aborrecida. Ela mandara Deryn dar uma boa procurada pela nave, mas apenas sorrira quando a menina voltara de mãos vazias.

Assim que eram os cientistas.

No momento em que Deryn entrou cambaleando na própria cabine, já era alvorada — hora de voltar ao serviço. Para piorar, suas primeiras ordens eram levar o café da manhã ao homem que causara todo a confusão.

Havia um guarda em frente ao camarote do conde Volger. Ele parecia tão cansado quanto Deryn e olhou com fome para a bandeja cheia de torradas, ovos cozidos e chá.

— Devo bater à porta para o senhor? — perguntou o homem.

— Sim, fique à vontade para acordar sua nobreza, uma vez que ele nos manteve acordados a noite inteira — falou Deryn.

O guarda concordou com a cabeça e deu um belo chute na porta com a bota.

Volger abriu um instante depois, também com a aparência de quem ainda não se deitara. O cabelo estava desgrenhado, e a calça de equitação continuava suja de lama do campo de aviação.

Ele lançou um olhar faminto para a bandeja e se afastou. Deryn passou espremida pelo conde e pousou a bandeja na escrivaninha. Ela percebeu que o sabre de Volger sumira, juntamente com a maior parte de sua papelada. Os oficiais deviam ter vasculhado o aposento após a fuga.

— Café da manhã para o condenado? — perguntou Volger ao fechar a porta.

— Duvido que o senhor seja enforcado. Não hoje, de qualquer forma.

O homem sorriu e se serviu de chá.

— Vocês darwinistas são tão misericordiosos.

Deryn revirou os olhos ao ouvir isso. Volger sabia que era indispensável. A cientista podia falar mekanistês, mas não conhecia as palavras difíceis para peças mecânicas. E ela certamente não passaria os dias lá em cima na nacela do motor. Volger seria bem tratado enquanto precisassem de Hoffman para manter os motores em funcionamento.

— Eu não chegaria a ponto de dizer que o senhor obteve misericórdia — falou Deryn. — Haverá um guarda em sua porta dia e noite.

— Bem, então, Sr. Sharp, sou seu prisioneiro. — Volger puxou a cadeira da escrivaninha e se sentou, depois gesticulou para uma xícara vazia no peitoril. — Chá?

Deryn ergueu uma sobrancelha. Sua nobreza estava oferecendo a *ela*, uma humilde aspirante, uma xícara de chá? O cheiro floral que saía da chaleira já a deixara com água na boca. Entre a confusão da noite anterior e a renovação dos suprimentos da nave antes que partissem até o fim do dia, poderia levar horas até que ela se sentasse para tomar o próprio café da manhã.

Melhor uma rápida xícara de chá com leite do que nada.

— Obrigado, senhor. Creio que aceitarei. — Deryn pegou a xícara. Era de porcelana fina, tão leve quanto um beija-flor, com o brasão da águia mecânica de Alek incrustado a ouro. — O senhor trouxe esta porcelana elegante lá da Áustria?

— Uma vantagem de viajar em um Stormwalker é que há muito espaço para bagagem. — Volger suspirou. — Embora, infelizmente, você tenha em mãos a última peça que sobreviveu. Ela tem dois séculos de idade. Por favor, não a deixe cair.

Deryn arregalou os olhos enquanto o conde servia o chá.

— Tentarei — respondeu.

— Leite?

Ela concordou em silêncio e se sentou enquanto imaginava a transformação que ocorrera no conde Volger. Ele sempre fora uma presença sombria na nave, que se esgueirava pelos corredores e olhava feio para os monstrinhos. Porém, naquela manhã, o homem parecia quase que... *agradável*.

Deryn tomou um gole do chá e deixou que o calor se espalhasse.

— O senhor me parece de bom humor, considerando...

— Considerando que estragaram minha fuga? — Volger olhou pela janela. — Estranho, não é? Eu me sinto um pouco aliviado hoje de manhã, como se todos os meus problemas tivessem desaparecido.

Deryn franziu a testa.

— O senhor diz isso porque Alek escapou, e não o senhor?

O homem mexeu o chá.

— Sim, creio que sim.

— Bem, isso é um pouco cruel, não é? — falou Deryn. — O pobre Alek está lá fora fugindo, enquanto o senhor está aqui bebendo chá em uma xícara elegante, são e salvo.

Volger ergueu sua xícara, que tinha a silhueta do *Leviatã* e conchas espirais de náutilos estampadas na lateral em preto.

— Esta é a sua xícara, menino — respondeu o conde. — A minha é bem simplória.

— Ao raio que o parta com sua xícara berrante! — berrou Deryn ao ficar irritada. — O senhor está *contente* que Alek foi embora, não está?

— Contente que ele saiu desta nave? — O conde colocou sal nos ovos cozidos e mordeu um. — Que ele não está mais destinado a passar a guerra a ferros?

— Sim, mas o pobre garoto está por conta própria. E cá está o senhor tomando café da manhã, todo pimpão! Eu acho isso podre de sua parte!

Volger fez uma pausa, agora com batatas espetadas em um garfo a meio caminho da boca. Ele olhou Deryn de cima a baixo.

Ela engoliu as próximas palavras e percebeu que se deixara levar pela exaustão. A voz ficara completamente aguda e estridente, e Deryn segurava a antiga xícara de chá com tanta força que era de admirar que não a tivesse quebrado.

Durante o alerta houvera tanta comoção que tinha sido fácil esquecer que Alek estava lá fora fugindo pela própria vida. Porém, sentada ali, vendo Volger colocar sal nos ovos com uma expressão de satisfação consigo mesmo, ela finalmente se dera conta da gravidade da situação.

Alek fora embora e não iria voltar.

Deryn pousou a xícara de chá delicadamente na escrivaninha, tomou cuidado em usar a voz de menino e falou:

— O senhor parece bem satisfeito consigo mesmo, apenas isso. E calculo que é porque Alek não é mais seu problema.

— Meu problema? — perguntou Volger. — É *isso* que você acha que ele era?

— Sim, o senhor está contente em ver Alek pelas costas apenas porque ele, às vezes, tinha ideias próprias.

O rosto de Volger retomou a expressão dura de sempre, como se Deryn fosse um inseto sobre o café da manhã.

— Preste atenção, menino. Você não faz ideia do que eu abri mão por Alek: meu título, meu futuro, o nome da minha família. Jamais verei minha terra novamente, não importa quem ganhe esta guerra. Sou um traidor aos olhos do meu povo, e tudo isso para manter Alek a salvo.

Deryn sustentou seu olhar.

— Sim, mas o senhor não é o único que teve que ir contra o próprio país — rebateu ela. — Eu mantive os segredos de Alek e fiz vista grossa quando o bando de vocês planejou escapar. Então, não banque o superior para cima de *mim*.

Volger olhou feio para ela por outro momento, depois soltou uma risada cansada. Ele finalmente deu uma mordida nas batatas e mastigou, pensativo.

— Você está tão preocupado com ele quanto eu, não é?

— Claro que estou — falou Deryn.

— É bem comovente, na verdade. — Volger serviu mais chá para os dois. — Estou contente que Alek teve você como amigo, Dylan, mesmo que seja um plebeu.

Deryn revirou os olhos. Aristocratas tinham uma arrogância tão berrante.

— Mas Alek treinou a vida inteira para este momento — continuou Volger. — O pai dele e eu sempre soubemos que um dia Alek estaria sozinho, com o mundo todo contra ele. E Alek sempre deixou muitíssimo claro que estava pronto para seguir em frente sem mim.

Deryn balançou a cabeça.

— Mas o senhor entendeu tudo errado, conde. Alek não queria seguir em frente sozinho; ele queria mais aliados, não menos. Chegou mesmo a dizer que queria...

Ela se lembrou da última vez que haviam conversado, duas noites atrás. Alek desejara que houvesse uma maneira de permanecer a bordo do *Leviatã*, porque a aeronave parecia ser o único lar que ele tivera na vida. E Deryn fora uma tapada a respeito de toda a situação, apenas porque Alek não declarara seu amor eterno por *ela*.

De repente, a garganta de Deryn ficou apertada demais para falar.

Volger se inclinou para a frente e a encarou.

— Você é um menino muito sensível, Dylan.

Deryn encarou o conde de volta. Só porque ela sabia quando as coisas eram *importantes* não significava que era uma "sensível" berrante.

— Eu apenas torço para que ele esteja bem — disse ela, após um bom gole de chá.

— Assim como eu. Talvez nós ainda possamos ajudar Alek, eu e você juntos.

— Como assim?

— Ele tem um papel maior nesta guerra do que você sabe, Dylan — falou o conde. — O tio-avô de Alek, o imperador, é um homem muito velho.

— Sim, mas o trono não significa nada para Alek porque a mãe dele não é nobre o suficiente, certo?

— Ah, noto que ele contou tudo para você — disse Volger, com um sorriso estranho. — Porém, sempre há exceções na política. Quando a hora certa chegar, Alek pode desequilibrar a balança desta guerra.

Deryn franziu a testa. O que o conde dizia não batia muito bem com a história de Alek, sobre como ele e a mãe sempre foram menosprezados pela família. Porém, nos Alpes, os alemães mandaram uma enorme esquadrilha de aeronaves para capturá-lo. Eles, ao menos, pareciam achar que Alek era importante.

— Mas o que podemos fazer para ajudá-lo?

— No momento, não muita coisa, mas nunca se sabe quando as oportunidades podem aparecer. O problema é que eu não possuo mais um rádio.

Deryn franziu a testa.

— O senhor tinha um rádio? Os oficiais sabiam disso?

— Eles não perguntaram. — O conde Volger gesticulou para o café da manhã. — E noto que você não me trouxe os jornais. Portanto, se puder me manter a par dos acontecimentos, eu agradeceria.

— O quê? Espionar para o senhor? — gritou Deryn. — Sem a mínima chance berrante!

— Eu poderia fazer com que valesse a pena.

— Com o quê? Xícaras de *chá*?

O conde sorriu.

— Talvez eu consiga fazer melhor que isso. Por exemplo, você deve estar se perguntando sobre uma certa criatura desaparecida.

— O monstrinho que nasceu ontem à noite? O senhor sabe onde ele está? — O homem não respondeu, mas a mente de Deryn já dava voltas. — Então deve ter nascido antes de Alek sair da sala de máquinas! Ele está com o monstrinho, não é?

— Talvez, ou talvez nós tenhamos esganado a criatura para mantê-la em silêncio. — Volger deu a última mordida na torrada e limpou a boca com um guardanapo. — Você acha que sua Dra. Barlow se interessaria pelos detalhes?

Deryn apertou os olhos. Da maneira como a cientista se comportava, ela já tinha uma boa ideia de onde a criatura recém-nascida estava. De repente, tudo fez sentido. A própria Deryn teria notado, se não estivesse tão exausta.

Agora que ela pensava melhor, muitas peculiaridades que envolviam os ovos começaram a fazer sentido.

— Sim — disse Deryn. — Ela pode se interessar.

— Então contarei exatamente o que aconteceu com a sua criatura ontem à noite, desde que você me mantenha informado pelos próximos dias. — O conde olhou pela janela. — Os otomanos em breve tomarão uma decisão sobre entrar nesta guerra. O próximo passo de Alek dependerá muito dessa escolha.

Deryn acompanhou o olhar do conde para fora da janela. As torres de Istambul mal apareciam no horizonte, o nevoeiro da fumaça dos motores já encobria a cidade.

— Bem — falou ela —, eu posso contar o que dizem os jornais. *Isso* não é espionagem, creio eu.

— Excelente. — O conde Volger ficou de pé e estendeu a mão. — Acho que eu e você podemos ser aliados, afinal de contas.

Deryn olhou fixamente para a mão por um momento, depois suspirou e a apertou.

— Obrigado pelo chá, senhor. E, a propósito, da próxima vez que tentar escapar, eu agradeceria se o senhor fizesse menos barulho, ou pelo menos fugisse no meio do dia.

Volger fez uma mesura elegante e depois disse:

— E se um dia você quiser aprender a duelar *corretamente*, Sr. Sharp, me avise.

# ◆ DEZESSETE ◆

**A MEIO CAMINHO DO CAMAROTE** da cientista, um lagarto-mensageiro parou no teto acima de Deryn e a encarou com os olhos redondos e brilhantes.

— Sr. Sharp — guinchou o lagarto na voz da cientista —, preciso do senhor em uniforme de gala completo hoje. Visitaremos o sultão.

Deryn ergueu o olhar para o monstrinho e se perguntou se escutara direito. *O sultão?* O homem que governava todo o berrante Império Otomano?

— Eu mandei o Sr. Rigby liberá-lo de outros serviços — continuou o lagarto. — Encontre-me lá fora no campo de aviação ao meio-dia, e não se atrase.

Deryn engoliu em seco.

— Sim, madame. Estarei lá. Fim da mensagem.

Enquanto o monstrinho ia embora correndo, Deryn fechou os olhos e praguejou baixinho. Desde o dia anterior, ela sequer tinha um uniforme de gala para usar. Deryn havia tirado a jaqueta antes de pular na tromba do *Destemido*, mas a única camisa elegante ainda estava bem vermelha por causa da bomba de pimenta. Mesmo após duas lavagens, uma mísera fungada na camisa era forte o suficiente para fazer um cavalo morto espirrar. Ela teria que pegar uma de Newkirk emprestada, e isso significava fazer ajustes com o kit de costura...

Deryn gemeu, depois rumou correndo para a cabine.

Quando Deryn desceu a prancha horas depois, o ronco de motores mekanistas começou em volta dela. À sombra da aeronave, Newkirk, a cientista e uma dezena de amarradores montavam em um esquadrão de andadores na forma de burricos e búfalos da Índia. Estavam a caminho dos mercados atrás de provisões e pareciam com pressa. Se o *Leviatã* não saísse da cidade no fim da tarde de hoje, os otomanos teriam todo o direito de apreendê-lo.

Os oficiais não revelaram para onde a nave iria a seguir. Porém, para onde quer que fossem, Deryn duvidava que veria Istambul ou Alek novamente, não até a guerra acabar.

Ela observou Newkirk por um momento e sentiu inveja do disfarce dele. O grupo inteiro estava vestido em robes árabes para evitar que os Jovens Turcos os vissem e começassem outro protesto. Se ao menos ela estivesse fazendo o devido serviço da nave em vez de diplomacia... ou seja lá o que fosse que a Dra. Barlow estivesse aprontando.

A cientista esperava a 100 metros do *Leviatã*, em um trecho vazio do campo de aviação depois da torre de amarração. Usava seu sobretudo de viagem mais elegante, girava um guarda-sol e se encontrava ao lado de uma caixa pequena cheia de palha. Dentro havia um dos últimos dois ovos, que brilhava como uma enorme pérola ao sol. Então a carga secreta da Dra. Barlow finalmente seria entregue ao sultão.

Mas por que levar junto um aspirante de reserva?

Enquanto Deryn se aproximava, a Dra. Barlow se virou e disse:

— O senhor está um pouco atrasado, Sr. Sharp, e com uma aparência absolutamente desleixada.

— Desculpe, madame — falou Deryn, enquanto ajeitava o colarinho. A camisa não cabia direito apesar de uma hora insana de costura. Pior ainda, a roupa tinha o cheiro de Newkirk, e aquele vagabundo não se importara em lavá-la desde o dia anterior. — Eu tive que pegar emprestada esta camisa. A minha ainda estava um pouco apimentada.

— O senhor possui apenas um uniforme de gala? — A Dra. Barlow estalou a língua. — Nós teremos que dar um jeito nisso, se o senhor continuar a me assistir.

Deryn franziu a testa.

— Assistir, madame? Francamente, eu nunca me imaginei sendo lá um grande diplomata.

— Talvez não seja, mas foi isto que arrumou ao se mostrar útil, Sr. Sharp. O senhor foi inestimável durante a batalha do *Destemido*, enquanto o embaixador e seus lacaios foram bastante inúteis. — A Dra. Barlow suspirou. — Daqui a pouco eu terei medo de sair da aeronave sem sua proteção.

Deryn revirou os olhos. Mesmo quando elogiava, a cientista sempre usava um tom de escárnio.

— Torço para que a senhora não espere ser atacada hoje novamente, madame.

— Nunca se sabe. Nós não somos tão bem-vindos aqui quanto eu gostaria.

— Com certeza — falou Deryn, ainda capaz de ouvir a raiva na voz dos manifestantes. — Mas eu estava querendo perguntar para a senhora o que é um beemote.

A Dra. Barlow franziu os olhos para ela.

— Onde o senhor ouviu esta palavra, Sr. Sharp?

— Foi apenas uma coisa que eles gritaram ontem. Os Jovens Turcos, quero dizer.

— Humm, é claro. Este é o nome da criatura que faz par com o *Osman*, e portanto parte da malfada apropriação do lorde Churchill.

Deryn franziu a testa.

— Mas krakens não têm nomes. Nenhum monstrinho tem nome, a não ser que seja uma nave inteira.

— "Beemote" não é um nome propriamente dito, mocinho, mas uma espécie. Veja bem, essa criatura não é um kraken de maneira alguma, mas algo completamente novo. E um segredo militar, portanto nós devemos deixar o assunto de lado. — A Dra. Barlow abaixou o guarda-sol para olhar o céu. — Eu creio que esta seja a nossa aeronave.

Deryn protegeu os olhos do sol a pino e viu uma estranha embarcação surgir.

— Ela é meio... chamativa, não é, madame? — disse.

— É claro. Espera-se que os convidados do sultão cheguem com estilo.

A aeronave mekanista tinha menos de um quarto do comprimento do *Leviatã*, mas era tão enfeitada quanto um bolo de casamento. Uma franja se agitava do balão, e dosséis de seda esvoaçante cobriam a gôndola como se algum príncipe otomano tivesse decidido voar em sua cama de dossel.

A embarcação era mantida no ar por um longo balão cilíndrico com vários funis que levavam ao seu interior, cada um alimentado por uma chaminé em brasa no formato de uma cabeça monstruosa. Hélices se projetavam para fora em braços longos e articulados, alguns apontados para cima, outros para baixo, e as duas maiores impulsionavam a aeronave à frente. A proa fora esculpida no formato do bico curvo de um gavião, e asas que se abriam como navalhas haviam sido entalhadas nas laterais da gôndola.

As hélices da nave giraram até que ela aterrissasse delicadamente na grama cerrada do campo de aviação.

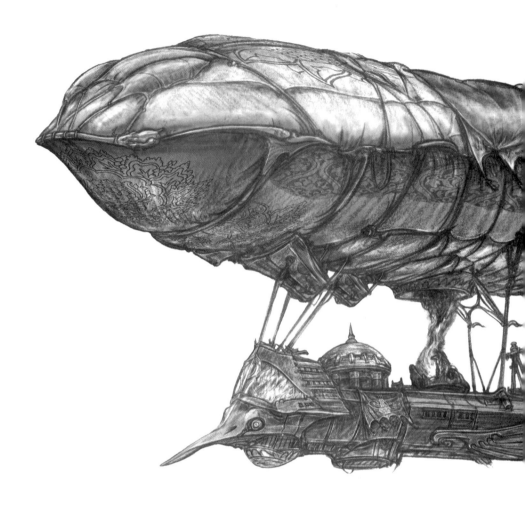

Enquanto uma prancha curta se desdobrava da gôndola, a Dra. Barlow fechou o guarda-sol e apontou para a caixa do ovo.

— Por obséquio, Sr. Sharp.

— Inestimável, este sou eu — falou Deryn ao levantar a caixa com um gemido.

Ela subiu a prancha com a cientista até uma plataforma aberta cercada por uma amurada baixa, como o convés superior de um veleiro. O vento das hélices rodopiava sobre eles e agitou o véu enfiado no chapéu-coco da Dra. Barlow.

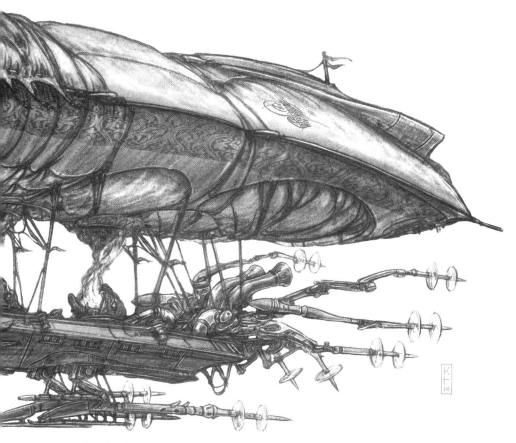

A tripulação era inteira de homens de pele escura, mas eles não usavam robes de deserto como os africanos que Deryn tinha visto de cima do *howdah* do elefante no dia anterior. Em vez disso, os homens usavam uniformes de seda e turbantes altos em tons intensos de vermelho e laranja. Dois tripulantes pegaram a caixa do ovo das mãos de Deryn e a amarraram com firmeza em cunhos de metal no convés.

Um dos homens usava um chapéu cônico alto e óculos de piloto para proteger os olhos. Trazia uma espécie de monstrinho mecânico empoleirado no ombro, como uma coruja de olhos grandes e boca escancarada.

[ 155 ]

A máquina tinha um pequeno cilindro sobre o peito com um estilete de metal que arranhava a superfície giratória.

O homem deu um passo à frente e se curvou diante da Dra. Barlow.

— Que a paz lhe abençoe, madame. Eu sou o *kizlar agha*. Bem-vinda a bordo.

A cientista respondeu em uma língua que Deryn não reconheceu, feita de sons mais suaves que o alemão. O homem sorriu e repetiu a mesma frase ao se curvar diante de Deryn.

— Aspirante Dylan Sharp — disse ela ao devolver a reverência. — É um prazer lhe conhecer, Sr. Agha.

A Dra. Barlow riu.

— *Kizlar agha* é um título, Sr. Sharp, não um nome. Ele é o chefe da guarda palaciana e do tesouro. O homem mais importante no império depois do sultão e do grão-vizir. Um portador de mensagens importantes.

— E levo visitantes importantes também — falou o homem ao erguer a mão. As chaminés cuspiram fogo e mandaram ondas de calor pelo ar.

O nariz de Deryn capturou o cheiro adocicado de propano queimando. Ela sentiu um arrepio, retesou o maxilar e se virou para segurar a amurada quando a aeronave subiu ao céu.

— O senhor está indisposto, Sr. Sharp? — disse o *kizlar agha* ao se inclinar na direção de Deryn. — Enjoo de voo é uma estranha doença para um aeronauta.

— Eu estou muito bem, senhor — falou Deryn, rispidamente. — É apenas que balões de ar quente me deixam um tiquinho nervoso.

O homem cruzou os braços.

— Eu garanto ao senhor que o aeroiate imperial *Stamboul* é tão seguro quanto qualquer aeromonstro.

— Tenho certeza de que é, senhor — disse Deryn, as mãos ainda grudadas à amurada. As chaminés cuspiram fogo novamente e rugiram como um tigresco furioso.

— Nós tivemos algo parecido com uma batalha, ontem — falou a Dra. Barlow ao colocar uma mão fria na bochecha de Deryn. — E alarmes e excursões novamente ontem à noite. O Sr. Sharp tem estado muito atarefado, infelizmente.

— Ah, sim. Eu ouvi falar que os Jovens Turcos incomodaram vocês — disse o *kizlar agha*. — Há revolucionários por toda parte agora, mas eles não nos importunarão no palácio, nem no céu.

A embarcação passara pela cerca do campo de aviação neste momento, e os manifestantes no portão lá embaixo pareceram tão pequenos quanto formigas.

Enquanto a Dra. Barlow e o *kizlar agha* conversavam, Deryn olhou para a cidade abaixo e tentou ignorar o ar em volta turvo pelo calor. O emaranhado de ruas de Istambul logo ficou debaixo do *Stamboul*, o metal dos andadores brilhava através do véu de fumaça. Girocópteros passavam voando com uma aparência tão delicada quanto borboletas.

Alek estava em algum lugar lá embaixo, calculou ela. A não ser que já tivesse entrado no ermo do império, onde os mapas da Força Aérea mostravam apenas montanhas e planícies poeirentas a caminho do Oriente Distante.

Quando o *kizlar agha* retornou aos seus afazeres, a Dra. Barlow se juntou a Deryn na amurada.

— Tem certeza de que não bateu a cabeça ontem à noite, Sr. Sharp? O senhor parece indisposto.

— Não, eu me sinto fantástico — disse Deryn ao pegar na amurada com mais força. Ela não iria declamar em voz alta sobre o acidente do pai novamente. Era melhor mudar de assunto. — É apenas que tive uma conversa esquisita com o conde Volger no café da manhã... sobre nosso monstrinho desaparecido.

— Sério? Quanta iniciativa da sua parte.

— O conde disse que viu o monstrinho na noite de ontem. A criatura deve ter nascido depois que Alek foi embora, e aquele tapado o levou com ele. — Deryn se voltou para a Dra. Barlow e franziu os olhos. — Mas a senhora já sabia disso, não é, madame?

— Esta possibilidade me ocorreu. — A cientista deu de ombros. — Parecia ser a única explicação lógica para o desaparecimento da criatura.

— Sim, mas não era apenas lógico, não é? A senhora sabia que Alek tentaria escapar antes de irmos embora de Istambul, então o colocou para tomar conta dos ovos na noite de ontem.

Um sorriso surgiu por trás do véu da Dra. Barlow.

— Ora, Sr. Sharp, o senhor está me acusando de uma *tramoia*?

— Chame do que quiser, madame, mas Alek sempre reclamava de que a senhora rearrumava os aquecedores quando ele tomava conta dos ovos. Deixava mais quente para ele do que para mim. — Conforme Deryn deu voz às suspeitas, mais coisas fizeram sentido. — E a senhora jamais quis que eu o visitasse quando Alek cuidava dos ovos, para que, quando o monstrinho nascesse, apenas ele estivesse na sala de máquinas, completamente só!

A Dra. Barlow virou o rosto e falou com jeito firme:

— Tem *certeza* de que não bateu a cabeça na noite de ontem, Sr. Sharp? Não sei do que está falando.

[ 158 ]

— Estou falando a respeito dos monstrinhos dentro daqueles ovos — falou Deryn ao olhar fixamente para a caixa da carga. — O que eles *são*, afinal de contas?

— Eles são um segredo militar, mocinho.

— Sim, e agora estamos levando um para esse tal de sultão. Um aristocrata mekanista igualzinho a Alek!

Deryn encarou a Dra. Barlow diretamente, à espera de uma resposta. Ela nunca tinha sido tão rude assim com a cientista, mas com a noite sem dormir e as conclusões que tirara pela manhã, a fúria tomou conta de sua língua.

Tudo começava a fazer sentido. O motivo de a Dra. Barlow ter se disposto a não contar o segredo de Alek para os oficiais, e por que ela o pusera para tomar conta dos ovos quase de imediato. Ela quis que um dos ovos se rompesse enquanto Alek estivesse sozinho naquela sala.

Mas qual era o objetivo do monstrinho? E por que Alek simplesmente não deixou a coisa berrante para trás?

Após um momento de troca de olhos gélidos entre elas, a Dra. Barlow rompeu o silêncio:

— O conde Volger disse alguma coisa específica sobre a criatura?

— Na verdade, não. — Deryn deu de ombros. — Ele talvez tenha dito algo sobre estrangular o monstrinho para mantê-lo calado.

A Dra. Barlow ergueu as sobrancelhas, e Deryn sorriu. Ela também podia jogar este jogo de manter segredos.

— Mas acho que ele estava apenas tentando bancar o espertinho.

— Realmente — disse a Dra. Barlow, friamente. — Parece que isso anda acontecendo muito por aí.

Deryn sustentou o olhar da mulher.

— Eu não estou tentando bancar o espertinho, madame — replicou ela. — Só quero saber... Alek corre perigo com aquele monstrinho?

— Não seja ridículo, Sr. Sharp. — A Dra. Barlow se aproximou e abaixou a voz. — O lêmur perspicaz, como é conhecido, é bastante inofensivo. Eu jamais colocaria Alek em perigo.

— Então a senhora tentou *mesmo* fazer com que um ovo se rompesse enquanto Alek estava lá dentro com eles!

A Dra. Barlow afastou o olhar.

— Sim, o lêmur foi projetado com um alto grau de fixação de nascença. Assim como um bebê de pato, ele estabelece um vínculo com a primeira pessoa que vê.

— E a senhora fez com que ele estabelecesse um vínculo com Alek!

— Um improviso necessário. Depois que caímos nos Alpes, parecia que não chegaríamos a Istambul a tempo. Eu não queria desperdiçar todos os meus anos de trabalho. — Ela deu de ombros. — Além disso, gosto muito de Alek e quero que ele tenha todo tipo de vantagem em suas viagens. Para aqueles que prestam atenção, o lêmur perspicaz pode ser bastante útil.

— Útil? — perguntou Deryn. — Como assim, exatamente?

— Sendo perspicaz, é claro.

Deryn franziu as sobrancelhas, intrigada com o que "perspicaz" queria dizer. Ela se perguntou se podia confiar totalmente nas palavras da cientista. A Dra. Barlow sempre parecia ter um plano mais abrangente do que ela deixava transparecer.

— Mas não foi apenas para ajudá-lo — falou Deryn. — Alek é um mekanista importante, assim como o sultão, e é por isso que a senhora queria que ele ficasse com esse monstrinho lêmur.

— É como eu disse ontem. — A Dra. Barlow gesticulou para a proa em forma de bico diante delas, para as cabeças monstruosas que cuspiam fogo. — Ao contrário das outras potências mekanistas, os otomanos não se esqueceram da teia de vida. E acho que, no pouco tempo em que esteve conosco, Alek pode ter se tornado acessível à razão também.

— Razão? — Deryn engoliu em seco. — O que um monstrinho recém-nascido qualquer tem a ver com *razão*?

— Nada, é claro, segundo a lei do meu avô: "Nenhuma criatura fabricada deve demonstrar razão humana." — A cientista abanou a mão. — Aceite como uma figura de linguagem, Sr. Sharp. Porém, uma coisa é certa: esta guerra vai bagunçar as dinastias reais da Europa. Então é possível que o jovem Alek seja um dia tão importante quanto qualquer sultão, seja ele da realeza propriamente dita ou não.

— Sim, era isso que o conde Volger dizia também.

— Era? — A Dra. Barlow tamborilou na amurada. — Que interessante.

Logo adiante, o estreito reluzia ao sol do meio-dia. Quase diretamente abaixo, havia dois enormes prédios de mármore e pedra — mesquitas, é claro, com os telhados abobodados como escudos gigantes dispostos contra o horizonte, e com minaretes que se projetavam para o céu como lanças em volta deles. A praça entre os prédios estava lotada de pessoas que voltavam os rostos para cima conforme a sombra do *Stamboul* passava sobre elas.

O *kizlar agha* berrou ordens, e as hélices se moveram nos braços longos e esguios. A aeronave começou a descer na direção do que parecia ser um parque cercado por muros altos. Dentro, havia dezenas de prédios baixos, todos unidos por alamedas e passagens cobertas, e um grande conjunto de mais abóbadas e minaretes, quase outra cidade dentro dos muros do palácio.

— Talvez nós devamos ficar de olho no conde Volger, então — falou a Dra. Barlow.

Deryn concordou com a cabeça e se lembrou da oferta do conde de falar mais a respeito do monstrinho se ela trouxesse notícias do mundo lá fora. Volger certamente estava aberto a uma troca de informações.

— Bem, madame, ele chegou a dizer que me daria lições de esgrima.

A cientista sorriu.

— Então, caro rapaz, você deve aprender a esgrimir.

# ◈ DEZOITO ◈

**O *STAMBOUL* DESCEU PRECISAMENTE** dentro dos muros do palácio, em um jardim malcuidado do tamanho de um campo de críquete.

O *kizlar agha* estava na proa da aeronave. Ele berrava ordens para a equipe das hélices e fez ajustes durante toda a descida. Deryn logo viu o motivo: mal havia espaço para pousar uma aeronave. Porém, a embarcação se instalou precisamente em um ponto onde cinco alamedas se cruzavam, tão delicadamente quanto um beijo, como um pavilhão espalhafatoso que se integrava ao desenho do jardim. As frondes das palmeiras em volta balançaram com a rajada de ar das hélices da aeronave.

A prancha desceu, e o *kizlar agha* conduziu Deryn, a Dra. Barlow e dois tripulantes com a caixa do ovo até o jardim do sultão.

Uma centena de janelas olhava para eles lá de cima, mas todas eram encobertas por treliças de metal, que emitiam um brilho dourado na luz do sol. Deryn se perguntou se havia pessoas observando pelas palhetas estreitas, cortesãos e conselheiros, ou o famoso harém de inúmeras esposas do sultão.

Isso não era nada parecido com o Palácio de Buckingham, onde Deryn assistira à troca da Guarda Leonesca Real em seu primeiro dia em Londres. Aquele palácio tinha quatro andares de altura e era tão quadrado quanto um bolo, mas ali os prédios eram baixos e cercados por colunatas com arcos de mármore enxadrezado de preto e branco, tão lustroso quanto as teclas de um piano. Uma tubulação de vapor cruzava as paredes de mosaicos como os canos usados por lagartos-mensageiros; os tubos suavam e bufavam com a energia do interior. Havia guardas em todas as portas, africanos em uniformes de seda brilhante, armados com alabardas e cimitarras.

Deryn imaginou como seria viver entre tanta pompa e espetáculo, tudo aquilo feito para deslumbrar os olhos. Será que o pobre Alek crescera em um lugar assim tão extravagante? Seria o suficiente para enlouquecer a pessoa ter um milhão de criados a observar cada passo.

Todos os guardas fizeram mesuras complexas para o *kizlar agha* e murmuraram a mesma saudação que a Dra. Barlow usara.

— Isto é "olá" em turco? — perguntou Deryn, que cogitou se deveria aprender a frase.

— Árabe. Muitas línguas são faladas aqui no palácio. — A Dr. Barlow ergueu os olhos para os canos de vapor. — Vamos torcer para que o alemão não seja uma delas.

Em pouco tempo, eles foram levados para um enorme prédio de mármore que se destacava do restante do palácio. Três chaminés fumegantes se projetavam do telhado para o céu, e o som de engrenagens retumbava lá dentro.

O *kizlar agha* parou diante de uma arcada fechada por duas portas de pedra e anunciou:

— Nós iremos entrar na sala do trono do sultão Mehmed V, Senhor dos Horizontes.

Ele bateu as mãos três vezes, e a portas se abriram com um assobio de vapor. Saiu um cheiro de carvão em brasa e graxa de motor encoberto por incenso.

A sala do trono estava escura em comparação com a intensa luz do sol do lado de fora, e Deryn mal conseguiu enxergar de início. Porém, diante dela surgia o que parecia ser um gigante sentado de pernas cruzadas, tão grande quanto os golens de ferro na rua, no dia anterior. Era uma estátua de metal vestida em inúmeros metros de seda negra, com uma faixa de pano prateado que cruzava o peito cheio de medalhas, e um barrete escarlate do tamanho de uma banheira na estranha cabeça chifruda.

Quando seus olhos se ajustaram, Deryn notou um homem debaixo da estátua. Ele se vestia com as mesmas roupas e estava sentado em um divã de seda na mesma posição, de pernas cruzadas com as mãos pousadas sobre os joelhos.

— Bem-vinda, Dra. Barlow — falou ele, enquanto virava a mão para cima para mostrar a palma vazia.

Atrás do homem, a estátua se mexeu e copiou os movimentos. Era um autômato — a sala do trono inteira era um enorme mecanismo! Porém, o ronco dos motores e o ruído das engrenagens era abafado pela tapeçaria espessa e pelas paredes de pedra, de forma que a enorme estátua parecia quase viva.

Com o rabo do olho, Deryn viu a cientista fazer uma mesura calmamente, como se encontrasse estátuas gigantes todos os dias. Ela se recuperou da surpresa e se curvou a partir da cintura, da maneira como Alek sempre fizera quando se dirigia aos oficiais do *Leviatã*. Deryn se deu conta de que não fazia ideia como se comportar na presença de um imperador berrante e desejou que a cientista tivesse dedicado um momento para lhe explicar.

— Meu lorde sultão — falou a Dra. Barlow —, trago os cumprimentos de sua majestade, o rei Jorge.

— Que a paz o abençoe — disse o sultão ao abaixar um pouco a cabeça. Atrás dele, o autômato gigante repetiu o gesto.

[ 165 ]

"LÍDER DO IMPÉRIO OTOMANO: SULTÃO E CALIFA."

— Eu trago um presente também. — A Dr. Barlow gesticulou para a caixa do ovo.

O sultão ergueu as sobrancelhas. Deryn se viu aliviada ao notar que o autômato não replicava expressões faciais. A máquina gigante já era suficientemente estranha daquele jeito.

— Um formato estranho para um encouraçado — disse o sultão —, e um pouco pequeno para um beemote.

Após um momento de silêncio incômodo, a cientista pigarreou.

— Nosso pequeno presente não é, obviamente, um substituto para o *Osman* ou seu par, embora sua majestade lamente aquele fato lastimável.

— Ele lamenta?

— Profundamente — falou a Dr. Barlow. — Nós apenas pegamos o *Osman* emprestado porque nossa necessidade é maior. A Grã-Bretanha está em guerra, e seu império está em paz, e espero que ele continue assim.

— A paz também tem seu preço. — O sultão cruzou os braços, e a estátua fez o mesmo.

Ao observar com mais atenção agora, Deryn notou que os movimentos da máquina eram meio rígidos, como um marinheiro entorpecido pelo rum e que tentava fingir que estava sóbrio. Talvez para auxiliar a ilusão, o sultão se movia devagar e com cuidado, como um ator em um espetáculo de pantomima. Deryn se perguntou se ele próprio controlava o autômato, ou se havia engenheiros observando de algum cubículo escondido, com as mãos agitadas sobre alavancas e mostradores.

De certa forma, imaginar como seria seu funcionamento interno tornou a enorme engenhoca menos perturbadora.

— Tenho certeza de que seus problemas são grandes, meu lorde sultão. — A Dra. Barlow olhou na direção da caixa do ovo. — E esperamos que esta criatura fabricada, embora humilde, resulte em uma distração providencial para eles.

— Os alemães nos dão ferrovias, aeronaves e torres de rádio — respondeu o sultão. — Todas as glórias da *mekanzimat*. Eles treinam nossos exércitos e fazem a manutenção de nossas máquinas. Reconstruíram este palácio e nos ajudaram a esmagar a revolução há seis anos. E tudo o que seu rei pode oferecer é uma *distração*?

O sultão gesticulou para a caixa de ovo, e a mão do autômato se esticou pelo salão e deslocou o ar ao passar sobre a cabeça de Deryn. Ela encolheu os ombros e imaginou como eram poderosos aqueles dedos gigantes.

A Dra. Barlow não pareceu nem um pouco afetada.

— Talvez seja apenas um começo — disse ela, e abaixou a cabeça um pouco mais. — Porém, nós oferecemos este presente na esperança de um futuro mais feliz.

— Um presente? Após tantas humilhações? — O sultão olhou para o ovo novamente. — Talvez seus presentes tenham nos distraído por tempo demais.

De repente, os dedos gigantes de metal envolveram a caixa e se fecharam em um punho. O estalo da madeira se partindo ecoou pelas paredes de pedra, e pedaços deslizaram pelo chão como palitos. O ovo estourou com um estalo repugnante, e lascas translúcidas escorreram pelos dedos de metal. Conforme os pedaços se juntaram no chão de pedra, o fedor de enxofre se juntou à fumaça do carvão e ao incenso.

Um gemido de horror escapou da boca da cientista, e Deryn encarou, de olhos arregalados, primeiro o punho cerrado, depois o sultão. Estranhamente, o próprio homem parecia surpreso, como se não tivesse percebido o que fazia. Claro que ele não fizera nada — fora o autômato.

Deryn olhou para a mão esticada do sultão. Os dedos ainda estavam abertos, simplesmente gesticulavam para a caixa do ovo, não formaram um punho...

"UM PRESENTE ESMAGADO."

Os olhos dela dispararam pelo salão. O *kizlar agha* e os tripulantes que carregaram a caixa do ovo estavam com expressões perplexas, e não havia mais ninguém na sala do trono. Porém, Deryn notou um balcão superior atrás da cabeça da estátua, coberto por janelas de treliça, e, por um instante, ela imaginou ter visto olhos observarem por entre as palhetas.

Deryn olhou de relance para a Dra. Barlow e tentou fazer com que ela notasse a mão aberta do sultão, mas o rosto da cientista estava rígido e pálido, seu equilíbrio fora esmagado com o ovo.

— Percebo, lorde sultão, que vim tarde demais. — Apesar da expressão arrasada, havia determinação no tom de voz.

O sultão também deve ter percebido. Ele pigarreou baixinho antes de falar:

— Talvez não, Dra. Barlow. — Ele bateu palmas, mas o autômato permaneceu imóvel, a mão direita paralisada em volta do ovo esmagado, que pingava. — De certa forma, a balança já se estabilizou.

— O que quer dizer?

— Exatamente hoje, nós conseguimos substituir o encouraçado que vocês "pegaram emprestado" de nós com dois navios em vez de um. — O sultão sorriu. — Deixe-me apresentar o novo comandante da Marinha otomana, almirante Wilhelm Souchon.

Um homem saiu das sombras, e Deryn ficou de queixo caído. Ele usava um elegante uniforme naval azul da Alemanha, exceto pelo barrete escarlate na cabeça. O homem bateu os calcanhares e se curvou diante do sultão, depois se virou para prestar continência para a Dra. Barlow.

— Madame, eu lhe dou as boas-vindas a Istambul.

Deryn engoliu em seco. Então foi assim que os dois encouraçados alemães desapareceram — eles foram escondidos pelos otomanos em troca de seu controle! E não apenas tomaram os navios, os otomanos colocaram o comandante do *Goeben* na chefia de toda a Marinha berrante.

A cientista simplesmente encarou, emudecida pelo choque pela primeira vez que Deryn via na vida. O silêncio se prolongou de maneira embaraçosa, o único som era o pinga-pinga das últimas entranhas do ovo no chão de pedra.

Finalmente, Deryn pigarreou e devolveu a continência do alemão.

— Como o oficial graduado presente, ofereço o agradecimento da Força Aérea Britânica por sua, hã, hospitalidade.

O almirante Souchon olhou friamente para ela.

— Não creio que nos conheçamos, senhor.

— Aspirante Dylan Sharp, à sua disposição.

— Um aspirante. Entendo. — Ele se voltou para a Dra. Barlow e ofereceu a mão. — Perdoe-me, madame, pelas formalidades militares. Eu quase esqueci que a senhora é uma civil. É um prazer lhe conhecer. E que sorte que, graças à minha recente nomeação, nós não nos encontramos como inimigos.

A cientista estendeu a mão e permitiu que o almirante a beijasse.

— Encantada, com certeza. — Ela se recuperou aos poucos e se voltou para o sultão. — Dois encouraçados realmente são um presente bastante impressionante. Na verdade, estou tão comovida por essa generosidade alemã que tenho que oferecer outro presente em nome do governo britânico.

— Sério? — O sultão se inclinou para a frente. — E qual seria ele?

— O *Leviatã*, lorde sultão.

A sala do trono ficou em silêncio novamente, e Deryn pestanejou. Será que a cientista ficara *completamente louca berrante*?

— É o mais famoso dos grandes respiradores de hidrogênio — continuou a Dra. Barlow. — Tão valioso quanto o *Osman* e seu par juntos, e uma criação que seus amigos alemães jamais conseguiriam igualar.

[ 171 ]

O sultão pareceu bem satisfeito, e Deryn notou que o sorriso do almirante Souchon ficara paralisado no rosto. Ela própria se sentiu tonta, incapaz de acreditar no que a cientista dizia.

— Dra. Barlow — falou Deryn, em voz alta. — Obviamente, é costume verificar com o capitão antes de, hã... abrir mão da nave dele.

— Ah, obviamente. — A Dra. Barlow abanou a mão. — Obrigada por me lembrar, Sr. Sharp. Nós precisaremos de alguns dias para falar com o almirantado, lorde sultão, antes de efetuarmos a transferência.

— Que pena, Dra. Barlow — disse o almirante Souchon ao colocar a mão no cabo da espada. — O limite para acolher uma embarcação de combate em tempo de guerra é de 24 horas. A lei internacional é bem rígida quanto a isso.

— Devo lembrá-lo, almirante — falou o sultão —, de que seu próprio período gratuito foi estendido enquanto ocorriam as negociações?

O alemão abriu a boca, depois fechou e se curvou bastante.

— É claro, meu lorde sultão. Estou às suas ordens.

O sultão se recostou no divã, sorriu e entrelaçou as mãos. Sem ser imitado pelo autômato, Deryn notou que ele se mexia com mais espontaneidade. Ou talvez apenas estivesse gostando de jogar duas grandes potências uma contra a outra.

— Então estamos todos de acordo — disse o sultão. — Dra. Barlow, a senhora tem quatro dias para me entregar o *Leviatã*.

Trinta minutos depois, o *Stamboul* alçou voo novamente. Ao passar pelo estreito reluzente em um lento retorno na direção do campo de aviação, o *kizlar agha* se juntou a Deryn e à Dra. Barlow na amurada, com o rosto pálido.

— Eu não sei o que dizer, madame. Meu lorde sultão não estava em seu estado normal hoje.

[ 172 ]

— Ele parecia muito firme em suas convicções — falou a Dra. Barlow, com a voz trêmula pelo choque.

— Com certeza, mas ele não vem sendo o mesmo desde que voltou a morar no palácio. Os alemães mudaram tanta coisa ali. Nem todos nós aprovamos.

Deryn franziu a testa e quis comentar o que notara a respeito do autômato, mas não podia fazer isso na frente do conselheiro mais íntimo do sultão.

A coruja mecânica continuava empoleirada no ombro do *kizlar agha*, mas Deryn notou que o cilindro no peito não girava mais. Talvez fosse alguma espécie de máquina de registro, e o homem tivesse desligado para manter suas palavras em segredo.

— O senhor está dizendo que ele pode mudar de ideia a respeito dos presentes do *kaiser?* — perguntou a Dra. Barlow, com cautela.

O *kizlar agha* espalmou as mãos.

— Isso eu não sei, madame, mas nosso império lutou duas guerras nos últimos dez anos e, também, uma revolução sangrenta. Nem todos nós queremos nos juntar à esta loucura na Europa.

A Dra. Barlow concordou com a cabeça.

— Então, por favor, façam com que os senhores sejam ouvidos — disse ela.

— Vamos tentar. Que a paz lhe abençoe e a nós todos — respondeu ele, depois se curvou e voltou à proa da aeronave.

— Que interessante — falou a cientista, enquanto o *kizlar agha* ia embora. — Talvez ainda haja esperança para este país.

— O que ele quis dizer exatamente? — perguntou Deryn.

— Talvez o *kizlar agha* planeje dar bons conselhos ao imperador. — Ela deu de ombros. — Ou talvez algo mais. Sultãos já foram substituídos antes.

Deryn se voltou para a amurada, e de repente eles apareceram lá embaixo; o *Goeben* e o *Breslau* ancorados no Chifre de Ouro.

— O almirante não estava mentindo — falou ela ao ver as bandeiras escarlates dos otomanos balançando nos mastros dos encouraçados. — Eles deviam estar escondidos no mar Negro ontem.

— Eu devia saber — disse a Dra. Barlow. — Aqueles navios estavam encurralados, não valiam nada para os alemães. Então, por que não oferecê-los como suborno?

— Sim, e falando em suborno... — Deryn engoliu em seco, quase com medo de perguntar. — O que foi aquilo sobre abrir mão do *Leviatã*? A senhora não virou uma maluca berrante, não foi?

A Dra. Barlow olhou de esguelha para ela.

— Não canse minha beleza, Sr. Sharp. Isto foi simplesmente um artifício para prolongar nosso tempo aqui. Coisa que obviamente o senhor sabia, pois interpretou seu papel com perfeição. Quatro dias a mais podem se mostrar bem úteis.

Deryn franziu a testa. Interpretou seu papel? Ela apenas dissera a primeira coisa que lhe passara pela cabeça.

— Mas se nós não daremos a nave para os otomanos, qual é o sentido em ficar?

— É sério, Sr. Sharp? — falou a cientista novamente, com determinação na voz. — O senhor acha que eu cruzaria a Europa sem um plano alternativo?

— E *este* é o seu plano, madame? Fazer falsas promessas ao sultão para deixá-lo ainda mais furioso?

— Longe disso. — A cientista suspirou. — Eu duvido que a fúria do sultão faça grande diferença, de uma forma ou de outra. O Império Otomano já está nas mãos dos alemães.

— Sim, isso é bem verdade. E falando em mãos, não tenho certeza se o sultão realmente teve a intenção de esmagar o ovo.

A Dra. Barlow lançou um olhar frio para Deryn.

— O senhor está dizendo que o trabalho da minha vida foi destruído *por acidente*?

— Não por acidente, madame, mas o sultão não fechou o punho. Ele apenas apontava para o ovo, então o autômato foi em frente e esmagou seu pobre monstrinho por conta própria!

A Dra. Barlow ficou calada por um momento, depois concordou devagar com a cabeça.

— É claro — admitiu a cientista. — Sou uma idiota! Aquela sala do trono foi construída por engenheiros alemães, então *eles* estavam no controle, não o sultão. Os alemães forçaram o gesto do sultão, por assim dizer.

— Sim. — Deryn voltou a olhar para a água. O *Stamboul* completara o retorno, e o *Goeben* ficava para trás, mas ela ainda conseguia ver a silhueta ameaçadora do canhão Tesla, com os suportes cobertos por agitados pássaros marinhos. — Isto faz pensar como eles forçarão o próximo gesto do sultão, não é?

— De fato, Sr. Sharp.

Deryn olhou para a água que se estendia ao longe. A frota mediterrânea da Marinha Real estava estacionada imediatamente ao sul do estreito, ainda à espera que o *Goeben* e o *Breslau* surgissem. Na direção oposta, a Marinha russa estava parada nos portos do mar Negro, ainda sem saber que seu velho inimigo, o sultão, tinha dois novos encouraçados.

Tudo o que seria necessário era uma rápida incursão do almirante Souchon em qualquer uma das direções, e os otomanos seriam levados à guerra.

# ● DEZENOVE ●

**– PROVAVELMENTE É UMA IDIOTICE** sair do hotel com tantos alemães por aí.

Não houve resposta enquanto Alek abotoava o paletó de sua nova roupa.

— Mas os alemães não sabem como eu sou — continuou ele —, e os otomanos nem sequer sabem que estamos aqui.

Alek colocou o barrete e se olhou no espelho, à espera. Porém, não veio resposta alguma.

— Qualquer um pensaria que sou um perfeito turco nestas roupas. — Alek mexeu na trança do chapéu. Será que tinha que ficar pendurada na esquerda ou na direita? — E, se eu tiver que falar alemão, pelo menos andei praticando meu sotaque comum para soar como uma pessoa normal, e não como um príncipe qualquer.

— Um príncipe qualquer — disse a criatura, finalmente.

— Bem, esta é a sua opinião — falou Alek, e depois suspirou. Como ele tinha adquirido o hábito de falar com o monstro? O animal provavelmente estava memorizando todos os seus segredos.

Era melhor que dividir suas incertezas com os homens, era o que Alek achava. E havia alguma coisa na expressão satisfeita e inteligente da criatura que fazia Alek pensar que o monstrinho estava realmente escutando, não apenas repetindo palavras a esmo.

Ele se olhou no espelho pela última vez e depois se virou na direção da porta.

— Seja um bom monstrinho que o mestre Klopp virá alimentar você. Sem choramingo, antes que eu volte já.

A criatura deu um longo olhar sério para Alek e depois pareceu concordar com a cabeça.

— Volte já — repetiu ele.

O cabo Bauer estava vestido em novas roupas civis e esperava no quarto que dividia com Klopp. O próprio mestre de mekânica não podia sair do hotel. Era conhecido demais entre a classe dos técnicos mekanistas, e Constantinopla estava cheia de engenheiros alemães.

A caminho da cidade na noite anterior, Alek contou uma dezena de projetos de construção com a águia negra no estandarte amarelo, a bandeira de amizade do *kaiser*. As antigas muralhas da cidade estavam repletas de novíssimas chaminés, tubulações de vapor e antenas de rádio. Alek se lembrou do comentário de seu Pai a respeito de a Alemanha bancar a política de *mekanzimat*, a reforma da sociedade otomana em volta da máquina.

— Continuo dizendo que esta é uma má ideia, jovem mestre — falou Klopp ao tirar os olhos do rádio e de um caderno cheio de pontos e traços.

— Ninguém vai me reconhecer — falou Alek. — Meu Pai foi bem cuidadoso ao não me deixar posar para quadros ou fotos. Praticamente ninguém fora da família sabe como eu sou.

— Mas lembre-se do que aconteceu em Lienz!

Alek tomou fôlego devagar e se lembrou da primeira vez em que se disfarçou entre plebeus.

— Sim, Klopp, eu agi exatamente como um pequeno príncipe, mas acho que meu jeito comum melhorou desde então, não concorda?

Klopp apenas deu de ombros.

— E se nós vamos nos esconder no Império Otomano — continuou Alek —, temos que descobrir o que as grandes potências estão aprontando aqui. E sou o único que fala alguma coisa além de alemão.

O velho sustentou o olhar de Alek por um momento, depois virou o rosto.

— Não dá para discutir com a sua lógica, jovem mestre — admitiu ele. — Eu apenas queria que não fosse o *senhor* a ir.

— Eu também queria que Volger estivesse aqui — falou Alek, com delicadeza —, mas eu serei bem cuidadoso, certo, Bauer?

— Às ordens, senhor.

— Certamente — falou Alek. — Porém, isto me lembra uma coisa: sem *senhores* quando estivermos fora deste quarto.

— Sim, senhor. Quero dizer, hã... do que devo chamar o senhor?

Alek sorriu.

— Bem, ninguém que nos ouça falar vai pensar que somos turcos, então vamos escolher um bom nome alemão. Que tal Hans?

— Mas este é o *meu* nome, senhor.

— Ah, sim, é claro. — Alek pigarreou e se perguntou se algum dia soubera o primeiro nome do cabo Bauer. Talvez ele devesse ter perguntado antes. — Eu serei Fritz, então.

— Sim, senhor. Quero dizer... sim, Fritz — falou Bauer, e Alek viu Klopp balançar devagar a cabeça.

Lá se foi o jeito comum.

[ 178 ]

O hotel era próximo ao Grande Bazar, o maior mercado de Constantinopla, e as ruas estavam cheias naquela noite. Alek e Bauer seguiram a multidão e procuraram um lugar onde trabalhadores alemães pudessem se reunir e fofocar.

Em pouco tempo, os dois estavam dentro do bazar, um labirinto de lojas à luz de gás, sob tetos com enormes arcadas. Os lojistas anunciavam as mercadorias aos gritos — lamparinas, artigos de cama e mesa, tapetes, sedas, joias, couro trabalhado e peças mekânicas —, em uma meia dúzia de línguas. Burricos mekânicos passavam pelas multidões aos empurrões, com castanhas e espetos de carne assando nos blocos fumegantes do motor. Mulheres vestindo véus andavam em cadeiras dotadas de silenciosas pernas automáticas e com criados desconfiados de cada lado.

Alek se lembrou de sua primeira vez disfarçado como plebeu, no mercado de Lienz, quando ficara enojado com a proximidade dos corpos e odores. Mas o Grande Bazar era praticamente sobrenatural, os cheiros de cominho, páprica e água de rosas se misturando ao incômodo fumacê de tabaco, que saía de narguilés borbulhantes. Malabaristas disputavam espaço com cartomantes e músicos enquanto minúsculos andadores automáticos dançavam em um pano estendido diante de um homem com as pernas cruzadas, e a plateia aplaudia com gosto.

O homem no balcão do hotel dissera que este era um mês sagrado e que os muçulmanos da cidade jejuariam enquanto fizesse sol. Mas pareciam estar compensando agora que a noite havia caído.

— Sem muitos alemães por aí — disse Bauer. — Acha que eles têm uma cervejaria nesta cidade?

— Não sei se os otomanos amam cerveja. — Alek gesticulou para um menino que carregava uma pequena bandeja com xícaras vazias de vidro. — Mas café é outra história.

Alek deteve o menino e apontou para a bandeja. Ele concordou com a cabeça e gesticulou para que os dois o seguissem. O garoto passou pela multidão com habilidade e esperou impacientemente que Bauer e Alek o alcançassem.

Em pouco tempo, o menino levou os dois para um grande salão público, no limite do mercado. O cheiro de café com toque de chocolate e chá preto exalava das portas, e a fumaça de tabaco pairava pelo teto como uma mortalha.

Enquanto Alek dava uma gorjeta para o menino pelo trabalho, Bauer falou:

— Parece que encontramos o lugar certo, senhor.

Alek ergueu o olhar. Uma fileira das bandeiras de amizade do *kaiser* se agitava no toldo, e uma música de bebedeira alemã retumbava lá dentro.

— Aquele menino nos identificou como mekanistas logo de cara. — Alek suspirou. — Cuidado com o degrau e sem mais *senhor*. Está lembrado, Hans?

— Desculpe... Fritz.

Alek hesitou à porta, o som de tantos sotaques alemães provocando-lhe arrepios. É claro, as aeronaves do *kaiser* haviam conseguido encontrá-lo, mesmo escondido no topo de um montanha nos Alpes. Talvez fosse mais seguro manter os inimigos à vista.

Ajeitou os ombros e entrou.

A maioria dos homens lá dentro pareciam ser engenheiros alemães. Alguns ainda usavam macacões de mekânicos, que brilhavam de graxa do dia de serviço. Alek se sentiu deslocado com suas novas roupas de turco.

Ele e Bauer encontraram uma mesa vazia, depois pediram café para um jovem menino de turbante que falava um alemão excelente.

Quando o menino foi embora correndo, Alek balançou a cabeça.

— Quer os otomanos entrem na guerra ou não, os alemães já controlam o país.

— E dá para ver o motivo. — Bauer apontou para a parede atrás deles.

Alek se virou e viu um enorme pôster preso por tachas, aquela espécie de propaganda tosca que seu Pai sempre odiara. No pé havia uma cidade desenhada e intitulada como Istambul, enfeitada por tubos de vapor e linhas férreas. A cidade ficava sobre o estreito de Dardanelos, o urso russo se agigantava sobre o mar Negro, e a Marinha britânica ameaçava a partir do Mediterrâneo.

O destaque do pôster era uma quimera gigante sobre o horizonte, um monstro darwinista fabricado a partir de meia dúzia de criaturas. Ela usava um chapéu-coco disforme e levava um encouraçado nas garras de uma das mãos e um saco de dinheiro na outra. Havia um gordo minúsculo intitulado como Winston Churchill montado no ombro da quimera, que observava o monstro obsceno ameaçar os pequenos domos e torres abaixo.

"Quem vai nos proteger destes monstros?" dizia a legenda no topo.

— Aquele deve ser o *Osman* — falou Bauer ao apontar para o encouraçado.

Alek concordou com a cabeça.

— É estranho pensar assim — disse o garoto —, mas se o lorde Churchill não tivesse roubado aquele navio, o *Leviatã* jamais teria cruzado a Europa. Nós ainda estaríamos naquele castelo nos Alpes.

— Nós poderíamos estar um pouco mais a salvo lá — ponderou Bauer, e depois sorriu. — Mas também estaríamos com muito mais frio, e ninguém nos traria um bom café turco.

— Então você acha que fiz a escolha certa, Hans? Ao deixar um lugar seguro para trás?

— O senhor... Digo, você não teve muita escolha, Fritz. — Bauer deu de ombros. — Precisou encarar o que estava à frente, não importavam os planos do seu pai. Todo homem chega a este ponto, mais cedo ou mais tarde.

Alek engoliu em seco, agradecido pelas palavras. Ele jamais havia perguntado a opinião de Bauer antes, mas agora que estava no comando, era bom saber que o homem não o considerava um completo idiota.

— E quanto ao seu pai, Hans? Ele deve achar que você é um desertor.

— Meus pais me colocaram para fora de casa há muito tempo. — O homem balançou a cabeça. — Bocas demais para alimentar. O mesmo aconteceu com Hoffman, creio eu. Seu pai selecionou apenas homens sem famílias para ajudar você.

— Isso foi gentil da parte dele, penso — falou Alek ao ter a ideia de que ele e seus homens eram, de certa forma, todos órfãos juntos. — Mas assim que esta guerra acabar, Hans, juro que você jamais passará fome novamente.

— Não precisa, Fritz. O que faço é dever. E, além disso, alguém dificilmente passaria fome nesta cidade.

O café chegou. Tinha cheiro de chocolate e era espesso como mel escuro. Certamente, era mais gostoso que qualquer coisa que pudesse ser feita em uma fogueira no gelo dos Alpes.

Alek tomou um longo gole e deixou que os sabores deliciosos levassem embora os pensamentos ruins... Ele bisbilhotou a conversa nas mesas ao redor, ouviu reclamações de atrasos na entrega de peças e de censura às cartas que chegavam de terras natais. A conquista da Bélgica estava quase completa, e os engenheiros comemoravam. A França cairia em breve. Então viria uma rápida campanha contra a Rússia darwinista e a fortaleza insular da Grã-Bretanha. Ou talvez fosse uma longa guerra, argumentavam alguns, mas a Alemanha venceria no fim: monstros fabricados não eram páreo para a bravura e o aço dos mekanistas.

[ 182 ]

"CAFÉ EM UM NINHO DE COBRAS."

Não parecia que alguém se importava se os otomanos entrariam na guerra ou não. Os alemães tinham confiança em si mesmos e nos aliados austríacos.

Claro que o alto comando poderia ter uma opinião diferente.

De repente, os ouvidos de Alek captaram o som de inglês. Ele se virou e viu um homem que passava devagar entre as mesas, e fazia perguntas que só angariavam gestos de indiferença e olhares confusos. O sujeito estava malvestido com um sobretudo de viagem e um chapéu disforme, e levava uma câmera dobrável pendurada no pescoço. Havia uma espécie de monstro fabricado empoleirado no ombro — um sapo, talvez, com olhos pequenos e brilhantes, que espiavam por debaixo do colarinho do casaco do homem.

Um darwinista neste lugar, que era praticamente território alemão?

— Com licença, cavalheiros — falou ele, quando chegou à mesa de Alek. — Algum dos senhores fala um pouco de inglês?

Alek hesitou. O sotaque do homem era estranho, e ele não parecia inglês. A câmera tinha uma aparência mekanista.

— Eu falo um pouco — disse Alek.

Um sorriso enorme se abriu no rosto do sujeito quando ele esticou a mão.

— Excelente! Sou Eddie Malone, repórter do *New York World*. Você se importa se eu fizer algumas perguntas?

# ◈ VINTE ◈

**O HOMEM SE SENTOU** sem esperar por uma resposta, estalou os dedos para chamar um garçom e pediu um café.

— Ele falou *repórter*? — murmurou Bauer, em alemão. — Isto é prudente, Fritz?

Alek concordou com a cabeça — esta era uma excelente oportunidade. O trabalho de um repórter estrangeiro, afinal de contas, era compreender a política à sua volta, as manobras das grandes potências ali no Império Otomano. E falar com Malone era bem mais seguro que tentar extrair fofocas de um alemão, que poderia notar o sotaque aristocrático de Alek.

Alguns homens em outras mesas notaram o repórter ao se sentar, mas ninguém olhava fixamente agora. As ruas de Constantinopla eram cheias de coisas mais estranhas que um sapo fabricado.

— Eu não sei o quanto nós podemos ajudar o senhor — falou Alek. — Não estamos aqui há muito tempo.

— Não se preocupe, minhas perguntas não serão muito complicadas. — O repórter puxou um bloquinho surrado. — Estou apenas curioso com o que eles chamam de *mekanzimat*: todos estes novos prédios que os alemães estão construindo em Istambul.

Alek pigarreou. O homem presumiu que eles eram alemães hospedados em Istambul, é claro. Ele provavelmente não saberia diferenciar um sotaque austríaco do coaxo do próprio sapo-boi, mas não faria sentido corrigi-lo.

— Não trabalhamos com construção, Sr. Malone — explicou. — No momento, estamos apenas viajando e vendo atrações turísticas.

Os olhos de Malone analisaram Alek de cima a baixo e pararam no barrete na cadeira ao lado dele.

— Noto que já fizeram compras. Que coisa curiosa, porém, que homens em idade militar estejam de férias em tempo de guerra!

Alek praguejou baixinho. Ele sempre fora um caso perdido para qualquer tipo de mentira, mas fingir ser um turista quando todo homem na Europa estava se apresentando para servir era um absurdo. Malone provavelmente pensou que eles eram desertores ou espiões.

Obviamente, uma certa dose de mistério poderia ser útil.

— Apenas digamos que o senhor não precisa saber nossos nomes. — Alek gesticulou para a câmera. — E sem fotos, por favor.

— Não é problema. Istambul está cheia de anônimos. — O homem ergueu a mão para coçar o queixo do sapo-boi. — Suponho que os senhores tenham vindo no Expresso?

Alek concordou com a cabeça. O Expresso do Oriente vinha direto de Munique para Constantinopla, e Alek nem de longe poderia admitir que eles chegaram via aeronave.

— O trem devia estar lotado, com todos estes novos trabalhadores vindo para cá.

— O trem podia estar lotado, mas nós tínhamos nossa própria cabine. — Conforme as palavras saíram, Alek ficou bravo consigo mesmo

[ 186 ]

novamente. Por que ele sempre arrumava um jeito de tornar óbvio que era rico?

— Então os senhores não falaram com alguém que trabalha naquela torre de rádio?

— Torre de rádio? — perguntou Alek.

— Sim, aquela que vocês alemães estão montando nos rochedos a oeste. Um projeto especial para o sultão, dizem. É enorme, tem até a própria estação de energia!

Alek olhou de relance para Bauer e imaginou o quanto o homem acompanhava seu inglês aprendido a bordo do *Leviatã*. Uma grande torre de rádio precisaria de sua própria estação de energia, mas um canhão Tesla também.

— Infelizmente, nós não sabemos nada a respeito disso — falou Alek. — Estamos em Constantinopla há apenas dois dias.

Malone encarou Alek com atenção por um momento, com um brilho no olhar, como se o garoto tivesse acabado de dizer uma piada sutil, porém inteligente.

— Não a tempo suficiente para chamar a cidade de Istambul, percebo.

Alek se lembrou que a Dra. Barlow dissera que os nativos usavam outro nome para a cidade, mas os funcionários de seu hotel não pareceram se importar.

— Seja lá como se chama a cidade, não vimos muita coisa dela.

— Então os senhores ainda não foram às docas ver os novos navios de guerra do sultão?

— Novos navios de guerra?

— Dois encouraçados que acabaram de ser presenteados pelos alemães para os otomanos. — Malone apertou os olhos. — Os senhores não viram os navios? É bem difícil não vê-los.

Alek conseguiu balançar a cabeça.

— Não, não fomos ao porto.

— Não foram ao *porto*? Isto é uma península, sabe. E por acaso o Expresso do Oriente não vem bem pelo litoral?

— Creio que sim — disse Alek contido —, mas nós estávamos bem cansados quando chegamos, e foi uma noite escura.

O homem pareceu achar graça novamente — era um caso perdido. A seguir, Malone diria que era lua cheia ou que o Expresso do Oriente jamais chegava à noite.

Mas isso importava? Ele não acreditava em uma palavra de Alek, de qualquer maneira. Talvez fosse a hora de mudar de assunto.

— É esquisito ver esta criatura aqui — falou Alek ao apontar para o sapo-boi. — Eu não sabia que os otomanos permitiam abominações darwinistas em seu país.

— Ah, a pessoa apenas tem que saber a quem subornar. — O homem riu. — E eu não iria a lugar algum sem Ferrugem. Ele tem uma memória bem melhor que a minha.

Alek arregalou os olhos.

— Ele... se lembra de coisas?

— Claro. Já viu algum daqueles lagartos-mensageiros?

— Ouvi falar deles.

— Pois então, Ferrugem é um parente próximo, só que ele é todo cérebro, não deixa escapar nada. — O homem deu um tapinha na cabeça do sapo-boi, que piscou os olhos pequenos e brilhantes. — Ele é capaz de ouvir uma hora de conversação e repeti-la inteira para a pessoa, palavra por palavra.

Alek franziu a testa e se perguntou se a criatura recém-nascida que ficara no hotel era alguma espécie de monstro gravador.

— Esse animal está memorizando o que nós estamos dizendo neste momento? — perguntou.

O repórter deu de ombros.

— Considerando que o senhor esteja dizendo alguma coisa.

— Como eu falei, nós acabamos de chegar.

— Bem, pelo menos seu inglês é agradável de ouvir. — O homem riu de novo. — É como se o senhor andasse praticando apenas para mim.

— O senhor é bastante gentil — falou Alek. Nas últimas duas semanas, ele falava mais inglês que alemão. — E tem um ouvido afiado. O senhor se importa se *eu* fizer algumas perguntas?

— Claro, por que não? — O repórter lambeu a caneta.

— Acha que os otomanos se juntarão aos mekanistas nesta guerra?

Malone deu de ombros novamente.

— Duvido que os alemães se importem, de uma forma ou de outra — respondeu ele. — Eles estão aqui para ficar. Para derrotar os darwinistas na Europa e depois se expandir pelo mundo inteiro. Já começaram a estender o Expresso para Bagdá.

Alek tinha ouvido seu Pai falar a mesma coisa, que o Expresso do Oriente fora construído a fim de espalhar a influência mekanista para o Oriente Médio, e depois para mais fundo no coração da Ásia.

Malone fez um gesto para o pôster de propaganda atrás de Alek.

— Tudo o que querem agora é que os otomanos fechem o estreito de Dardanelos para que os russos não recebam comida do sul.

— É mais fácil matar um homem de fome do que lutar contra ele — disse Alek. — Mas será que os otomanos conseguem proteger o estreito contra a Marinha britânica?

— Embarcações de superfície não conseguem passar pelas minas e pelo canhão, e eles têm redes para impedir a entrada dos krakens. Isso é, tudo exceto aeronaves, e os otomanos podem conseguir uma em breve.

— Como é que é?

Malone fez uma expressão radiante.

— Esta é uma atração que o senhor com certeza irá querer ver — respondeu. — O *Leviatã*, um dos grandes respiradores de hidrogênio, está aqui em Istambul.

— Ele ainda... quero dizer, tem uma aeronave britânica aqui? Isso não é meio estranho com uma guerra em andamento?

— Concordo. E o que é mais estranho ainda é que os ingleses estão pensando em *dar a aeronave* para o sultão! — Malone sacudiu a cabeça. — Parece que os alemães doaram um par de encouraçados para os otomanos, e os ingleses querem aumentar o cacife do jogo. O sultão em pessoa fará um passeio amanhã, com alguns de nós, repórteres.

Alek estava quase atordoado demais para falar. Era um absurdo que o *Leviatã* pudesse ser entregue a uma potência mekanista, mas se a aeronave ainda não tivesse partido, então o conde Volger continuava em Istambul.

— E o senhor vai nesse... passeio?

Malone lançou um sorriso radiante.

— Não perderia por nada neste mundo — respondeu. — Nós temos respiradores de hidrogênio nos EUA, mas nada que chegue à metade daquele tamanho. Basta observar os céus amanhã, e o senhor entenderá o que quero dizer!

Alek encarou o homem intensamente. Se ele estivesse certo a respeito do *Leviatã*, então Volger poderia ter outra chance de fugir. Obviamente, o conde pensava que Alek e os demais já tinham desaparecido nas florestas.

Era loucura confiar nesse estranho americano, mas Alek tinha que arriscar.

— Talvez o senhor pudesse fazer uma coisa por mim — falou ele, baixinho. — Tem uma mensagem que quero que seja entregue naquela nave.

Malone ergueu as sobrancelhas.

— Parece interessante.

— Mas o senhor não pode colocar nada disso em seu jornal.

— Não posso prometer isso, mas lembre-se de que meu jornal está bem longe em Nova York, e eu uso andorinhas-mensageiras para enviar as reportagens. Tudo que eu escrever levará quatro dias para chegar a Nova York, e mais um dia ou coisa assim para repercutir aqui. Entende o que quero dizer?

Alek concordou com a cabeça. Se Volger realmente pudesse escapar, cinco dias seriam suficientes para eles desaparecerem.

— Muito bem, então. — Alek respirou devagar. — Existe um homem a bordo do *Leviatã*, um prisioneiro.

A caneta de Malone parou de rabiscar.

— Um sujeito alemão, presumo eu.

— Não, austríaco. O nome dele é...

A voz de Alek sumiu; a iluminação a gás de repente falhou, e o ambiente mergulhou na escuridão.

— O que está acontecendo? — sibilou Bauer.

Malone ergueu a mão.

— Não se preocupe — disse. — É apenas um teatro de sombras.

O café ficou em silêncio, e em pouco tempo a parede dos fundos foi acesa. Alek percebeu que não era uma parede, mas sim uma fina tela de papel, iluminada por trás por poderosas lâmpadas a gás.

Silhuetas negras surgiram na superfície, sombras no formado de monstros e homens.

Alek arregalou os olhos. Uma de suas tias em Praga colecionava fantoches de sombra da Indonésia, objetos artesanais de couro com braços e pernas móveis, como marionetes em pauzinhos em vez de fios. Mas ali as sombras dançavam em padrões perfeitamente automáticos. Eram fantoches mekanistas, movidos não por mãos, mas por máquinas escondidas atrás da parede.

Os atores ocultos falavam o que parecia ser turco, mas a história era fácil o suficiente de compreender. No pé da tela, ondas subiam e desciam, e uma criatura marinha saltava entre elas, um monstro darwinista que tinha presas enormes e tentáculos agitados. Ele chegou perto de um navio onde dois homens conversavam no convés, sem saber que o kraken se aproximava. Alek ouviu o nome Churchill entre as palavras desconhecidas.

Então, de repente, a criatura pulou das ondas, pegou um dos homens e o arrastou para a água. Estranhamente, o outro homem apenas riu...

Alek teve um sobressalto quando alguém apertou seu braço. Era Bauer, que indicou com a cabeça um par de soldados alemães avançando pelo café. Os dois iam de mesa em mesa e verificavam rostos contra uma fotografia nas mãos.

— Temos que ir, Fritz — sussurrou Bauer.

— Eles estão aqui atrás de outra pessoa — falou Alek, com firmeza. Nenhuma fotografia dele jamais havia sido tirada.

Malone notou os olhares nervosos e se voltou para ver os soldados alemães. Ele se inclinou para a frente e sussurrou:

— Se os senhores estão ocupados, talvez nós devêssemos nos encontrar amanhã. Ao meio-dia, no portão para a Mesquita Azul?

Alek começou a explicar que não havia necessidade de ir embora, mas então um dos soldados se enrijeceu. Ele olhou para a fotografia nas mãos, depois ergueu o olhar para Alek.

— Impossível — murmurou Alek, e depois se deu conta de que o soldado não olhava para ele, afinal de contas.

O homem olhava para Bauer.

# ◈ VINTE E UM ◈

**– EU SOU UM IDIOTA** — sussurrou Alek para si mesmo.

Os alemães, obviamente, investigaram os outros homens que desapareceram na noite em que ele havia fugido. Bauer, Hoffman e Klopp eram todos integrantes da Guarda dos Habsburgo, com fotos em seus registros militares. Porém, de alguma forma, Alek se esquecera de que plebeus também podiam ser perseguidos.

Ele olhou freneticamente pelo ambiente. Havia mais dois soldados alemães na porta, e o café não tinha outras saídas. Os homens que notaram Bauer conversavam entre si intensamente, e um olhava de lado para a mesa deles.

Malone voltou a se recostar na cadeira e falou casualmente:

— Tem uma porta para o beco nos fundos.

Alek olhou — a parede dos fundos estava completamente coberta pela tela brilhante, mas era feita de papel.

— Hans, você tem uma faca? — perguntou Alek, baixinho.

Bauer concordou com a cabeça e meteu a mão dentro do casaco.

— Não se preocupe — assegurou ele. — Eu os manterei ocupados enquanto você corre.

— Não, Hans, nós escaparemos juntos. Passe a faca para mim, depois siga.

Bauer franziu a testa, mas entregou a arma. Os dois soldados alemães sinalizaram para os compatriotas na porta. Era hora de agir.

— Amanhã, ao meio-dia, na Mesquita Azul — falou Alek ao mesmo tempo em que esticava a mão para o barrete...

Ele ficou de pé em um pulo e correu entre as mesas, na direção da tela reluzente.

O pedaço brilhante de papel se abriu com um golpe rápido da faca e revelou engrenagens em movimento e iluminação a gás. Meio cego, Alek irrompeu pelas silhuetas de ondas do mar e tropeçou em uma grande engenhoca que zumbia. A mão bateu contra uma lâmpada de gás fumegante, que queimou a palma como um ferrete. A lâmpada caiu no chão e espalhou chamas e cacos de vidro.

Gritos ecoaram atrás deles, a multidão entrou em pânico com o cheiro de combustível queimado e papel. Alek ouviu um dos soldados berrar para que os clientes o deixassem passar.

— A porta, senhor! — gritou Bauer. Alek não conseguia enxergar nada além das manchas na visão, mas Bauer o arrastou, as botas derrapando sobre mecanismos e vidro quebrado.

A porta se escancarou para a escuridão, o ar frio da noite foi um alívio na palma da mão queimada de Alek. Ele seguiu Bauer e pestanejou para tentar afastar as manchas da visão enquanto corria.

O beco era como se fosse uma versão em miniatura do Grande Bazar, repleto de barraquinhas do tamanho de armários, e cheio de pequenas bancadas com pilhas de pistaches, nozes e frutas. Rostos surpresos se ergueram e olharam para Alek e Bauer conforme eles passavam correndo.

Alek ouviu uma porta ser escancarada atrás deles. A seguir, um tiro ecoou pelo beco, e as pedras antigas cuspiram um jato de poeira ao lado de sua cabeça.

"UM CORTE E UMA FUGA."

— Por aqui, senhor! — gritou Bauer ao arrastar Alek por uma esquina. As pessoas se espalhavam agora, o beco virou um tumulto de homens e bancadas reviradas. Persianas foram escancaradas no alto, e gritos de uma dezena de línguas ecoavam pelas paredes.

Outro tiro abalou o ar ao redor dos dois, e Alek seguiu Bauer por uma passagem lateral entre dois prédios. O caminho era estreito e deserto, e as botas chapinharam pelo córrego de um dreno que corria pelo meio. Os dois tiveram que se abaixar para passar correndo por arcadas baixas de pedra.

O beco não levava de volta ao Grande Bazar, nem a uma rua a céu aberto — parecia dar uma volta em si mesmo e seguia as espirais sibilantes de tubulação de vapor e conduítes de fiação. Apenas o mais sutil indício de luar chegava à pavimentação, e em pouco tempo Alek perdeu todo o senso de direção.

As paredes ali estavam marcadas com um emaranhado de palavras e símbolos; Alek viu os alfabetos árabe, grego e hebreu misturados, com sinais que não reconhecia. Parecia que ele e Bauer esbarraram em uma cidade mais antiga dentro da primeira, Istambul antes de os alemães alargarem suas avenidas e as encherem de máquinas de aço escovado.

Quando os dois dobraram uma esquina, Bauer deteve Alek com um puxão.

Acima deles, um andador com seis andares de altura se agigantava. O corpo era comprido e sinuoso, como uma cobra de pé, e um par de braços se projetava das laterais. A frente da cabine de pilotagem parecia com o rosto de uma mulher, que dava a impressão de olhar para os dois lá de cima, absolutamente imóvel.

— Volger falou sobre estes andadores para nós — sussurrou Alek.

— Golens de ferro. Eles mantêm a paz entre os diferentes guetos.

[ 196 ]

— Parece vazio — falou Bauer, com nervosismo. — E os motores não estão ligados.

— Talvez seja apenas para manter as aparências. Nem sequer tem armas.

Havia algo de grandioso a respeito do andador, entretanto, como se eles olhassem de baixo para uma estátua de alguma antiga deusa pagã. A expressão no rosto gigante dava a impressão de um sorriso.

Gritos vieram de longe, e Alek desviou os olhos da máquina.

— Nós poderíamos invadir algum lugar e nos esconder — disse Bauer ao apontar para uma porta baixa na parede do beco, com uma janela gradeada no meio.

Alek hesitou. Invadir uma casa estranha apenas causaria mais confusão, especialmente se os donos do andador parado estivessem por perto.

Apitos estridentes ecoavam em volta deles, como se os perseguidores se aproximassem de todas as direções...

Quase todas as direções.

Alek ergueu os olhos para a tubulação de vapor que subia pelas paredes de pedra. Os canos suavam e tremiam com o calor, mas ele correu pelo beco e testou a tubulação até encontrar um velho emaranhado de canos frios ao toque.

Enfiou a faca no cinto.

— Vamos tentar pelos telhados — falou.

Bauer sacudiu os canos, e pó de tijolo caiu dos rebites enferrujados.

— Vou na frente, senhor, caso o cano se solte.

— Se isso acontecer, Hans, suspeito que nós dois estaremos encrencados, mas fique à vontade.

Bauer pegou firme e começou a subir.

Alek o seguiu. As botas conseguiram uma sustentação firme na parede de pedra rústica, e os canos enferrujados se mostraram bons pontos de apoio. Porém, no meio do caminho, a palma da mão queimada começou a reclamar, a latejar como se uma chama estivesse presa debaixo da pele. Ele soltou aquela mão e sacudiu-a para tentar apagar o calor que corria pelos nervos.

— Falta pouco, senhor — falou Bauer. — Tem uma calha logo acima de mim.

— Espero que tenha chuva nela — murmurou Alek, que ainda abanava a mão. — Eu mataria por um balde de água fria.

A bota direita derrapou alguns centímetros, e Alek pegou os canos com ambas as mãos novamente. Melhor uma pequena agonia que uma longa queda até a pavimentação.

Em pouco tempo, Bauer subiu pela borda do telhado e sumiu de vista. Porém, quando Alek esticou a mão para a calha, surgiram gritos lá embaixo.

Ele se espremeu contra a parede e ficou imóvel.

Um grupo de soldados corria pelo beco, vestidos com o cinza do uniforme alemão. Um berrou, e eles pararam bruscamente bem abaixo de Alek. O homem que gritara se ajoelhou e pegou alguma coisa do chão.

Alek praguejou baixinho. A faca de Bauer tinha caído do cinto.

Era uma faca da Guarda dos Habsburgo, com o brasão da família de Alek no punho. Caso os alemães estivessem se perguntando se ele estava ou não em Istambul, isso acabaria com a dúvida.

Os homens ficaram ali conversando, mas nenhum prestou atenção à tubulação de vapor que subia pela parede ao lado deles. O oficial apontava para todas as direções e dividiu seus homens.

*Vão embora!* Alek implorou em silêncio. Ficar pendurado ali, imóvel, era cem vezes pior que escalar. A mão queimada estava dormente, e o ferimento de uma semana nas costelas pulsava a cada batida do coração.

Finalmente, o último homem sumiu de vista, e Alek esticou o braço e pegou a calha. Porém, ao erguer o corpo, o metal gemeu, e a calha se soltou da pedra com uma série de estalos.

Alek sentiu um tranco nauseante para baixo, os rebites enferrujados pularam em seu rosto. A calha aguentou por outro momento, mas ele sentiu o apoio se contorcer nas mãos.

— Senhor! — Bauer esticou o braço de cima do telhado e tentou pegar os pulsos de Alek, mas a calha tinha se afastado demais da parede.

Alek bateu as pernas para tentar balançar o corpo e se aproximar, porém o movimento apenas soltou mais rebites da parede.

— O andador! — berrou Bauer.

Alek percebeu que uma enorme sombra se mexia debaixo dele e expelia vapor das juntas no ar frio da noite. Uma das grandes garras se esticava...

Ele caiu na mão gigante de metal. O impacto tirou-lhe o fôlego e mandou uma onda de dor pelas costelas machucadas. Alek derrapou um pouco, os botões da túnica bateram contra o aço, mas a mão se fechou como uma grande tigela em volta dele.

Alek ergueu o olhar — o braço continuava a se mexer e o levava para mais próximo do andador. O rosto se dividiu ao meio como uma escotilha que abria cada vez mais. Um instante depois, a cabine de pilotagem estava exposta.

Havia três homens lá dentro. Dois estavam debruçados sobre a borda e olhavam para o beco, com armas firmes na mão. O terceiro estava sentado aos controles do andador, com uma expressão curiosa no rosto.

Nuvens de vapor rodopiavam ao redor deles, expelidas pelas juntas da máquina. Alek se deu conta de que os motores ainda continuavam em silêncio; o andador usara pressão pneumática de reserva para se mexer.

— O senhor fala alemão — falou o homem nos controles. — E, no entanto, os senhores estão sendo perseguidos por alemães. Que interessante.

— Nós não somos alemães — respondeu Alek. — Somos austríacos.

O homem franziu a testa.

— Mas continuam sendo mekanistas. Os senhores são desertores?

Alek fez que não. Sua lealdade podia ter ficado confusa recentemente, mas ele não era um desertor.

— Posso perguntar quem é o *senhor*? — quis saber ele.

O homem sorriu e operou os controles.

— Sou o sujeito que salvou o senhor de uma queda para a morte — respondeu.

— Senhor, devo... — Veio a voz de Bauer do telhado, mas Alek fez um gesto para que se calasse.

A mão gigante se aproximou da cabeça do andador e se espalmou. Enquanto Alek ficava de pé, um dos outros dois homens falou alguma coisa em uma língua que ele não reconheceu. Parecia mais italiano do que o turco que Alek ouvira nas ruas naquele dia. E também parecia hostil.

O primeiro homem gargalhou.

— Meu amigo quer jogá-lo de volta porque acha que os senhores são alemães. Talvez devamos escolher outra língua.

Alek ergueu a sobrancelha.

— Sem dúvida. O senhor fala inglês?

— Muitíssimo bem. — O homem mudou de língua sem o menor esforço. — Eu estudei em Oxford, sabe.

— Muito bem, então. Meu nome é Aleksandar. — Alek se curvou um pouco, depois apontou para o telhado, de onde Bauer olhava para baixo com os olhos arregalados. — E este é Hans, mas infelizmente ele não fala inglês.

— Eu sou Zaven. — O homem fez um gesto de desdém para os demais. — Estes dois bárbaros não falam nada além de romeno e turco. Ignore-os. Mas eu noto que é um cavalheiro instruído.

— Obrigado por me salvar, senhor. E por não... me jogar de volta.

— Bem, o senhor não deve ser tão ruim assim, se está sendo perseguido pelos alemães. — Os olhos de Zaven brilharam. — Fez algo para chateá-los?

— Creio que sim. — Alek tomou fôlego devagar e escolheu as palavras cuidadosamente. — Os alemães vem me caçando desde antes de a guerra começar. Eles tinham problemas com meu Pai.

— Arrá! Um rebelde de segunda geração, como eu!

Alek olhou para os demais.

— Então é isso que vocês três são? Revolucionários?

— Somos mais do que três, senhor. Há milhares de nós! — Zaven se empertigou na cadeira de pilotagem e prestou continência. — Nós somos o Comitê para União e Progresso.

Alek concordou com a cabeça. Ele se lembrava do nome de seis anos atrás, quando a rebelião exigiu a volta de eleições para o governo. Porém, os alemães intervieram para esmagá-los e manter o sultão no poder.

— Então os senhores fizeram parte da rebelião dos Jovens Turcos?

— Jovens Turcos? Bá! — Zaven cuspiu no beco lá embaixo. — Nós nos separamos daqueles cretinos há anos. Eles acham que apenas os turcos são verdadeiros otomanos. Porém, como o senhor pode ver, o comitê aceita qualquer tipo de gente. — Ele apontou para os outros homens. — Meus amigos são valáquios, eu sou armênio, e nós temos curdos, árabes e judeus. E um monte de turcos, é claro! — O homem riu.

Alek concordou devagar e se lembrou dos rabiscos de giz nas passagens lá embaixo, alguma espécie de código reunido a partir do emaranhado de línguas do império.

E todos esses povos lutavam contra os alemães — juntos.

Por um momento, Alek se sentiu desequilibrado na mão gigante de metal. Talvez fosse apenas um eco de sua quase queda, mas o coração disparou novamente.

Esses homens eram aliados. Finalmente, ali estava uma chance de fazer mais do que simplesmente correr e se esconder, um jeito de contra-atacar as potências que assassinaram seus pais.

— Sr. Zaven, acho que eu e o senhor seremos amigos — disse Alek.

# ◈ VINTE E DOIS ◈

— SAIA, SUA HORRÍVEL PIMENTA berrante! — gritou Deryn, e depois espirrou pela centésima vez naquele dia. O sultão e sua comitiva viriam a bordo em uma hora, e a tripulação inteira deveria estar em uniforme de gala completo na metade desse tempo. Porém, não importava o quanto ela esfregasse, a mancha vermelha na camisa não cedia.

Ela estava bem lascada.

Um latido veio da porta do camarote, e Deryn se virou para ver Tazza dando pulinhos nas patas traseiras alegremente, com um novo osso na boca. Esta era uma vantagem do plano maluco da Dra. Barlow de fingir que daria o *Leviatã*: os monstrinhos estavam comendo melhor. Nos últimos dois dias, a tripulação fizera mais viagens aos mercados e às oficinas de Istambul para trocar o âmbar-gris da aeronave por comida e peças. À exceção do uniforme de Deryn, a nave estava pronta para receber um imperador estrangeiro, o que aconteceria em breve.

A cientista apareceu logo atrás do tilacino. Ela conseguira pescar outro vestido deslumbrante da bagagem, e um chapéu com abundantes penas de avestruz que combinavam com as longas luvas brancas. Até mesmo Tazza usava uma coleira elegante, uma faixa de diamantes que reluzia no pescoço.

— Sr. Sharp. — Ela deu um muxoxo. — Eu novamente encontro o senhor desalinhado.

Deryn levantou a camisa do uniforme de gala.

— Sinto muito, madame, mas esta aqui está arruinada, e eu não tenho outra!

— Bem, é uma sorte que o senhor não vá servir o sultão na noite de hoje. O Sr. Newkirk tomará seu lugar.

— Mas a tripulação inteira tem que estar em uniforme de gala!

— Não aqueles com assuntos mais importantes a tratar. — A Dra. Barlow entregou a guia do tilacino. — Depois que o senhor passear com Tazza, por favor junte-se a mim e ao capitão na sala de navegação. Creio que vá achar nossa conversa interessante.

Tazza tentou puxá-la para sair pela porta, mas Deryn se manteve firme.

— Perdão, madame, o *capitão* berrante quer me ver? É sobre seu plano alternativo para os otomanos?

A cientista lançou um sorriso gélido.

— Em parte, mas também envolve seu comportamento recente. Se eu fosse o senhor, não perderia tempo ao ir lá.

A sala de navegação ficava na proa da nave, logo abaixo da ponte. Era uma cabine pequena e sossegada onde o capitão às vezes se recolhia para pensar ou ter uma conversa embaraçosa com um tripulante desobediente.

Deryn sentiu um nó no estômago ao se aproximar. E se os oficiais haviam notado as aulas de esgrima com o conde Volger? Sempre que Deryn levava uma refeição para o homem, ela permanecia por mais ou menos 20 minutos, praticando duelos com cabos de esfregão.

Mas o capitão em pessoa não daria uma reprimenda por simples vadiagem, daria? A não ser que ele também soubesse que ela andava for-

[ 205 ]

necendo jornais para Volger, e que até mesmo contara sobre o almirante Souchon e o *Goeben*. Ou soubesse que ela fizera vista grossa quando os mekanistas planejaram escapar!

Porém, quando a cientista anunciou a reunião, ela *sorriu...*

O sol do fim da tarde entrava pelas janelas que davam a volta pela sala de navegação. A Dra. Barlow e o capitão já estavam lá, com o cientista e o Dr. Busk, todos os oficiais em esplendorosos uniformes de gala para a visita do sultão.

Deryn franziu a testa. Se ela estava prestes a receber uma reprimenda, por que diabos o cientista-chefe da nave estava ali?

Quando Deryn bateu os calcanhares, os quatros pararam de conversar imediatamente, como crianças flagradas contando segredos.

— Ah, Sr. Sharp, que bom que pôde juntar-se a nós — disse o capitão Hobbes. — Precisamos discutir suas recentes façanhas.

— Hã... minhas façanhas, senhor?

O capitão ergueu uma mensagem.

— Eu me comuniquei com o almirantado quanto a isto, e eles concordam com minhas recomendações.

— O almirantado, senhor? — Deryn conseguiu falar. Se o almirantado estava envolvido, devia ser um crime punível com a forca! Ela olhou para a Dra. Barlow, e a mente deu voltas à procura daquilo que revelara sua traição.

— Não fique tão surpreso, Sr. Sharp — disse o cientista. — Mesmo com toda a confusão recente, seu resgate do Sr. Newkirk não foi esquecido.

Todos os demais abriram largos sorrisos, mas o cérebro de Deryn derrapou até parar.

— Perdão, senhor?

— Eu gostaria que tivéssemos tempo para fazer isto do modo correto — falou o capitão Hobbes —, mas outros deveres aguardam.

Ele pegou um estojo de veludo para joias sobre a mesa de mapas, abriu-o e retirou do interior uma cruz de prata arredondada, pendurada em uma fita azul-celeste. O rosto de Charles Darwin estava gravado no centro, com as asas da Força Aérea no topo.

Deryn olhou para a condecoração e se perguntou o que o capitão fazia com a medalha do pai, e como ela havia ficado tão brilhante e nova...

— Aspirante Dylan Sharp — começou o capitão —, eu lhe concedo a Cruz da Bravura Aérea por seus atos corajosos e abnegados no dia 10 de agosto, pelos quais salvou a vida de um colega tripulante sob grande risco à própria vida. Parabéns.

Quando o capitão prendeu a medalha no peito de Deryn, a Dra. Barlow aplaudiu delicadamente com as mãos enluvadas. O capitão deu um passo para trás, e os oficiais bateram continência em uníssono.

Uma compreensão penetrou de mansinho no cérebro de Deryn — essa não era a medalha do pai...

Era dela.

— Obrigado, senhor — disse ela, finalmente. Quase não se lembrou de responder às continências dos oficiais. Em vez de a acusarem de traição, eles chegaram a ponto de *condecorá-la*?

— Bem, agora temos outros assuntos a discutir — falou o capitão Hobbes ao se voltar para a mesa de mapas.

— Muito bem, Sr. Sharp — sussurrou a cientista ao dar um tapinha no ombro de Deryn. — Se ao menos o senhor estivesse vestido de maneira adequada!

Deryn assentiu embasbacada enquanto tentava organizar os pensamentos. Ela era uma oficial condecorada agora, com a mesma medalha que o pai ganhara presa ao peito. E, ao contrário dele, continuava viva. Deryn ainda era capaz de ouvir o próprio coração batendo, com certeza, como um tambor que marcava o compasso de sua marcha para a guerra.

Parte dela queria chorar, queria desabafar todos os pesadelos da semana anterior. E outra parte queria gritar bem alto que isto era loucura. Ela era uma traidora, uma espiã — uma *garota*, por Deus. Porém, de alguma forma, Deryn conseguiu conter a confusão de sentimentos ao olhar para a mesa com o máximo de intensidade possível.

Sobre ela havia um mapa do estreito de Dardanelos, com minas e fortificações desenhadas à mão em vermelho. Conforme Deryn tomava fôlego lentamente, o cérebro aos poucos se concentrou na questão imediata.

O estreito de Dardanelos era o coração das defesas otomanas. Ele espremia todos os navios a caminho de Istambul em um canal com menos de 1,5 quilômetro, que estava cheio de minas marítimas e era ladeado por fortes e canhões em altos rochedos.

Seja qual fosse o plano alternativo da cientista, Deryn tinha a impressão de que não envolvia mais diplomacia.

— Nós estamos proibidos de voar pelo estreito — dizia o capitão Hobbes. — Os otomanos não querem que espionemos suas fortificações durante o passeio do sultão, mas recebemos permissão para viajar pelo lado do oceano... para que o sultão possa ver o pôr do sol, foi o que dissemos para eles.

O cientista riu conforme o dedo do capitão desceu pela borda oriental de Galipoli, a península rochosa que separava o estreito do mar Egeu.

— Bem aqui fica uma crista conhecida como a Esfinge, um marco natural. Nós somos capazes de encontrar o caminho de volta para ela facilmente, de dia ou de noite. Assim como seu destacamento de desembarque, Sr. Sharp.

— Destacamento de desembarque, senhor?

— Foi o que eu disse. O senhor terá que descer de rapel à altitude de cruzeiro.

Deryn ergueu as sobrancelhas. Uma descida de rapel significava deslizar por um cabo até o chão. Porém, de acordo com o *Manual de Aeronáutica*, a manobra só era usada para abandonar a nave.

O cientista viu a expressão de Deryn e sorriu.

— Um tanto animado, hein, Sr. Sharp? Especialmente para o seu primeiro comando.

— Eu estarei no *comando*, senhor?

O capitão concordou com a cabeça.

— Não pode haver um oficial superior no comando, caso o senhor seja capturado. Melhor um aspirante, para que seja um incidente menor.

— Ah. — Deryn pigarreou e se deu conta do motivo por que eles tiveram tanta pressa em dar a medalha berrante: caso ela não voltasse.

— Quero dizer, sim, senhor.

O dedo do capitão percorreu Galipoli.

— Da Esfinge, seu destacamento irá cruzar a península até Kilye Niman, a um pouco mais de 3 quilômetros de distância. — Ele apontou para uma fina passagem em uma curva do estreito, marcada por uma linha pontilhada vermelha. — É lá que os otomanos mantêm suas grossas redes de krakens, de acordo com nossos melhores golfinescos.

— Perdão, senhor — disse Deryn —, mas se os golfinescos já localizaram as redes, para que eu irei? Para tirar fotografias?

— Fotografias? — O capitão riu. — Este não é um passeio de turismo, Sr. Sharp. Sua missão é destruir aquelas redes.

Deryn franziu a testa. Essas redes de krakens eram fortes o suficiente para impedir que até mesmo os maiores monstros passassem. Como seu destacamento conseguiria cortá-las? Com uma podadeira?

— Deixe-me explicar — falou a Dra. Barlow, gesticulando para dois potes na mesa de mapas. Eles estavam lotados com minúsculos monstrinhos, que formavam um favo de carapaças brancas presas ao interior

do vidro. A cientista tirou a tampa de um dos potes, e o cheiro de água salgada tomou conta da sala. — O senhor sabia, Sr. Sharp, que meu avô era um expert no campo das cracas?

— Cracas, madame?

— Criaturas fantásticas. Elas passam suas pobres vidas grudadas em navios, baleias, rochas e madeira flutuante, e no entanto são implacáveis. Um grande número de cracas pode estragar até mesmo os motores do maior dos encouraçados. — Ela colocou luvas grossas e pegou uma pinça na mesa, depois pescou um único monstrinho do pote. — Claro que essas não são cracas comuns. São uma espécie criada por mim, preparadas caso os otomanos se mostrassem problemáticos. O senhor deve ter cuidado com elas.

— Não se preocupe, madame. Eu não machucarei seus monstrinhos.

— Machucar os *monstrinhos*, Sr. Sharp? — perguntou a cientista, e o Dr. Busk caiu na gargalhada.

De repente, Deryn sentiu o cheiro de algo além de água do mar. Era um cheiro encorpado, como a fumaça de uma forja. Então ela percebeu que a pinça estava pingando na mão da Dra. Barlow. O metal em si estava... *derretendo*.

A Dra. Barlow manejou a pinça com cuidado para que a ferramenta soltasse a craca dentro do pote antes de se desintegrar completamente.

— Eu as chamo de cracas vitriólicas — falou ela.

— Obviamente, aspirante Sharp, que o senhor deve manter esta missão em segredo do restante da tripulação — disse o capitão. — Até mesmo os homens em seu destacamento de desembarque não saberão o plano completo. Está claro?

Deryn engoliu em seco.

— Perfeitamente claro, senhor.

A Dra. Barlow fechou a tampa do pote cuidadosamente.

— Assim que as cracas vitriólicas estiverem nas redes de kraken, elas vão começar a se multiplicar e se entrecruzar com as cracas naturais que já estão lá — explicou a cientista. — Em poucas semanas, a colônia estará superlotada, como estas nos potes. Então elas começarão a lutar e tentar se arrancar do abraço implacável umas das outras. A secreção vitriólica desmanchará as redes e transformará os cabos em uma pasta de metal grudento no fundo do mar.

— Nós retornaremos daqui a um mês, a partir de hoje — falou o capitão. — Na escuridão da lua nova, o *Leviatã* guiará uma criatura pelo estreito usando o farol. A artilharia costeira dos otomanos não será capaz de nos acertar no céu, e o monstrinho nadará bem no fundo do mar, sem ser prejudicado pelas minas marítimas magnéticas.

— Mas a Marinha otomana não ficará sabendo a tempo, senhor? — perguntou Deryn, pois o estreito ficava a quase 150 quilômetros de Istambul.

— Certamente — disse o Dr. Busk. — Porém, o almirante Souchon não terá como adivinhar que tipo de criatura o *Leviatã* irá trazer. É uma nova espécie, mais formidável que qualquer um de nossos krakens da Marinha.

Deryn concordou com a cabeça ao se lembrar do que a Dra. Barlow dissera na aeronave do sultão.

— Chama-se beemote — falou o cientista-chefe.

Na hora em que saiu da sala de navegação, Deryn sentiu as pernas bambas.

Primeiro uma condecoração por bravura, quando ela meio que esperava ser enforcada por traição. Depois seu primeiro comando, um ataque secreto contra um império que estava em paz com a Grã-Bretanha. Isso não parecia correto de maneira alguma. Ela estava mais para um espião do que um soldado!

E o choque final foi o desenho do beemote que o Dr. Busk mostrara para eles. Era uma criatura enorme, com tentáculos como um kraken e uma bocarra grande o suficiente para engolir um dos submarinos do *kaiser*. O corpo era quase tão grande quanto o *Leviatã*, mas feito de músculos e tendões em vez de hidrogênio e frágeis membranas.

Não era de admirar que o lorde Churchill não tivesse querido abrir mão dele!

Quando se aproximou da escadaria central, Deryn franziu a testa — um civil estava à espreita no corredor em frente. Ela reconheceu o chapéu disforme e o sapo-boi no ombro. Era Eddie Malone, o repórter que encontrara a bordo do *Destemido*, e que lá estava para cobrir o passeio do sultão, sem dúvida.

Mas o que ele fazia tão perto da proa?

— Com licença, Sr. Malone — disse Deryn. — Está perdido?

O homem deu meia-volta em um pé só, com cara de culpado, depois franziu a testa e observou melhor.

— Ah, é o senhor, Sr. Sharp. Que sorte!

— Que sorte mesmo que o senhor deu, pois está perambulando por uma área restrita. — Ela apontou para a escadaria atrás. — Infelizmente, o senhor terá que se juntar novamente aos demais repórteres no refeitório.

— Bem, é claro. — Malone não fez nenhum movimento para retornar, apenas ficou ali parado enquanto observava um lagarto-mensageiro passar rápido no teto. — Eu só queria ver melhor sua magnífica nave.

Deryn suspirou. Tinha apenas algumas horas para aprender a usar o equipamento de mergulho, como descer de rapel em pedra sólida, e a manejar as cracas que cuspiam ácido! Ela não estava com humor para gracejos.

— O senhor é muito gentil, mas, por *obséquio*. — Deryn apontou novamente para o corredor.

[ 213 ]

Malone se aproximou e falou baixinho:

— A questão é a seguinte, Sr. Sharp. Eu estou apurando uma reportagem que pode gerar uma imagem ruim para a sua nave, caso seja escrita de determinada forma. Talvez o senhor possa ajudar a esclarecer as coisas para mim.

— Esclarecer o quê, Sr. Malone?

— Eu sei de fonte segura que os senhores mantêm um prisioneiro aqui. Ele deveria ser um prisioneiro de guerra, mas não está sendo tratado da maneira adequada.

Deryn levou um longo momento para falar.

— Eu não sei do que o senhor está falando — disse, por fim.

— Acho que sabe sim! Um homem chamado Volger está a bordo desta nave. Ele está sendo obrigado pelos senhores a trabalhar naqueles motores mekanistas, embora o homem seja um conde de verdade!

A mão de Deryn foi para o apito de comando, pronta para chamar os guardas, mas aí ela se deu conta de como Malone devia ter sabido a respeito de Volger... *através de Alek.*

Com uma rápida olhadela para ambos os lados, ela puxou Malone do corredor principal para dentro do banheiro dos oficiais.

— Onde o senhor ouviu isso? — sussurrou ela.

— Eu conheci um sujeito esquisito — falou Malone baixinho, enquanto coçava o queixo do sapo-boi. — Achei que ele era meio suspeito, e de repente foi perseguido pelos alemães. Isso não pareceu certo, afinal, era um austríaco, um colega mekanista!

— Alemães? — Deryn arregalou os olhos. — Ele está bem?

— Ele os despistou, e eu o vi novamente hoje, no almoço. — O repórter sorriu. — O sujeito sabia muito a respeito de sua nave, o que também foi esquisito. O senhor acha que eu poderia me encontrar com esse tal de Volger? Tenho uma mensagem para entregar.

Deryn gemeu, o estômago deu o mesmo nó apertado que sempre acontecia quando ela levava traição em consideração. Porém, Alek ainda se encontrava ali em Istambul, e os alemães estavam atrás dele! Talvez o conde Volger pudesse ajudar.

Ela esticou a mão.

— Tudo bem, eu levarei a mensagem a ele.

— Não vai funcionar desse jeito, infelizmente. — Malone apontou para o sapo-boi. — O Ferrugem aqui tem a mensagem na cabeça, e o senhor não sabe como fazê-lo falar.

Deryn encarou o sapo e se perguntou se o monstrinho estava memorizando tudo que ela dizia no momento. Será que realmente era possível confiar nesse repórter?

Seus pensamentos foram interrompidos pelo eco de um apito pela nave — o sinal de prontidão para toda a tripulação. O sultão estava quase ali. Em poucos minutos, todos os marinheiros da nave estariam perfilados na prancha, à espera de sua chegada.

O que significava que não haveria um guarda no camarote de Volger...

Deryn pegou o molho de chaves.

— Venha comigo — disse ela.

# ⬡ VINTE E TRÊS ⬡

**COMO ESPERADO, NÃO HAVIA** ninguém de guarda no camarote do conde.

Deryn abriu a porta e viu Volger debruçado com meio corpo para fora da janela, na tentativa de observar melhor o magnífico andador do sultão. Antes de sair da sala de navegação, Deryn tinha visto a máquina em forma de elefante aproximar-se pelo campo de aviação. Ela era ainda maior que o *Destemido*, com um *howdah* tão enfeitado quanto o chapéu de uma dama em dia de grande prêmio de turfe.

— Com licença, mas o senhor tem visita — disse ela para o traseiro de Volger.

Enquanto o conde saía da janela, Deryn verificou o corredor vazio e fechou a porta após entrar com o repórter.

— Uma visita? — falou Volger. — Que interessante.

O jornalista deu um passo à frente e esticou a mão.

— Eddie Malone, repórter do *New York World*.

O conde Volger não disse nada e olhou Malone de cima a baixo.

— Ele tem uma mensagem de Alek — disse Deryn.

O rosto de Volger ficou espantado por um momento.

— Alek? Onde ele está?

— Bem aqui em Istambul. — Malone puxou o bloquinho surrado.

— Ele me disse que o senhor era um prisioneiro a bordo desta nave. Está sendo bem tratado?

Volger não respondeu, a expressão continuava de choque.

— Bolhas, Malone! — praguejou Deryn. — Nós não temos tempo para sua entrevista berrante. Será que seu monstrinho podia simplesmente entregar a mensagem, por favor?

— Alek disse que ela era particular, apenas para o conde.

Deryn gemeu de frustração.

— Alek não vai se importar que eu ouça o que quer que ele tenha a dizer, certo, sua nobreza?

Volger encarou o sapo-boi com uma expressão de aversão sem fim, mas acenou com a cabeça para o repórter.

Malone tirou o monstrinho do ombro e o pousou na mesa. Ele coçou o sapo-boi debaixo do queixo e tamborilou uma espécie de código.

— Ok, Ferrugem, repita.

O sapo começou a falar com a voz de Alek:

— Eu não posso ter certeza de que este é realmente você, conde, mas tenho que confiar nesse homem. Nós ainda estamos em Istambul, entende, o que lhe deixa muito chateado, tenho certeza. Porém, fizemos alguns amigos... imagino que você os chamaria de aliados. Eu direi mais quando nos encontrarmos cara a cara.

Deryn franziu a testa. Aliados? Que baboseira Alek estava dizendo?

— O Sr. Malone me diz que o *Leviatã* também continua aqui — continuou o monstrinho. — Se você e Hoffman conseguirem escapar, podem se juntar a nós! Estamos em um hotel na parte velha da cidade, cujo nome é igual ao de minha mãe. Permaneceremos aqui o quanto pudermos.

[ 217 ]

Diante disso, o conde Volger gemeu baixinho e cerrou os punhos ao lado do corpo.

— Ah, e peço desculpas por fazer com que ouça esta abominação, mas preciso de sua ajuda, conde, mais do que nunca. Por favor, tente juntar-se a nós. Hã, fim da mensagem, creio eu.

O sapo-boi ficou em silêncio.

— O senhor se importa se eu fizer algumas perguntas? — falou Malone, já com a caneta de prontidão.

O conde Volger não respondeu, mas desmoronou na cadeira da escrivaninha e encarou o sapo com ódio.

— Eu devo acreditar que isso é realmente ele? — perguntou.

— Parece Alek, sem sombra de dúvida — disse Deryn. — E os monstrinhos só conseguem repetir o que escutaram.

— Então por que ele falou em inglês? — perguntou Volger.

— Meu nome não é Rosencrantz — falou Eddie Malone. — Eu não levaria uma mensagem que não entendesse.

— Aquele pequeno tolo — disse o conde baixinho, enquanto balançava a cabeça. — Do que ele está brincando agora?

Com a testa franzida, Eddie Malone pegou o sapo-boi e colocou no ombro.

— O senhor não me parece contente em ter notícias desse sujeito — disse. — Ele parecia admirar o senhor.

— Você sabe do que ele estava falando? — perguntou Volger para Malone. — Quem são esses novos "aliados"?

O homem deu de ombros.

— Ele tomou cuidado ao falar sobre isso. Istambul é cheia de sociedades secretas e conspirações. Houve uma revolução há apenas seis anos.

— Então ele passou a seguir anarquistas? Esplêndido.

— Anarquistas? — Deryn franziu a testa. — Alek não é completamente tapado, sabe?

Volger gesticulou para o sapo-boi.

— Eu creio que isso prova que ele é. Tudo o que Alek tinha que fazer era ir embora de Istambul e depois encontrar algum lugar para se esconder.

— Sim, mas *por que* ele faria isso? — falou Deryn. — O senhor e o pai dele mantiveram Alek confinado a vida inteira, como um periquito em uma gaiola de luxo, e agora ele finalmente está livre. O senhor realmente achava que ele encontraria algum buraco para se esconder?

— A situação parecia exigir tal atitude.

— Mas Alek não pode continuar fugindo eternamente — reclamou ela. — Ele precisa de aliados, como tinha nesta nave antes que a guerra berrante se intrometesse. Ele precisa ter seu próprio lugar. Mas eu digo uma coisa: estou contente que Alek tenha fugido de gente como *o senhor*, mesmo que tenha se juntado à berrante Brigada dos Micos Luditas! Pelo menos agora ele pode encontrar o próprio caminho!

O conde Volger a encarou por um longo momento, e Deryn se deu conta de que deixara a voz ficar toda estridente. Era isso que dava pensar muito sobre Alek — a voz às vezes ficava totalmente feminina.

— Esse sujeito Alek se torna cada vez mais interessante — falou Malone, enquanto rabiscava no bloco. — Os senhores podem me dar mais informações sobre ele?

— Não! — falaram Deryn e Volger ao mesmo tempo.

Soou o alerta de soltar as amarras, e Deryn ouviu passos rápidos lá fora no corredor. Ela praguejou — o capitão ordenara uma subida rápida. Eles tinham que chegar à península até o pôr do sol, ou seu destacamento de desembarque desceria de rapel no escuro.

— Temos que ir agora — falou Deryn, enquanto arrastava Malone para a porta. — Eles virão atrás de sua nobreza em breve, para ajudar com os motores.

— E quanto à minha entrevista?

— Se nos pegarem aqui, o senhor vai entrevistar um enforcado berrante! — Deryn abriu a porta com cuidado, deu uma espiadela lá fora e esperou que o corredor ficasse vazio.

— Sr. Sharp — disse o conde Volger atrás dela. — Espero que compreenda que isso complica a situação.

Ela olhou para trás.

— Que baboseira o senhor está dizendo?

— Eu preciso me juntar novamente a Alek e convencê-lo a deixar essa loucura de lado. E isto significa escapar da nave. Hoffman e eu precisamos de sua ajuda com essa questão.

— O senhor enlouqueceu também? — berrou Deryn. — Eu não sou um traidor... não tanto *assim*, de qualquer forma.

— Pode ser, mas se você não nos ajudar, serei forçado a revelar seu segredinho.

Deryn se espantou.

— Eu comecei a suspeitar durante as aulas de esgrima — disse o conde, friamente. — Há algo em sua postura. E seus acessos de raiva em nome de Alek também têm sido reveladores. Porém, foi realmente esta sua expressão agora que tirou todas as dúvidas.

— Eu não sei... do que o senhor está falando — fingiu Deryn. As palavras saíram ridiculamente baixas, como um menininho que tentava soar como um homem.

— Nem eu — falou Eddie Malone, enquanto a pena voava pelo papel. — Mas isso com certeza está ficando interessante.

— Então, se quiser continuar servindo nesta nave, *Sr.* Sharp, acho que nos ajudará a escapar. — Um sorriso cruel se abriu no rosto do conde Volger. — Ou devo dar a notícia ao nosso amigo repórter aqui?

A cabeça de Deryn girava loucamente. Ela vivera este momento em uma centena de pesadelos, mas agora ele chegara como um raio em um céu límpido. E veio do berrante conde Volger, justo ele.

De repente, Deryn odiava toda essa gente esperta e ardilosa.

Ela mordeu o lábio para organizar as ideias. Deryn era o aspirante Dylan Sharp, um oficial condecorado da Marinha de sua majestade, não uma bobalhona qualquer prestes a perder a cabeça. Não importava o que ela dissesse agora, daria para se safar desta situação depois com algum plano.

— Tudo bem, então — disparou Deryn. — Ajudo o senhor a escapar.

Volger tamborilou os dedos.

— Terá que ser amanhã à noite, antes que o *Leviatã* vá embora de Istambul para valer — falou o conde.

— Não se preocupe, vou ficar contente em ver o senhor pelas costas.

Dito isto, ela arrastou Eddie Malone porta afora.

Três horas depois, Deryn se viu olhando para fora da porta aberta do porão do *Leviatã*, com uma mochila pesada nas costas e uma grande extensão rochosa que passava correndo lá embaixo.

Ela suspirou. *Melhor pular agora, sem um cabo berrante.*

Não importava o quanto Deryn pensasse no assunto, tudo estava perdido e arruinado. O conde adivinhara seu segredo e fizera isso bem na frente de um repórter. Seu primeiro comando estava prestes a começar, mas a carreira parecia praticamente acabada.

— Não se preocupe, rapaz — disse o cientista ao lado dela. — Nunca é tão distante quanto parece.

Deryn concordou com a cabeça e desejou que fosse algo tão pífio quanto uma descida de rapel que a deixava nervosa. A gravidade era algo capaz de ser vencido; só era preciso hidrogênio, ar quente, ou mesmo um pouco de cabo. Porém, ser uma menina era uma luta sofrida e sem fim.

— Estou bem, Sr. Rigby, apenas mal consigo esperar para começar. — Ela se virou na direção dos homens. — E quanto a vocês?

Os três integrantes do destacamento de desembarque mostraram expressões de bravura, mas os olhos continuaram grudados na paisagem que passava. Conforme a Esfinge se aproximava, a aeronave diminuía e se virava para a brisa forte que vinha do oceano. Porém, os oficiais não podiam executar uma parada plena sem dar ao sultão e seus homens uma visão perfeita demais do solo abaixo deles.

Era um pouco de desfaçatez cometer espionagem bem na frente do soberano de uma nação.

O cientista consultou o relógio.

— Vinte segundos, diria eu.

— Prendam suas linhas! — ordenou Deryn. O coração começou a disparar e expulsou os pensamentos melancólicos. Volger e suas ameaças podiam se lascar. Sempre havia a possibilidade de ela o jogar pela janela do camarote.

O terreno subia debaixo da nave neste momento, deixando de ser composto por árvores, virando grama cerrada e rocha até finalmente se transformar em areia. À direita estava a Esfinge, uma formação natural que se projetava como uma estátua antiga de algum deus pagão.

— Preparem-se, rapazes — berrou ela. — Três, dois, um...

... e pulou.

O cabo passou assobiando pela presilha de segurança, furioso e quente na brisa do mar. Ela ouviu os camaradas descerem ao redor, um coro de cabos que zumbiam e cortavam o ar.

O chão se aproximava rapidamente, e Deryn prendeu uma segunda presilha. A fricção dobrou e provocou um solavanco que diminuiu a queda.

"DESCIDA DE RAPEL."

Porém, a rocha sólida e a grama cerrada ainda eram um borrão sob ela, passando rápido demais para que Deryn ficasse à vontade.

Então sentiu um balanço na linha. A aeronave desacelerou um tiquinho. O cabo balançou para a frente com o ímpeto, depois foi para trás lentamente, de maneira que a posição de Deryn ficou quase estática em relação ao chão lá embaixo.

— Agora! — gritou ela, e arrancou a segunda presilha da linha.

Ela caiu rápido sobre a areia compacta e as rochas soltas, que foram esmigalhadas e viraram pó debaixo das botas. O impacto abalou a coluna, mas ela foi à frente aos tropeços e conseguiu se manter de pé. O resto do cabo passou correndo pela presilha de segurança, bateu na mão de maneira vingativa e depois pulou pela praia na direção do pôr do sol.

Conforme o *Leviatã* ia embora ao longe, o ruído do motor sumia com o som das ondas quebrando. Deryn sentiu a melancolia baixar de novo, juntamente com o sentimento de solidão de ser deixada para trás.

Ela se virou e contou três outras figuras na crista. Pelo menos nenhum de seus comandados fora arrastado mar adentro.

— Todo mundo bem? — chamou ela.

— Sim, senhor! — Duas respostas vieram da escuridão crescente, seguidas por um gemido baixo.

Era Matthews, a 10 metros de distância e ainda caído. Deryn subiu com dificuldade pelas pedras soltas e encontrou o homem todo encolhido.

— É o meu tornozelo, senhor — disse ele, com os dentes cerrados. — Eu o torci.

— Tudo bem, vamos ver se você consegue ficar de pé. — Deryn gesticulou para os outros homens, depois tirou a mochila pesada do ombro. Ela se ajoelhou e verificou o pote de vidro com as cracas vitriólicas; ele não tinha se quebrado.

Quando os aeronautas Spencer e Robins se aproximaram, ela mandou que colocassem Matthews de pé. Porém, no momento em que apoiou o peso no tornozelo direito torcido, ele gritou de dor.

— Coloquem Matthews no chão — ordenou Deryn, e depois suspirou devagar.

O tornozelo do homem estava lascado. Não havia jeito de ele andar 3 quilômetros pela península rochosa e voltar.

— Você vai ter que esperar aqui, Matthews.

— Sim, senhor. Mas quando eles vão nos buscar?

Deryn hesitou. Dos quatro, apenas ela sabia exatamente quando o *Leviatã* retornaria à Esfinge. Dessa maneira, se os homens fossem capturados, os otomanos não poderiam preparar uma armadilha para a aeronave.

Quanto à própria Deryn, bem, ela era uma heroína condecorada, não era? Os otomanos jamais arrancariam a verdade dela.

— Não posso dizer, Matthews. Apenas espere aqui e não deixe ninguém ver você. — O homem fez uma careta de dor de novo, e ela acrescentou: — Confie em mim, o capitão não vai nos deixar para trás.

Eles se ajoelharam para dividir as quatro mochilas entre os três e deram a maior parte da água e um pouco de carne enlatada para Matthews. Depois, Deryn, Robins e Spencer desceram a crista na direção do estreito e o deixaram completamente sozinho.

Há alguns minutos de seu primeiro comando e ela já tinha perdido um homem.

# ◆ VINTE E QUATRO ◆

**TRÊS QUILÔMETROS NÃO PARECERAM** muito distantes no mapa, mas no verdadeiro Galipoli era outra história.

A península era cruzada por cristas altas e íngremes, como se montanhas de calcário tivessem sido estraçalhadas por garras gigantes. Os vales no meio eram dominados por uma vegetação rasteira, seca e frágil. E, sempre que Deryn e seu destacamento descansavam, formigas saíam do solo arenoso para fustigar seus tornozelos.

Para piorar as coisas, os mapas de Galipoli da Marinha Real eram inúteis, pois mostravam apenas um trecho da cadeia de montanhas e ravinas tomadas pelo mato. Deryn ficou de olho na bússola e nas estrelas no céu, mas a geografia confusa ainda a forçava a fazer sofridos ziguezagues.

Quando chegaram ao outro lado da península, já passava da meia-noite.

— Creio que este seja Kilye Niman, senhor — falou Spencer ao deixar a mochila pesada cair no chão.

Deryn concordou com a cabeça e olhou a praia através do binóculo de campanha. Duas linhas de objetos flutuantes se estendiam pelo estreito apertado e boiavam suavemente nas ondas. Os gigantescos tonéis de metal estavam cobertos por farpas de aparência ameaçadora e bombas de fósforo. Penduradas debaixo dos tonéis, sem serem vistas, estavam as redes de kraken, um grosso emaranhado de cabos de metal entrelaçados com mais farpas e explosivos.

Torres altas surgiam da água em ambas as pontas das redes, com faróis que varriam a água lentamente. Deryn fez um rápido esboço das fortificações que conseguia enxergar — pelo menos umas vinte metralhadoras de 12 polegadas, apontadas do alto dos penhascos, todas protegidas por *bunkers* escavados no fundo do calcário.

Era impossível para os navios atravessarem, mas o beemote poderia passar escondido sob a superfície da água.

— Creio que a Marinha vai nos dever alguns favores depois disto, senhor — falou Robins.

— Sim, mas são os russos que realmente nos agradecerão — disse Deryn ao localizar um navio cargueiro à espera da luz do dia para chegar e passar pelas redes. — Essa é a tábua de salvação deles.

Quando ela contou para Volger sobre o *Goeben* e o *Breslau*, o conde concordou que o plano final dos alemães era fechar os estreitos. Fazer os ursos de combate dos russos morrerem de fome valia a perda do par de encouraçados para o sultão.

Ela tirou o equipamento de mergulho da mochila e se ajoelhou na grama para montar o traje. Era um *rebreather* Spottiswoode, o primeiro aparelho subaquático criado a partir de criaturas fabricadas. O traje fora feito com pele de salamandra e casco de tartaruga. O *rebreather* em si era praticamente uma criatura viva, um conjunto de guelras fabricadas que precisavam ser mantidas molhadas, mesmo quando guardadas.

Em resumo, o traje era o pesadelo de um mico ludita. A própria Deryn sentiu um tiquinho de arrepios ao entrar na roupa quando a pele enrugada

[ 227 ]

dos répteis deslizou pela dela. Pelo menos o traje deixava Spencer e Robins nervosos também; Deryn deu sorte que os dois se viraram enquanto ela se vestia. Mesmo escuro como estava, teria sido complicado se despir e ficar com a roupa de baixo na frente dos dois aeronautas.

Quando Deryn ficou pronta, ela e Spencer desceram de mansinho até a praia e deixaram Robbis para guardar as mochilas. À beira-mar, as ondas escavaram um banco de areia de 1 metro de altura, perfeito como esconderijo. Eles esperaram os faróis passarem, depois correram pela areia molhada e reluzente da praia e entraram na água salgada e fria do estreito.

— Aqui está, senhor — disse Spencer ao passar o *rebreather*. — Eu ficarei bem aqui, perto da água.

— Apenas fique escondido. — Deryn molhou e colocou os óculos de proteção.

— Se eu ficar mais de três horas ausente, volte e cuide de Matthews antes que amanheça. Eu posso voltar sozinho.

— Sim, senhor. — Spencer prestou continência e voltou de mansinho para as sombras. Quando ele ficou fora de vista, Deryn finalmente desembrulhou os potes de vidro com as cracas vitriólicas. Conforme as ordens do capitão, ela não deixara que os homens sequer vissem os potes de relance.

O farol passou de volta, e ela mergulhou até o pescoço e colocou o *rebreather* na boca.

Assim como no gabinete do Dr. Busk há algumas horas, a sensação era estranha e um tanto horrível. Os apêndices do monstrinho entraram na boca de Deryn à procura de uma fonte de dióxido de carbono. A língua foi coberta por um gosto de peixe, e o ar que ela respirava parecia quente e salgado, como na cozinha do *Leviatã* quando os cozinheiros fritavam anchovas.

Deryn dobrou os joelhos e mergulhou abaixo da superfície.

O farol reluziu e passou por cima dela, depois tudo ficou escuro. Ela permaneceu agachada na areia por um momento e se forçou a respirar lenta e gradualmente.

Quando parou de tremer de frio, Deryn foi na direção da primeira linha de redes e se manteve logo abaixo da superfície. Ela já havia nadado no oceano várias vezes, mas nunca à noite. A escuridão ao redor parecia cheia de silhuetas, e o gosto estranho do *rebreather* não parava de dizer que ela não fazia parte daquele reino negro e frio. Deryn se lembrou do primeiro treinamento marítimo a bordo do *Leviatã*, quando viu um kraken esmagar uma escuna de madeira em palitinhos.

Porém, não haveria kraken algum naquele estreito, não ainda. Ali era território mekanista, onde os piores monstrinhos eram tubarões e águas-vivas, nenhum dos quais poderia machucá-la na armadura Spottiswoode.

Após nadar por um tempo, ela alcançou uma das boias, que balançava na água como um porco-espinho de metal. Deryn pegou um dos esporões com cuidado. Eles eram afiados o suficiente para romper a pele de um kraken e tinham bombas de fósforo na ponta, que explodiriam automaticamente quando o monstrinho tentasse se soltar.

Ela ficou apoiada ali e descansou antes de submergir. As cracas vitriólicas tinham que ser colocadas bem abaixo da superfície, para que a colônia não devorasse as boias e revelasse sua presença cedo demais.

Quando recuperou o fôlego, ela se deixou afundar e submergiu até que o último brilho da lua minguante desaparecesse. A rede foi fácil de achar mesmo na escuridão, com cabos tão grossos quanto o braço de Deryn e protegidos por esporões do tamanho de croques. Porém, foi difícil abrir os potes de vidro às cegas e com as luvas grossas de pele de salamandra, e Deryn levou longos minutos para depositar seis dos pequeninos monstrinhos a uma curta distância uns dos outros. Eles tinham que ficar próximos o suficiente para criar uma colônia, explicara a Dra. Barlow, mas não tão perto que a luta começasse imediatamente.

Deryn tomou impulso de volta à superfície, em parte para se orientar, mas também para se recuperar do frio das profundezas. Ela encarou com cansaço a linha de boias que se estendia por 800 metros até a outra praia. A tarefa exigiria mais uma dúzia de mergulhos, pelo menos. Esta seria uma longa e fria noite.

Os dedos estavam dormentes quando a última craca foi colocada. O frio penetrou pela pele de salamandra e foi fundo até os ossos de Deryn, que se deu conta de que esta era a segunda noite de sono perdida em três dias.

Além do frio e do cansaço, o *rebreather* parecia aos poucos sugar sua vida. A impressão era que ela não tomava um gole decente de ar desde que os apêndices do aparelho entraram na boca. Então, quando subiu pela última vez, Deryn decidiu se arriscar com os faróis e voltou nadando pela superfície.

O *rebreather* saiu um pouco grudento, como se ela puxasse uma bala de caramelo presa entre os dentes, mas valeu o incômodo momentâneo para saborear o ar puro da noite outra vez. Ela retornou, abaixando-se na água sempre que os faróis passavam.

A meio caminho da praia, o estalo agudo de um tiro ecoou pelo estreito.

O cansaço de Deryn sumiu instantaneamente, e ela afundou até que apenas os olhos ficassem logo acima da superfície. Uma grande silhueta negra andava pesadamente pela areia, talvez a 20 metros de onde ela deixara Spencer à espera.

Era um andador, uma máquina no formato de um escorpião, com seis patas e duas pinças na frente. O rabo comprido fazia uma curva no ar, e um facho de farol emanava da ponta.

Ao ouvir gritos e outro tiro, Deryn se aproximou a nado. O farol estava voltado para uma figura solitária em um traje de voo britânico enquanto mais ou menos uma dezena de homens corria pela areia em perseguição. O farol da torre mais próxima abandonou o lento trajeto e se voltou para a praia, o que forçou Deryn a submergir novamente.

Ela enfiou o *rebreather* na boca outra vez, depois nadou próxima à superfície com o coração disparado. Obviamente, um de seus homens fora capturado, mas talvez o outro ainda estivesse escondido. Se ela conseguisse encontrá-lo, os dois poderiam compartilhar o *rebreather* e fugir a nado.

A poucos metros da praia, Deryn tirou a cabeça da água e se deixou embalar ao sabor das ondas. Os olhos vasculharam as sombras atrás do banco de areia, mas não viu ninguém escondido ali. Deryn se aproximou rastejando, tão devagar quanto um monstrinho primitivo que dava os primeiros passos em terra firme.

O farol do escorpião chegou mais perto do limite da floresta e revelou outra figura em traje de voo deitada no chão. Dois soldados otomanos estavam por perto e observavam o homem caído, com rifles apontados para ele.

Deryn praguejou em silêncio — seus homens foram capturados. Ela permaneceu na escuridão do banco de areia e se perguntou o que fazer. O andador estava em movimento agora e fazia a areia tremer debaixo dos joelhos de Deryn. Como ela poderia enfrentar um escorpião gigante e vinte soldados com nada além de uma faca para cordame?

Ela destacou a cabeça por cima do banco de areia. Agora, os dois otomanos erguiam o homem caído e o ajudavam a se levantar da areia. Ele mancava do pé direito...

Deryn franziu a testa. Aquele era *Matthews*, o homem que ela havia deixado na Esfinge. Os otomanos deviam tê-lo capturado. Será que ele os trouxera até aqui? Ou os otomanos simplesmente adivinharam que as redes de kraken eram seu objetivo? E onde estava seu terceiro aeronauta?

Então o farol se moveu outra vez. Tiros de metralhadora foram disparados pela ponta do rabo do escorpião e varreram o arvoredo ao longo da praia. Os galhos se agitaram freneticamente sob a chuva de balas, e areia espirrou no ar.

Finalmente, a metralhadora se calou, e um grupo de soldados otomanos avançou no mato. Um momento depois, eles arrastaram alguma coisa para fora. Era um corpo, imóvel e branco como papel, a não ser pelas manchas negras no traje de voo.

Deryn engoliu em seco. Seu primeiro comando fora morto e capturado até o último homem.

Com um ranger barulhento de engrenagens, o escorpião se aproximou do cadáver. Uma das enormes pinças frontais se enfiou na areia e depois se ergueu com a forma imóvel no ar. Os otomanos estavam levando os homens de Deryn para algum lugar, provavelmente para interrogar os sobreviventes e examinar melhor os uniformes e equipamentos.

Em breve, deduziriam que o destacamento de desembarque viera do *Leviatã*, mesmo que já não tivessem forçado Matthews a confessar. Porém, seus homens não sabiam nada a respeito das cracas vitriólicas, e mesmo que os otomanos inspecionassem as redes, não notariam alguns

[ 232 ]

"UM ARTRÓPODE OTOMANO E SUA PRESA."

monstrinhos a mais entre os milhares que já viviam ao longo de quilômetros de cabos.

Tomara que eles pensassem que esta tinha sido apenas uma simples missão de reconhecimento que falhara completamente. Os otomanos provavelmente encaminhariam um protesto para o capitão do *Leviatã*, porém, até onde eles sabiam, essa missão não era um ato de guerra. Deryn era a única que podia explicar o contrário.

Ela precisava escapar dali ou arriscar tudo. Não poderia haver nenhuma tentativa heroica de resgatar seus homens, nem tampouco um retorno à Esfinge. Os otomanos patrulhariam a península inteira pelas próximas semanas.

Só havia um lugar para ir.

Deryn se colocou a caminho, disposta a cruzar a água escura, até onde o navio cargueiro que ela vira aguardava para passar pelo estreito. Assim que o sol nascesse, a embarcação tomaria a direção de Istambul.

— Alek — falou ela baixinho, e entrou escondida no mar.

# ◈ VINTE E CINCO ◈

**OS MINARETES DA MESQUITA AZUL** surgiam atrás das árvores, seis torres altas como finos lápis recém-apontados colocados de pé. O gracioso arco do domo da mesquita se destacava em tom de cinza-escuro contra o céu nebuloso, e a luz do sol era refletida pelas hélices em movimento dos girocópteros e aeroplanos no alto.

Alek estava sentado do lado de fora do pequeno café onde Eddie Malone o levara no dia anterior. O estabelecimento ficava em uma pacata rua transversal, e Alek bebia goles de chá preto e estudava sua coleção de moedas otomanas. Ele começara a aprender seus nomes em turco e quais delas esconder dos lojistas caso quisesse pagar um preço justo.

Como os alemães distribuíam fotografias de Bauer e Klopp, cabia a Alek comprar as provisões. De qualquer maneira, ele aprendera muito ao perambular sozinho pelas ruas de Istambul. Como negociar com os comerciantes, como passar despercebido pelos locais alemães da cidade, e, até mesmo, como saber a hora pela saída dos fiéis dos minaretes da cidade.

Mais importante de tudo, Alek percebeu algo a respeito da cidade — seu lugar era ali. Este era o local onde o rumo da guerra seria alterado, seja a favor ou contra o lado mekanista. Uma estreita faixa de água reluzia ao longe, as buzinas de nevoeiro dos cargueiros soavam baixinho enquanto eles passavam. Essa ligação do Mediterrâneo para o mar Negro era a tábua de salvação do exército russo, a linha que mantinha as potências darwinistas unidas. Era por isso que a Providência divina o trouxera ao outro lado da Europa.

Alek estava ali para deter a guerra.

Enquanto isso, também aprendia um pouco de turco.

— *Nasilsiniz?* — praticou Alek.

— *Iyiyim.* — Veio uma resposta da gaiola coberta sobre a mesa.

— Quieto! — Alek olhou de um lado para o outro. Monstros fabricados não eram exatamente ilegais ali, mas não fazia sentido chamar atenção para si. Além disso, era insuportável que o sotaque da criatura fosse melhor que o dele.

Alek ajeitou a cobertura da gaiola e fechou a nesga por onde a criatura espiava. Porém, o monstrinho já estava chateado em um canto. Ele era surpreendentemente bom em captar o humor de Alek, que neste momento era de irritação.

Onde estava Eddie Malone, afinal de contas? Ele prometera estar ali há meia hora, e Alek tinha outro compromisso em breve.

Estava prestes a ir embora quando a voz de Malone veio por trás.

Alek deu meia-volta e um breve aceno de cabeça.

— Ah, aí está o senhor, finalmente.

— Finalmente? — Malone ergueu uma sobrancelha. — O senhor estava com pressa de ir a algum lugar?

Alek não respondeu.

— Viu o conde Volger?

— Vi, sim. — Malone chamou o garçom com um gesto e pediu o almoço, após escolher com calma no menu. — Uma nave fascinante, o *Leviatã*. O passeio do sultão acabou sendo mais interessante do que eu esperava.

— Fico contente em saber, no entanto estou mais interessado no que disse o conde Volger.

— Ele disse um monte de coisas... a maioria eu não entendi. — Malone puxou o bloco e deixou a caneta de prontidão. — Estou curioso se o senhor conhece o sujeito que me ajudou a entrar para encontrar Volger, de nome Dylan Sharp.

— Dylan? — perguntou Alek, com a testa franzida. — Claro que o conheço. É um aspirante a bordo do *Leviatã*.

— Alguma vez notou algo estranho a respeito dele?

Alek balançou a cabeça.

— O que quer dizer com estranho?

— Bem, quando o conde Volger ouviu sua mensagem, ele decidiu que se juntar ao senhor seria uma boa ideia e assim o disse. Achei que foi completamente arriscado da parte dele falar sobre fuga na frente de um tripulante. — Malone se aproximou. — Mas aí ele *mandou* que o Sr. Sharp o ajudasse.

— Ele mandou?

Malone fez que sim com a cabeça.

— Quase como se estivesse ameaçando o garoto. Para mim, parecia um caso de chantagem. Isso faz sentido?

— Eu... eu não tenho certeza — falou Alek. Certamente Dylan fizera algumas coisas que ele não queria que os oficiais da nave ouvissem, como manter os segredos de Alek. Porém, Volger dificilmente seria capaz de chantagear Dylan sobre este assunto sem revelar aos darwinistas quem Alek realmente era. — Isto não parece correto, Sr. Malone. Talvez o senhor tenha ouvido mal.

— Bem, talvez o senhor queira ouvir por si mesmo. — O homem retirou o sapo do ombro, colocou sobre a mesa e coçou debaixo do queixo. — Muito bem, Ferrugem. Repita.

Um momento depois, a voz do conde Volger saiu da boca do sapo-boi.

— Sr. Sharp, espero que compreenda que isso complica a situação — falou o sapo, depois mudou para a voz de Dylan: — Que baboseira o senhor está dizendo?

Alek olhou de um lado para o outro, mas o punhado de outros clientes não pareceu notar. Eles estavam com o olhar perdido no horizonte, como se sapos falantes viessem comer no estabelecimento todo dia.

O sapo começou a emitir um som alto, como o alarme da buzina do *Leviatã*, e depois continuou com uma confusão de vozes. O ruído da buzina foi interrompido de tempos em tempos, a maioria das palavras saiu depressa demais, e o sapo não conseguiu processá-las claramente.

Mas eis que a voz do conde Volger saiu da bagunça:

— Pode ser, mas se você não nos ajudar, serei forçado a revelar seu segredinho.

Alek franziu a testa ao imaginar o que estava acontecendo. Volger se expressou de forma enigmática sobre aulas de esgrima. A princípio, Dylan disse com nervosismo que não compreendia, mas a voz saiu vacilante, quase como se estivesse prestes a chorar. Finalmente, ele concordou em ajudar o conde e Hoffman a escapar, e com um último berro estridente da buzina, o sapo-boi se calou.

Eddie Malone levantou o monstrinho da mesa e o colocou delicadamente no ombro.

— Pode esclarecer a situação?

— Eu não sei — falou Alek devagar, o que era verdade. Ele jamais ouvira tanto pânico assim na voz de Dylan. O garoto tinha se arriscado a ser enforcado por Alek. Que ameaça da parte de Volger poderia assustá-lo de tal maneira?

Porém, não seria bom pensar em voz alta na frente desse repórter. O homem já sabia demais.

— Deixe-me fazer uma pergunta para *o senhor*, Sr. Malone. — Alek apontou para o sapo. — Eles sabiam que esta abominação estava memorizando suas palavras?

O homem deu de ombros.

— Eu nunca disse o contrário.

— Quanta honestidade da sua parte.

— Jamais menti — falou Malone. — E posso prometer que Ferrugem não está memorizando agora. Ele não faz isso, a não ser que eu peça.

— Bem, independentemente de ele estar ou não prestando atenção, não há nada que eu possa acrescentar. — Alek olhou fixamente para o sapo e ainda continuava ouvindo a voz de Dylan. O garoto quase soara como uma pessoa diferente.

Com a ajuda de Dylan, Volger e Hoffman tinham uma chance melhor de escapar, obviamente.

— O Volger disse quando iriam tentar?

— Tem que ser hoje à noite — falou Malone. — O prazo de quatro dias está quase esgotado. A não ser que os ingleses realmente planejem dar o *Leviatã* para o sultão, a aeronave tem que sair de Istambul amanhã.

— Excelente — disse Alek ao ficar de pé e estender a mão. — Obrigado por levar nossas mensagens, Sr. Malone. Sinto muito ter que pedir sua licença.

— Um compromisso com seus novos amigos, talvez?

— Deixo a critério de sua imaginação — disse Alek. — E, por falar nisso, espero que o senhor não vá escrever tão cedo sobre toda esta situação. Eu e Volger podemos decidir ficar em Istambul um pouco mais de tempo.

Malone se recostou na cadeira e sorriu.

— Ah, não se preocupe comigo atrapalhando seus planos. Até onde vejo, esta reportagem acabou de ficar interessante.

Alek deixou o homem escrevendo no bloquinho, sem dúvida a respeito de tudo que disseram. Ou talvez Malone tivesse mentido, e o sapo-boi memorizara tudo. Era loucura confiar seus segredos a um repórter, considerou Alek, mas se reunir com Volger valera o risco.

Ele queria que o conde pudesse estar ali para o próximo compromisso. Zaven iria apresentá-lo a mais integrantes do Comitê para União e Progresso. O próprio Zaven era um tipo amigável e um cavalheiro educado, mas seus colegas revolucionários podiam não ser tão receptivos. Não seria fácil para um aristocrata mekanista conquistar a confiança deles.

— Você fez bem em ficar quieto — sussurrou Alek para a gaiola ao ir embora. — Se continuar se comportando bem, vou comprar morangos para você.

— *Sr.* Sharp — respondeu a criatura, depois fez o som de um risinho.

Alek franziu a testa. As palavras eram um trecho da conversa que o sapo-boi repetira. A criatura não imitava vozes, mas o tom sarcástico do conde Volger foi instantaneamente reconhecível.

Ele se perguntou por que o monstro escolhera essas duas palavras entre tudo o que tinha ouvido.

— *Sr.* Sharp — repetiu o monstrinho, com um tom de quem estava muitíssimo contente consigo mesmo.

Alek mandou que ele se calasse e puxou do bolso um mapa desenhado à mão. Marcada pela letra rebuscada de Zaven, a rota levou o garoto para o noroeste da Mesquita Azul, na direção da vizinhança em que Alek fora parar havia duas noites.

Os prédios ficavam maiores conforme ele andava, e as influências mekanistas aumentavam. Trilhos de bonde se entrelaçavam pelas pedras de calçamento, e as paredes estavam manchadas por gases de escapamento, quase tão negras quanto as torres de aço de Berlim e Praga. Máquinas feitas por alemães bufavam pelas ruas, seus designs funcionais eram estranhos aos olhos de Alek após dias vendo andadores no formato de animais. Os sinais de rebelião também cresceram — a mistura de alfabetos e símbolos religiosos enchiam as paredes novamente, marcas do grande número de nações menores que formava o Império Otomano.

O mapa de Zaven levou Alek para o interior de um emaranhado de armazéns, onde braços mekânicos ficavam ao lado de plataformas de carga. As paredes de pedra se agigantavam sobre as ruas estreitas, tão altas que pareciam tocar umas nas outras lá em cima. A luz do sol chegava cinza pelo filtro da fumaça.

Havia poucos pedestres ali, e Alek começou a ficar temeroso. Antes do dia anterior, ele jamais havia andado sozinho em uma cidade e não sabia que tipos de vizinhanças eram seguras e quais não eram.

Alek parou e pousou a gaiola no chão para verificar o mapa de Zaven mais uma vez. Enquanto apertava os olhos para ler a caligrafia exuberante, ele notou uma figura pelo rabo do olho.

A mulher vestia um longo robe negro, com o rosto coberto por um véu. Estava curvada pela idade, e havia algumas moedas de prata costuradas no capuz. Alek tinha visto muitos dos integrantes das tribos do deserto como ela nas ruas de Istambul, mas nunca antes uma mulher que andasse sozinha. Ela estava parada, imóvel, ao lado da parede de um armazém, e olhava fixamente os paralelepípedos.

Quando Alek tinha passado por aquele prédio há um momento, ela não estava lá.

Ele rapidamente dobrou o mapa, depois pegou a gaiola e recomeçou a andar. Um instante depois, deu uma olhadela para trás.

A mulher o seguia.

Alek franziu a testa. Há quanto tempo estava ali?

Ele mordeu o lábio enquanto andava. Estava próximo ao endereço dado por Zaven, mas nem poderia pensar em levar essa estranha diretamente aos novos aliados. Istambul era cheia de espiões e revolucionários, e também de polícia secreta.

Porém, com certeza, ele era capaz de correr mais rápido que uma velha. Alek ergueu mais alto a gaiola pesada e apertou o ritmo. Deu passos cada vez mais rápidos e ignorou as reclamações que vinham debaixo da cobertura da gaiola.

E, no entanto, quando olhou para trás, sua perseguidora ainda estava lá, deslizando com graça pelas pedras do calçamento, o robe ondulando como vagalhões de água negra.

Essa não era uma velha, talvez nem fosse mulher.

A mão de Alek foi para o cinto, e ele praguejou baixinho. Estava armado apenas com a faca comprida que comprara no Grande Bazar durante a manhã. A lâmina curva de aço parecera exoticamente letal pousada em veludo vermelho. Porém, o gume ainda não fora afiado, e Alek nunca havia treinado para usar uma arma desse tipo.

Ele virou a última esquina, quase no endereço no mapa de Zaven. Com o perseguidor fora de vista por um momento, Alek disparou adiante e se abaixou ao entrar na boca de um beco.

— Quieto — murmurou através da cobertura da gaiola. A criatura fez um som de descontentamento por ser sacudida de um lado para o outro, mas ficou em silêncio.

Alek pousou a gaiola com cuidado no chão e deu uma espiadela.

A figura sombria apareceu, agora andava devagar, e parou em frente a uma plataforma de carga do outro lado da rua. Alek viu o símbolo pintado na plataforma e franziu a testa.

Era o mesmo símbolo que Zaven tinha desenhado de forma extravagante no mapa.

Será que era coincidência? Ou o perseguidor já sabia para onde Alek ia?

A figura de robe negro saltou na plataforma de carga com um pulo só, o que confirmou que não se tratava de uma mulher. O homem recuou para as sombras, mas dava para ver o robe sendo mexido suavemente pela brisa.

Alek ficou ali no beco e se espremeu contra a pedra fria. Graças a Eddie Malone, ele já estava meia hora atrasado. Se esperasse que o perseguidor desistisse e fosse embora, talvez demorasse mais uns séculos. O que seus novos aliados pensariam se ele chegasse ao encontro secreto horas atrasado?

Obviamente, se Alek levasse um espião como prisioneiro, eles poderiam ficar um pouco impressionados...

Um andador alemão de seis pernas subia a rua e puxava um pesado trem de carga: a cobertura perfeita. Alek se ajoelhou e falou baixinho para a gaiola

— Volto já. Apenas fique quieto.

— Quieto — murmurou a criatura em resposta.

Alek esperou até que o trem de carga passasse entre ele e o outro homem, saiu de mansinho e o acompanhou correndo, depois passou escondido entre dois vagões e cruzou a rua.

Com as costas voltadas para a parede de pedra do armazém, Alek avançou lentamente na direção da plataforma de carga. A faca comprida

"O ESTRANHO COM A FACA CURVA."

e curva parecia estranha na mão, e ele imaginou por um momento se fora notado pelo homem.

Porém, era tarde demais para dúvidas. Alek se aproximou de mansinho...

De repente, uma risada histérica veio do outro lado da rua, ecoou pelo beco de onde Alek deixara o monstro!

Alek ficou espantado. Será que o monstrinho estava em apuros?

Um momento depois, a figura de robe negro pulou para a rua. Ela se aproximou da risada histérica e cruzou a rua para espiar o beco.

Alek viu a chance e chegou de mansinho por trás para pressionar a faca na garganta do homem.

— Renda-se, senhor! — falou Alek. — Eu tenho a vantagem.

O homem era menor do que Alek pensara — e mais ágil. Ele girou rapidamente, e de repente ambos se encaravam.

Alek se viu olhando fixamente um par de olhos castanhos-escuros com cílios curvos e negros. Esse não era um homem de maneira alguma!

— Não é muita vantagem, garoto — falou a menina, em um alemão perfeito. — A não ser que queira se juntar a mim na morte.

Alek sentiu uma cutucada e olhou para baixo.

A ponta da faca estava pressionada contra seu estômago.

Alek engoliu em seco e imaginou o que fazer, mas então a porta da plataforma de carga começou a se abrir e se sacudir ao barulho de correntes e roldanas.

Ambos ergueram o olhar, ainda presos no abraço letal.

Zaven estava parado ali na porta com um sorriso radiante para os dois.

— Ah, Alek! Vejo que conheceu minha filha!

# ● VINTE E SEIS ●

— O SENHOR DEVERIA TER me deixado matá-lo — disse a filha de Zaven, enquanto subiam a larga escadaria dentro do armazém.

A criatura deu um risinho dentro da gaiola, e Alek se perguntou em que loucura havia se enfiado.

Zaven estalou a língua com tristeza.

— Ah, Lilit. Você puxou a sua mãe.

— Ele estava falando com um repórter!

Alek percebeu que Lilit falava em alemão de propósito, para que ele entendesse. Achou muito embaraçoso ser ameaçado por uma garota. Quase tão embaraçoso quanto confundi-la com um homem.

— A Nene vai concordar comigo — falou Lilit ao olhar fixamente para Alek, com uma expressão gélida. — Aí nós veremos quem tem a vantagem.

Alek revirou os olhos para ela. Como se uma mera garota pudesse levar vantagem sobre ele. Fora tudo culpa da criatura, que o distraíra. A gaiola parecia mais pesada do que nunca enquanto Alek subia aqueles degraus sem fim. A que altura eles iriam?

— O Sr. Malone levava uma mensagem para mim do meu amigo a bordo do *Leviatã* — explicou ele. — Eu não contei nada sobre seu Comitê para ele.

— Talvez não, mas eu segui você por uma hora antes que me notasse — disse Lilit. — A estupidez pode ser tão perigosa quanto a traição.

Alek respirou fundo devagar e desejou pela centésima vez que Volger estivesse ali.

Porém, Zaven apenas riu.

— Bá! Não há vergonha em ser seguido pela minha filha, Alek. Ela é uma mestra das sombras. — O homem bateu no peito. — Foi treinada pelo melhor que existe!

— É verdade, não notei você — falou Alek ao se virar para Lilit. — Porém, havia mais alguém me seguindo?

— Não, eu teria visto.

— Muito bem, então. Não entreguei vocês para a polícia secreta do sultão, entreguei?

Lilit deu um muxoxo e continuou subindo.

— Vamos ver o que Nene diz — falou ela.

— De qualquer maneira — disse Alek quando ela deu as costas —, se os alemães me encontrarem, não irão perder tempo em me seguir. Eu simplesmente vou desaparecer.

Lilit murmurou sem se voltar para ele:

— É bom saber.


A escadaria continuava a subir, mal iluminada por uma coluna de janelas de treliça, que deixavam a luz cinza do sol entrar. Conforme Zaven conduzia o trio acima da massa agitada de gases de escapamento da rua, as estrelas ficavam mais brilhantes. Pequenos toques de humanidade apareciam nas paredes de pedra fria — retratos de família e cruzes de três braços da Igreja Bizantina.

— Zaven, você vive aqui? — perguntou Alek.

— Uma obra-prima da dedução — falou Lilit.

— Nós sempre moramos em cima dos negócios da família, fossem eles uma chapelaria ou uma fábrica mekânica — disse Zaven ao parar diante de um par de portas de madeira, com luxuosos acabamentos de latão. — E agora que o negócio da família é revolução, nós moramos em cima do Comitê!

Alek franziu a testa ao imaginar o que seria esse "comitê". O armazém parecia tão quieto quanto uma igreja vazia; a tinta nas paredes estava descascada, as escadas eram malconservadas.

Quando Zaven destrancou as portas, disse:

— Sem disfarces dentro de casa.

Lilit olhou com uma expressão aborrecida para o pai, mas puxou o robe de deserto pela cabeça. Por baixo ela usava um vestido de seda vermelho intenso, que quase tocava no chão.

Alek notou novamente como os olhos eram castanhos e como ela era linda. Que idiota ele fora por confundi-la com um homem.

Zaven passou pelas portas e entrou em uma profusão de cores. Os divãs e as cadeiras do apartamento estavam cobertos por sedas espalhafatosas, as lâmpadas elétrikas eram decoradas com arco-íris de azulejos translúcidos. Um enorme tapete persa se espalhava pelo chão, as meticulosas formas geométricas foram bordadas nos tons de folhas do outono caídas. A luz do sol entrava por uma imensa sacada e incendiava o mosaico inteiro.

A mobília já tinha visto dias melhores, porém, e o tapete estava gasto em algumas partes.

— Muito aconchegante para uma revolução — disse Alek.

— Fazemos o possível — falou Zaven ao varrer o aposento com um olhar cansado. — Um anfitrião decente ofereceria chá primeiro, mas você já está atrasado.

— Nene não gosta de ficar esperando — disse Lilit.

Alek ajeitou a túnica. Nene era obviamente a líder do grupo. Seria melhor estar elegante diante dela.

Eles o levaram por outro conjunto de portas duplas. Lilit bateu devagar, esperou um momento, depois empurrou as portas para abri-las.

Ao contrário do aposento anterior, este era escuro, o ar estava carregado com incenso e cheiro de tapetes empoeirados. A luz viscosa de uma antiga lamparina a óleo deixava tudo na cor de vinho tinto. Havia uma dezena de rádios nas sombras, com tubos que brilhavam suavemente, e o som de código Morse ecoava no ar.

Contra a parede dos fundos, havia uma enorme cama de dossel coberta por um mosquiteiro. Ela se apoiava em quatro pernas entalhadas com dobras caídas de pele, como as patas de um réptil. Dentro do mosquiteiro estava deitada uma figura pequena e magra, coberta por lençóis brancos. Dois olhos brilhantes olhavam intensamente sob uma explosão de cabelo grisalho.

— Então este é o seu menino alemão? — disse uma voz frágil. — Aquele que você teve que salvar dos alemães?

— Ele é austríaco — falou Zaven. — Mas, sim, mãe, ele é um mekanista.

— E um espião, Nene. — Lilit se curvou para beijar a velha na testa. — Eu o vi falando com um repórter antes de vir aqui!

Alek suspirou lentamente. A temível Nene era simplesmente a mãe de Zaven? Será que o Comitê não era nada além de um excêntrico hobby de família?

Ele pousou a gaiola e fez uma mesura.

— Boa tarde, madame.

— Bem, você com certeza tem um sotaque austríaco — disse ela, em um alemão excelente. Cada um destes otomanos parecia saber meia dúzia de línguas. — Mas há muitos austríacos trabalhando para o sultão.

Alek gesticulou para Zaven.

— Mas seu filho viu os alemães me perseguirem — argumentou.

— Eles perseguiram você diretamente até um de nossos andadores — falou Nene. — Uma apresentação um tanto quanto conveniente.

— Eu não tinha ideia de que aquela máquina me pegaria quando caí — argumentou Alek. — Eu poderia ter morrido!

— Você ainda pode — murmurou Lilit.

Alek ignorou a garota e se ajoelhou ao lado da gaiola para desamarrar a cobertura. Quando ficou de pé, ergueu a gaiola para Nene ver.

— Por acaso um agente do sultão teria um destes? — Alek puxou a cobertura.

— A criatura olhou para todos com os olhos imensos e arregalados. O monstrinho foi de um rosto a outro, percebeu a surpresa de Zaven, a suspeita de Lilit e, finalmente, o olhar frio e brilhante de Nene.

— Que raios é isso? — perguntou ela.

— Uma criatura do *Leviatã*, onde servi como encarregado pelos motores nas duas últimas semanas.

— Um mekanista no *Leviatã*? — Nene deu um risinho. — Que besteira. Você provavelmente comprou esse monstro em alguma loja escondida no Grande Bazar.

Alek se empertigou.

— Eu seguramente não fiz isso, madame. Essa criatura foi fabricada pela Dra. Nora Darwin Barlow em pessoa.

— Uma Darwin fazendo uma coisinha fofa como essa? Não seja ridículo. E que utilidade isso teria a bordo de uma *nave de guerra*?

— Ele foi feito para ser um presente para o sultão, como uma maneira de manter os otomanos fora da guerra — falou Alek. — Mas aí ele nasceu... hã... adiantado.

A velha ergueu uma sobrancelha.

— Viu, Nene? Ele é um mentiroso! — disse Lilit. — E um idiota se pensa que existe alguém que acredite nessa besteira!

— Acredite — falou a criatura, e o quarto ficou em silêncio.

Zaven deu um passo para trás.

— Isso *fala*?

— É apenas um papagaio — falou Alek. — Como um lagarto-mensageiro, ele repete palavras aleatoriamente.

A velha o encarou com um longo olhar crítico.

— Seja o que for, eu nunca vi um antes. Deixe-me olhar mais de perto.

Alek abriu a gaiola, e o monstro saiu e subiu em seu ombro. Ele se aproximou da cama com a mão esticada. A criatura desceu devagar pelo braço e devolveu o olhar gélido de Nene com seu próprio olhar esbugalhado.

Alek viu a expressão da mulher ficar mais branda, assim como a de Klopp e Bauer ficavam sempre que ele deixava a criatura sob seus cuidados. Algo nos olhos imensos e na cara enrugada parecia gerar afeição. Até mesmo Lilit ficou calada.

Nene esticou o braço e pegou as mãos de Alek.

— Você nunca trabalhou para viver, isso é certo, mas há um pouco de graxa de motor debaixo das unhas. — Ela esfregou o polegar direito. — E você esgrima, não?

Alek concordou com a cabeça, impressionado.

— Diga-me algo a respeito do *Leviatã* que um mentiroso não saberia — exigiu a velha.

"A FAMÍLIA DE NENE."

Alek fez uma pausa por um momento enquanto tentava se lembrar de todas as maravilhas que tinha visto a bordo da aeronave.

— Há morcegos-dardos, criaturas voadoras feitas de águas-vivas, e gaviões com garras de aço.

— Esses monstros estão nos tabloides baratos a semana inteira. Tente de novo.

Alek franziu a testa. Ele jamais lera um jornal na vida e não fazia ideia do que era de conhecimento geral a respeito do *Leviatã*. Duvidava que os darwinistas tivessem mostrado algum segredo militar para ele.

— Bem, nós lutamos com o *Goeben* e o *Breslau* no caminho para cá.

Houve um longo momento de silêncio. Pela cara de todos, parecia que esse pequeno fato não apareceu nos jornais.

— Os novos brinquedos do sultão? — perguntou Nene. — Quando foi isso, exatamente?

— Há oito dias. Nós esbarramos nos dois a caminho do sul do estreito de Dardanelos.

Nene concordou devagar com a cabeça, e o olhar seguiu para um dos rádios barulhentos.

— É possível — admitiu ela. — Com certeza havia algo em andamento na última segunda-feira.

— Foi uma batalha e tanto — disse Alek. — O canhão Tesla do *Goeben* quase colocou todos nós no mar!

Os três se entreolharam, depois Zaven falou:

— Canhão Tesla?

Alek sorriu. Pelo menos ele sabia *alguma coisa* que os revolucionários poderiam achar útil.

— Aquela torre no convés de popa pode parecer como uma transmissora de rádio, mas é uma arma elétrica. Ela produz relâmpagos. Sei que isto parece ridículo, mas...

Nene calou Alek ao levantar a mão.

— Não parece. Venha dar uma volta comigo, menino.

— Uma volta? — Alek havia presumido que a mulher era uma inválida.

— Para a sacada — ordenou ela, e de repente o som delicado de um mecanismo automático tomou conta do quarto. Uma das pernas enrugadas da cama deu um longo passo suave à frente.

Alek deu um pulo para trás, e Lilit riu do outro lado do quarto. A criatura subiu no ombro dele e imitou o risinho da menina.

— Você nunca viu uma tartaruga andar? — perguntou Nene, sorrindo.

Alek deu outro passo para trás e saiu do caminho da cama enquanto ela andava pesadamente na direção das portas duplas.

— Já, mas eu nunca pensei em dormir sobre uma.

— Você dorme sobre uma toda noite, menino. O próprio mundo se apoia nas costas de uma tartaruga!

Alek sorriu para Nene.

— Minha mãe costumava me provocar com essa história da carochinha.

— História da carochinha? — reclamou Nene, com a voz fraca. — O conceito é perfeitamente científico. O mundo se apoia em uma tartaruga, que por sua vez fica nas costas de um elefante!

Alek tentou não rir.

— Então o elefante fica em cima de quê, madame?

— Não banque o engraçadinho, rapaz. — Ela apertou os olhos. — São elefantes até o fim!

A cama foi lentamente do quarto para as portas da sacada. Conforme seguia o móvel e acompanhava o ritmo de tartaruga com cuidado, Alek considerou a perfeição do mecanismo. Máquinas automáticas funcionavam a corda em vez de vapor barulhento ou motores a combustível, portanto os movimentos da cama eram delicados e lentos, o que era ideal para uma inválida.

Mas a mulher deitada na cama só podia ser louca com esse papo de elefantes. Todos os três eram meio estranhos, na verdade. Eles lembravam Alek de seus próprios parentes pobres, famílias outrora ricas que passavam por tempos difíceis, mas que ainda tinham uma visão presunçosa da própria importância.

Na noite anterior, Zaven dissera que haviam feito parte do levante dos Jovens Turcos de seis anos atrás, mas será que essa estranha família era uma ameaça real ao sultão, ou simplesmente vivia de glórias passadas?

Obviamente, o andador de Zaven não era de se jogar fora.

Na sacada, Alek se deu conta de que os aposentos da família haviam sido construídos em cima do armazém, o telhado ao redor parecia uma

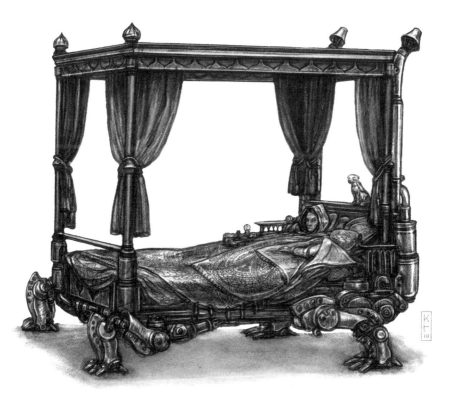

pequena porção de terra. Era um local estranho para se viver, mas tinha uma vista ampla da cidade. Desta altura, eles conseguiam ver tanto o mar de Mármara quanto a reluzente enseada do Chifre de Ouro.

Lá estava ele, assim como dissera Eddie Malone — o *Goeben*, parado ao lado de um longo píer. Os enormes braços antikraken trabalhavam acima da superfície para ajudar a embarcar a carga.

Nene apontou um dedo encarquilhado para as docas.

— Como você sabe a respeito desse tal de canhão Tesla?

— Ele disparou contra nós — disse Alek. — Quase fez a nave inteira pegar fogo.

— Mas você sabia o *nome* dele, menino? Duvido que tenha adivinhado.

— Ah. — Alek se perguntou o quanto deveria contar para ela. — Um dos meus homens é um mestre de mekânica. Ele já tinha visto modelos experimentais do canhão.

— Seus homens têm conhecimento das armas secretas dos alemães, e ainda assim você serviu a bordo do *Leviatã*? — Nene balançou a cabeça, sem acreditar. — Diga-me quem você realmente é. Imediatamente!

Alek respirou fundo e ignorou o sorriso frio de Lilit.

— Eu sou um nobre austríaco, madame. Meu Pai era contra esta guerra e foi morto pelos alemães por causa disso. Meus homens e eu estávamos escondidos nos Alpes quando o *Leviatã* fez um pouso forçado nas montanhas.

— E eles simplesmente convidaram vocês a bordo?

— Nós ajudamos os darwinistas a escapar. Nosso Stormwalker ficou danificado, e os motores da aeronave foram destruídos. Então nós juntamos os dois, por assim dizer, para que pudéssemos escapar dos alemães. Porém, assim que alçamos voo, ficou claro que eles nos consideravam prisioneiros de guerra. Tivemos que abandonar a nave. — Ele espalmou as mãos. — E cá estamos nós, à procura de aliados para lutar conosco.

— Aliados — repetiu a criatura, baixinho.

— Eu quero vingança contra os alemães — falou Alek. — Assim como vocês.

Houve um longo silêncio, e então Nene balançou a cabeça.

— Eu não sei o que pensar de você, menino. Motores mekanistas em um respirador de hidrogênio? É ridículo. E, no entanto... nenhum espião do sultão ousaria contar uma história tão improvável.

— Espere — disse Lilit ao pegar na mão da avó. — A senhora se lembra quando o *Leviatã* voou sobre a cidade ontem? E que nós achamos engraçado que os motores expeliam fumaça como as aeronaves mekanistas? — Ela deu uma olhadela para Alek. — Não que ele esteja falando a verdade.

Nene balançou a cabeça novamente.

— Sem dúvida este menino viu os motores também, e foi isso que inspirou essa história bizarra.

— Madame, eu não gosto de ser chamado de mentiroso — falou Alek, com firmeza. — Saber segredos dos darwinistas e dos mekanistas me torna um aliado mais forte! Eu tenho treinamento militar e ouro. Meus homens e eu sabemos pilotar andadores e também consertá-los. A senhora tem que nos deixar ajudar vocês, a não ser que apenas estejam *brincando* de revolução!

Lilit ficou de pé em um pulo, com os dentes à mostra. Zaven permaneceu em silêncio, mas levou a mão à faca.

Nene falou com muita calma:

— Rapaz, você não tem ideia do que esta luta custou à minha família: nossa fortuna, nosso status na sociedade. — Ela pegou a mão de Lilit com delicadeza. — E a pobre mãe desta menina também. Como *ousa* nos chamar de amadores?

Alek engoliu em seco ao perceber que fora longe demais.

— Duvido que você possa nos ajudar — continuou Nene. — Eu conheço um aristocrata quando vejo um. E fedelhos mimados como você nunca ajudam ninguém a não ser a si mesmos.

As palavras acertaram Alek como um chute no estômago — era assim que as pessoas sempre o viam, como um tolo paparicado, não importando o quanto se esforçasse. Seus joelhos se dobraram, e ele se viu sentado na cama.

— Desculpe por ter falado como um idiota — disse ele. — E sinto muito por sua mãe, Lilit. Eu perdi meus pais também. Só quero reagir de alguma forma.

— Você perdeu *ambos*? — perguntou Nene, e a voz ficou mais branda. — Quem *é* você, menino?

Alek encarou os olhos da velha e se deu conta de que tinha duas escolhas: confiar nela ou voltar a ficar sozinho. Sem aliados, ele e seus homens não podiam fazer nada além de correr para as florestas e se esconder.

Mas ele sabia que estava ali em Istambul para mais do que apenas isso.

— Quem a senhora acha que sou? — sussurrou Alek.

— Um nobre austríaco, com certeza. Talvez o filho de um arquiduque?

Ele concordou com a cabeça e manteve o olhar intenso.

— Então com certeza você sabe o nome inteiro de solteira de sua mãe. E se não acertar cada sílaba até o fim, minha neta vai atirar você deste telhado.

Alek respirou fundo e recitou:

— Sofia Maria Josefina Albina, condessa Chotek de Chotkow e Wognin.

A convicção finalmente apareceu no rosto da velha.

— Nosso encontro é uma Providência divina — disse ele. — Eu juro que posso ajudar vocês, Nene.

Inexplicavelmente, Lilit caiu na gargalhada. Zaven soltou um risinho baixo, e a criatura se juntou a eles.

— Que galante — falou Lilit. — Ele adotou a senhora agora, Nene!

Alek percebeu o erro. "*Nene*" não era um nome, mas simplesmente uma palavra para "avó", como "*oma*" em alemão.

— Desculpe pelo armênio ruim, madame.

A velha sorriu.

— Não se preocupe. Na minha idade, nunca é demais ter muitos netos, mesmo que alguns deles sejam idiotas.

Alek respirou fundo e conseguiu conter a língua.

— Talvez seja a minha idade avançada, mas começo a acreditar em você — disse ela. — É claro que, se você é quem diz ser, então certamente sabe pilotar um andador.

— Mostre-me um andador, e eu provo para a senhora.

Ela concordou com a cabeça, depois gesticulou.

— Zaven? Acho que é hora de apresentar Sua Serena Alteza ao Comitê.

# ◆ VINTE E SETE ◆

**LILIT E ZAVEN CONDUZIRAM ALEK** à borda da sacada, que dava vista para um imenso pátio cercado por vários armazéns. As janelas dos prédios ao redor estavam lacradas com tábuas, e o pátio inteiro era coberto por uma rede camuflada para escondê-lo do ar.

Nas sombras, havia cinco andadores quietos.

Alek se ajoelhou ao lado do parapeito da sacada. Nos últimos dias, ele tinha visto as máquinas nas ruas, um conjunto variado de andadores de guerra que guardavam os guetos de Istambul. Esses cinco estavam marcados por mossas e arranhões de velhas batalhas, a blindagem era decorada por uma variedade de símbolos — crescentes, cruzes, uma Estrela de Davi, e outros que ele nunca vira antes.

— Um comitê de golens de ferro — falou ele.

Zaven ergueu um dedo.

— Golem de ferro é um nome judeu. Os valáquios chamam os andadores de lobisomens, e nossos irmãos gregos, de minotauros. — Ele apontou para o andador de duas noites atrás. — Creio que você conheceu Şahmeran, minha máquina pessoal. Ela é uma deusa dos curdos.

— E estão todos juntos aqui — disse Alek.

— Outra observação excelente — murmurou Lilit.

— Quieta, menina! — falou Nene, enquanto a cama andava lentamente até eles. — Por tempo demais nós nos contentamos em cuidar de nossas próprias vizinhanças e deixar o sultão governar o império, mas os alemães e sua *mekanzimat* nos fizeram um favor: eles finalmente nos uniram.

Zaven se ajoelhou ao lado de Alek.

— As máquinas lá embaixo são apenas uma fração daqueles que se comprometeram conosco. Nós usamos esses cinco para treinar, de maneira que um curdo saiba pilotar um lobisomem, e um árabe, um golem de ferro.

— Para que vocês possam lutar juntos adequadamente — falou Alek.

— Isso mesmo. Minha própria filha dominou todos eles!

— Uma menina pilotando um andador? Que coisa completamente... — Alek viu a expressão de Lilit e pigarreou. — Que coisa excepcional!

— Bá! Não é tão estranho quanto pensa. — Zaven ergueu um punho. — Assim que vier a revolução, as mulheres serão iguais aos homens em todas as coisas!

Alek conteve o riso. Mais um traço da loucura da família, ao que parecia, ou talvez fossem as influências da vontade de ferro de Nene sobre o filho.

— Como o canhão Tesla funciona? — perguntou Lilit.

— Klopp, meu homem de confiança, diz que é um gerador de relâmpagos. — A mente de Alek voltou à explicação dada por Klopp poucos dias depois da batalha contra o *Goeben*. — O Sr. Tesla é americano, mas os alemães bancam seus experimentos. Eles vêm trabalhando nessa arma há algum tempo. Mas como vocês conhecem o canhão?

— Não se importe com isso — falou Nene. — Ele pode deter nossos andadores?

[ 261 ]

— Duvido. O canhão Tesla é feito para ser usado contra respiradores de hidrogênio. Porém, o *Goeben* ainda tem artilharia pesada, e andadores como esses são alvos perfeitos. — Alek olhou para o sudeste, onde colunas de fumaça subiam do palácio do sultão, que ficava perto da água. Enquanto os navios de guerra alemães esperassem ali, o palácio estaria a salvo de um ataque de andadores. — Esta é a verdadeira razão para os encouraçados alemães estarem ali, não é? Para manter o sultão no poder.

— E matar os russos de fome. — Nene deu de ombros. — Um martelo pode bater em mais de um prego. Você teve um pouco de treinamento militar, ao que parece.

— Mais do que um pouco, quando o assunto é andadores. — Alek endireitou os ombros. — Dê-me o mais complicado que vocês possuem, e eu provo.

Nene concordou com a cabeça e abriu lentamente um sorriso.

— Você ouviu o garoto, minha neta. Leve-o para Şahmeran.

Alek flexionou os dedos e observou os controles.

Os instrumentos estavam marcados com símbolos em vez de palavras, mas as funções da maioria eram claras. Temperatura do motor, medidores de pressão, combustível — nada que não tivesse visto no Stormwalker.

Porém as alavancas eram uma história completamente diferente. Elas brotavam do piso da cabine de pilotagem e eram enormes. As empunhaduras pareciam com as luvas blindadas de um cavaleiro medieval.

— Como eu vou conseguir andar com isto? — perguntou ele.

— Não vai conseguir. Essas alavancas controlam os braços. — Lilit apontou para o chão. — Você usa os pedais para andar, bobalhão.

— Bobalhão — repetiu a criatura, e depois riu.

— Seu bichinho de estimação conhece bem você, não é? — falou Lilit, enquanto acariciava o pelo da criatura. — Qual é o nome dele?

— Nome? Criaturas fabricadas não têm nome, a não ser as grandes aeronaves, é claro.

— Bem, esta aqui precisa de um nome — disse Lilit. — É menino ou menina?

Alek pensou por um instante, depois franziu a testa.

— Os tripulantes do *Leviatã* sempre usaram pronome masculino quando se referem aos monstros, mas talvez eles não sejam nem menino, nem menina.

— Então de onde eles nascem?

— De ovos.

— Mas o que *põe* os ovos?

Alek deu de ombros.

— Até onde eu sei, os cientistas tiram os ovos dos chapéus-cocos.

Lilit observou o monstrinho mais atentamente enquanto Alek encarava as alavancas. Ele nunca pilotara um andador com braços antes. A tal Şahmeran poderia ser mais complicada do que ele pensara.

Porém, se uma menina conseguia pilotar essa monstruosidade, não deveria ser muito difícil.

— Como você sabe o que os braços estão fazendo? Eu nem consigo vê-los daqui de dentro.

— A pessoa simplesmente *sabe* onde eles estão, como se fossem parte do próprio corpo. Mas como esta é a sua primeira vez... — Lilit girou uma manivela, e a metade de cima da cabine de pilotagem começou a se erguer enquanto o ar pressurizado assobiava. — Você pode tentar em modo de desfile.

— Modo de desfile?

— Para quando Şahmeran marcha nos festivais religiosos dos curdos.

— Ah, *esse* tipo de desfile — disse Alek. — Este é um país muito esquisito. Todos os andadores parecem ser símbolos, bem como máquinas.

— Şahmeran não é um símbolo. Ela é uma deusa.

— Uma deusa. É claro — murmurou Alek. — Com certeza há muitas mulheres nesta revolução.

Lilit revirou os olhos ao dar partida no motor. A máquina roncou ao ganhar vida debaixo deles, e a criatura imitou o barulho do motor, depois saiu do ombro de Alek para espiar pela borda frontal do painel de controle.

— Seu bichinho de estimação vai ficar bem?

— Ele se dá muito bem com alturas — falou Alek. — Quando fugimos do *Leviatã*, nós passamos por um cabo bem mais alto que isto.

— Mas por que você roubou o monstrinho? Para provar que esteve a bordo da aeronave?

— Eu não roubei nada — disse Alek ao colocar as botas com cuidado sobre os pedais. — Ele insistiu em vir.

A criatura se virou para encará-los e pareceu sorrir para Lilit.

— De alguma forma, eu quase acredito em você — disse ela, baixinho. — Bem, mostre para nós como você é esperto, garoto. Andar é a parte fácil.

— Duvido que haja algum problema — falou Alek, enquanto observava os instrumentos serem ligados. Com os medidores de pressão estabilizados, ele pisou nos pedais com pressão devagar e constante.

A máquina respondeu e foi para a frente suavemente, as pernas finas do ventre se mexeram em uma sequência automática. Ele tirou o pé do pedal esquerdo para conduzir o andador em uma curva lenta.

— Isto é mais fácil do que meu bote quadrúpede — exclamou Alek. — Eu conseguia pilotar aquilo quando tinha 12 anos!

Lilit olhou esquisito para ele.

— Você tinha seu próprio andador? Aos 12 anos?

— Era da família. — Alek esticou as mãos para as alavancas. — E meninos têm um dom natural para mekânica, afinal de contas.

— Um dom natural para fanfarronice, você quer dizer.

— Vamos ver quem está sendo fanfarrão. — Alek enfiou a mão direita na luva de metal e cerrou o punho. Um grande par de garras se fechou no lado direito da máquina.

— Cuidado — falou Lilit. — Şahmeran é mais forte que um mero menino.

Alek empurrou a alavanca de um lado para o outro e viu como o braço do andador acompanhava seus movimentos. Ele era longo e sinuoso, como o corpo de uma cobra, e tinha escamas que deslizavam umas sobre as outras com um som parecido ao de uma dezena de espadas sendo desembainhadas.

— O truque é esquecer do próprio corpo — disse Lilit. — Finja que as mãos do andador são suas.

As alavancas tinham uma sensibilidade surpreendente, os braços gigantes imitavam todos os movimentos de Alek, só que devagar. Ele diminuiu o ritmo para se adaptar à escala do andador e em pouco tempo se sentiu com 20 metros de altura, como se estivesse usando uma enorme fantasia em vez de pilotando.

— Agora vem a parte complicada. — Lilit apontou. — Pegue aquela carroça ali.

No outro canto do pátio, havia uma velha carroça virada de lado. A lateral de madeira estava arranhada e amassada, maltratada como um brinquedo de criança.

— Parece bem fácil. — Alek aproximou a máquina e passou entre as formas imóveis dos outros andadores.

Ele esticou a mão direita, e a máquina o obedeceu. Do painel de controle, a criatura imitou os barulhos de metal e do assobio do ar que ecoavam das paredes do pátio.

Alek fechou os dedos devagar, e as garras se fecharam em volta da carroça.

— Bem até agora, mas continue delicadamente — disse Lilit.

# VINTE E OITO

**A NOITE ESTAVA CAINDO, FINALMENTE.**

Deryn passara um dia quente e longo entre os caixotes no convés do navio cargueiro, escondida da tripulação e do sol inclemente. Era a embarcação que ela havia visto da praia em Kilye Niman, um navio a vapor alemão que levava enormes bobinas de fios de cobre e hélices de turbina do tamanho de pás de moinho.

O navio esperou perto das redes de kraken até a alvorada, depois levou a maior parte do dia para chegar a Istambul. Após passar sete semanas em uma aeronave, Deryn estava irritada com o ritmo lento da embarcação de superfície. Não ajudou o fato de que, desde o rápido jantar na noite anterior, Deryn comera somente um biscoito mofado que encontrara entre os caixotes. Para matar a sede, bebera apenas uns punhados de orvalho retirados com esforço da lona que cobria um bote salva-vidas.

Obviamente, Deryn estava em situação melhor que seus homens, todos mortos ou capturados pelos otomanos. Na lenta jornada até ali, ela repassou a cena na praia milhares de vezes na mente e se perguntou o que poderia ter feito. Porém, contra o andador escorpião e duas dezenas de soldados, ela teria sido capturada.

O cargueiro não era completamente desprovido de comodidades, contudo. A tripulação passava a maior parte do tempo no interior do navio, e uniformes de soldados foram deixados para secar ao sol em um varal. Ela encontraria um conjunto de roupas que cairia muito bem.

Assim que o sol se pusesse, Deryn nadaria para a praia.

Istambul já estava se acendendo diante dela. As luzes elétrikas dos mekanistas eram mais intensas que a suave bioluminescência de Londres ou Paris, e o que parecera um brilho fantasmagórico visto do campo de aviação, era deslumbrante tão perto assim. A cidade parecia um parque de diversões sendo ligado, toda brilho e esplendor.

Até mesmo o palácio do sultão estava aceso no morro, os minaretes de duas grandes mesquitas rasgavam o céu ao redor dele. Deryn decidiu que tomaria o caminho daquele trecho da cidade, a península onde tanto os prédios mais velhos quanto os mais novos estavam aglomerados.

Mas ao esticar os músculos para nadar, ela sentiu uma última pontada de dúvida quanto ao plano e considerou as opções que tinha. Havia mais de cem navios parados na costa de Istambul, alguns deles embarcações civis com bandeiras britânicas. Se ela nadasse até um deles, poderia ser levada ao Mediterrâneo, onde a Marinha Real aguardava, ou ao norte até os russos no mar Negro, que eram darwinistas, pelo menos.

Mas mil desculpas enchiam sua cabeça — os otomanos vasculhariam os navios britânicos com cuidado. E por que algum capitão acreditaria que ela era uma oficial condecorada da Força Aérea e não alguma louca passageira clandestina? E o que aconteceria se, sem o uniforme de aspirante e sem uma nave cheia de monstrinhos ao seu comando, qualquer um visse de cara que ela era uma mera garota?

E, mesmo que conseguisse voltar ao *Leviatã*, o que aconteceria se Volger não tivesse conseguido escapar? Ele poderia destruir sua carreira com uma palavra a qualquer momento.

trancava o portão, os homens se espalharam ao longo dele e puxaram para abri-lo. O metal roçou nos paralelepípedos.

Algo enorme e agitado aguardava depois da cerca, algo que bufava e soltava vapor no ar fresco da noite. Então a coisa começou a se mexer, uma máquina colossal apareceu lentamente. O motor à frente tinha o formato da cabeça de um dragão, e os braços de carga estavam dobrados nas costas como asas negras de metal. Nuvens brancas de vapor rolavam das mandíbulas arreganhadas.

— Aranhas berrantes... — falou Deryn baixinho ao perceber que já tinha visto fotos dessa máquina nos tabloides baratos...

Era o Expresso do Oriente.

O grande trem avançou lentamente e forçou Deryn a recuar mais ainda para o interior das pilhas de carga, mas ela não conseguia tirar os olhos do veículo.

O Expresso parecia um estranho cruzamento entre o design alemão e o otomano. A locomotiva sugeria o rosto de um dragão, com uma grande língua que se estendia das mandíbulas, mas os braços mecânicos que se desdobravam dos vagões de carga não tinham enfeites e se moviam com a mesma delicadeza de um gavião em voo.

Os braços se esticaram para as pilhas de carga e ergueram peças de metal, bobinas de fios e isoladores de vidro no formato de enormes sinos translúcidos. O trem começou a se carregar por conta própria, como um monstro ganancioso que atacava um tesouro.

De repente, o único olho do dragão ganhou vida e virou um farol dianteiro ofuscante. Quando a claridade banhou a escuridão, as sombras do esconderijo de Deryn foram arrancadas, e ela recuou às cegas.

Um grito soou mais alto que a locomotiva bufante do Expresso — *"Wer ist das?"* —, e Deryn sabia mekanistês suficiente para reconhecer o que significava.

Alguém a tinha visto.

Ela se virou para correr, meio cega, e tropeçou em um conjunto de tubos de plástico. Eles rolaram debaixo dos pés de Deryn, que caiu com força no chão. Ela se levantou com dificuldade e cambaleou na escuridão, onde se encolheu atrás de um grande carretel de fio.

O joelho latejava, as mãos estavam cortadas e sangravam por terem aparado a queda. Ela ficou tonta, as 24 horas sem comer cobraram seu preço. Os batimentos no peito eram fracos e delicados como o coração de um passarinho em vez do próprio.

Não havia como despistar os homens — ela teria que enganá-los.

Deryn ignorou a dor e engatinhou de volta, na direção do Expresso do Oriente. Ela se manteve abaixada nas pilhas de carga e passou pelos espaços mais estreitos que encontrou. Torceu que eles não a tivessem visto direito e que não percebessem que perseguiam uma menininha magricela.

As vozes a cercavam e ecoavam pelas pilhas de caixotes e metal. Deryn continuou engatinhando de volta para as luzes ofuscantes do trem. Os homens passaram por ela aos berros, com a ideia de que Deryn continuava fugindo...

Então uma sombra encobriu Deryn — uma enorme garra mekânica descia em sua direção. Ela se deitou no chão, e os três dedos com pontas de borracha da garra pegaram uma bobina de fio tão grande quanto um hipopotesco.

A máquina parou um instante enquanto ajeitava a garra na bobina, e Deryn viu uma chance. Ela se levantou correndo e subiu para o interior do cilindro de fio.

Com um solavanco, a garra ergueu a bobina — e ela — no ar.

Deryn olhou para baixo e viu o chão passar correndo, as tochas elétrikas dos perseguidores se espalhavam pelo labirinto de caixotes. Porém, ninguém pensou em olhar para o carregamento que passava acima.

próprio apoio para os pés que saía do piso. Havia um bartender mekânico usando um barrete na cabeça, imóvel nas sombras.

Deryn deu alguns passos à frente e se sentiu deslocada. Mesmo vazio e escuro, o vagão-bar tinha um ar de elegância, e ela meio que esperava que um homem de smoking aparecesse e desse um sorriso debochado ao ver seu uniforme inadequado.

Ela se sentou a uma das mesas e espiou pelas cortinas a caçada lá fora. As tochas elétrikas dos perseguidores balançavam na escuridão, mas eles se afastavam na direção da água, ainda pensavam que Deryn fugira para longe do Expresso. Latidos e gritos ecoavam pelas docas, mas ali dentro do trem parecia que um jantar extravagante estava prestes a ser servido...

— Jantar — sussurrou Deryn, e ficou de pé em um pulo.

Ela saltou para trás do bar e vasculhou as prateleiras, encontrou sacarolhas e toalhas, garrafas de conhaque e vinho. Aquilo ali era apenas um bar, separado do vagão-restaurante — não havia *comida* berrante ali!

Mas então Deryn descobriu uma gaveta cheia de biscoitos finos embrulhados em guardanapos de pano grosso. Um dos tripulantes devia ter guardado e depois esquecido.

Deryn se sentou no chão e começou a devorar os biscoitos. Velhos ou não, tinham um gosto melhor que qualquer coisa que ela comera desde que entrara para a Força Aérea. Ela ajudou a comida a descer com água do fundo de um balde de gelo de prata, depois tomou alguns goles de uma garrafa aberta de conhaque.

— Nada mal — disse, e arrotou.

Agora que a cabeça parou de dar voltas por causa da fome, Deryn se viu imaginando onde exatamente ela estava. Para onde os mekanistas levavam todo este carregamento? De acordo com as etiquetas, tudo viera da Alemanha. Então por que colocar no Expresso, que voltaria para Munique?

"BISCOITOS E CONHAQUE À LUZ DE LAMPARINAS."

# ◈ VINTE E NOVE ◈

**ELA FOI ACORDADA ANTES** da alvorada por cutucadas de vassoura.

Era um rapaz de macacão, que fazia o serviço sem muito entusiasmo. Quando Deryn ficou de pé, com dificuldade, ele se virou e continuou varrendo o beco, sem jamais dizer uma palavra. Obviamente, o homem dificilmente esperaria que ela falasse turco. O porto de Istambul provavelmente estava cheio de marinheiros estrangeiros que carregavam garrafas de conhaque por aí.

Tambores soavam ao longe, com uma cantoria empolgada. Parecia um pouco cedo demais para alguém fazer tamanha fuzarca. O trio de gatos com que ela dividira o beco mal parecia notar, entretanto, e os bichos voltaram a dormir depois que o gari foi embora.

Deryn andou a esmo até espiar a floresta de minaretes perto do palácio do sultão. Com certeza haveria restaurantes para os turistas ali por perto. Os biscoitos finos no estômago foram substituídos por uma fome torturante, e ela precisava pensar direito caso quisesse encontrar Alek nesta cidade gigante.

Fazer turismo a pé por Istambul não era como ver a cidade de cima de uma aeronave ou do *howdah* de um elefante gigante. Os odores eram mais intensos ali embaixo; condimentos desconhecidos e gases de escapamento de andadores brigavam no ar, enquanto carrinhos de mão cheios de morangos passavam e deixavam um aroma doce para trás, assim como alguns cães com aparência faminta. Uma dezena de línguas se misturava nos ouvidos de Deryn; uma confusão de alfabetos decorava cada quiosque. Para sorte dela, também havia simples sinais com as mãos no meio de toda aquela babel. Seria simples se fazer entender.

Quando homens em roupas de marinheiro chamaram Deryn, ela respondeu em mekanistês. Aprendera um punhado de saudações com Bauer e Hoffman, e também alguns xingamentos selecionados. Não fazia mal praticar.

Deryn descobriu uma vitrine com garrafas chiques de bebidas, tirou a poeira do conhaque e entrou. A princípio, o proprietário olhou de lado para suas roupas desmazeladas e quase a expulsou quando descobriu que ela estava ali para vender, não para comprar. Porém, quando viu de relance o rótulo da garrafa, sua atitude mudou. O homem ofereceu uma pilha de moedas, que aumentou em pelo menos metade quando Deryn olhou feio para ele.

A maioria dos restaurantes estava fechada, mas Deryn encontrou um hotel em pouco tempo. Alguns minutos depois, ela estava sentada diante de um café da manhã com queijo, azeitonas, pepinos, café preto e uma pequena tigela de uma substância nojenta chamada de iogurte, que era algo a meio caminho entre queijo e leite.

Enquanto comia, Deryn imaginou como iria encontrar Alek. Na mensagem para Volger, ele dissera que o hotel onde estava tinha um nome parecido com o de sua mãe. Isso parecia simples o suficiente, exceto que Alek jamais revelara o nome da mãe para Deryn. Obviamente, ela conhecia o tio-avô imperador — Francisco José — e se lembrou que o nome do pai dele era Francisco alguma coisa. Porém, as esposas raramente eram tão famosas quanto os maridos.

Deryn viu passar um grupo de marinheiros e se perguntou se algum deles era austríaco. Com certeza, eles saberiam o nome da arquiduquesa assassinada, se ao menos Deryn conseguisse que entendessem a pergunta.

Mas aí ela se lembrou da outra metade da mensagem de Alek, de que os alemães procuravam por ele. Perguntas sobre um príncipe fugitivo feitas por um marinheiro que falava inglês e vestia um uniforme mekanista apenas atrairiam suspeitas.

Ela teria que encontrar a resposta sozinha. Por sorte, a família de Alek era famosa. Será que eles não estariam nos livros de história?

Tudo o que Deryn precisava era de alguma espécie de árvore genealógica...

Uma hora depois, Deryn se encontrava em uma larga escada de mármore com um caderno de desenho novinho em folha nas mãos. Diante dela estava, de acordo com meia dúzia de conversas em linguagem de sinais e um mekanistês claudicante, a maior e mais nova biblioteca de Istambul.

As grandes colunas de latão reluziam ao sol, e as portas giratórias movidas a vapor recebiam e expeliam pessoas sem parar. Ao passar por elas, Deryn sentiu o mesmo arrepio do vagão-bar no Expresso do Oriente. Ela não combinava com um lugar assim tão chique e ficava tonta com a agitação de tantas máquinas.

O teto era um emaranhado de tubos de vidro, cheios de pequenos cilindros que disparavam por eles, quase rápido demais para enxergar. Andadores automáticos do tamanho de caixas de chapéu se arrastavam pelo chão de mármore sobrecarregados pelo peso de pilhas de livros.

Um pequeno exército de bibliotecários esperava atrás de uma fileira de balcões, mas Deryn avançou pelo imenso saguão na direção das grandiosas estantes de livros. Parecia haver *milhões*, com certeza alguns exemplares eram em inglês.

Porém, ela se viu detida por uma cerca elegante de ferro, que se estendia por todo o salão. De metro em metro, havia uma placa que repetia a mesma mensagem em umas vinte línguas:

ESTANTES FECHADAS — PERGUNTE NO BALCÃO DE INFORMAÇÕES.

Deryn retornou aos balcões, reuniu coragem e se dirigiu para aquele com o bibliotecário de aparência mais gentil. Ele tinha uma longa barba grisalha, usava barrete e um pincinê, e deu um sorriso meio confuso conforme Deryn se aproximava. Ela imaginou que a maioria dos marinheiros não gastava a folga em terra firme na biblioteca.

Fez uma mesura para o homem, depois arrancou duas páginas do caderno de desenho e as colocou sobre o balcão. Em uma delas, Deryn desenhara o brasão dos Habsburgo que decorava o chassi do Stormwalker de Alek. Na outra, ela esboçara uma árvore cheia de galhos, como as genealogias dos grandes aeromonstros que o Sr. Rigby sempre obrigava que eles memorizassem. Sem dúvida, os mekanistas desenhavam as árvores genealógicas de uma maneira diferente, mas com certeza um bibliotecário entenderia o conceito.

O homem ajeitou o pincinê, olhou fixamente os desenhos por um momento, depois lançou um olhar inquisidor para Deryn.

— O senhor é austríaco? — perguntou, em um mekanistês cuidadoso.

— Não, senhor. Americano. — Ela também falou em alemão, mas tentou imitar o sotaque de Eddie Malone. — Mas eu quero... — a mente disparou — entender a guerra.

O homem concordou com a cabeça lentamente.

— Muito bem, rapaz. Um momento, por favor.

Ele se virou para encarar o que parecia ser um piano instalado no balcão e bateu nas teclas. Não saiu música alguma, mas ao digitar surgiu um cartão perfurado de uma abertura no balcão. O bibliotecário se virou para ela e apontou.

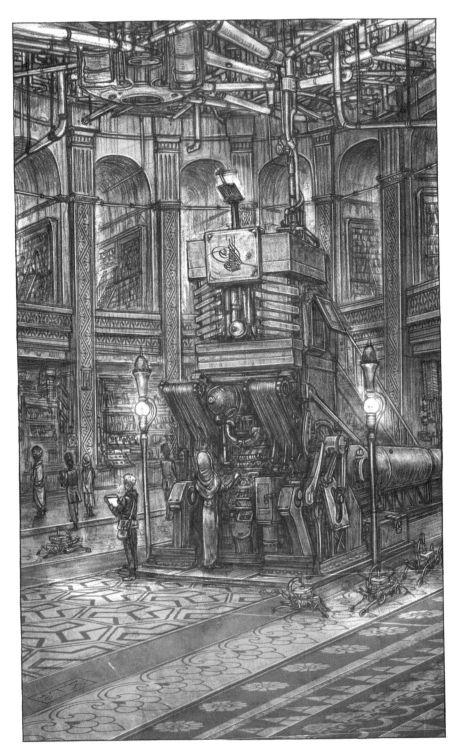

"O CATÁLOGO DA BIBLIOTECA."

— Boa sorte.

Deryn fez uma mesura e agradeceu ao homem, depois seguiu o gesto para um quiosque no centro do salão. Ela observou outra cliente usá-lo primeiro. A mulher colocou o cartão perfurado no que parecia ser um tear em miniatura. O cartão entrou debaixo de um pente fino, cujos dentinhos de metal subiam e desciam, como se inspecionassem os buracos no cartão.

Após um momento de agitação, o cartão foi ejetado. Do topo do quiosque, saiu uma máquina automática que depois entrou correndo nas estantes de livros.

Deryn se sentiu tonta por acompanhar a lógica mekanista de todo o processo, mas deu um passo para repeti-lo com o próprio cartão. Quando foi ejetado, ela descobriu que veio com um número marcado. Após um minuto perambulando pelo saguão, Deryn encontrou uma fileira de mesinhas classificadas com números. Ela se sentou à mesa que tinha o mesmo número do cartão e pegou o caderno de desenho.

Enquanto desenhava, o zunido e o barulho das máquinas ecoavam ao redor, os sons se misturavam como ondas que quebravam ao longe. Deryn se perguntou como os mekanistas conseguiam traduzir perguntas em buracos espalhados sobre papel? Será que todo tiquinho de conhecimento tinha o próprio número? O sistema era provavelmente mais rápido que perambular pelas estantes da altura do teto, mas que outros livros ela poderia ter encontrado se procurasse por si mesma?

Deryn ergueu os olhos para as máquinas calculadoras que cobriam as paredes e imaginou o que estariam fazendo. Será que registravam todas as perguntas feitas pelos bibliotecários? E, se fosse o caso, quem olhava os resultados? Ela se lembrou dos olhos que a espiaram através das palhetas na parede da sala do trono e começou a tamborilar os dedos.

Com certeza, com toda essa confusão de informação, ninguém notaria algumas perguntas sobre a tragédia que começou toda esta guerra berrante.

Finalmente, a máquina automática voltou correndo, como um cachorro que pegou um osso. Ela estava sobrecarregada por meia dúzia de livros, alguns deles pesados e encapados em couro antigo e rachado.

Deryn pegou alguns dos livros e folheou as páginas de borda dourada. Alguns estavam em mekanistês, outros tinham um texto desenhado que ela vira em muitos sinais lá fora, mas um livro quase não tinha palavras, apenas nomes, datas e brasões. Havia o brasão Habsburgo na capa e uma frase em latim, que ela se lembrava da primeira vez que Alek e a Dra. Barlow se encontraram.

*Bella gerant alii, tu Felix Austria, nube.*

"Deixem os outros travarem guerras" era o significado da primeira parte.

— Aranhas berrantes — falou Deryn baixinho para si mesma. Havia um *monte* de Habsburgo. O livro era grosso o suficiente para atordoar um hipopotesco, e os verbetes recuavam oitocentos anos. Porém, Alek tinha apenas 15 anos de idade; ele teria que estar no fim.

Ela virou as últimas páginas e logo o encontrou: "Aleksandar, príncipe von Hohenberg", com a data de nascimento e os nomes dos pais, Francisco Ferdinando e Sofia Chotek.

— Sofia — murmurou Deryn, enquanto se recostava e sorria, contente consigo mesma. Ela deixou a pilha de livros na mesa e voltou para as portas giratórias. Após uma rápida descida pela escadaria de mármore lá fora, Deryn se aproximou do primeiro veículo de uma fila de táxis de seis pernas, todos no formato de besouros gigantes, e enfiou a mão no bolso para pegar as moedas que sobraram.

— Hotel Sofia? — perguntou. "Hotel" era a mesma palavra em inglês e mekanistês.

O piloto franziu a testa, depois indagou:

— Hotel Hagia Sofia?

Deryn concordou com a cabeça, alegremente. Parecia quase igual — o hotel *tinha* que ser esse.

O piloto do táxi inspecionou o punhado de moedas e depois indicou o banco traseiro. Deryn pulou a bordo e, desta vez, gostou de ouvir o ronco de um motor mekanista embaixo dela. Depois de procurar por Alek em uma cidade de milhões, merecia uma carona em vez de andar.

# ◈ TRINTA ◈

**O HOTEL HAGIA SOFIA** era chiquérrimo.

Deryn balançou a cabeça. Ela deveria ter esperado encontrar Alek em um lugar como esse. Só o saguão tinha três andares de altura e era iluminado por dois lustres a gás e uma gigante claraboia de vitral. Mensageiros uniformizados guiavam os carregadores automáticos de bagagem no meio da multidão agitada. Escadarias de mármore subiam em espiral até mezaninos e sacadas, enquanto elevadores bufavam vapor ao subir como foguetes que alçavam voo.

Mesmo que Alek tivesse escolhido esse hotel para combinar com o nome da mãe, Deryn se perguntou se ele não poderia ter achado outra pista para usar — uma que levasse a outro lugar com menos cara de... *príncipe*. Os alemães ainda procuravam por ele, afinal de contas.

Obviamente, isso significava que Alek não estaria registrado com o próprio nome. Então, como ela passaria uma mensagem para ele?

Deryn ficou ali, na esperança de ver Alek, Bauer ou o mestre Klopp no saguão. Porém a multidão era cheia de rostos desconhecidos, e em pouco tempo Deryn sentiu o olhar de um mensageiro de luvas brancas sobre ela. O uniforme roubado estava amarrotado e imundo após ela ter dormido no beco, e Deryn se destacava como uma colherada de lama em um prato de porcelana fina. Tinha apenas algumas moedas sobrando, que com certeza não seriam suficientes para pagar por um quarto, não ali.

Talvez ela pudesse tomar um café ou almoçar alguma coisa. A julgar pelo que comera no café da manhã, havia poucos lugares piores que Istambul para ser levada pelo mar meio faminta.

Deryn se sentou a uma mesinha no restaurante do hotel e se certificou de que conseguia ver as portas do saguão. O garçom não entendia inglês, mas também não falava mekanistês melhor que ela. O homem voltou com uma jarra de café forte e um cardápio, e em pouco tempo Deryn estava se regalando novamente, desta vez com carneiro picadinho, com nozes e uvas sultaninas, coberto por uma geleia de ameixa tão escura quanto um velho hematoma.

Ela comeu devagar e manteve os olhos nas portas principais do hotel.

As pessoas entravam e saíam, a maioria delas mekanistas abastados. O homem na mesa ao lado de Deryn, de monóculo e bigodão, lia um jornal alemão. Quando ele foi embora, ela esticou o braço e pegou o periódico. Folheou as páginas para esconder que estava ganhando tempo ao comer.

A última página era toda de fotografias — a última moda, novos criados domésticos automáticos, e damas bem-vestidas em um salão de patinação. Nenhum acontecimento trepidante, até que os olhos de Deryn caíram sobre três fotos no pé da página. Uma era do *Leviatã* voando sobre a cidade, outra exibia o *Destemido* ajoelhado na rua após seu descontrole, e a última mostrava dois homens sob guarda...

Eram Matthews e Spencer, os sobreviventes de seu desastroso primeiro comando.

Ela apertou os olhos para ler a legenda, chateada por Alek não ter ensinado a ortografia mekanista. As três fotos juntas não podiam ser boa notícia. O *Leviatã* deixaria Istambul sob uma sombra escura hoje.

A não ser que os otomanos tenham ficado furiosos o suficiente para mandar a aeronave embora mais cedo.

Deryn franziu a testa. O conde Volger planejara fugir na noite de ontem, não foi? Após a noite quase sem dormir, ela esquecera completamente do homem.

Abaixou o jornal e observou com mais atenção os velhos mekanistas sisudos no saguão. Nenhum deles tinha o corpo alto e magro, e o bigode grisalho de Volger, mas o conde não teria precisado visitar a biblioteca para saber o nome da mãe de Alek. Talvez ele e Hoffman já estivessem lá em cima tomando uma xícara de chá com Alek e os demais!

Bem naquele instante, Deryn notou um jovem casal que entrava pelas portas do saguão. Os dois estavam vestidos como nativos, a garota tinha provavelmente 18 anos e era muito bonita, com longo cabelo negro em tranças finas.

Deryn engoliu em seco — o garoto era *Alek*! Ela mal o reconheceu sob a túnica e o barrete trançado. Não que ele pudesse andar por aí em Istambul vestido com um uniforme de piloto austríaco, mas de certa forma Deryn não tinha esperado que ele parecesse tão... otomano.

Alek parou e vasculhou o saguão com o olhar, mas Deryn meteu o jornal em frente ao rosto.

Quem era aquela garota estranha? Um de seus novos *aliados*? De repente, aquela palavra ganhou um significado totalmente novo na mente de Deryn.

Um momento depois, Alek e a garota tomaram o caminho dos elevadores, e Deryn ficou de pé em um pulo. Quem quer que fosse a menina, Deryn não podia se dar ao luxo de perder esta chance. Ela bateu com as últimas moedas na mesa e foi atrás deles.

Um elevador se abriu diante dos dois, o atendente conduziu Alek e a garota para o interior. Eles falavam intensamente em mekanistês e mal notaram quando ela entrou ao lado.

Quando a porta se fechou, Deryn abriu o jornal e fingiu ler.

— Que belo tempo está fazendo — disse ela, em inglês.

Alek se virou na direção de Deryn com uma expressão desconcertada no rosto e abriu a boca, mas não saiu som algum.

— O nome é Dylan — falou ela, com educação —, caso você tenha se esquecido.

— Pelas chagas de Deus! É você *mesmo*! Mas o que está...

— É uma longa história — disse Deryn, enquanto olhava para a garota. — E um pouco secreta, na verdade.

— Ah, claro, apresentações são necessárias — falou ele, depois olhou para o ascensorista. — Ou serão... muito em breve.

Eles subiram o resto do caminho em silêncio.

Alek conduziu todos eles a um conjunto de portas duplas, que se abriu para um quarto amplo, todo em seda e franjas, com uma sacada própria e um painel de comando de latão reluzente para chamar a criadagem. Não havia cama visível, apenas um par de janelas francesas meio abertas que revelava mais um quarto.

Deryn sentiu um tiquinho de alívio ao notar que a garota arregalou os olhos. Aparentemente, a menina também nunca estivera ali antes.

— Quase tão chique quanto seu castelo — falou Deryn.

— E com um serviço bem melhor. Há alguém aqui que você deve conhecer, Dylan. — Alek se virou e chamou: — *Guten tag*, Bovril!

— *Guten tag!* — Veio uma voz do nada, e depois um monstrinho pequenino saiu bamboleando das cortinas. Parecia um cruzamento entre um macaco treinado e uma espécie de brinquedo fofinho, com olhos grandes e mãos pequenas e agitadas.

— Aranhas berrantes — sussurrou Deryn, que se esquecera completamente do monstrinho desaparecido da Dra. Barlow. — Isto é o que eu penso que é?

— *Sr.* Sharp — falou o monstrinho, com sarcasmo.

Ela pestanejou.

— Como raios ele me *conhece*?

— Uma pergunta intrigante — falou Alek. — Parece que Bovril esteve escutando enquanto ainda estava no ovo, mas ele também ouviu sua voz sair do sapo-boi horrível daquele repórter.

— Você quer dizer que aquele vagabundo nos gravou?

Alek concordou com a cabeça, e Deryn praguejou baixinho. Que ameaças de Volger o sapo-boi teria repetido?

A garota estranha não parecia surpresa de maneira alguma em ver Bovril. Ela tirou um saquinho de amendoins do bolso, e o monstrinho foi até a menina e começou a comê-los.

Deryn se lembrou da conversa com a Dra. Barlow a bordo do aeroiate do sultão. A cientista fora bem vaga a respeito do objetivo da criatura. Deryn ainda não sabia o que "perspicaz" queria dizer, e havia toda aquela história sobre fixação de nascença que soava um pouco sinistra, mesmo que os bebês de pato também fizessem isso.

Ela teria que ficar de olho nesse monstrinho.

— Você o batizou de Bovril? — perguntou para Alek.

— *Eu* o batizei, na verdade — falou a garota, em um inglês devagar e cauteloso. — Este menino bobo continuava o chamando de "a criatura".

— Mas não se deve dar nome aos monstrinhos! Se há muito apego, a pessoa não consegue usá-los adequadamente.

— *Usá-los?* — perguntou Lilit. — Que maneira horrível de pensar sobre os animais.

Deryn revirou os olhos. Será que Alek se aliava a micos luditas agora?

— Sim, mocinha, e você nunca comeu carne?

A garota franziu a testa.

— Ora, claro que sim, mas este caso parece diferente, de certa forma.

— Apenas porque você está acostumada com isso. E por que raios você o batizou de *Bovril*, afinal de contas? É uma espécie de extrato de carne!

A garota deu de ombros.

— Eu achei que o monstrinho deveria ter um nome inglês. E Bovril é a única coisa da Inglaterra que eu gosto.

— É da Escócia, na verdade — murmurou Deryn.

— Falando em nomes, eu fui um tanto quanto grosseiro. — Alek fez uma ligeira mesura. — Lilit, este é o aspirante Dylan Sharp.

— Aspirante? Você deve ser do *Leviatã*.

— Sim — disse Deryn, enquanto olhava feio para Alek. — Embora eu *pretendesse* manter isso em segredo.

— Segredo — repetiu Bovril, e depois fez um som de riso.

— Não se preocupe — falou Alek. — A Lilit e eu não escondemos segredos um do outro.

Deryn olhou fixamente para o menino e torceu que não fosse verdade. Ele não podia ter contado a essa menina quem eram seus pais, podia?

— Mas onde está Volger? — perguntou Alek. — Você deve ter escapado com ele.

— Eu não *escapei* de maneira alguma, seu bobalhão. Eu estou em uma... — Ela olhou de relance para Lilit. — Uma missão secreta. Eu não faço ideia de onde esteja vossa nobreza.

— Mas o sapo-boi disse que você ajudaria Volger a escapar!

Deryn ergueu uma sobrancelha ao imaginar o que mais o sapo-boi repetira. Obviamente, Eddie Malone não entendera as ameaças de Volger, nem Alek entenderia.

— *Sr.* Sharp — repetiu a criatura, ainda rindo.

Ela ignorou Bovril.

— Eu planejava ajudar Volger e Hoffman a escapar, mas aí recebi uma missão. Talvez eles tenham conseguido por conta própria. — Deryn ergueu o jornal. — Mas creio que não tiveram tempo.

Alek pegou a publicação da mão de Deryn e apertou os olhos para ler as legendas.

— "O *Leviatã* recebera uma permissão para permanecer na capital por mais quatro dias, mas na noite de ontem o bravo exército otomano descobriu sabotadores darwinistas no estreito de Dardanelos. Todos foram mortos ou capturados. Indignado diante da afronta, sua excelência o sultão exigiu que a aeronave saísse da capital imediatamente."

Ele deixou o jornal cair.

— Sim, foi o que eu pensei — falou Deryn. — Volger planejava escapar na noite de ontem, mas se mandaram a nave ir embora ontem...

— Então ele se foi — disse Alek, baixinho.

Deryn concordou com a cabeça e se deu conta de que o *Leviatã* se fora também.

— Para onde irão levá-lo? Londres?

— Não. Eles voltarão para o Mediterrâneo. Missão de patrulha — falou Deryn.

Obviamente, seria muito mais do que patrulha. A aeronave estaria esperando pela chegada do beemote. Haveria semanas de missões de treinamento para praticar guiar o enorme monstrinho pelos canais estreitos. Exercícios de combate e alertas à meia-noite. E lá estava ela, presa nessa cidade estranha, completamente sozinha a não ser por Alek e seus homens, o lêmur perspicaz e essa garota desconhecida.

— Mas, Dylan, se você não escapou, então por que está aqui? — perguntou Alek.

— Você não percebeu? — falou Lilit. — Este é um uniforme de marinheiro alemão; um disfarce. — Ela se voltou para Deryn. — Você era um dos sabotadores, não era?

[ 294 ]

Deryn franziu a testa. A mocinha era rápida, não?

— Sim, sou o único que não conseguiram pegar. Estes outros três pobres desgraçados eram meus homens.

Alek se sentou em uma cadeira franjada e praguejou baixinho em mekanistês.

— Sinto muito pelos seus homens, Dylan.

— Sim, eu também. E sinto por Volger — disse Deryn, embora não tivesse certeza se era sincera. O conde era espertinho demais para o gosto dela. — Ele realmente tinha intenção de se juntar a você.

Alek concordou devagar com a cabeça enquanto olhava fixamente para o chão. Por um instante, pareceu mais jovem que seus 15 anos, como um menininho, mas Alek reuniu forças e ergueu o olhar para Deryn.

— Bem, eu creio que você vá servir, Dylan. É um ótimo soldado, afinal de contas. Tenho certeza de que o Comitê ficará contente em ter você.

— Do que está falando? Que comitê?

— O Comitê pela União e Progresso. Eles buscam derrubar o sultão.

Deryn olhou de relance para Lilit, depois voltou os olhos arregalados para Alek. Derrubar o sultão? E se o conde Volger estivesse certo, e Alek tivesse se juntado a um bando de anarquistas tapados? E anarquistas micos luditas ainda por cima!

— Alek — disse Lilit, suavemente —, você não pode sair por aí contando nossos segredos para esse garoto. Não até que ele encontre com Nene, pelo menos.

Alek dispensou as reclamações com um gesto.

— Você pode confiar no Dylan — argumentou. — Há séculos ele sabe quem era meu Pai e jamais me traiu para seus oficiais.

O queixo de Deryn caiu. Alek já tinha contado para essa mocinha anarquista sobre seus pais? Mas ele estava em Istambul há apenas *três dias berrantes*!

[ 295 ]

"DISCUSSÕES NO HOTEL."

De repente, Deryn se perguntou se deveria simplesmente sair porta afora. Tinha visto uma dezena de navios cargueiros com bandeiras britânicas. Talvez um a levasse ao Mediterrâneo e de volta à sanidade.

Por que ela abandonara seu dever solene por um *principezinho* berrante?

— Além disso — continuou Alek ao se levantar e colocar a mão no ombro de Deryn —, o destino trouxe Dylan aqui para Istambul. Com certeza ele está *destinado* a nos ajudar!

Deryn e Lilit se entreolharam, e ambas reviraram os olhos.

Alek ignorou os olhares céticos.

— Preste atenção, Dylan. Vocês darwinistas querem manter os otomanos fora da guerra, certo? Este é todo o motivo por que a Dra. Barlow nos trouxe até aqui.

— Sim, mas isso foi para o brejo. Tudo que fizemos foi apenas empurrar o sultão para os braços dos alemães.

— Talvez — disse Alek. — Mas e se o sultão fosse derrubado? Desde a última revolução, os rebeldes daqui desprezam os alemães. Eles jamais se juntariam ao lado mekanista.

— Os ingleses são tão ruins quanto — falou Lilit. — Todas as grandes potências tiram vantagem de nós. Porém, é bem verdade que nós não queremos ter nada a ver com sua guerra. Só queremos que o sultão vá embora.

Deryn olhou fixamente para a garota e se perguntou se deveria confiar nela. Alek aparentemente confiava, pois falara todos os segredos pelos cotovelos. Porém, e se ele estivesse errado?

Bem, nesse caso, Alek precisava de alguém em quem *pudesse* confiar.

— Grandes potências — murmurou Bovril, que depois voltou a comer amendoins.

Deryn suspirou lentamente. Ela viera a Istambul para ajudar Alek, afinal de contas, e ali estava ele pedindo ajuda. Porém, esta situação era bem maior que qualquer coisa que ela esperava.

Se o sultão pudesse ser enxotado do palácio, então o estreito de Dardanelos ficaria aberto, e o exército russo não morreria de fome. O grande plano dos mekanistas de ampliar sua influência para a Ásia seria detido imediatamente.

Esta era uma chance de não somente ajudar Alek, como também mudar o rumo de toda a guerra berrante. Talvez fosse o dever de Deryn ficar exatamente ali.

— Tudo bem, então — falou ela. — Eu farei o que for possível.

# ◈ TRINTA E UM ◈

**– EU PAREÇO MESMO UM TURCO,** não é? — disse Klopp ao se ver no espelho.

Alek hesitou por um momento, com dificuldade para encontrar palavras. O homem não parecia em nada com um turco; ele lembrava mais um zepelim embrulhado em seda azul, usando um cone de proa com uma trança.

— Talvez fique melhor sem o barrete, senhor — sugeriu Bauer.

— Talvez você tenha razão, Hans — falou Alek. — Um turbante seria melhor.

— Barrete! — proclamou Bovril, sentado no ombro de Dylan enquanto comia ameixas.

— O barrete está bom — disse Dylan. O alemão do menino estava melhorando, mas ele ainda errava algumas palavras aqui e ali.

— Como se coloca um turbante? — perguntou Klopp, mas ninguém sabia.

Bauer e Klopp estavam confinados no hotel há quase uma semana agora, e esta situação foi enlouquecendo os dois aos poucos. Uma jaula continuava sendo uma jaula, por mais luxuosa que fosse. Porém, final-

mente os dois sairiam para ir ao armazém de Zaven inspecionar os andadores do Comitê.

O problema era fazê-los chegar lá sem serem notados.

Alek e Dylan fizeram o possível para comprar disfarces no Grande Bazar, mas os resultados não foram completamente bem-sucedidos.

Bauer parecia chique demais, como um porteiro de hotel, e o robe volumoso de Klopp o transformava em uma aeronave de seda.

— Nós não temos que passar por otomanos — falou Alek. — Só cruzaremos o saguão até tomarmos um táxi, depois iremos direto para o armazém. Dificilmente alguém nos verá.

— Então por que o senhor não está vestido como um príncipe Habsburgo, jovem mestre, uma vez que estes anarquistas já sabem seu nome? — Klopp tirou o barrete da cabeça.

— Eles não são anarquistas — falou Alek, pela centésima vez. — Anarquistas querem destruir toda forma de governo. O Comitê quer apenas substituir o sultão por um Parlamento eleito.

— É tudo a mesma sujeira — disse Klopp, enquanto sacudia a cabeça. — É matar os líderes de alguém. O senhor se esqueceu daqueles rapazes sérvios que jogaram bombas em seus pais?

Alek se irritou com a impertinência de Klopp, mas segurou a raiva. O velho via com maus olhos revoluções em geral, e a conversa de Lilit sobre a igualdade das mulheres pouco ajudou.

Entretanto, encontrar com Zaven e os golens de ferro acalmaria Klopp. Nada o fazia sorrir como um novo andador.

— Os alemães estavam por trás daquele ataque, mestre Klopp, e uma aliança com o Comitê é nossa única forma de contra-ataque.

— Creio que tenha razão, jovem mestre.

— Realmente — falou Alek, simplesmente. Ele olhou para Bauer, que prontamente concordou com a cabeça.

Dylan, no entanto, mostrava-se ser mais difícil de ser convencido. Ele não fora com a cara de Lilit logo de início e se recusara a contar para Alek qualquer coisa sobre a missão em Istambul, sob a alegação de que era secreta demais para dividir com "um bando de anarquistas tapados".

[ 301 ]

Ainda assim, já era suficiente que Dylan estivesse ali em Istambul, pronto para ajudar. Algo na confiança vibrante do garoto fazia Alek se lembrar de que a Providência divina estava ao seu lado.

— Temos que levar o monstrinho — falou Dylan em inglês ao colocar o blusão de seda. As roupas cabiam perfeitamente, pois ele passara uma hora sozinho com o alfaiate para ajustá-las corretamente. — A Dra. Barlow disse que ele podia ser bem útil.

— Mas tudo o que ele faz é falar coisas sem sentido — disse Alek, enquanto pendurava no ombro sua carga mais importante: uma bolsa pequena e pesada. — Ela explicou *como* exatamente ele deve ajudar?

Dylan abriu a gaiola, e Bovril disparou na direção dela e pulou para dentro.

— Apenas que deveríamos dar ouvidos a ele porque é bem... perspicaz — respondeu.

Alek franziu a testa.

— Infelizmente esta palavra está fora do alcance do meu inglês.

— Sim, também está fora do meu. — Dylan meteu a mão na gaiola e coçou o queixo da criatura. — Mas você é um monstrinho bonitinho, não é?

— Perspicaz — falou a criatura.

Quando Klopp finalmente ficou pronto, Alek usou o painel de comando para chamar um elevador a vapor. Alguns minutos depois, os quatro estavam lá embaixo e cruzavam o saguão.

O hotel estava agitado, e ninguém olhou com atenção para as roupas do quarteto ou perguntou por que eles carregavam caixas de ferramentas. Alek entregou a chave no balcão, e o porteiro fez uma mesura rapidamente ao conduzir todo o grupo para fora. Uma coisa podia ser dita sobre Istambul: as pessoas cuidavam da própria vida ali.

Vários dos táxis escaravelhos da cidade estavam à espera, e Alek escolheu o maior. O veículo tinha duas fileiras de assentos para passageiros, e o traseiro era grande o suficiente para o corpanzil de Klopp. Alek subiu nos bancos da frente com Deryn, depois entregou algumas moedas ao piloto e disse o nome do bairro de Zaven.

O homem concordou com a cabeça, e eles partiram.

Mais alto que os barulhos da rua, Alek ouviu um ronco dentro da gaiola. Era Bovril imitando o motor do andador. Ele se abaixou para mandar a criatura se calar, depois colocou a pequena bolsa pesada debaixo do banco.

— Muitos soldados por aí — falou Bauer. — É sempre desse jeito?

Alek ergueu o olhar e franziu a testa. O andador caminhava por uma avenida larga ladeada por árvores altas. Soldados otomanos formavam fileiras duplas em ambos os lados. A maioria estava em uniforme de gala.

— Eu nunca vi tantos assim. Talvez seja um desfile — disse ele.

O táxi reduziu a velocidade naquele momento, pois o tráfico ficou mais pesado. À frente deles, um andador cargueiro no formato de um búfalo da Índia começou a arrotar fumaça negra, e Klopp fez um comentário grosseiro sobre manutenção ruim. Nuvens de vapor quente eram cuspidas pelos motores ao redor, até que os quatro começaram a repuxar as roupas novas.

— Senhor — falou Bauer, baixinho —, algo está acontecendo lá na frente.

Alek espiou por entre os gases do escapamento do búfalo da Índia. Cerca de 100 metros à frente, um esquadrão de soldados parava todo veículo que passava.

— Uma blitz — disse Alek.

— Os estrangeiros têm que portar passaportes neste país — falou Klopp, baixinho.

— Será que devemos sair e caminhar? — perguntou Alek.

Klopp fez que não com a cabeça.

— Isto só os deixará curiosos — respondeu ele. — Nós estamos carregando nossas caixas de ferramentas... e uma *gaiola*, Deus do céu!

— Certo. — Alek suspirou. — Bem, então, nós somos turistas que deixaram os passaportes no hotel. E se isso não funcionar, podemos suborná-los.

— E se o suborno não funcionar? — perguntou Klopp.

Alek franziu a testa. Eles carregavam coisas demais para correr, e havia muitos soldados ali para começar uma briga.

— Deixe-me adivinhar — falou Dylan, em inglês. — Você está pensando em suborná-los. Eles vão recusar. Nenhum soldado aceita uma propina com tantos capitães por perto.

Alek praguejou baixinho. Era verdade — havia oficiais com chapéus altos e emplumados por toda parte.

— Você sabe pilotar esta engenhoca? — perguntou Dylan.

Alek espiou por sobre os ombros do piloto os estranhos controles.

— Com seis pernas? Eu não, mas Klopp dá conta de qualquer coisa.

Dylan sorriu para ele.

— Chega de lero-lero, então. Quando der o momento, vou levantar o piloto, e você e Bauer empurram o mestre Klopp na frente das alavancas!

— Creio que isso pareça bem simples — falou Alek.

Porém, obviamente não foi nada simples.

Os cinco minutos seguintes foram bem excruciantes. A fila se arrastava como óleo espesso de motor enquanto Klopp listava baixinho todo tipo de desastre concebível. Porém, finalmente o fumegante búfalo da Índia à frente deles passou pela blitz, e o táxi entrou no lugar.

Um soldado deu um passo à frente e olhou intrigado para eles por um bom tempo. Estendeu a mão e disse alguma coisa em turco.

— Sinto muito, mas não falamos sua língua — disse Alek.

O homem fez uma mesura educada e falou em um alemão excelente:

— Passaportes, então, por favor.

— Ah. — Alek verificou os bolsos com um gesto exagerado. — Parece que eu esqueci o meu.

Klopp e Bauer fizeram a mesma coisa, apalpando os robes de seda e franzindo a testa.

O soldado ergueu uma sobrancelha, depois se voltou para o esquadrão e levantou a mão no alto.

— Ó, bolhas! — gritou Dylan ao agarrar o piloto surpreso por debaixo das axilas e erguê-lo. — É *agora*!

Assim que Dylan jogou o homem para fora do táxi, Alek ajudou Bauer a empurrar Klopp para o banco da frente. Ele parecia pesado como um barril de vinho, mas um momento depois, o mestre de mekânica estava sentado aos controles com as mãos nas alavancas.

O táxi empinou como um garanhão nas quatro patas traseiras e espalhou os guardas ao redor, depois disparou à frente, e fagulhas voaram dos pés de metal. Depois da blitz abarrotada, a avenida estava vazia, e em pouco tempo Klopp colocou a máquina em pleno galope.

Os soldados gritaram, tiraram os rifles dos ombros, e logo tiros ecoaram ao redor do táxi. Alek se abaixou e teve a sensação de que os dentes estavam sendo arrancados da cabeça. Dylan abraçou a cintura de Klopp para impedir que ambos saíssem voando do táxi. Bauer estava com as mãos nas caixas de ferramentas, e Alek abaixou o braço para manter a pequena bolsa no chão.

O único som que vinha da gaiola era a risada histérica de Bovril.

— Segurem firme! — berrou Klopp, e fez uma curva fechada com o táxi.

[ 305 ]

Os seis pés de inseto derraparam sobre os paralelepípedos e fizeram um som parecido com sabres sendo arrastados por uma parede de tijolos.

Alek colocou a cabeça para fora. Esta transversal era mais estreita, e os pedestres se espalhavam conforme as mandíbulas de besouro do táxi disparavam na direção deles.

— Não mate ninguém, Klopp! — berrou ele, assim que a pata direita dianteira da máquina acertou uma pilha de barris. Um deles se quebrou ao cair, e o cheiro intenso de vinagre foi lançado no ar. Na próxima curva, o táxi voltou a derrapar e ameaçou quebrar com a lateral a grande vitrine de uma barbearia, mas Klopp lutou e recuperou o controle.

— Aonde estou indo? — perguntou ele.

Alek tirou do bolso o mapa feito à mão por Zaven e fez um cálculo por alto.

— Tome a esquerda quando puder e diminua a velocidade. Não há ninguém atrás de nós ainda.

Klopp concordou com a cabeça e fez a máquina andar em meio galope de seis patas. A próxima rua era cheia de lojas de peças mecânicas e estava lotada com andadores cargueiros. Ninguém olhou duas vezes para o táxi.

— Eu não sei como vocês aguentam estas engenhocas tapadas — disse Dylan ao se ajeitar no banco. — Elas são de matar quando disparam!

— A ideia não foi *sua*? — perguntou Alek.

— Funcionou, não foi?

— Por enquanto. Eles virão atrás de nós em breve.

O táxi foi entrando cada vez mais no setor industrial da cidade enquanto Klopp acompanhava os palpites de Alek. Em pouco tempo, as paredes foram tomadas pelas marcações da mistura de línguas do Comitê, mas as placas de rua eram raras ali, e nada correspondia às poucas avenidas indicadas no mapa de Zaven.

"PASSANDO CORRENDO PELA BLITZ."

— Isto tudo é bem familiar — falou Alek para Klopp. — Estamos perto.

— Pode ser que tenhamos um problema, senhor — disse Bauer. — O senhor não disse para o taxista aonde nós iríamos?

— Eu disse em que vizinhança.

— Os otomanos devem ter interrogado o taxista a esta altura. Estarão aqui em breve.

— Você tem razão, Hans. Precisamos nos apressar. — Alek se voltou para Klopp. — O armazém de Zaven tem uma vista para a cidade inteira. Devemos conseguir vê-lo de um ponto mais alto.

Klopp assentiu e tomou todas as ruas que subiam. Finalmente, o táxi parou na crista de um morro, e Alek viu um conjunto de armazéns, com os apartamentos de Zaven instalados no topo.

— É aquele! Talvez a meio quilômetro!

— Vocês ouviram este barulho? — perguntou Dylan.

Alek prestou atenção. Mesmo com o táxi em ponto morto, o som estava lá — um zumbido no limite da percepção. Ele olhou ao redor, mas não havia nada a não ser andadores cargueiros e um carrinho automático de mensagens.

— Não é aqui embaixo — falou Dylan, baixinho, enquanto olhava para o céu.

Alek ergueu o olhar e viu...

Um girocóptero que pairava bem acima.

# ● TRINTA E DOIS ●

– **CORRA PARA DEBAIXO DE** alguma coisa! — gritou Alek.

Klopp fez o táxi avançar novamente e dobrou uma curva para entrar em um beco estreito.

Paredes de pedra se agigantavam sobre eles, o céu era menos que uma fenda. O girocóptero sumia e aparecia. Porém, por mais que o beco desse voltas, o zumbido da máquina ecoava nos ouvidos de Alek.

Ele notou que as ruas ficaram vazias — as pessoas sabiam que havia uma operação militar em andamento e estavam ansiosas para sair do caminho. Sobraram apenas alguns cachorros para sair correndo da frente do táxi.

Uma luz espocou à frente, seguida por um estalo.

— Fogos de artifício! — berrou Dylan. — O piloto do girocóptero está sinalizando que nos encontrou!

Alek ouviu o som estridente de apitos bem à frente.

— Klopp! Diminua!

Ao fazer a curva seguinte, o táxi derrapou até parar, tarde demais. Havia um esquadrão de soldados à espera, com rifles de prontidão. Klopp puxou as alavancas para trás no momento em que eles atiraram, e o táxi empinou novamente. Alek ouviu o estalo do ricochete das balas na parte inferior da máquina.

Klopp deu meia-volta com o táxi, ainda com as patas dianteiras no ar, e disparou de volta pelo caminho de onde vieram. Surgiu outra rajada de tiros, e as paredes de pedra de ambos os lados cuspiram poeira.

O táxi fez uma curva adernando, mas as engrenagens rangeram sob o piso, e o cheiro de metal queimado tomou conta do ar.

— Acertaram nosso motor! — gritou Bauer.

— Eu conheço um truque para isso — falou Klopp, calmamente.

Ele virou o táxi de lado, entrou em uma pracinha com um velho chafariz de pedra e meteu a máquina na água. Nuvens sibilantes de vapor subiram ao redor, conforme o pobre metal esfriava.

— Ele não vai muito mais longe — disse Klopp.

— Estamos quase lá. — Quando Alek olhou para o mapa, notou um estrondo saindo da gaiola. O que raios o monstro estava imitando agora?

Então Alek ouviu um barulho mais alto que o zunido da água fervendo.

— Um andador está vindo. — Dylan apontou para a frente. — Daquela direção, bem rápido.

— Parece grande. Temos que dar meia-volta e encarar os soldados.

— Não se subirmos por ali — falou Dylan, enquanto apontava para uma escadaria de pedra que descia da pracinha.

Alek fez que não com a cabeça.

— Íngreme demais.

— Qual é o sentido de ter patas se a pessoa não pode usar uma escada berrante? *Ande* logo!

Em inglês ou não, Klopp conseguiu entender o que eles falavam — ele também olhava fixamente escada abaixo. Klopp se voltou para Alek, que concordou com a cabeça. O velho suspirou, depois pegou as alavancas novamente.

[ 310 ]

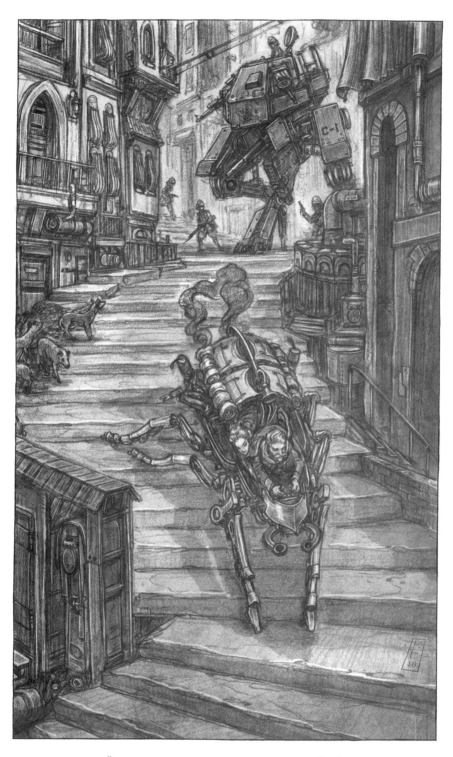

"ANDADOR OTOMANO EM PERSEGUIÇÃO."

— Todo mundo, segurem-se! — berrou Alek, e meteu uma bota na bolsa aos pés.

A máquina se inclinou lentamente para a frente, depois deslizou, e os cascos cachoalharam como uma perfuratriz conforme escorregavam escada abaixo. O táxi levantou poeira ao quicar para a frente e para trás e bater nas paredes antigas. De alguma forma, Klopp evitou que a máquina capotasse, e finalmente ela chegou ao pé da escada e deslizou para o pavimento plano.

Alek ouviu um estalo e ergueu o olhar. Soldados se posicionavam na pracinha acima, e as bocas dos rifles soltaram clarões. Um andador bípede apareceu.

Alek pestanejou — a máquina tinha marcações otomanas, mas o design era alemão, não parecia um animal de maneira alguma.

— Abaixem-se! — gritou Alek. — E continue em frente, Klopp!

O táxi voltou a andar, e as engrenagens gemiam a cada passo. Ao fazer a próxima curva, Alek arriscou uma olhadela para o alto, lá atrás. Os soldados desciam correndo, mas o andador parou, pois a tripulação não estava disposta a encarar a escadaria em duas patas.

Alek verificou o mapa novamente.

— Estamos quase lá, Klopp — disse ele. — Por ali!

O táxi mancava agora, uma das patas do meio estava descontrolada, mas ele conseguiu se arrastar até a rua de Zaven e cambaleou de lado como um caranguejo bêbado.

Lilit e o pai ouviram a confusão, obviamente: eles esperavam com a porta do armazém escancarada.

— Ande rápido, Klopp! — berrou Dylan, em um alemão tosco. — O girocóptero!

Alek olhou para cima e não conseguiu ver o girocóptero, mas o zumbido aumentava no ar. Precisavam desaparecer *agora*.

O táxi deu outro passo na direção da porta aberta do armazém, depois estalou e morreu. Klopp girou a manivela de ignição, mas o motor apenas assobiou e estalou como um toco de lenha jogado no fogo.

— Berrantes engenhocas estúpidas! — gritou Dylan.

— Lilit, por obséquio? — falou Zaven calmamente, e ela pulou até os controles do braço mekânico na plataforma de carga. Ele roncou ao ser ligado e se esticou para empurrar o táxi pela porta do armazém.

A porta correu e se fechou quando eles passaram por ela. Zaven entrou assim que a última vista da rua desapareceu, e todos mergulharam na escuridão.

Alek abaixou o braço e verificou a bolsa a seus pés — continuava ali. Um momento depois, uma luz elétrika foi ligada.

— Que entrada dramática — falou Zaven, com um sorriso radiante.

— Mas ninguém vai contar para eles? — falou Alek ofegante, enquanto olhava para a nesga de sol sob a porta.

— Bá! Não se preocupe — disse Zaven. — Nossos vizinhos são todos amigos. Eles já ignoraram confusões maiores que esta. — Ele fez uma longa mesura. — Saudações, mestres Klopp, Bauer e Sharp. Eu dou boas-vindas a todos os senhores ao Comitê para União e Progresso!

Os andadores do Comitê se agigantavam sobre eles como cinco enormes estátuas disformes.

— Que coleção bizarra — falou Bauer. — Eu nunca tinha visto qualquer um destes antes.

— Alguns lutaram na Primeira Guerra dos Bálcãs — disse Klopp ao apontar para o Minotauro. — Eles eram meio antiquados até mesmo para a época.

— Guerra — falou Bovril ao olhar para cima, no ombro de Alek.

[ 313 ]

Alek franziu a testa. Na primeira vez que viu os andadores, ele supôs que as mossas na blindagem eram de treinos de combate, mas com o sol da tarde banhando o imenso pátio, não havia como negar — essas máquinas eram antigas.

— Você pode consertar os andadores, não é? — perguntou ele.

— Talvez — disse Klopp.

— Bá! Nós os consertaremos juntos! — proclamou Zaven, que já tratava Klopp como um irmão há muito tempo perdido. — Você pode ter conhecimento atual, mas nossos mekânicos têm aquelas habilidades que só podem ser passadas de pai para filho... e para filha, é claro!

— Essas máquinas são parte da família para nós — falou Lilit.

Klopp pousou a caixa de ferramentas no chão.

— Humm... avós, creio eu.

Ninguém riu da piada, exceto Bovril, que desceu de Alek e atravessou correndo o pátio para examinar os gigantescos cascos de aço do Minotauro.

Dylan estava calado desde que haviam chegado, de braços cruzados, mas agora falava em um alemão claudicante:

— Quantos ter?

— Quantos se comprometeram com a revolução? — Zaven esfregou as mãos, contente. — Temos meia dúzia em cada gueto da cidade. Quase cinquenta no total, o suficiente para varrer os elefantes de metal do sultão. Nós poderíamos ter feito isso há seis anos, mas não éramos unidos naquela ocasião.

— E agora, senhor? — perguntou Bauer.

— Unidos como um punho fechado! — falou Zaven, e demonstrou com as mãos. — Até mesmo os Jovens Turcos se juntaram a nós, graças a todos os alemães marchando por aí.

— E graças à Aranha também, é claro — disse Lilit.

Alek olhou para ela.

— A Aranha?

— Que tal mostrar para eles? — perguntou Lilit, mas não esperou que seu pai respondesse. Ela correu para uma porta grande de metal no muro do pátio e pulou para agarrar uma corrente pendurada ao lado. Ao subir, o peso de Lilit puxou a corrente para baixo, e a porta começou a se erguer relutantemente.

Havia uma máquina enorme nas sombras.

Alek não tinha ideia de para que ela servia, mas entendeu por que Lilit a chamava de Aranha. Havia uma massa escura de maquinaria no centro, de onde brotavam oito longos braços com juntas. Um emaranhado de esteiras rolantes levava ao miolo, como em uma colheitadeira.

— Isso é algum tipo de engenhoca de andar? — perguntou Dylan, em inglês.

— Eles chamam de "a Aranha" — traduziu Alek, que depois balançou a cabeça. — Mas não parece capaz de andar.

— Esta não é uma mera máquina de guerra, mas um motor do progresso bem mais poderoso — proclamou Zaven. — Lilit, mostre aos nossos convidados!

Lilit passou pela porta e quase desapareceu nas sombras debaixo do corpanzil da máquina. Um painel de mostradores e alavancas se acendeu e revelou a silhueta da garota. Ela mexeu nos controles, e um momento depois as pedras de calçamento do pátio tremeram sob os pés de Alek.

Os oito braços começaram a se agitar, cortando o ar como as mãos de um maestro, as garras de manipulação fazendo ajustes finos nas esteiras rolantes e outras peças da máquina.

— Ela realmente parece um pouco com uma aranhesca — falou Dylan. — Uma das grandes, que tece paraquedas.

Zaven concordou enfaticamente e respondeu em um inglês perfeito:

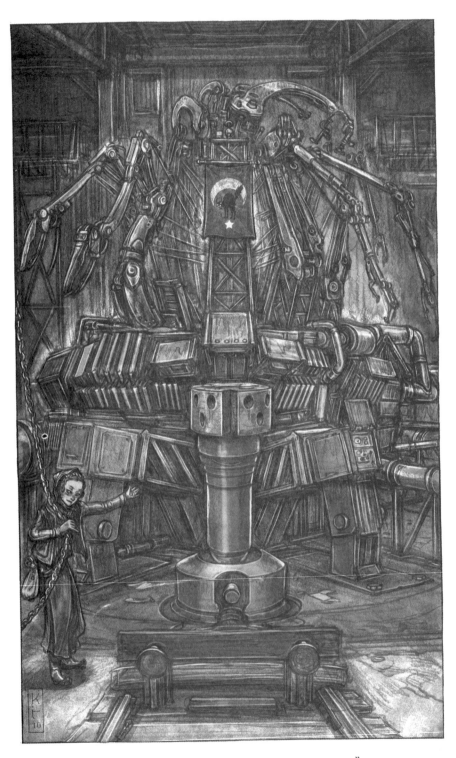

"REVELANDO UM ANDADOR DE MENSAGENS."

— A Aranha teceu os laços que unem nossa revolução. Você sabia, rapaz, que a palavra "texto" vem da palavra em latim para tecer?

— Texto? — perguntou Alek. — O que isso tem a ver com...?

A voz sumiu quando ele viu uma luz branca reluzir na escuridão. Um rolo de papel se desenrolou ao longo de uma das esteiras rolantes e desapareceu dentro do centro negro da máquina. Os braços começaram a girar no ar, carregaram bandejas de peças de metal de um lado para o outro, despejaram baldes de líquido escuro, depois cortaram e dobraram o papel com dedos compridos e ágeis.

— Aranhas berrantes. — Dylan soltou um riso de deboche. — Isso é um prelo.

— Uma Aranha que berra, realmente — disse Zaven. — Um berro mais poderoso que qualquer espada!

A máquina zumbiu e girou por outro minuto, depois diminuiu e se apagou novamente. Quando saiu das sombras, Lilit carregava um pilha de panfletos impecavelmente dobrados com símbolos inescrutáveis.

Zaven ergueu um panfleto.

— Ah, sim, meu artigo sobre a questão de as mulheres poderem votar. Você sabe ler armênio?

Alek ergueu uma sobrancelha.

— Infelizmente, não.

— Infelizmente mesmo. Porém, a verdadeira mensagem está bem aqui. — Zaven apontou para uma fileira de símbolos no pé da página: estrelas, crescentes e cruzes que pareciam mera decoração.

— Um código secreto — murmurou Alek ao se lembrar das marcações nos muros do beco. Com a profusão de jornais vendidos nas ruas de Istambul, um a mais na confusão de línguas não atrairia muita atenção. Porém, para aqueles que sabiam o código...

Ele sentiu Bovril cutucar a perna da calça. O monstro pulava de um pé para o outro.

[ 317 ]

Alek fechou os olhos e sentiu um levíssimo tremor pelas botas.

— Que estrondo é este?

— Parece com andadores, senhor — disse Bauer. — Dos grandes.

— Será que eles nos encontraram? — perguntou Alek.

— Bá! É apenas o desfile do sultão pelo fim do Ramadã. — Zaven gesticulou para a escada. — Talvez os senhores devessem se juntar à minha família no telhado. Nossa sacada tem uma vista excelente.

# ⬡ TRINTA E TRÊS ⬡

**OS ELEFANTES DE GUERRA OTOMANOS** desfilaram ao longe na avenida ladeada por árvores e deixaram pegadas de paralelepípedos esmigalhados. Suas bandeiras com o crescente tremulavam ao vento, e as trombas — com metralhadoras nas pontas — balançavam entre presas longas e espinhosas. Eles se viraram em formação, tão precisos quanto soldados em marcha, e seguiram em direção às docas.

Deryn respirou aliviada e devolveu o binóculo de campanha para Alek.

— O Sr. Zaven estava certo. Eles não estão vindo para cá.

— Este deve ser o desfile para o qual eles estavam se preparando — falou Alek, que depois entregou o binóculo para Klopp. — *Was denken Sie, Klopp? Hundert Tonnen je?*

— *Hundert und fünfzig?* — falou o mestre de mekânica.

Deryn concordou com a cabeça. Se ela entendeu direito, Klopp estimava que os elefantes de metal pesassem cerca de 150 toneladas cada um. As toneladas dos mekanistas eram um pouco mais pesadas que as britânicas, lembrou-se Deryn, mas o argumento era claro.

Aqueles elefantes eram de um tamanho berrante.

— *Mit achtzig-Millimeter-Kanone auf dem Türmchen* — acrescentou Bauer, o que ia além do mekanistês de Deryn. Porém ela fingiu entender e concordou novamente.

— *Kanone* — repetiu Bovril, sentado no ombro de Alek.

— Sim, canhão — murmurou Deryn, enquanto observava o brilho das torres de metal nas costas dos elefantes. O canhão era a parte importante, afinal de contas.

Como Klopp e Alek continuaram falando em mekanistês indecifrável, Deryn foi até a outra extremidade da sacada esticar as pernas. O traseiro ainda estava dolorido pelo passeio agitado no táxi, bem pior que qualquer cavalo a galope. Ela não conseguia entender como os mekanistas andavam em máquinas o dia inteiro — o jeito como elas se moviam era simplesmente *errado*.

— Você está ferido? — A voz de Lilit surgiu bem atrás de Deryn, que deu um pulinho de susto. A garota sempre chegava de surpresa.

— Estou bem — falou Deryn, que depois apontou para os elefantes de guerra. — Só estava pensando se eles desfilam sempre assim, esmagando as ruas?

A garota negou com a cabeça.

— Eles geralmente ficam fora da cidade — respondeu. — O sultão está demonstrando força.

— Sem dúvida. Perdão por dizer desta forma, moça, mas vocês não têm condições de vencê-los. Aqueles andadores levam canhões, e os seus têm apenas garras e punhos. Seria como levar luvas de boxe para um duelo de pistolas!

— O mundo está montado em elefantes, como sempre diz minha avó. — Lilit soltou um suspiro. — É uma velha lei: nossos andadores não podem ser armados, não como os do sultão. Porém, pelo menos nós o assustamos. O exército do sultão não estaria varrendo as ruas se ele não estivesse nervoso!

— Sim, o sultão pode estar nervoso, mas isso também significa que está pronto para vocês.

— A última revolução foi há apenas seis anos — disse Lilit. — Ele está sempre pronto.

Deryn estava prestes a comentar como era animadora essa ideia, mas um estranho zumbido tomou conta do ar. Ela se virou e viu uma engenhoca bizarra que cruzava a sacada. A coisa bamboleava em pernas atarracadas, um cruzamento entre um réptil e uma cama de dossel, que zunia como um brinquedo de corda.

— Que diabos é *aquilo*?

— Aquilo — falou Lilit com um sorriso — é a minha avó.

Enquanto elas voltavam para onde estavam os demais, Deryn viu uma massa de cabelo grisalho que brotava dos lençóis brancos. Era uma velha, sem dúvida a temível Nene, da qual Alek falara a respeito.

Bovril parecia contente ao vê-la. Ele desceu correndo do ombro de Alek e cruzou a sacada, depois subiu ao pé da cama. O monstrinho ficou ali com o pelo sendo agitado pelo vento, tão feliz quanto um almirante no mar.

Alek fez uma mesura para a velha e apresentou o mestre Klopp e o cabo Bauer em uma torrente de palavras educadas em mekanistês.

Nene fez que sim com a cabeça, depois virou o olhar duro para Deryn.

— E você deve ser o menino do *Leviatã* — falou ela, com um sotaque inglês tão perfeito quanto o de Zaven. — Minha neta me falou a seu respeito.

Deryn bateu os calcanhares.

— Aspirante Dylan Sharp ao seu serviço, madame.

— Pelo sotaque, você foi criado em Glasgow.

— Sim, madame. A senhora tem um ouvido apurado.

— Dois, na verdade — falou Nene. — E você tem uma voz esquisita. Suas mãos, por favor?

[ 321 ]

Deryn hesitou, mas quando a velha estalou os dedos, ela se viu obedecendo.

— Muitos calos — disse Nene, enquanto examinava com cuidado. — Você é um rapaz que trabalha duro, ao contrário de seu amigo, o príncipe de Hohenberg. Você desenha um bocado e também costura muito, para um menino.

Deryn pigarreou e se lembrou das aulas de costura das tias.

— Na Força Aérea, nós aspirantes consertamos nossos próprios uniformes — falou.

— Como vocês são trabalhadores. Minha neta me diz que você não confia em nós.

— Sim... Bem, é um pouco constrangedor, madame. Estou sob ordens de manter em segredo minha missão aqui.

— Sob ordens? — Nene olhou Deryn de cima a baixo. — Você não parece estar de uniforme.

— Posso estar disfarçado, madame, mas ainda sou um soldado.

— Disfarçado — falou Bovril, e deu uma risadinha. — *Sr.* Sharp!

Deryn olhou feio para o monstrinho e desejou que ele parasse de *dizer* aquilo.

— Bem, menino, pelo menos você é honesto em relação às suas dúvidas — disse Nene ao abaixar as mãos e se virar para Alek. — Então, o que seus homens acharam dos nossos andadores?

Alek respondeu em mekanistês, e em pouco tempo Klopp e Bauer bombardearam Nene e Zaven com perguntas.

Deryn não conseguiu acompanhar metade da conversa, mas pouco importava a língua usada — esta revolução estava bem ferrada sem canhões. Zaven era um louco berrante por pensar o contrário.

Mesmo Alek não era capaz de enxergar a verdade. Ele sempre falava que era seu destino ajudar a revolução, se vingar dos alemães e encerrar a guerra. Isso era um monte de lero-lero, no entendimento de Deryn. A Providência divina não impediria que os andadores do sultão acabassem com as antiguidades do Comitê como se fossem uma caixa de chocolates.

Ela pegou o bloco de desenho e olhou para o desfile novamente. Os elefantes formaram uma fila ao lado do longo píer, elevaram os canhões e se prepararam para saudar um navio de guerra...

— O *Goeben* — murmurou Deryn. As novas bandeiras otomanas do encouraçado tremulavam com um tom intenso de escarlate, o canhão Tesla reluzindo como uma teia de aranha de aço ao sol.

Lilit estava certa: o sultão estava exibindo seu poder hoje. Mesmo que o Comitê conseguisse vencer aqueles elefantes de alguma forma, eles ainda teriam que enfrentar a artilharia pesada do *Goeben* e do *Breslau*.

Ou talvez não. A menos de um mês dali, o *Leviatã* estaria subindo o estreito de Dardanelos, guiando um monstrinho com fome de encouraçados alemães. O almirante Souchon podia ter enfrentado krakens antes, mas nada como o beemote. Teoricamente, a criatura era poderosa o suficiente para afundar os dois novos navios de guerra do sultão em meia hora.

Agora, *esta* seria uma ótima noite berrante para começar uma revolução.

O problema era que Deryn não podia contar ao Comitê o que iria acontecer. Se apenas um deles fosse um espião mekanista, revelar o plano poderia significar a ruína do *Leviatã*. Seu dever era ficar calada.

O canhão dos elefantes de guerra cuspiu um jato de fumaça que virou uma enorme nuvem negra na brisa do mar. O som chegou muitos segundos depois, tão atrasado quanto um trovão distante. Aí os canhões do *Goeben* devolveram a salva, dez vezes mais alta e mais intensa.

Deryn suspirou ao começar a esboçar a cena: havia muitas peças berrantes nesse quebra-cabeça. O beemote poderia afundar os encouraçados alemães, mas não conseguiria entrar em terra firme e lutar com os elefantes do sultão da mesma forma.

Atrás dela, a discussão ficou quente. Zaven se manifestava em mekanistês enquanto Klopp fazia que não com a cabeça, de braços cruzados.

— *Nein, nein, nein* — repetia o velho sem parar.

Se ao menos houvesse uma maneira simples de cuidar de 150 toneladas de aço...

Então, em um piscar de olhos, Deryn teve uma ideia.

— Espere aí, Sr. Zaven — ela se intrometeu. — Não importa que seus andadores não tenham canhões. Nós podemos dar um jeito nisso!

Alek balançou a cabeça, cansado.

— Não há nada que possamos fazer — comentou ele. — Ele diz que o exército mantém um rígido controle sobre canhões e munições.

— Sim, mas não é preciso nada tão avançado assim — falou Deryn. — Quando o *Destemido* foi sequestrado, os agressores não tinham nada além de uns poucos pedaços de corda.

— Sequestrado? — perguntou Nene. — Eu pensei que o descontrole do *Destemido* tivesse sido causado por uma péssima pilotagem.

Deryn deu um muxoxo de desdém.

— Não acredite em tudo que lê nos jornais, madame. — Ela apontou para os elefantes blindados. — Viu como há um piloto para cada pata? Os sequestradores laçaram e arrancaram nossos homens, depois subiram para tomar seus lugares. É assim que se detém esses monstrinhos de metal. Derrube alguns pilotos, e os andadores são completamente detidos!

— Talvez no *Destemido*, onde os pilotos andam expostos, mas os homens lá embaixo ficam bem protegidos — disse Zaven.

Deryn já havia pensado nisso.

— Protegidos de cordas e balas, talvez — argumentou ela —, mas eles têm viseiras como o Stormwalker do Alek possuía. E se algo picante entrasse por elas?

— Algo *picante*? — perguntou Nene.

— Sim. — Deryn sorriu e se voltou para Alek. — Jamais contei para você como eu resgatei o *Destemido*, contei?

Alek balançou a cabeça.

Deryn levou um momento para organizar as ideias, pois sabia que tinha a atenção de todos agora.

— Foi ideia minha, na verdade — falou, finalmente. — Os diplomatas berrantes não tinham armas de verdade a bordo, então eu peguei um grande saco de pimenta em pó e joguei em cima de um dos sequestradores. O cheiro derrubou aquele vagabundo da sela na hora! E a blindagem só vai piorar a situação: imagine ficar confinado dentro de uma cabine minúscula de metal cheia de pimenta!

— Pimenta — respondeu Bovril, baixinho.

— Aquele sequestrador mal conseguia respirar — disse Deryn. — E meu uniforme ficou completamente arruinado!

— O exército não controla a venda de pimentas picantes — murmurou Nene, e Alek começou a traduzir para Klopp e Bauer.

Lilit se voltou para o pai.

— O senhor acha que daria certo?

— Até mesmo um soldado de infantaria pode lutar com um andador desta maneira — falou Zaven. — O Comitê pode encher as ruas de revolucionários armados com pimenta!

— Sim, mas pense além disso — disse Deryn. — Ao contrário dos andadores alemães, todos os seus têm mãos. Calculo que aquele monstrinho Minotauro seja capaz de lançar uma bomba de pimenta a quase 1 quilômetro!

— Mais longe que isso — falou Lilit, que depois sorriu. — Se Alek conseguir não esmagar a bomba antes, quero dizer.

Alek deu um muxoxo.

— Klopp diz que consegue improvisar alguma coisa, uma espécie de carregador para as bombas de pimenta — falou ele. — Estamos em cima de uma fábrica mekânica, afinal de contas.

— Peças não são problema — disse Zaven. — Porém, as pimentas mais picantes são vendidas aos punhados. Estamos falando em comprar toneladas!

— Se eu der o dinheiro, vocês estão dispostos a tentar? — perguntou Alek.

Zaven e Lilit olharam para Nene, que ergueu uma sobrancelha e encarou Alek.

— Nós estamos falando de muito dinheiro, Sua Serena Alteza.

Alek não respondeu, mas se ajoelhou para abrir a bolsa: a pequenina que carregava o dia inteiro. Alek puxou de dentro o que parecia ser um tijolo embrulhado em um lenço.

— *Junge Meister!* — falou Klopp, baixinho. — *Nicht das Gold!*

Alek o ignorou e abriu o lenço para revelar uma barra de metal. Quando o sol a atingiu, um fogo amarelo e suave ardeu pela superfície.

Deryn engoliu em seco. Aranhas berrantes, mas como eram *ricos* os príncipes!

— Você realmente é ele, não é? — murmurou Nene. Algumas raspas haviam sido tiradas das bordas da barra, mas o brasão dos Habsburgo ainda era visível.

— É claro, madame — disse Alek. — Eu minto muito mal.

A conversa foi retomada em mekanistês conforme Nene, Zaven e Klopp começaram a planejar.

Lilit se voltou para encarar Deryn com os olhos brilhando.

— Pimentas! Você é brilhante, simplesmente brilhante. — Lilit deu um abraço em Deryn. — Obrigada!

— Sim, eu sou muito esperto... às vezes — falou Deryn ao se soltar rapidamente. — Foi pura sorte Alek ter trazido aquela barra de ouro com ele.

Alek concordou com a cabeça, mas fez uma expressão triste.

— Isto foi ideia do meu Pai. Ele e Volger fizeram planos para qualquer coisa.

— Sim, mas é uma sorte berrante você ter trazido o ouro *hoje*, caso contrário teria ficado sem ele — disse Deryn.

— Como é?

— Deixe de ser um *Dummkopf* — falou Deryn, enquanto balançava a cabeça. — O piloto do táxi sabe de que hotel nós viemos. E, pela maneira como estamos vestidos, é certo que a gerência vai se lembrar de nós se a polícia perguntar. Portanto, temos que ficar aqui. Perdemos o rádio, mas temos as ferramentas de Klopp, Bovril e seu ouro. — Ela deu de ombros. — Isso é tudo que é importante, certo?

Alek apertou bem os olhos e falou em um sussurro:

— Quase tudo.

— Bolhas! Você não tinha *duas* barras de ouro, tinha?

— Não, mas eu deixei uma carta para trás.

— Ela diz quem você é? — perguntou Lilit, baixinho.

— De forma bastante clara. — Alek se voltou para encarar Deryn com um olhar subitamente intenso. — A carta está bem escondida. Se ninguém descobrir, nós podemos entrar em segredo e pegá-la!

— Sim, creio que sim.

— Em uma semana, assim que as coisas se acalmarem. Por favor, diga que vai me ajudar!

— Você me conhece, estou sempre disposto a dar a mão — falou Deryn ao dar um soco no ombro de Alek. Embora, francamente, recuperar a carta parecia meio sem sentido para ela. Os alemães já sabiam que Alek estava em Istambul, então por que arriscar ser capturado?

Era apenas uma carta berrante, afinal de contas.

# ◈ TRINTA E QUATRO ◈

**– SEU *VAGABUNDO*! – GRITOU DERYN. –** Eu estava tendo um ótimo sonho!

— É hora de ir — falou Alek.

Deryn gemeu. Ela andava ajudando Lilit com a Aranha o dia inteiro, carregando peças e bandejas de tipos, e todos os músculos do corpo doíam. Não era de admirar que os mekanistas fossem rabugentos o tempo todo — metal tinha um *peso* berrante.

No sonho, ela estivera voando. Não em uma aeronave ou em um Huxley, mas com asas próprias, tão leve quanto uma teia de aranha. Fora brilhante.

— Não podemos deixar para outra noite? Estou acabada.

— Faz uma semana desde que saímos do hotel. Foi o que combinamos.

Deryn suspirou. Dava para ver o brilho desesperado nos olhos do menino novamente. Eles brilhavam toda vez que Alek falava da carta perdida, embora não dissesse por que tinha uma importância tão berrante.

Alek jogou o cobertor de Deryn para o lado, e ela pulou para se cobrir. Porém, havia dormido com as roupas de mekânico, como sempre fazia agora. Tinha que prestar atenção aonde pisava ali. Todos os pilotos que iam treinar no armazém de Zaven ficavam curiosos a respeito do estranho menino ao fundo, que desconhecia as línguas do Império Otomano. Portanto, Deryn não se separava de Lilit enquanto trabalhava na Aranha e ajudava Zaven na cozinha, onde aprendia os nomes de novos temperos e cortava alhos e cebolas até os dedos latejarem.

— Vá embora! — berrou ela. — Estou me levantando.

— Quieto. Não quero ouvir perguntas dos outros sobre aonde estamos indo.

— Sim, certo. Apenas espere um minuto lá fora.

Alek hesitou, mas finalmente a deixou sozinha.

Deryn vestiu as roupas turcas enquanto murmurava a respeito dos vários defeitos no caráter de Alek. Ela havia adquirido o hábito de falar sozinha naqueles últimos dias — viver entre os mekanistas estava enlouquecendo Deryn. Em vez dos murmúrios dos monstrinhos e do zumbido constante do fluxo de ar, ela passava os dias cercada pelo barulho de engrenagens e pistons. A pele cheirava a graxa.

De todas as máquinas em que Deryn trabalhara na última semana, a Aranha era a única pela qual sentia carinho. A dança das lâminas de corte e das esteiras rolantes era tão elegante quanto qualquer ecossistema, um turbilhão de papel e tinta que convergia em impecáveis pacotes de informação, e suas pernas enormes se esticavam como os galhos de uma árvore antiga. Porém, mesmo a mera insinuação de uma coisa viva só aumentava a saudade de Deryn pela aeronave que era seu lar.

E tudo isso para ajudar um *principezinho* berrante.

Ela saiu para o pátio de treinamento, onde estava o mais novo grupo de andadores, com os lança-bombas de pimenta meio terminados. Um gênio se agigantava sobre os demais, com os poderosos braços cruzados, e os bocais ainda molhados após serem testados. Como também eram muçulmanos, os árabes tinham uma licença do sultão para armarem seus andadores com canhões de vapor. Eles não disparavam projéteis, mas, em um estalar de dedos, o gênio podia desaparecer em uma nuvem incandescente.

A porta externa do pátio estava só um tiquinho aberta. Deryn passou pela fresta e encontrou Alek à espera na rua.

Lilit também estava lá, vestida em roupas chiques em estilo europeu.

— O que *ela* está fazendo aqui?

Alek ergueu uma sobrancelha.

— Não contei para você? Precisamos de alguém que os funcionários do hotel não reconheçam. Lilit alugou uma suíte ontem.

— E como exatamente isso ajuda a gente?

— Meu quarto fica no último andar, como era o de Alek, a duas portas de distância — disse Lilit. — E ambos têm sacadas.

Deryn franziu a testa. Tinha que admitir que cruzar duas sacadas poderia ser um tiquinho mais fácil que arrombar a fechadura. Mas por que ninguém contava o plano para *ela*?

— Eu posso andar de mansinho tão bem quanto vocês dois — falou a garota. — Pergunte a Alek como eu o segui facilmente.

— Sim, ele me contou essa história mais de uma vez. É só que...

Deryn tentou pensar no que dizer. Lilit não era má pessoa, na verdade. Ela levava jeito com máquinas e era tão boa pilotando quanto qualquer homem. De certa forma, Lilit conseguira fazer o mesmo truque que Deryn — agir como um homem —, sem se passar por um, e isso era uma forma esplêndida de anarquia. Precisava concordar.

Porém, a garota tinha a mania de aparecer sempre que Alek e Deryn estavam sozinhos, o que causava um cansaço berrante.

Por que Alek não mencionara que Lilit iria junto? Que outros segredos ele escondia dela?

— É porque sou uma menina? — perguntou Lilit, duramente.

— É claro que não. — Deryn balançou a cabeça. — Estou apenas sonolento, só isso.

[ 332 ]

Lilit ficou ali, com cara de quem estava um pouco irritada e queria ouvir mais. Porém, Deryn apenas se virou e seguiu na direção da parte chique da cidade.

O Hotel Hagia Sofia estava quieto e às escuras, com uma única lâmpada a gás queimando acima da porta. Deryn e Alek observavam das sombras enquanto Lilit entrava e era cumprimentada pelo porteiro ao passar.

— Parece meio tapado a gente entrar *escondido* — sussurrou Deryn. — Você realmente acha que nos reconheceriam?

— Não se esqueça que, se eles acharam minha carta, haverá uma dezena de agentes alemães no saguão, dia e noite.

Deryn fez que sim com a cabeça. Era verdade — qualquer pista do príncipe foragido da Áustria provocaria um agito maior do que o de um táxi roubado.

— Ela vai nos encontrar aqui atrás. — Alek levou Deryn para um pequeno beco, onde havia uma pilha de lixo do lado de fora da porta da cozinha do hotel. Ele e Lilit haviam planejado muitas coisas juntos, pelo visto.

Deryn balançou a cabeça para espantar o ciúme. Ela era um soldado em uma missão, não uma moçoila tapada que sonhava acordada ao dançar a quadrilha.

Deryn se aproximou de mansinho e espiou por uma janela. Estava escuro dentro da cozinha, os braços imóveis de uma lava-louça automática projetavam sombras sinistras. Porém, após alguns minutos, uma figura silenciosa passou escondida pela escuridão, e a porta rangeu ao ser aberta.

— Tem alguém no balcão de recepção — sussurrou Lilit. — E um homem lendo no saguão, então fiquem quietos.

Quando eles entraram, o cheiro de comida tomou conta do nariz de Deryn, tão gostoso quanto ela se lembrava dos dois dias que passara ali.

Tigelas de tâmaras, damascos e batatas amarelo-claro enchiam uma longa mesa de madeira nodosa, uma fileira de berinjelas emitia um brilho púrpura na escuridão, à espera de facas reluzentes para cortá-las.

Porém, o cheiro de páprica fez Deryn torcer o nariz. Zaven andava preparando bombas de pimenta o dia inteiro, e os olhos de Deryn ainda incomodavam.

Lilit conduziu os dois da cozinha para uma sala de jantar vazia e às escuras. Todos os lugares estavam postos, os guardanapos meticulosamente dobrados, como se os convidados estivessem prestes a chegar, e Deryn sentiu o arrepio que lugares sofisticados sempre lhe provocavam.

— Há uma escada nos fundos para os criados — sussurrou Lilit ao tomar a direção de uma pequena passagem na parede do outro lado.

A escada era estreita, estava um breu e rangia a cada passo. A madeira dos mekanistas sempre soava tão velha e infeliz, como as tias de Deryn em uma manhã úmida de inverno. Era isto que acontecia quando se cortava árvores em vez de fabricar a própria madeira, pensou ela.

Os três subiram devagar para manter o silêncio, e, apenas longos minutos depois, Lilit levou Alek e Deryn para um corredor largo e conhecido.

Deryn sentiu um tiquinho de arrepio ao passar pelo quarto de Alek. E se a carta fora descoberta e meia dúzia de agentes mekanistas esperassem lá dentro?

Lilit parou duas portas depois e puxou uma chave. Um instante mais tarde, todos estavam em uma suíte tão chique quanto a que Alek tinha ocupado. Deryn se perguntou novamente sobre a importância berrante dessa carta. Valia mesmo gastar dinheiro naquela suíte, dinheiro que poderia ter ido para os andadores do Comitê?

Lilit apontou.

— A sacada — disse ela.

Deryn atravessou o quarto e saiu para o frio da noite. Ali no último andar, as sacadas eram quase tão largas quanto as próprias suítes. Era bem fácil ir de uma para a outra — o tipo de pulo que um aeronauta fazia todos os dias.

Contudo, ela se virou para Alek e sussurrou:

— Se você tivesse me contado o plano berrante, eu poderia ter trazido um cabo de segurança.

Ele sorriu.

— Já perdeu seu instinto do ar?

— Nem pensar. — Deryn colocou um pé no parapeito e abriu os braços para se equilibrar.

Alek se voltou para Lilit.

— Fique aqui — falou. — Pode haver alguém esperando por nós.

— Acha que eu não sei lutar?

Deryn interrompeu o pulo e imaginou como Alek iria responder. Será que ele estava mais preocupado com a segurança de Lilit do que com a própria? Ou não queria ser ajudado por uma mera garota?

Qualquer um dos motivos seria bem irritante.

— A questão não é que você não saiba lutar — disse Alek. — Porém, se for capturada, alguém pode reconhecer você como a filha de Zaven. Isto levaria a polícia direto para o armazém.

Deryn pestanejou — talvez Alek estivesse apenas sendo *sensato*.

— E se vocês dois forem capturados? — perguntou Lilit.

— Então vocês terão que derrubar o sultão e nos libertar.

Lilit ficou irritada, mas concordou com a cabeça.

— Apenas tenham cuidado, os dois.

— Não se preocupe conosco — falou Deryn, e pulou.

Ela caiu na sacada ao lado com um barulho suave, depois esperou para ajudar Alek. Ele pulou com uma expressão séria, e sua mão tremia um pouco quando Deryn a pegou para estabilizá-lo.

— Quem perdeu o instinto do ar agora? — sussurrou ela.

— Bem, aqui *é* um tanto quanto alto.

Deryn soltou um muxoxo de desdém. Depois de viver aventuras a 300 metros de altura, meia dúzia de andares não eram nada. Ela atravessou a sacada, subiu no parapeito e pulou de novo, mal olhando para o chão.

Gesticulou para que Alek esperasse enquanto ela espiava lá dentro.

O quarto estava escuro, mas não havia ninguém visível. Deryn enfiou a faca para cordame na nesga entre as portas para levantar o fecho, empurrou para abrir e prestou atenção — nada.

Ela entrou escondida e foi de mansinho às portas do quarto de dormir. A cama estava vazia, as cobertas e os travesseiros estavam todos arrumados. Se alguém tinha vasculhado o quarto, eles arrumaram a bagunça.

Na verdade, a suíte inteira parecia exatamente como Deryn se lembrava: os vasos de plantas, o pufe favorito de Bovril, o divã onde ela dormira enquanto Alek roncava no esplendor do quarto de dormir.

Ela ouviu um baque suave e se virou — Alek estava entrando, vindo da sacada. Ele tirou uma chave de parafuso do bolso e foi direto para o painel de comando na parede.

— Esta engenhoca não liga para a recepção? — sussurrou Deryn. Nos dias que ela passara ali, Alek usara o painel para pedir refeições deliciosas no quarto, como se fosse magia.

— Sim, é claro, mas não vou ativá-la. — Os dedos giraram, e em pouco tempo a tampa do painel caiu nas mãos de Alek. Ele a colocou com cuidado no chão e meteu a mão nas entranhas mekanistas do aparelho. Do emaranhado de fios e campainhas, Alek puxou um longo cilindro de couro.

[ 336 ]

Deryn deu um passo à frente e apertou os olhos na escuridão.

— É a minha carta — disse Alek. — Está em um canudo para pergaminhos.

— Um *canudo para pergaminhos*? Alguém mandou um *pergaminho* berrante para você?

Alek não respondeu e guardou a chave de parafuso no bolso.

— Sim, eu sei, é ultrassecreto — murmurou ela, enquanto atravessava a suíte em direção à porta da frente. — É bem possível que a gente possa usar o corredor. Não há motivo para testar seu instinto do ar novamente.

Deryn meteu o ouvido contra a porta: sem som algum. Porém, quando ela voltou a olhar para Alek, ele continuava no mesmo lugar, com uma expressão pensativa.

— Você esqueceu outra coisa? — sussurrou Deryn. — Outro pergaminho? Uma barra de platina?

— Dylan — falou o garoto, em tom baixo —, antes que a gente volte para Lilit, tenho que dizer algo para você.

Deryn ficou paralisada, com a mão ainda sobre a maçaneta.

— Algo sobre ela?

— Sobre Lilit? Por que eu deveria... — começou Alek, depois deu um sorriso. — Ah, você andou pensando nela.

— Sim, um pouco.

Alek deu um risinho baixo.

— Bem, Lilit é muito bonita — falou ele.

— Creio que sim.

— Eu imaginava quando notaria. Você andou sendo um tremendo *Dummkopf* a respeito disso. E ela anda se esforçando à beça para chamar sua atenção.

— Chamar *minha* atenção? Mas por quê... — Deryn franziu a testa. — O que está dizendo, exatamente?

Alek revirou os olhos.

— Você *continua* sendo um bobalhão! — exclamou ele. — Não notou como Lilit gosta de você?

O queixo de Deryn caiu, mas não saiu som algum.

— Não faça esta cara de surpresa — disse Alek. — Ela gostou de você desde o início. Acha que Lilit colocou você para trabalhar na Aranha por conta das suas habilidades mekânicas?

— Mas... mas eu pensei que você e ela...

— Eu? Lilit acha que sou um aristocrata perfeitamente inútil. — Alek balançou a cabeça. — Você é realmente um *Dummkopf*, não é?

[ 338 ]

— Mas ela *não pode* gostar de mim — falou Deryn. — Eu sou um... aeronauta berrante!

— Sim, Lilit também acha isto muito romântico. Você realmente tem uma certa autoconfiança, creio eu. E não é feio, com certeza.

— Ah, deixe disso!

— Na verdade, quando conheci você, pensei: "Agora sim, *lá está* o garoto que eu queria ser... ou seria, se não tivesse nascido como um pobre príncipe."

Deryn olhou fixamente para Alek, que obviamente estava se divertindo agora, os olhos brilhavam com a risada contida. Esta atitude provocou uma vontade de socá-lo, e no entanto...

— Você realmente me acha bonito? — perguntou ela.

— Muito encantador, tenho certeza. E agora que você orquestrou a revolução, os sentimentos de Lilit estão muito fora de controle.

Deryn gemeu e balançou a cabeça. Tinha que pôr um fim nesta situação, antes que ficasse complicada demais e cheia de bolhas.

— Mas nós devemos discutir sua vida romântica em outra ocasião. — Alek ergueu o canudo para pergaminhos. — Preciso falar com você a respeito disto.

Derek encarou Alek em silêncio enquanto forçava a mente a parar de dar voltas. Ela podia lidar com Lilit. Era apenas uma questão de... Bem, não de contar a verdade, certamente, mas de dizer *alguma coisa* sensata.

Afinal de contas, era verdade que as mulheres gostavam da autoconfiança de um aeronauta — o Sr. Rigby sempre dizia isso. Apenas fazia parte de ser um soldado. Parte de ser um *menino*, na verdade. Ela podia inventar a história de uma garota que deixara em sua terra natal...

— Muito bem, então. — Deryn finalmente conseguiu falar. — Qual é a importância berrante deste seu pergaminho?

— Bem, é mais ou menos isto. — Alek respirou fundo. — Juntamente com a nossa revolução aqui em Istambul, acho que esta carta pode acabar com a guerra.

# ⬡ TRINTA E CINCO ⬡

**O GAROTO SIMPLESMENTE OLHOU** para ele, outra vez sem palavras.

Ali, parado no escuro, Alek pôde ouvir o próprio coração batendo. Botar para fora estas primeiras palavras exigira toda a força de vontade que ele possuía.

Porém, agora sem Volger, carregar o segredo sozinho era demais. E Dylan provara ser leal dezenas de vezes.

— A carta é do Santo Pai — disse Alek ao empunhar o canudo para pergaminhos.

Dylan demorou um momento, mas depois falou:

— Você quer dizer o *papa*?

Alek fez que sim.

— A carta muda os termos do casamento dos meus pais e me torna o herdeiro do meu pai. Creio que venho mentindo para você... eu não sou apenas um príncipe.

— Então você é... um arquiduque?

— Eu sou o arquiduque da Áustria-Este, príncipe real da Hungria e Boêmia. Quando meu tio-avô morrer, pode ser que eu consiga parar esta guerra.

Os olhos de Dylan se arregalaram aos poucos.

— Porque você será o imperador berrante!

Alek suspirou e foi até a cadeira enorme com braços franjados, que fora sua favorita. Ele desabou no assento, repentinamente exausto.

Sentia muita falta desse quarto de hotel, com todo seu esplendor oriental. Na semana que passara escondido ali, ele se sentira... *no comando* pela primeira vez na vida, sem tutores ou mentores para agradar. Porém, agora ele se juntara a um comitê de revolucionários e tinha que discutir cada detalhe.

— É complicado. O imperador Francisco José nomeou outro sucessor, mas escolheu meu Pai primeiro. — Alek olhou para as chaves cruzadas no canudo de couro, um sinal da autoridade papal, que nenhum fiel austríaco poderia ignorar. — Esse documento pode colocar a sucessão em dúvida, se a guerra estiver sendo perdida e o povo *quiser* mudanças. Meu Pai costumava dizer que "um país com dois reis sempre fracassará".

— Sim — falou Dylan ao se aproximar. — E se houver uma revolução aqui, a Alemanha ficará completamente sozinha!

Alek sorriu.

— Você não é tão *Dummkopf* assim afinal de contas, não é?

Dylan se empoleirou em um braço da cadeira, parecia tonto e surpreso.

— Perdão, sua princesisse, mas toda esta situação é um pouco demais. Primeiro, você me conta dela... — O garoto gesticulou na direção do quarto de Lilit. — E agora *isto*!

— Sinto muito, eu jamais quis mentir para você, Dylan, mas descobri esta carta na mesma noite em que conheci você. É ainda um tanto quanto esquisito para mim.

— É esquisitíssimo para mim também! — falou Dylan ao se levantar novamente e andar de um lado para o outro no quarto. — Terminar uma guerra berrante inteira com um pedaço de papel, mesmo que *seja* um pergaminho pomposo. Quem acreditaria que é *real*?

[ 341 ]

Alek concordou com a cabeça. Ele tivera a mesma opinião quando Volger mostrou a carta. Parecia um objeto pequeno demais para mudar tanta coisa. Contudo, ali em Istambul, Alek começou a entender o que o pergaminho realmente significava. O *Leviatã* fora levado ao alto daquela montanha e depois para lá. Cabia a ele, Aleksandar de Hohenberg, acabar com a guerra que a morte de seus pais começara.

— Volger disse que o papa em pessoa vai me legitimar, desde que eu mantenha esta carta em segredo até que meu tio-avô morra. O imperador fez 84 anos na semana passada. Ele pode morrer a qualquer dia.

— Bolhas. Não é de admirar que os alemães queiram tanto assim pegar você!

— Isso é bem verdade. A carta tornou a situação mais perigosa. — Alek olhou o canudo para pergaminho. — Mas é por isso que tivemos que voltar aqui. E por isso estou disposto a trocar o ouro do meu Pai para fazer a revolução do Comitê dar certo. O que fazemos aqui pode mudar *tudo*.

Dylan parou de andar de um lado para o outro no meio do quarto e cerrou os punhos, como se lutasse com algum segredo próprio.

— Obrigado por confiar em mim, Alek. — O garoto olhou para o chão. — Eu nem sempre confiei em você. Não com tudo.

Alek se levantou da cadeira, se aproximou e pousou as mãos nos ombros do menino.

— Você sabe que pode, Dylan.

— Sim, creio que sim. E existe uma coisa que eu deveria contar para você, mas tem que jurar não contar para ninguém mais, nem para Lilit, nem para o Comitê. Para ninguém.

— Eu sempre guardarei seus segredos, Dylan.

O garoto fez que sim devagar.

— Este é um pouco mais complicado que a maioria.

Ele ficou em silêncio de novo, a pausa se prolongou.

— É sobre sua missão aqui, não é?

Dylan deixou escapar um lento suspiro, um som de alívio e cansaço.

— Sim, creio que sim — respondeu o garoto. — Nós éramos um destacamento avançado, enviado para sabotar as redes de kraken no estreito. Tudo fazia parte do plano da Dra. Barlow desde o início.

— Mas seus homens foram capturados.

Dylan balançou a cabeça.

— Meus homens foram capturados, mas fizemos nosso trabalho. Neste exato momento, aquelas redes estão sendo devoradas por minúsculos monstrinhos. E está acontecendo tão lentamente que os otomanos não perceberão até ser tarde demais.

— Então vocês britânicos não estão esperando que o sultão se junte à guerra. Darão o primeiro golpe.

— Sim, em três semanas. A Dra. Barlow diz que as redes estarão em farrapos até lá. Na noite da próxima lua nova, o *Leviatã* vai guiar um novo monstrinho pelo estreito. É a criatura que faz par com o *Osman*, o navio que o lorde Churchill roubou dos otomanos. É chamado de beemote e é enorme como o mundo nunca viu antes! Os dias daqueles encouraçados alemães estão contados.

Alek segurou o canudo para pergaminho com mais força. Os elos mais fracos nos planos do Comitê sempre foram os encouraçados alemães. Porém, com alguma espécie de monstro da Marinha Real a caminho, as chances haviam mudado consideravelmente.

— Mas isto é exatamente do que precisamos, Dylan. Nós *temos* que contar ao Comitê!

— Não podemos — disse o garoto. — Eu confio em Zaven e na família dele, mas há centenas de outros envolvidos. E se um deles for um espião mekanista? Se os alemães descobrirem que o *Leviatã* está vindo, o *Goeben* poderá surpreendê-lo em qualquer ponto do caminho com o canhão Tesla carregado!

— É claro. — Alek se arrepiou um pouco ao lembrar o raio que lhe passara pelo corpo. — Mas e quanto ao plano de Zaven? Ele está levando andadores com bombas de pimenta contra os encouraçados. Klopp diz que é loucura.

— Sim, é completamente tapado, mas não diga isso para Zaven! Se os revolucionários atacarem na noite da lua nova, o *Goeben* estará afundado antes mesmo de eles sequer chegarem lá!

Alek concordou devagar com a cabeça enquanto pensava bem. Em uma batalha campal pela cidade, o sultão despacharia os andadores para as ruas e confiaria nos navios de guerra alemães para proteger o palácio. Porém, se eles estivessem no fundo do mar, a revolução poderia acabar em uma única noite. Milhares de vidas seriam poupadas.

Obviamente, um ataque em plena escuridão significaria ensinar os pilotos do Comitê a conduzir os andadores à noite. Ele já explicara os princípios para Lilit, e a menina aprendera rapidinho. No mínimo, isso daria aos revolucionários mais uma vantagem.

— Vou mandar Klopp dizer que mudou de ideia, que ele acha que bombardear o *Goeben* com pimenta vai funcionar. Ele pode resmungar um pouco, mas vai obedecer. Porém, como a gente faz para o Comitê escolher aquela noite exata?

— Mande Klopp dizer que é melhor atacar os encouraçados no escuro. — Dylan deu de ombros. — Então a gente aponta que o dia 19 de setembro é uma lua nova e deixa que os revolucionários decidam por conta própria.

Alek sorriu.

— E, com seus encantos masculinos, você pode persuadir Lilit a defender nosso plano para nós!

Dylan revirou os olhos e ficou vermelho como uma beterraba novamente.

— Falando em segredos, você também não vai falar com Lilit sobre *aquela* discussão, vai? — perguntou o rapaz. — Isso só complicará a situação.

Alek riu. Ele sempre ouvira dizer que os darwinistas falavam abertamente sobre questões biológicas a ponto de serem vulgares, mas Dylan parecia completamente envergonhado com toda a situação, mais como um menino de colégio do que um soldado.

Era muito divertido.

— Como eu disse, seus segredos estão a salvo comigo.

— Sim, que bom então. — Dylan hesitou. — E... você tem plena certeza de que é de *mim* que ela gosta, e não de você?

Alek riu.

— Espero que sim. Afinal de contas, se a gente realmente gostasse um do outro, eu teria que me afastar dela.

— O que quer dizer?

— Pelo amor de Deus, Dylan. Lilit é uma *plebeia*, bem mais do que minha mãe. — Alek ergueu o canudo para pergaminho. — Eu cresci sem saber se isto aqui um dia aconteceria. Sem saber quem realmente era e sempre pensando como seria mais fácil para todo mundo se eu não tivesse nascido. Jamais poderia fazer o mesmo com meus próprios filhos, nem em mil anos.

Dylan encarou o canudo para pergaminho com tristeza.

— Deve ser difícil ser um príncipe — falou ele.

— Não é mais, graças a isso. — Alek segurou o ombro de Dylan novamente, contente que seu único amigo de verdade sabia seu último segredo. — Vamos sair daqui. Temos uma revolução para planejar.

Lilit abriu a porta com cara feia.

— Demoraram bastante. Pensei que vocês tinham se metido em confusão.

— A gente estava discutindo um pouco. — Alek piscou para Dylan, e então ergueu o canudo para pergaminho. — Mas encontramos isto.

Lilit olhou de um jeito estranho para os dois, Dylan se virou com vergonha e foi na direção da escada da criadagem.

Alek deu de ombros para manter as aparências com Lilit e depois seguiu.

Conforme eles desciam a escada, o hotel começou a se agitar em volta. Os elevadores a vapor roncaram e assobiaram enquanto acumulavam a pressão para o tráfego matinal, e logo um clangor subiu lá de baixo.

Dylan parou e levantou a mão.

— Os cozinheiros já estão na cozinha. Não podemos voltar por lá.

— Vamos passar direto pelas portas do saguão, então — disse Lilit. — Se ninguém encontrou sua carta, não haverá alemães por perto.

— Sim, mas alguns de nós somos procurados por roubar um táxi! — falou Dylan.

Alek balançou a cabeça.

— Vai dar certo. Estaremos porta afora antes que alguém olhe duas vezes para nós.

— Apenas tentem não agir de maneira suspeita — disse Lilit ao abrir com cuidado a porta para a sala de jantar.

Ela conduziu os dois pelas mesas vazias, com um passo tão confiante como se fosse a dona do hotel. Um menino com um barrete na cabeça tirou os olhos da prataria que polia e franziu a testa, mas não disse uma palavra.

Os três passaram por ele e atravessaram o saguão, que estava vazio exceto por um turista com uma aparência um tanto quanto maltrapilha, que esperava por um quarto...

O homem ergueu os olhos do jornal, sorriu e acenou com a mão.

— Ah, príncipe Alek — chamou ele. — Eu imaginei que o senhor estaria em algum lugar nas proximidades.

Alek paralisou no meio de um passo. Era Eddie Malone.

# ◉ TRINTA E SEIS ◉

**– É CLARO QUE NUNCA ACREDITEI** que o senhor fosse um ladrão de táxi — falou Malone, enquanto mexia seu café. — Mas aí eu ouvi o nome daquele hotel.

Alek não respondeu, apenas olhou para sua xícara em silêncio. A superfície negra do líquido reluzia e refletia as silhuetas dançantes dos fantoches de sombra na tela atrás dele.

O repórter levara os três a uma cafeteria, bem distante dos olhares curiosos dos funcionários do hotel. Cada mesa tinha a própria minimáquina de teatro de sombras, e o lugar estava escuro e quase vazio, os poucos clientes hipnotizados pelos próprios fantoches. Porém, Alek tinha a impressão de que as paredes ouviam.

Talvez fossem os olhos pequenos e brilhantes do sapo-boi que o encarava do outro lado da mesa.

— O nome da minha mãe — falou ele baixinho. — É claro.

Malone concordou com a cabeça.

— Eu andei vendo as placas de hotel desde então e fiquei imaginando. O Dora Hotel? O Santa Pera? O Angel? — Ele soltou uma risadinha baixa. — E aí ouvi falar que uns alemães hospedados no Hagia

Sofia haviam roubado um táxi, então o nome Sofia começou a buzinar nos meus ouvidos.

— Mas como você sabia que tinha que me chamar de *príncipe*? Eu não sou o único austríaco com uma mãe chamada Sofia.

— Foi o que eu imaginei, até que comecei a pesquisar aquele tal de conde Volger. Ele e seu pai eram velhos amigos, não eram?

Alek concordou com a cabeça e fechou os olhos. Estava exausto, e havia outro longo dia de trabalho à frente — uma revolução inteira a ser repensada.

— Mas nós roubamos o táxi há sete dias berrantes atrás! — falou Dylan. — Você passou este tempo todo sentado no saguão?

— Claro que não — disse Malone. — Levei três dias matutando, e depois mais três apenas para descobrir quem era o conde Volger. Eu praticamente tinha acabado de chegar lá.

Alek franziu o cenho um pouco. Se tivessem ido recuperar a carta um dia antes, poderiam jamais ter topado com o homem.

— Mas assim que tudo se encaixou, eu só *precisava* encontrar o senhor novamente. — O rosto de Malone estava radiante. — Um príncipe desaparecido, o menino cuja família começou a Grande Guerra! A maior reportagem que eu já cobri na vida.

— Devemos matá-lo agora? — perguntou Lilit.

Malone olhou de um jeito esquisito para ela; claramente o repórter não compreendera o alemão de Lilit. Ele puxou o bloquinho.

— E quem seria você, senhorita?

Lilit apertou os olhos, e Alek apressou-se a se manifestar:

— Infelizmente, isto não lhe interessa, Sr. Malone. Não responderemos a nenhuma de suas perguntas.

O homem ergueu o bloco.

— Então terei que publicar minha reportagem com tantas perguntas sem respostas? E tão cedo assim? Digamos... amanhã?

— Está nos chantageando, Sr. Malone?

— Claro que não. Eu só não gosto de coisas pendentes.

Alek balançou a cabeça e suspirou.

— Escreva o que quiser — disse. — Os alemães já sabem que estou em Istambul.

— Interessante — falou Malone, enquanto a caneta rabiscava no bloco. — Viu só? O senhor já está acrescentando contexto! Porém, a parte realmente interessante é que o jovem Dylan está com o senhor. Os otomanos ficarão surpresos em ouvir que um dos sabotadores do *Leviatã* escapou!

Com o rabo do olho, Alek viu Dylan cerrar os punhos.

Porém, Malone voltou o olhar para Lilit.

— E tem esta questão de seus novos amigos revolucionários. Isso pode provocar um certo espanto também.

— Minha faca está pronta — disse Lilit baixinho, em alemão. — Basta mandar.

— Sr. Malone — falou Alek —, talvez possamos convencer o senhor a atrasar a publicação de sua reportagem.

— De quanto tempo o senhor precisa? — disse o homem, com a caneta ainda pronta para escrever.

Alek suspirou. Dar uma data a Malone apenas revelaria mais sobre os planos, mas eles tinham que enganar o homem de alguma forma. Se os otomanos descobrissem que um sabotador darwinista trabalhava com os revolucionários ali em Istambul, eles poderiam concluir qual era o plano da Dra. Barlow.

Ele olhou para Dylan, em busca de ajuda.

— Não percebe, Sr. Malone? — falou o garoto. — Se entregar a gente, a reportagem acaba. Porém, se o senhor esperar um *tiquinho*, ela vai ficar bem mais interessante, nós prometemos!

Malone se recostou e tamborilou sobre a mesa.

"UM TEATRO DE SOMBRAS NO BAR SHISHA."

— Bem, creio que os senhores tenham algum tempo. Mando minhas reportagens por andorinha-mensageira. São quatro dias para cruzar o Atlântico. E, porque eu uso pássaros, os alemães não podem escutar em sua nova e extravagante torre de rádio.

— Quatro dias mal dão... — Alek começou a falar, mas Dylan agarrou seu braço.

— Com licença, Sr. Malone, de que torre de rádio está falando? — disse o menino.

— Aquela grandona que eles estão quase terminando. — Malone deu de ombros. — Deveria ser um segredo, mas metade dos alemães na cidade trabalha nela. A torre tem a própria estação de energia, dizem.

Dylan arregalou os olhos.

— Essa torre fica em algum ponto ao longo da ferrovia? — perguntou ele.

— Ouvi dizer que ela fica em algum lugar nos rochedos, onde os velhos trilhos seguem a água. — Malone apertou os olhos. — O que há de interessante nisso?

— Aranhas berrantes — falou Dylan, baixinho. — Eu devia ter percebido na primeira noite em que estive aqui.

Alek encarou o garoto e se lembrou da história sobre a noite em que ele chegou. Dylan percorrera em segredo um trecho curto no Expresso do Oriente, que os alemães usavam para contrabandear peças para fora da cidade... peças elétrikas.

A última peça do quebra-cabeça finalmente se encaixou.

— Com a própria estação de energia? — perguntou Alek.

Eddie Malone concordou com a cabeça enquanto os olhos pulavam de um para o outro.

Alek sentiu um arrepio descer pela espinha. Nenhuma simples torre de rádio precisaria de tanta energia assim. O *Leviatã* voaria direto para o desastre.

— Pode nos dar um mês? — perguntou ele para Malone.

— Um mês inteiro? — O repórter soltou um muxoxo de desdém. — Meus editores vão pedir minha cabeça. Os senhores têm que me dar *alguma coisa* para eu escrever a respeito.

Dylan se endireitou no assento.

— Tudo bem, então. Tenho uma pauta para o senhor. E o quanto antes publicar, melhor. Aquela torre de rádio...

— Espere! — disse Alek. — Eu tenho algo melhor. Que tal uma entrevista com o príncipe desaparecido de Hohenberg? Vou contar sobre a noite em que saí de casa, como escapei da Áustria e cheguei aos Alpes. Quem eu penso que matou meus pais e por que motivos. Será que isso lhe manteria muito ocupado, Sr. Malone?

A caneta do homem rabiscava, a cabeça concordava freneticamente. Dylan encarava Alek com olhos arregalados.

— Porém, há uma condição: o senhor não pode mencionar meus amigos — falou Alek. — Apenas diga que estou escondido em algum lugar nos rochedos, sozinho.

O homem fez uma pausa por momento, depois deu de ombros.

— O que o senhor quiser, desde que eu possa tirar algumas fotografias também.

Alek sentiu um arrepio — *obviamente*, o jornal de Malone era do tipo que publicava fotografias. Que coisa completamente vulgar.

Mas ele só pôde concordar.

— Sr. Malone, ainda tem outra coisa... — falou Dylan.

— Não hoje à noite — disse Alek. — Infelizmente, estamos todos bem cansados, Sr. Malone. Tenho certeza de que compreende.

— Os senhores não são os únicos. — O repórter se levantou e esticou os braços. — Passei a noite inteira naquele saguão. O senhor se encontraria comigo amanhã no café de sempre?

Alek concordou com a cabeça, e Malone recolheu suas coisas e foi embora sem sequer se oferecer para pagar pelo café.

— Isto é tudo culpa minha — disse Lilit, quando o homem foi embora. — Eu o vi quando segui você. Deveria tê-lo reconhecido ao subir.

Alek balançou a cabeça.

— Não. Eu é que fui tolo o suficiente para envolver um repórter nos meus assuntos.

— Não importa de quem é a culpa — falou Dylan —, nós deveríamos ter contado para ele sobre o... — Ele hesitou ao olhar para Lilit.

A garota fez um gesto de desdém.

— O Comitê sabe tudo sobre aquela torre — disse ela. — Nós passamos meses vendo os alemães construí-la e imaginávamos o que poderia ser, até que Alek surgiu e explicou tudo.

— Eu expliquei? — perguntou Alek, que então se lembrou do primeiro dia no armazém. Nene não havia acreditado em uma palavra que ele dissera... até Alek mencionar o canhão Tesla. Aí ela subitamente se interessou e o bombardeou com perguntas: como se chamava, como funcionava e se podia ser usado contra andadores. — Mas pensei que a gente estivesse falando sobre o *Goeben*. Por que você não me contou que o sultão tinha *outro* canhão Tesla?

— Isso nem tinha importância... Você disse que o canhão não poderia afetar nossos andadores. — Ela franziu a testa e olhou para Dylan. — Mas *pode* derrubar aeronaves, não é?

O garoto pigarreou, mas apenas deu de ombros.

— E vocês dois acabaram de ficar verdes só de pensar nisso — disse Lilit.

— Sim, bem, você sabe — falou Dylan. — Aquelas engenhocas são um risco profissional quando se é um aeronauta.

Lilit cruzou os braços.

— E você esteve prestes a contar o que era essa "torre de rádio" na verdade para aquele repórter, com a intenção de avisar seus amigos darwinistas! — Ela se voltou para Alek. — E você está disposto a revelar seus segredos de família apenas para manter Dylan fora dos jornais! Tem alguma coisa que vocês dois não estão me dizendo.

Alek suspirou. Às vezes, Lilit conseguia irritar por ser tão perceptiva.

— Será que devo pedir para minha avó me ajudar a entender toda esta situação? Ela é muito boa com quebra-cabeças.

Alek se voltou para Dylan e falou:

— A gente deveria contar tudo para ela.

O garoto jogou as mãos para o alto, derrotado.

— Sim, isso não importa mais. Temos que cancelar o plano inteiro! Apenas conte para Malone a respeito do canhão Tesla amanhã. Assim que sair no jornal, o almirantado vai saber que o plano é perigoso demais.

— Nós não podemos contar — disse Alek. — A revolução vai falhar sem a ajuda do *Leviatã*!

— Mas o *Leviatã* não vai sobreviver. Se aquele canhão berrante tem a própria estação de energia, ele deve ser *enorme*.

Alek abriu a boca, mas não conseguiu encontrar palavras para argumentar. Não havia jeito de voar sobre Istambul em uma aeronave, não com um gigantesco canhão Tesla a guardando.

Lilit soltou um suspiro de irritação.

— Bem, uma vez que nenhum de vocês meninos se importa em me explicar, com licença.

Ela levantou a mão e enumerou as questões com os dedos.

— Um, obviamente o *Leviatã* está voltando para Istambul, ou vocês não se importariam com o canhão Tesla. Dois, seja lá o que ele pretende, pode ajudar a revolução, como Alek acabou de dizer. E três, tudo isso tem a ver com sua missão secreta. — Ela hesitou por um momento ao encarar Dylan. — Seus homens foram capturados perto das redes de kraken, não foram?

Alek abriu a boca de novo, desejando interrompê-la antes que ela calculasse a verdade, mas foi calado por um gesto de Lilit.

— Todo mundo acha que sua missão falhou, mas eles não sabem que *você* não foi capturado. — Ela arregalou os olhos. — Você planeja trazer um kraken pelo estreito!

Dylan parecia péssimo, mas apenas concordou com a cabeça.

— Não é um kraken realmente, mas chegou perto — admitiu o garoto. — E foi um belo plano também, mas agora tudo está arruinado! Temos que contar a Malone sobre o canhão, ou avisar o almirantado de alguma outra maneira.

— Mas isto é perfeito! — disse Lilit.

— Perfeito de que maneira, exatamente? — reclamou Dylan. — Aquele canhão é uma armadilha mortal, e o *Leviatã* está indo bem na sua direção! Estamos falando da minha nave!

— Estamos falando da libertação do meu povo também — disse Lilit baixinho, com os olhos fixos nos de Dylan. — O Comitê vai cuidar desse problema, juro.

— Mas minha missão deveria ser ultrassecreta. — Dylan balançou a cabeça. — Não posso deixar que prossiga se um bando de anarquistas tapados souber a respeito!

— Então não contaremos para mais ninguém — disse Lilit. — Apenas nós três precisamos saber.

Alek franziu a testa.

— Nós três não conseguiremos destruir um canhão Tesla.

— Não, não poderemos, mas... — Lilit ergueu a mão e apertou bem os olhos por um momento. — Meu pai planeja liderar o ataque ao *Goeben*

[ 356 ]

em pessoa, com quatro andadores. Porém, se o *Leviatã* e seu monstro marinho puderem dar conta dos encouraçados, teremos aqueles andadores sobrando. Então, na noite da revolução, nós explicaremos tudo para o meu pai, depois iremos para os rochedos e destruiremos esse canhão Tesla completamente!

— Alguém pode descobrir — falou Dylan.

— E se nós usarmos apenas pilotos em quem confiamos? — perguntou Alek. — O andador de Lilit, o meu, o de Klopp e o de Zaven. Ninguém mais precisa saber o que está acontecendo.

Lilit deu de ombros.

— Mais ninguém se ofereceu para enfrentar o *Goeben*, afinal de contas.

Dylan encarou os dois com uma expressão de terror nos olhos.

— Mas e se a gente falhar? — disse ele, baixinho. — Todos eles queimarão.

Lilit esticou os braços sobre a mesa e pegou as mãos de Dylan.

— A gente não vai falhar — falou ela. — Nossa revolução depende de sua nave.

Dylan encarou as mãos de Lilit por um momento, depois lançou um olhar desamparado para Alek.

— É a única forma de eles vencerem — disse Alek, simplesmente. — E a única forma de completar sua missão. Seus homens se sacrificaram por isso, certo?

— Ah, *tinha* que dizer isso. — Dylan gemeu e puxou as mãos das de Lilit. — Sim, tudo bem então, mas é melhor que vocês, seus anarquistas berrantes, não metam os pés pelas mãos!

— Não vamos — falou Lilit, com um sorriso radiante para o garoto. — Você salvou a revolução novamente!

Dylan revirou os olhos.

— Não precisa ficar toda sonhadora, mocinha.

Alek sorriu. Eles realmente formavam um casal muito divertido.

# ◦ TRINTA E SETE ◦

**DERYN ABRIU BEM** os braços e esperou.

— R...

Abaixou o braço esquerdo 45 graus.

— S...

Deixou o braço direito cair, e a chave de parafuso na mão apontou para baixo.

— G! — disse Bovril, e comeu outro morango. Depois, jogou o cabinho pela borda da sacada e encostou a cabeça na grade para vê-lo cair.

— Viram só *isto*? — berrou Deryn. — Ele aprendeu o alfabeto berrante inteiro!

Lilit e Alek encararam o monstrinho, e a seguir Deryn.

— Você ensinou para ele? — perguntou Lilit.

— Não! Eu só estava praticando meus sinais. Creio que estava dizendo as letras em voz alta, e depois de repetir algumas vezes... — Deryn apontou para Bovril. — O monstrinho se juntou a mim, tão rápido quanto o assistente de um cientista.

— E é por isso que você quer trazê-lo conosco hoje à noite? — perguntou Alek. — Caso a gente precise mandar sinais?

Deryn revirou os olhos.

— Não, seu vagabundo tapado. É porque...

Ela suspirou, sem saber exatamente como explicar. O lêmur tinha um dom para notar detalhes importantes, exatamente como a Dra. Barlow dissera. E a missão da noite de hoje era a mais importante que Deryn já participara. Não arriscaria deixar o monstrinho para trás.

— Perspicaz — disse a criatura.

— Ah, esta é a palavra — exclamou Deryn. — Porque ele é perspicaz.

Duas semanas atrás, Zaven colocou sua educação de primeira classe para trabalhar e explicou o nome da espécie de lêmur para Deryn. Na verdade, "perspicaz" significava a mesma coisa que "sagaz" ou mesmo "previdente". E, embora isso não parecesse com o tipo de coisa que um monstrinho seria, o termo certamente cabia bem.

Alek suspirou e se virou na direção dos aposentos da família, de onde a cama tartaruga de Nene surgia, coberta por mapas que esvoaçavam na brisa. A velha chamou Lilit e Alek.

Enquanto os dois se afastavam, Alek se voltou para trás e disse:

— Tudo bem, Dylan, mas eu tenho um andador para pilotar, então você vai ter que cuidar do monstrinho.

— Será um imenso prazer — falou Deryn, baixinho, enquanto coçava a cabecinha do lêmur.

Ter o monstrinho por perto fora a única coisa que tornara suportável trabalhar com os mekanistas e suas máquinas sem vida, que cheiravam a escapamento e graxa. O esplendor frenético de Istambul ainda era tão estranho, a cidade possuía línguas estrangeiras demais para se aprender em uma vida inteira; quanto mais em um mês. Deryn passara os dias imprimindo jornais que não sabia ler e se perguntava o que as preces ditas sobre os telhados significavam. Os elaborados desenhos geométricos dos tapetes e tetos ladrilhados de Zaven deslumbravam os olhos de Deryn, e até mesmo a comida maravilhosa geralmente se mostrava — como o resto da capital — suntuosa demais.

Porém, o mais difícil de tudo era estar tão perto de Alek e ainda se esconder dele. Alek dividira seu último segredo com ela, e Deryn se deu conta de que poderia ter contado para ele naquela mesma noite, no quarto escuro de hotel, sem ninguém por perto para escutar.

No entanto, sempre que tentava, Deryn imaginava a expressão de horror no rosto de Alek. Não porque ela era uma garota nas roupas de um menino ou porque mentira para ele por tanto tempo. Todo esse lero-lero Alek deixaria para trás em pouco tempo, Deryn sabia. E então ele a amaria, ela *sabia*.

Mas aí estava o problema, porque havia uma coisa que jamais mudaria... Deryn era uma plebeia. Era mil vezes mais plebeia que a mãe de Alek, que nascera uma condessa, ou mesmo do que Lilit, uma anarquista que falava seis línguas e sempre sabia que garfo usar. Deryn Sharp era tão reles quanto *estrume* berrante, e o único motivo para Vossa Serena Alteza, Aleksandar de Hohenberg, não se incomodar com isso era porque ela também era, na mente dele, um garoto.

No momento em que Deryn pudesse ser algo mais que um amigo, ela *seria*, e então ele teria que se afastar.

O papa não escrevia cartas para transformar em realeza órfãs de balonistas, garotas em roupas de menino ou darwinistas que não demonstram arrependimento. Tinha certeza absoluta disso.

Deryn observou Alek se ajoelhar ao lado da cama de Nene como um bom neto, e os três repassaram os detalhes do ataque pela última vez. A batalha de hoje à noite era algo que eles ajudaram a fazer juntos, ela e Alek, e isso era o mais próximo que jamais chegariam.

— A, B, C... ? — perguntou Bovril, e Deryn fez que sim com a cabeça.

Ela torceu para que o treino de sinais realmente viesse a ser útil. Se tudo ocorresse bem naquela noite, a tripulação do *Leviatã* daria uma boa olhada no canhão Tesla após ele ter sido destruído. Esta podia ser sua única chance de informá-los de que estava viva.

Poderia até mesmo ser uma chance de ir para casa e deixar seu príncipe para trás, finalmente.

Os grandes portões exteriores do pátio se abriram devagar e revelaram um céu límpido e sem lua.

— Que sorte que não choveu hoje à noite — falou Alek, enquanto verificava os controles.

— Tem razão — respondeu Deryn. Um toró à meia-noite teria transformado as bombas de pimenta em uma gororoba inútil e arruinaria as únicas armas do Comitê. Esta era a questão a respeito das batalhas, dizia sempre o Sr. Rigby, um tiquinho de má sorte poderia fazer todos os planos irem para o brejo.

Assim como o resto da vida, pensou ela.

O pátio foi tomado pelo ronco dos motores de quatro andadores. Şahmeran, com Zaven nos controles, ergueu a mão gigante e gesticulou para que os demais fossem à frente enquanto se arrastou portões afora.

Lilit foi a próxima, no comando de um Minotauro. O andador meio homem, meio touro se abaixou para que os chifres passassem e esticou as mãos gigantes para se equilibrar. Bombas de pimenta cachoalharam no carregador que o mestre Klopp soldara no antebraço.

Alek pousou os pés nos pedais do gênio. Klopp insistira que Alek pilotasse uma máquina árabe naquela noite; o canhão de vapor tornava o andador um dos mais seguros do arsenal do Comitê. Atrás do gênio, Klopp e Bauer estavam sentados aos controles de um golem de ferro.

— Segure-se firme, Bovril — falou Deryn, e o monstrinho subiu correndo para seu ombro. As garras espetavam a jaqueta de piloto como pequeninas agulhas.

Alek mexeu os pés, e a engenhoca deu um grande passo à frente.

Deryn agarrou as laterais da cadeira de comando, enjoada como sempre ficava com o andar pesado da máquina. Pelo menos o gênio ainda estava em modo de desfile, com o topo da cabeça aberto, de forma que ela podia ver as estrelas e respirar ar puro.

— Vire à esquerda aqui — disse ela. Para manter a missão no maior segredo possível, os quatro andadores não tinham copilotos, portanto Deryn atuava como navegador de Alek e, assim que o tiroteio começasse, como telêmetro para o braço atirador. Deryn nunca fora um artilheiro antes, mas o treinamento de altitude a tornara uma especialista em calcular distâncias, desde que ela se lembrasse de pensar em metros em vez de jardas.

Deryn olhou para o mapa novamente. Ele mostrava quatro rotas separadas para o canhão Tesla, com a de Alek marcada em vermelho. Estes quatro andadores saíram antes que o ataque principal começasse, portanto não podiam se dar ao luxo de provocar suspeitas por andarem juntos. O truque seria todos chegarem ao alvo ao mesmo tempo.

Também marcadas no mapa estavam as posições dos mais ou menos quarenta andadores que se comprometeram com o Comitê, de prontidão para entrar em ação uma hora depois. Deryn se perguntou se havia espiões entre as tripulações, prontos para vender os planos do Comitê para o sultão por uma barra de ouro.

Pelo menos, ela podia ter certeza de que este ataque ao canhão Tesla fora mantido em segredo. O próprio Zaven só soubera naquela tarde. Ficara irritado por ter sido mantido de fora, até se dar conta de que não teria que encarar a artilharia pesada do *Goeben*.

[ 362 ]

A não ser que o almirantado tivesse mudado a noite de chegada do *Leviatã*, obviamente.

— Você já pensou em quantas coisas podem dar errado? — perguntou Deryn. — É como o bardo diz: "Os melhores planos de homens e ratos."

— Bá! — falou Bovril ao imitar o tom de Zaven.

— Viu só? — disse Alek. — Seu amigo perspicaz está confiante. Deryn olhou para o monstrinho.

— Só espero que ele esteja certo — desejou.


Eles avançaram depressa pelas ruas quase desertas de Istambul. Os andadores do Comitê haviam praticado o deslocamento à noite no último mês, sob o pretexto de patrulhar a cidade contra ladrões, portanto ninguém olhou para o gênio duas vezes.

Os prédios se tornaram esparsos no limite da cidade, e em pouco tempo o gênio seguia por uma poeirenta estrada para carruagens. A rota mal era larga o suficiente para o andador, e a aba do canhão de vapor sacudiu os galhos de árvore dos dois lados. Quando eles passaram por uma estalagem às escuras em uma encruzilhada, Deryn viu rostos curiosos que espiavam das janelas. Mais cedo ou mais tarde, alguém iria se perguntar o que um andador dos guetos de Istambul fazia no campo.

Mas eles estavam próximos demais do alvo para que isto tivesse importância agora. O terreno se elevou e ficou mais rochoso conforme os rochedos subiam. A cidade surgiu na escotilha traseira do andador, com seu brilho e esplendor gritantes na noite sem lua.

Uma centena de mastros e chaminés estavam espalhados pela extensão negra de água, e Deryn se perguntou novamente o que aconteceria se o *Leviatã* fosse abatido. Será que o beemote simplesmente iria embora nadando ou enlouqueceria entre todos aqueles navios desarmados?

[ 363 ]

"UM GÊNIO AVANÇA PELAS RUAS."

Ela balançou a cabeça. Não poderiam falhar na noite de hoje.

Eles estavam a apenas poucos quilômetros do canhão Tesla quando um farol disparou na escuridão.

Deryn franziu os olhos — ela viu um brilho de aço e a silhueta de uma tromba e de um rabo.

Era um dos elefantes de guerra do sultão que bloqueava o caminho.

— Distância? — perguntou Alek, com calma.

— Cerca de 1.000 jardas, quero dizer, 900 metros.

Alek concordou com a cabeça e puxou uma alavanca. Uma bomba de pimenta rolou do carregador para a mão do gênio. Deryn sentiu um leve cheiro e fez uma careta. Mesmo embrulhadas em lona, as bombas soltavam um pó que irritava os olhos sempre que se mexiam.

— Abaixe o topo, por favor — disse Alek.

— Sim, sua princesisse. — Deryn começou a trabalhar na manivela, e a testa do gênio foi rolando pelas estrelas enquanto se fechava devagar.

Alek alimentou os motores e mandou energia para as caldeiras. O braço direito da máquina recuou devagar.

Alguém no elefante de guerra berrou para eles em um megafone. Deryn não reconheceu nenhuma das palavras em turco, mas elas soaram mais curiosas do que irritadas. Até onde os otomanos sabiam, o gênio estava desarmado.

— Eles só estão se perguntando o que raios estamos fazendo aqui — murmurou Deryn. — Não há motivo para ficarmos nervosos.

— Nervosos — falou o monstrinho.

Alek riu.

— Perspicaz ou não, a criatura conhece você.

Deryn fez uma cara feia para o lêmur. *Obviamente*, ela estava um tiquinho nervosa. Apenas um tolo não estaria ao ir para a batalha. Especialmente em uma engenhoca mekanista temperamental.

— Carregado e pronto para atirar — disse Alek.

— Espere. — Deryn observou o telêmetro que Klopp instalara, cujo ponteiro subia devagar conforme a pressão aumentava na junta do ombro do gênio.

Esta era a parte complicada, pois como Klopp não conseguira testar todos os braços atiradores do exército do Comitê, ele calibrou os telêmetros usando apenas matemática e estimativa. Até que o primeiro tiro acertasse, não havia como dizer até que distância as bombas realmente iriam.

O ponteiro finalmente chegou aos 900 metros...

— Fogo! — berrou Deryn.

Alek puxou o gatilho, e a mão gigante do gênio fez um arremesso acima deles. O ombro de metal soltou nuvens de vapor, e o ar da cabine ficou escaldante.

A bomba de pimenta caiu 50 metros à frente do elefante e explodiu em uma nuvem de pó que fez um redemoinho tão vermelho quanto sangue na luz do farol.

— O mestre Klopp entende de matemática — falou Deryn, com um sorriso. — Da próxima vez, nós acertaremos o vagabundo em cheio!

— Mais vapor! — mandou Alek. — Estou carregando outra bomba.

Deryn puxou o alimentador da fornalha, e os motores roncaram debaixo deles, mas o ponteiro do telêmetro subiu devagar. O gênio gastou todo tiquinho de pressão do ombro com o primeiro arremesso.

— Vamos! — apressou-o Deryn. — Eles vão revidar o tiro a qualquer momento.

— Se este fosse um andador de verdade, a gente tomaria uma ação evasiva — murmurou Alek. — O que eu não daria por uma mira decente.

— Ou uma arma decente!

— As bombas de pimenta foram ideia sua, pelo que eu...

A torre principal do elefante despertou e cuspiu um projétil barulhento no ar. A explosão veio segundos depois e sacudiu o gênio.

— Eles erraram! — gritou Alek. — Mas agora calcularam nossa distância. Você já pode atirar?

— Espere! — Deryn observou o ponteiro subir. O lêmur cravou as garras fundo em seu ombro e imitou o assobio e o estrondo do tiro que errou.

O ponteiro passou dos 900 metros, mas ela precisava de pelo menos mais 50...

— Fogo! — berrou ela, finalmente.

O bração arremessou novamente e sacudiu a cabine para trás. No momento em que a bomba voou, Alek agarrou os controles e investiu à frente.

Pela escotilha que balançava, Deryn observou o elefante de guerra desaparecer em um nuvem turbulenta de pó vermelho.

— Na mosca! — gritou ela.

Porém, a tripulação do andador ainda conseguiu disparar; o canhão principal cuspiu fogo novamente e transformou a nuvem de pó ao redor do elefante em um enorme redemoinho. O ar estalou uma vez mais quando o tiro passou longe.

O gênio foi sacudido pela explosão — o projétil acertou exatamente onde eles estiveram antes, calculou Deryn. Alek lutou com os controles enquanto o andador cambaleava para a frente.

A metralhadora da tromba do elefante abriu fogo e fez o caminho à frente deles tremer com jatos de terra. A seguir veio um coro de balas atingindo metal, tão alto quanto pistons dando defeito.

— Precisamos de cobertura de vapor! — gritou Alek.

— Sem chance! — Deryn olhou fixamente para o ponteiro imóvel do medidor de pressão. Os motores estavam ocupados demais mantendo o andador em movimento para recarregar as caldeiras.

Porém, a torre principal do elefante não disparou de novo. Apenas a pata dianteira esquerda se movia, como um cão que batia a pata no chão. O farol varreu o céu a esmo.

— Eles estão intoxicados! — berrou Deryn. Mesmo a centenas de metros de distância, seus olhos começaram a ficar irritados pela pimenta. Ela puxou os óculos de proteção do pescoço e os colocou no rosto.

— Intoxicados — disse Bovril, que depois espirrou.

Alek mexeu nas alavancas e esticou as mãos do gênio para se equilibrar, mas manteve a investida à frente.

— Eu vou derrubá-los. Prepare-se.

Deryn verificou o cinto de segurança.

— Segure-se, monstrinho! — disse ela.

O elefante cambaleava em círculos neste momento, outra de suas patas tentava se mexer, porém a torre permanecia imóvel. Será que a bomba de pimenta acertara em cheio?

Então Deryn viu o desenho do fluxo de ar que o pó vermelho tornara visível e se deu conta do que acontecera: o recuo do canhão sugou a pimenta diretamente para o interior da torre principal. A tripulação do elefante se condenara com o próprio tiro.

— Eles devem estar sufocados com certeza!

— Não por muito tempo, porém — disse Alek. — Segure-se!

O elefante de guerra virou de lado e cambaleou em cima de uma cerca de arame farpado logo atrás dele. À medida que o gênio avançava pelas turbulentas nuvens vermelhas, a garganta de Deryn começou a arder, e ela ficou contente por usar os óculos de proteção. Contudo, Alek não vacilou — ele abaixou o ombro esquerdo do gênio...

Metal foi amassado e se rompeu em volta deles, uma onda de choque que trovejou pela imensa estrutura do gênio. O mundo girou na escotilha, céu, chão e escuridão passaram em um piscar de olhos. Alek praguejou e mexeu nos controles, enquanto uma golfada de pimenta fazia Deryn tossir.

Finalmente, o gênio parou de girar; ele estava adernado de maneira esquisita. Deryn borrifou um tiquinho de vapor para limpar o ar, soltou o cinto de segurança e debruçou o corpo para fora da escotilha.

As nuvens brancas ao redor se abriram e revelaram o elefante caído de lado, imóvel.

— Pegamos os otomanos!

— Intoxicados! — gritou Bovril.

— Mas por que estamos inclinados assim? — reclamou Alek. — E o que raios está nos segurando?

Deryn colocou mais o corpo para fora e viu o brilho de metal por toda parte. O gênio passara cambaleando pelo arame farpado e arrancara uns 400 metros da cerca.

— Estamos enroscados naquele arame berrante!

Alek pisou nos pedais, e o arame rompeu e arranhou.

— Tem mais andadores à frente. Precisamos de cobertura de vapor agora.

Deryn alimentou as caldeiras, depois olhou pela escotilha. A 3 quilômetros de distância, o canhão Tesla surgia do alto dos rochedos, com a metade da altura da Torre Eiffel.

Em volta da base, havia mais três elefantes de guerra, com chaminés dando sinal de vida.

# ◆ TRINTA E OITO ◆

**– OS OUTROS ESTÃO POR PERTO?** — perguntou Alek.

Deryn se debruçou para fora da escotilha e olhou para trás. Não havia nada no horizonte a não ser as silhuetas de três pequenas árvores recortadas no topo dos rochedos. Então ela notou os andadores: três rastros de fumaça contra a luz da estrelas, a não mais que 3 quilômetros de distância.

— Sim, todos eles! Mais ou menos a 3 quilômetros atrás de nós. — Deryn olhou o ponteiro do medidor de pressão, que somente agora começava a subir novamente. — O que é bom também, pois a gente vai levar uns minutos antes de poder atirar novamente.

— Não temos tanto tempo assim. Dê alguma cobertura enquanto eu me livro deste arame.

Assim que Deryn esticou a mão para pegar a alavanca do canhão de vapor, um dos elefantes de guerra disparou. O projétil errou, mas chegou perto, e Deryn foi jogada de costas para longe dos controles. Cascalho e terra foram cuspidos para dentro da escotilha e deixaram um arranhão nos óculos de proteção de Deryn.

— Por obséquio, Sr. Sharp? — pediu Alek.

— *Sr.* Sharp — repetiu Bovril com uma risadinha.

Deryn ficou de pé depressa para puxar a alavanca, e um assobio tomou conta dos ouvidos. A cabine de pilotagem ficou subitamente quente e úmida como uma estufa.

Do lado de fora da escotilha, o mundo desapareceu atrás de um véu branco.

Alek mexeu nos pedais e alavancas, atacou às cegas o emaranhado de arame farpado. Mais tiros trovejaram além da nuvem de vapor, mas as explosões em resposta soaram ao longe.

— Eles estão atirando nos outros — falou Deryn.

— Então agora é a hora de atacar! Arrume alguma pressão no braço atirador.

— Eu adoraria, sua alteza. — Deryn puxou o alimentador da fornalha novamente. — Mas a gente esvaziou as caldeiras para fazer este vapor, e agora você está dançando como um maluco, o que gasta ainda mais energia!

— Muito bem, então — disse Alek ao deixar o gênio parado e agachado. Com os motores em ponto morto, o ponteiro do telêmetro começou a subir novamente.

Através da brancura chegou o clangor de metralhadoras — os otomanos atiravam na barreira de nuvens de vapor e prestavam atenção para notar onde as balas atingiam metal.

— Eles vão nos descobrir em breve — disse Alek. Ele puxou a alavanca, e Deryn ouviu uma terceira bomba de pimenta chacoalhar e ficar pronta.

Ela limpou a condensação do telêmetro.

— Trezentos metros e aumentando — anunciou Deryn.

— Isto é o suficiente, se a gente investir contra eles!

— Você é tapado? São *três* deles e um de nós!

[ 372 ]

— Sim, mas não temos muito tempo. Ouça seu monstro.

Deryn olhou para o lêmur. Os olhinhos minúsculos estavam fechados, como se tivesse decidido tirar uma soneca, mas um ruído suave saía dos lábios — um zumbido e um estalo, como a estática do rádio de Klopp. Ela tinha ouvido este som antes...

— Aranhas berrantes — murmurou Deryn.

— Realmente. — Alek pisou nos pedais. Conforme o gênio avançava em um rompante, as nuvens quentes se abriram ao redor.

O canhão Tesla surgiu imponente nos rochedos, a estrutura reluzia contra o céu escuro. Faíscas fracas percorriam os suportes inferiores como vaga-lumes fabricados voando em comemorações do feriado do dia de Guy Fawkes. O brilho banhava o campo de batalha.

Deryn se debruçou e apertou os olhos para ver as estrelas. Nenhuma silhueta negra se movia entre elas, mas se os otomanos estavam energizando o canhão, eles deviam ter visto a aproximação do *Leviatã*.

Os elefantes de guerra continuavam atirando nos outros andadores, com os morteiros apontados para o alto. Porém, quando Alek investiu à frente, uma das torres começou a virar de lado...

Instantes depois, o canhão principal cuspiu fogo e fumaça. Um projétil acertou perto o suficiente e fez o gênio cambalear. O ponteiro do telêmetro tremeu, depois caiu — havia um vazamento de pressão em algum lugar.

— Fomos atingidos! — gritou Deryn.

— O gatilho é seu, Sr. Sharp — falou Alek calmamente, enquanto as mãos apertavam com força as alavancas. O gênio mancava agora, a cabine inteira ia de um lado para o outro.

Deryn agarrou o gatilho, os olhos iam e voltavam do telêmetro para os três elefantes de aço à frente. A agulha parou nos 400 metros e tremia incerta enquanto a distância dos elefantes diminuía a cada passo.

O elefante mais próximo balançou a tromba na direção do gênio, e a metralhadora cuspiu fogo. Balas acertaram a blindagem com um som que parecia com o barulho de moedas sendo sacolejadas dentro de uma lata. Uma bala entrou pela escotilha, uma lasca de metal quente que jogou fagulhas sobre a cabeça dos dois.

— Você foi atingido? — perguntou Alek.

— Eu, não! — respondeu Deryn.

— Eu, não! — repetiu Bovril, que depois encheu a cabine com sua risada histérica.

Outro elefante apontava seu canhão...

O ponteiro do telêmetro ficou frenético novamente, depois subiu, e finalmente eles estavam perto o bastante. Deryn apertou o gatilho, e o braço do andador atirou a bomba enquanto eles corriam, como um arremessador lançando uma bola de críquete para um rebatedor.

A bomba de pimenta acertou em cheio o elefante mais próximo e explodiu em um turbilhão de vermelho intenso. A máquina cambaleou, mas a nuvem se afastou rapidamente e se espalhou pelos reluzentes suportes inferiores do canhão Tesla.

— Bolhas! — gritou Deryn. — O vento é forte demais aqui em cima!

Obviamente, sempre batia um vento forte nos rochedos do litoral. Ela fora uma *Dummkopf* por não perceber isso!

Contudo, Alek não fraquejou e investiu contra o elefante. O tiro certeiro causara algum estrago, pelo menos. A máquina otomana cambaleava como um bezerro recém-nascido.

Porém, logo antes de os dois colidirem, a cabeçorra do elefante girou e levantou as duas presas espinhosas...

Alek puxou as alavancas, mas o andador estava veloz demais para virar. Com um guincho metálico horrível, o gênio se empalou em uma presa, e as caldeiras no peitoral cuspiram um jato branco de vapor.

"COLISÃO."

O ar na cabine de pilotagem ficou úmido e escaldante, todas as válvulas assobiaram como uma chaleira. O elefante sacudiu a cabeça e balançou loucamente o gênio, o que arrancou Deryn do assento. Ela gritou quando as mãos espalmaram o piso de metal incandescente, e o monstrinho cravou fundo as garras no ombro.

— Estamos perdidos! — berrou Deryn. — Abandonar o navio!

— Ainda não! — Alek puxou uma alavanca com uma das mãos e apertou o gatilho da bomba com a outra. Com o último tiquinho de força do gênio, ele abaixou o braço atirador.

Deryn ficou parada e apertou os olhos atrás dos óculos de proteção para ver as bombas de pimenta que restavam — quase uma dúzia —, descerem chacoalhando pelo carregador e estourarem contra as costas do elefante.

— Aranhas berrantes — disse o lêmur perspicaz.

— Abra o nosso andador — falou Deryn ao soltar o cinto de segurança. — Em um instante, a gente não vai conseguir mais respirar!

Enquanto Alek girava a manivela furiosamente, Deryn deu um chute para abrir o armário no fundo da cabine e tirou um rolo de corda de dentro dele.

— Você não está contente que a gente tenha treinado ancorar? — berrou Deryn, mais alto que o barulho do vapor e do tiroteio.

— Prefiro não saber o que vai acontecer.

— Besteira. Isto é fácil comparado com uma fuga deslizante de um Huxley! Uma dia desses eu conto para você.

Quando a cabeça do gênio se abriu, Deryn amarrou a corda e jogou para fora, sobre a traseira do andador. Ela subiu na borda da cabine e olhou para o interior da nuvem branca e nebulosa debaixo deles. O último jato das caldeiras do gênio continuava sendo expelido pela presa que se projetava das costas do andador.

— Eu vou primeiro — disse ela. — Assim, se você deslizar muito rápido, eu amparo sua queda.

— Isto não vai doer um pouco?

— Sim, portanto não deslize muito rápido!

Deryn prendeu uma presilha na corda e deu uma última olhada na batalha que se espalhava ao redor deles. Outro elefante de guerra tinha sido atingido — estava cambaleando em círculos, com a reluzente blindagem de aço suja de pó vermelho. O Minotauro de Lilit investia à frente enquanto o golem de ferro ficava atrás, lançando bombas de pimenta com o enorme braço direito no elefante que sobrara. Mesmo com a brisa do mar pelas costas, o cheiro das pimentas e do tiroteio eram sufocantes.

Então Deryn viu Şahmeran caída de costas a 400 metros da torre, soltando fumaça negra e óleo incandescente.

— Zaven foi atingido! — berrou ela.

— E isto não é tudo. — Alek apontou para a cidade, onde uma nova coluna de fumaça subia ao longe.

— Bolhas! Reforços inimigos!

— Não se preocupe. Aquele andador está a 10 quilômetros de distância, e os otomanos não possuem nada rápido.

— Rápido — disse Bovril.

Deryn olhou feio para ele.

— O que raios você está dizendo, monstrinho?

— Rápido — repetiu a criatura.

Uma colisão gigante rolou pelo campo de batalha: o Minotauro de Lilit bateu em cheio contra o último elefante de guerra ileso. Ambas as máquinas caíram e rolaram uma sobre a outra como gatos brigando. Uma enorme nuvem vermelha se espalhou para todos os lados, impulsionada pelo vapor das caldeiras quebradas dos dois andadores, e pintou de vermelho sangue as estrelas no céu.

As duas máquinas pararam de rolar no meio de uma torre turbulenta de pó e fumaça de motor, ambas imóveis.

— Lilit — falou Deryn, com a voz rouca.

O Minotauro estava caído, mas a cabeça parecia intacta. Talvez a garota estivesse protegida dentro da casca de metal.

— Olhe — disse Alek. — Ela abriu caminho para Klopp!

Só sobrava um elefante de pé, e ele estava coberto por pó vermelho, mal se mexendo. O golem de ferro prosseguia pesadamente em um ritmo estável, sem nada entre ele e o canhão Tesla.

Contudo, Klopp não desviou na direção do elefante ferido ou do canhão — o golem de ferro veio diretamente para cima deles.

— O que Klopp está fazendo? — perguntou Deryn. — Por que ele está vindo para *cá*?

Alek praguejou.

— Klopp e Bauer estão seguindo as ordens do Volger. Estão vindo me resgatar!

— Bolhas, isto é o que você ganha por ser um *príncipe* berrante!

— Um arquiduque, tecnicamente.

— O que quer que seja, nós temos que mostrar para ele que você não precisa de resgate. Vamos!

Deryn levantou a corda e sentiu Bovril se segurar firme em seu ombro.

— Abandonar o navio — disse o monstrinho.

Ela pulou e deslizou através de nuvens quentes de vapor.

# TRINTA E NOVE

**ANTES DE SEGUIR DYLAN,** Alek abaixou o olhar para o elefante de guerra que havia empalado o gênio.

Os tripulantes abandonavam o andador pela escotilha ventral, tossindo e cambaleando às cegas. Eles não seriam uma grande ameaça por enquanto.

Porém, ver o chão tão lá embaixo fez Alek prender as luvas de pilotagem com mais força. Aprender como "ancorar", como Dylan dizia, o ensinara a ter um respeito salutar por queimadura de corda. Ele engoliu em seco, sentiu o gosto intenso de páprica e pimenta vermelha na boca, e depois pulou...

A corda passou chicoteando por Alek, frenética e furiosa como um jato de água escaldante. Ele parou em doloridos solavancos de poucos em poucos metros, as botas bateram contra o metal quente da blindagem do gênio. Havia um turbilhão de nuvens de vapor em volta de Alek, os motores dentro do andador estalavam e assobiavam enquanto esfriavam.

Quando os pés bateram na terra dura, Alek tirou as luvas para encarar as palmas que ardiam.

— Que demora — reclamou Dylan ao se virar para o golem de ferro. — *Vamos*. O canhão Tesla está se preparando para atirar. Precisamos mostrar para Klopp que você está bem!

Alek se soltou e seguiu o garoto, que disparou a toda velocidade. O golem de ferro continuava vindo na direção deles, cruzando o campo de batalha sem parar.

Klopp com certeza não tinha reparado nos reforços otomanos que vinham por trás.

Enquanto corria, Alek apertou a vista ao olhar a trilha de fumaça ao longe. O rastro já parecia próximo, e ele agora viu como a coluna fazia uma curva para trás contra o céu iluminado pelas estrelas.

*Rápido*, dissera a criatura. Mas que andador era *tão* rápido assim?

Dylan soltou um ganido logo à frente. Ele havia tropeçado e caído de cara na terra. Enquanto o garoto se levantava com dificuldade, Alek diminuiu o passo e olhou no que Dylan tropeçara: trilhos de trem.

— Ah, não.

— Mas que raios? — Dylan olhou os trilhos. — Ah, isto deve ser onde o Expresso do Oriente...

— *Expresso* — sibilou a criatura, baixinho.

Juntos, eles se viraram para encarar a coluna de fumaça que se aproximava. Estava muito mais perto agora e avançava pelos rochedos dez vezes mais veloz que qualquer andador pesadão.

E estava indo diretamente para cima do golem de ferro.

— Ele não consegue ver o trem — disse Alek. — Está bem atrás do golem!

— Klopp! — Dylan gritou, e começou a correr com os braços agitados no ar. — Saia dos trilhos!

Alek correu mais alguns passos, e o coração latejava nos ouvidos. Gritar, porém, era inútil. Ele procurou nos bolsos por um jeito de mandar um aviso — um sinalizador, uma arma.

A famosa locomotiva em formato de cabeça de dragão estava visível ao longe agora, com o único olho brilhando incandescente e fumaça sendo expelida das chaminés. Dylan ainda corria na direção de Klopp e apontava para o enorme trem logo atrás.

O golem de ferro parou pesadamente e abaixou a cabeça para ver melhor o minúsculo menino diante de si.

Alek viu dois enormes braços de carga se desdobrarem da locomotiva do Expresso. Com 12 metros de comprimento, eles se esticaram dos dois lados, como um par de sabres empunhado por um cavaleiro ao ataque.

Klopp deve ter entendido os gritos de Dylan ou ouvido o trem se aproximando porque o andador começou a virar lentamente...

Mas naquele momento o Expresso passou disparado, e o braço esquerdo de carga golpeou as pernas do golem. Metal rangeu e cedeu, e uma nuvem de vapor irrompeu dos joelhos arruinados.

O andador adernou para trás, abanou os braços enormes e caiu sobre o trecho final do Expresso. Dois vagões de carga afundaram em volta da máquina caída, e os vagões seguintes continuaram a se amontoar sobre o golem de ferro; vidro e peças metálicas foram lançados no ar.

A onda de choque por ser rasgado ao meio subiu pelo trem até alcançar a locomotiva, que derrapou dos trilhos e abriu um sulco na terra. Porém, os pilotos estavam prontos para isso — os braços do Expresso se esticaram como asas para estabilizar a máquina. Um punhado de vagões de carga e carvão foi arrastado atrás da locomotiva e lançou nuvens de poeira no ar.

Alek viu Dylan voltar correndo em sua direção, Bovril era uma pequena silhueta no ombro do garoto, ambos prestes a serem engolidos pela massa turbulenta de poeira.

— Corram! — gritou ele, enquanto apontava para o lado da ferrovia.

A parte da frente do trem, que derrapou e descarrilou, mas continuava avançando, ia de encontro a Alek.

"RASTEIRA NA FERROVIA."

Ele se virou e correu na direção apontada por Dylan, diretamente para longe dos trilhos. Longos segundos depois, a nuvem de poeira colheu Alek, cegou o garoto e encheu seus pulmões.

Algo voou de dentro da massa escura e o derrubou, mãos fortes enfiaram a cabeça de Alek na terra.

Uma sombra imensa passou no ar — Alek se deu conta de que era o braço de carga do Expresso. Caiu uma cascata de terra e cascalho sobre ele, e o clamor igual a mil fundições passou, cheio de guinchos, clangores e explosões.

Conforme o barulho foi sumindo, a poeira se assentou um pouco, e Alek ergueu o olhar.

— Bem, esta passou perto — disse ele. A menos de 5 metros da cabeça de Alek, a garra do braço de carga que derrapou abriu uma fenda tão larga quanto uma via para carruagens.

— De nada, sua arquiduquesice.

— Obrigado, Dylan. — Alek ficou de pé, bateu a poeira das roupas e observou atordoado ao redor.

A parte da frente do Expresso do Oriente finalmente tinha deslizado até parar e quase acertou o próprio canhão Tesla. O golem de ferro estava caído e fumegava no chão, com a traseira do trem empilhada em volta. Alek deu um passo à frente e se perguntou se o mestre Klopp e Bauer estavam bem.

Entretanto, Bovril rosnava e imitava um zumbido baixo que percorria o campo de batalha. Uma crepitação aumentava no ar.

Dylan apontou para o céu ao sul, onde uma longa silhueta finalmente aparecera — o *Leviatã*, negro e imenso contra as estrelas.

Alek se virou na direção do canhão Tesla. Enquanto observava, as faíscas terríveis começaram a subir até a ponta.

— A gente tem que detê-lo — falou Dylan. — Não há mais ninguém.

Alek concordou, emudecido. Klopp e Bauer, Lilit e Zaven — todos eles precisavam de sua ajuda. Porém, o canhão Tesla estava se preparando para atirar, e o *Leviatã* tinha mais de cem homens a bordo.

Alek cerrou os punhos em frustração. Se ao menos estivesse em um andador agora, com braços enormes para derrubar a torre.

— Expresso — sibilou Bovril.

— O trem — disse Alek, baixinho. — Se conseguirmos tomar a locomotiva, nós podemos usar os braços de carga!

Dylan fitou-o por um momento e então assentiu. Os dois correram, tropeçando nos destroços espalhados pelo terreno, desviando de pilhas de carga que haviam sido lançadas do trem.

A parte da frente do Expresso do Oriente fora parar a apenas 15 metros do canhão Tesla. Os braços de carga estavam imóveis, mas as chaminés ainda cuspiam fumaça. Alguns soldados de uniforme alemão saíram cambaleando da locomotiva, com rifles pendurados no ombro.

Alek arrastou Dylan para as sombras.

— Eles estão armados, e nós, não.

— Sim, siga-me.

O garoto correu para o último carro da fila, um vagão de carga caído meio de lado em um sulco aberto pela passagem do trem. Alek seguiu agachado para não ser visto.

Os soldados mal pareciam alertas. Eles andavam de um lado para o outro, atônitos, olhavam os destroços da batalha ao redor e cuspiam pimenta dos pulmões. Alguns olhavam fixamente para o *Leviatã* no céu.

Alek ouviu um barulho conhecido: o ronco dos motores da aeronave. Ele ergueu o olhar e viu o *Leviatã* em plena curva. A tripulação tinha visto o brilho do canhão Tesla e tentava virar a nave.

Porém, era tarde demais. Levaria longos minutos para sair do alcance, e o canhão Tesla zumbia como uma colmeia, quase pronto para disparar.

Dylan chegou ao vagão-carvoeiro atrás da locomotiva, e Alek pulou atrás dele. O carvão deslizou debaixo de seus pés e deixou as mãos do garoto pretas enquanto ele se equilibrava.

Ela correu para a frente e desceu do vagão, depois estendeu a mão para ajudar Alek.

— Vamos rápido, agora — sussurrou.

Alek subiu entre os dois enormes braços de carga. Ele sentiu o ar estalar; as faíscas da torre gigante faziam as sombras tremerem. A cabine do maquinista estava logo adiante.

— Só tem um homem lá dentro — sussurrou Dylan, que entregou Bovril para Alek e sacou uma faca da jaqueta. — Eu cuido dele.

Sem esperar por uma resposta, o garoto balançou o corpo e entrou por uma janela com um único movimento. Quando Alek chegou à porta, Dylan tinha encurralado o solitário maquinista em um canto.

Alek entrou e olhou os controles — uma legião de mostradores e medidores desconhecidos, alavancas de freio e alimentadores de fornalha. Contudo, as alavancas eram luvas de metal em varas, iguais às que controlavam os braços de Şahmeran.

Ele colocou Bovril no chão, enfiou as mãos nas alavancas e fechou o punho.

A 12 metros à direita de Alek, a enorme garra respondeu e se fechou. Alguns soldados alemães ergueram o olhar ao ouvir o barulho, mas a maioria estava hipnotizada pelo canhão Tesla reluzente e pela aeronave no céu.

— Não perca tempo! — sibilou Dylan. — Derrube o canhão!

Alek estendeu os braços na direção da torre, mas a grande garra se fechou a poucos metros do suporte brilhante mais próximo.

— Chegue mais perto! — disse Dylan.

Alek olhou fixamente para as alavancas do motor, depois se deu conta de que as rodas do trem eram inúteis sem trilhos. Porém, ele se lembrou de um mendigo sem pernas que tinha visto na cidade de Lienz, que se deslocava sobre uma prancha com rodas impulsionado pelas mãos.

Ele meteu as duas garras no chão, uma de cada lado, e empurrou para trás. A locomotiva se levantou um pouco, deslizou mais ou menos 1 metro à frente, depois se assentou novamente na terra.

— Mais perto — falou Bovril.

— Bem, agora chamamos a atenção dos alemães — murmurou Dylan ao olhar pela janela.

— Eu deixo este problema com você — respondeu Alek, enquanto arrastava as garras enormes no chão novamente. A locomotiva deslizou à frente com um guincho atroz quando o metal bateu no leito de rocha dos rochedos.

Agora os gritos entravam pela janela, e um soldado pulou para bater na porta. Dylan socou o estômago do maquinista, que caiu dobrado no chão, depois se virou para ficar de prontidão com a faca.

Alek esticou os braços de carga novamente.

Desta vez, uma garra grande alcançou o suporte mais baixo do canhão Tesla. Ao fechar a garra, uma energia disparou pela cabine. As luvas de metal fritaram nas mãos de Alek, e uma força invisível pareceu envolver o peito. Todos os pelos no corpo de Bovril ficaram eriçados.

— Aranhas berrantes! — berrou Dylan. — O relâmpago está vindo para cima da gente!

Faíscas dançaram pelos controles e pelas paredes da cabine, e o soldado na porta soltou um ganido ao pular da prancha de metal.

Alek se preparou para a dor e puxou a alavanca com mais força. A locomotiva se ergueu novamente, e o suporte soltou um gemido metálico ao ser lentamente dobrado na direção deles. Na base da torre, uma bola de fogo branco girava e ganhava vida.

— O canhão está prestes a disparar! — berrou Dylan.

Alek puxou o máximo que conseguiu, e um tremor repentino passou pela locomotiva. As alavancas ficaram moles nas mãos, e o relâmpago nas paredes da cabine se apagou.

— Você quebrou a torre, e o canhão... — Dylan franziu a testa. — Ele está tombando. Toda esta coisa berrante está tombando!

— Por causa de um suporte quebrado? — Alek foi até a janela e olhou para cima.

A torre estava lentamente se inclinando, o relâmpago descia dos suportes superiores para uma bola de fogo branco no lado oposto. Uma enorme silhueta em forma de cobra estava presa aos suportes, a meio caminho do topo, envolvida em um casulo brilhante de eletricidade.

— Aquilo é a...?

— Sim — sussurrou Dylan. — É Şahmeran.

De alguma forma, Zaven pilotara seu andador ferido até a torre. E agora, ele agia como um condutor e atraía a energia do canhão para si mesmo.

Relâmpagos giraram em um redemoinho em volta da deusa andadora, brilharam cada vez mais até que Alek teve que fechar os olhos.

— Ele vai morrer ali — falou Dylan, e Alek fez que sim com a cabeça.

Alguns segundos depois, o canhão Tesla começou a cair.

"UMA DEUSA E UM MÁRTIR DERRUBAM A TORRE."

# ◉ QUARENTA ◉

**A TORRE DESABOU EM VOLTA** de Şahmeran em um turbilhão de fogo branco.

Filetes de relâmpagos pularam para todos os lados, dançaram sobre o gênio e o elefante paralisados, sobre outros andadores caídos, e ao longo dos destroços do Expresso do Oriente. As paredes metálicas da locomotiva estalaram com faíscas e teias de chamas.

Conforme o relâmpago passou, o rugido do colapso da torre tomou conta do ar. Um suporte caído atingiu a locomotiva — o teto afundou e todas as janelas estouraram ao mesmo tempo. Metal retorcido uivou ao redor deles, e uma onda de fumaça e poeira varreu a locomotiva.

Longos momentos depois, um silêncio pesado recaiu sobre o campo de batalha.

— Você está bem, Dylan? — As palavras de Alek soaram abafadas aos próprios ouvidos.

— Sim. E quanto a você, monstrinho?

— Zaven — falou Bovril, baixinho.

Dylan pegou a criatura nos braços.

— Ouça — disse o garoto. — O *Leviatã* ainda está lá em cima.

Era verdade: o ronco suave dos motores da aeronave se assentou sobre o campo de batalha em silêncio. Pelo menos toda esta loucura não tinha sido em vão.

— *Leviatã* — repetiu Bovril lentamente, rolando a palavra dentro da boca.

Alek se aproximou da janela. O canhão Tesla estava estirado ao longe, repartido e quebrado, como a coluna desenterrada de alguma imensa criatura extinta. O gênio se encontrava caído ao lado do elefante de guerra, ambos os andadores surrados por uma cascata de destroços.

Alek sentiu um arrepio — a maioria dos soldados alemães desaparecera debaixo da torre arruinada.

— Precisamos ver se Lilit está bem — disse ele. — E Klopp e Bauer.

— Sim. — Dylan colocou Bovril no ombro. — Mas quem primeiro?

Alek hesitou ao se dar conta de que seus homens poderiam estar mortos, como certamente Zaven estava.

— Lilit primeiro. O pai dela...

— É claro.

Eles abriram a porta e saíram para um cenário de pesadelo. A fumaça, a pimenta e o óleo de motor eram sufocantes, mas o cheiro de carne e cabelo queimados era pior. Alek afastou os olhos do que a última descarga de eletricidade do canhão tinha feito com os homens lá fora.

— Vamos — falou Dylan, com a voz rouca, enquanto arrastava Alek dali.

Ao contornarem os destroços, Bovril ergueu a cabeça e disse:

— Lilit.

Alek acompanhou o olhar da criatura e apertou os olhos para ver na escuridão. Lá, na borda dos rochedos, estava uma figura solitária que observava a água.

— Lilit! — chamou Dylan, e a figura se virou para encará-lo.

Eles correram até ela enquanto a brisa fresca do mar levava para longe os cheiros da batalha e da destruição. O uniforme de piloto de Lilit estava rasgado, o rosto pálido na escuridão. Havia uma bolsa comprida de lona na terra ao seus pés.

Quando os dois se aproximaram, Lilit desmoronou nos braços de Dylan.

— Seu pai — disse o garoto. — Eu sinto muito.

Lilit se afastou.

— Eu vi o que meu pai estava fazendo, então abri caminho para ele. Eu o *ajudei* a fazer aquilo... — Ela balançou a cabeça e se virou para encarar a torre caída. As lágrimas deixaram um rastro no rosto empoeirado. — Será que todos nós enlouquecemos por querer isto?

— Ele salvou o *Leviatã* — falou Alek.

Lilit apenas olhou para ele, atordoada e insegura, como se todas as línguas que conhecesse tivessem sido arrancadas da cabeça. O olhar da garota fez Alek se sentir idiota por ter falado.

— Todos nós enlouquecemos — disse Bovril.

Lilit esticou a mão para coçar o pelo da criatura, com o olhar ainda vidrado.

— Você está bem? — perguntou Dylan.

— Apenas tonta... e surpresa. Olhe aqui.

Ela apontou para a água na direção da cidade de Istambul. As ruas escuras reluziam com tiros, e meia dúzia de girocópteros pairavam sobre o palácio. Conforme Alek observava, um filete silencioso de chamas desenhou um arco no céu, depois desapareceu com um estrondo entre os prédios antigos.

— Viu? Está acontecendo de verdade — falou Lilit. — Do jeito que planejamos.

— Sim, esta é a coisa mais estranha e berrante sobre uma batalha: ela é de verdade. — Dylan olhou para a água. — O beemote não vai demorar agora.

Alek se aproximou da beira do rochedo e olhou para baixo. O *Goeben* começou a manobrar, os braços antikraken estavam esticados como as pinças de um caranguejo. Faíscas piscavam na torre no convés de popa.

— Outro canhão Tesla — sussurrou Lilit. — Eu tinha esquecido.

— Não se preocupe — falou Dylan. — Não é tão grande e não tem alcance. A cientista calculou esta situação à perfeição.

Enquanto ele falava, um único farol disparou da gôndola da aeronave, tão intenso que o facho penetrou fundo na água. Ele deslizou na direção do *Goeben*, uma coluna de luz que ondulava na escuridão.

Os girocópteros em cima do palácio se moveram na direção da aeronave, e os faróis menores do *Leviatã* foram acesos e destacaram os girocópteros contra o céu escuro. Àquela distância, Alek não conseguia enxergar falcões nem morcegos, porém os girocópteros despencaram no ar, um por um.

— Eles tiveram um mês inteiro para reparos e se reequipar — disse Dylan. — E para fazer mais monstrinhos.

Alek concordou com a cabeça e se deu conta de que jamais tinha visto o *Leviatã* a plena força, apenas danificado e faminto. Na noite de hoje, ele seria uma nave completamente diferente.

— Monstrinhos — falou Bovril, com o olhos brilhantes como os de um gato.

O farol principal atingiu o *Goeben*, e por um momento os canhões e a blindagem de aço do navio de guerra emitiram um brilho branco ofuscante. Aí o farol mudou de uma cor para outra — púrpura, verde e finalmente vermelho-sangue.

Um par de tentáculos saiu da água e fez chover nos conveses do *Goeben*.

Era o beemote.

Os braços antikraken do encouraçado golpearam com lâminas a pele do monstro marinho, porém os tentáculos não pareceram sentir os cortes e se enroscaram como lentas jiboias no centro do navio de guerra. Uma cabeça enorme surgiu da água com dois olhos que brilharam na luz vermelha do farol...

Alek deu um passo para trás. Ao contrário dos tentáculos de um kraken, os do beemote eram apenas uma pequena parte do monstro. O corpo comprido era todo composto por segmentos e placas ósseas, uma crista espinhosa descia pelas costas. O beemote causou repugnância em Alek, como alguma coisa antiga e estranha trazida do oceano mais fundo.

Um som desolador ecoou pela água, o gemido do casco do encouraçado sendo dobrado nos tentáculos do beemote. A artilharia leve disparou em todas as direções, os braços antikraken se debateram contra os enormes tentáculos. Homens e munição gasta deslizaram pelos conveses do navio de guerra conforme ele era sacudido de um lado para o outro.

— Aranhas berrantes — sussurrou Dylan. — A Dra. Barlow disse que o monstrinho era enorme, mas eu nunca pensei...

Algo brilhou dentro do casco partido do *Goeben*, uma das caldeiras cuspiu chamas. Nuvens de vapor assobiaram e foram cuspidas pelas rupturas nas placas de blindagem do navio.

O canhão Tesla tentou atirar, mas o relâmpago com carga pela metade mal alcançou o céu, depois despencou para se enroscar nos tentáculos do beemote e dançar nos conveses de metal. Explosões espocaram ao longo da extensão do navio de guerra à medida que o fogo branco incendiava os tanques de combustível e carregadores.

[ 394 ]

O farol assumiu um tom intenso de azul, e com um movimento gigantesco, o beemote lançou o corpo sobre a superestrutura e forçou o navio de guerra para baixo. O *Goeben* resistiu por um momento, mas depois os conveses de proa mergulharam sob as ondas. A popa se ergueu, e o canhão Tesla subiu ao céu escuro, ainda reluzente. Com um grito metálico estridente, o navio de guerra se partiu em dois, as metades entraram na água harmoniosamente.

Um braço antikraken solitário se ergueu das ondas agitadas, a pinça se fechou no ar antes de desaparecer novamente. A seguir, surgiu um clarão de luz vermelha debaixo da superfície, o que lançou novas colunas de vapor no ar.

A água se acalmou aos poucos e depois ficou parada novamente.

— Pobres vagabundos — falou Dylan.

Alek ficou em silêncio. No último mês, de alguma forma ele tinha se esquecido do que a revolução significaria para a tripulação do *Goeben*.

— Eu tenho que reunir meus companheiros — disse Lilit ao se ajoelhar ao lado da bolsa comprida de lona. Ela retirou uma massa de varas de metal e seda ondulante e começou a trabalhar. A engenhoca se expandiu, impulsionada pelas molas do interior. Em poucos momentos, ela ficou com 5 metros de envergadura, com asas tão translúcidas quanto as de um mosquito.

— Mas que raios? — berrou Dylan.

— Um planador — falou Alek. — Mas você jamais vai conseguir voltar para Istambul nela.

— Eu não preciso. O barco pesqueiro do meu tio está esperando debaixo dos rochedos. — Lilit se virou para Dylan. — Sinto muito, mas ele é confiável. E eu tinha que contar seu plano para outra pessoa, caso a gente precisasse de um jeito para voltar à cidade.

— Agora? — perguntou Dylan. — Mas nós temos que ver como Klopp e Bauer estão!

— Claro que vocês têm; eles são seus amigos. Porém, a revolução precisa de seus líderes hoje à noite. — Lilit olhou para a água, e a voz falhou. — E Nene vai precisar de mim também.

Enquanto ela ficava ali com novas lágrimas que escorriam sobre a sujeira no rosto, Alek pensou na noite em que seus pais morreram. Estranhamente, tudo que ele conseguia se lembrar agora era ter repetido a história para Eddie Malone em pagamento pelo silêncio do homem. Foi como se ter contado houvesse apagado a verdadeira memória.

— Eu sinto muito pelo seu pai — falou Alek, cada palavra dura e sem jeito na boca.

Lilit deu um olhar curioso para ele.

— Se o sultão vencer hoje à noite, você simplesmente vai fugir para um novo lugar qualquer, não é? — perguntou a menina.

Alek franziu a testa.

— Isso provavelmente é verdade.

— Boa sorte, então — disse Lilit. — Seu ouro foi bem útil.

— De nada, se a intenção foi me agradecer.

— Foi, sim. — Ela se virou para Dylan. — Não importa o que aconteça, eu jamais vou me esquecer do que você fez por nós. Considero você o garoto mais brilhante que conheci na vida.

— Ah, bem, foi apenas...

Lilit não deixou que ele terminasse, jogou os braços em volta de Dylan e deu um beijão em seus lábios. Após um longo momento, ela se afastou e sorriu.

— Desculpe, eu só estava curiosa.

— Curiosa? Aranhas berrantes! — berrou Dylan, com a mão na boca. — Você mal me conhece!

Lilit gargalhou e ergueu o planador no ar. Quando as asas foram infladas pela brisa fresca da noite, ela deu um passo até a borda dos rochedos com a mão na barra de pilotagem.

— Acho que conheço você melhor do que imagina, *Sr.* Sharp. — Lilit sorriu e se voltou para Alek. — Você não sabe o amigo que tem em Dylan.

Dito isto, ela deu um passo para a escuridão... e sumiu de vista ao cair. Alek correu para a borda do rochedo e olhou para baixo, horrorizado.

O planador despencou por um momento, mas depois se estabeleceu e rumou para o mar. O vento levantou mais o planador, quase no nível do topo dos rochedos, e por um momento eles puderam ouvir a gargalhada de Lilit mais uma vez.

O planador fez uma curva fechada e virou na direção das luzes da cidade. Um instante depois, ela mergulhou na escuridão.

— *Sr.* Sharp — disse Bovril e riu.

Alek balançou a cabeça enquanto pensava em Lilit. O pai dela estava morto e sua cidade, em chamas — e lá estava ela, planando no ar, rindo de alguma forma.

— Aquela garota é bem maluca.

— Sim. — Dylan tocou a boca novamente. — Mas não beija mal.

Alek olhou para o garoto e depois balançou a cabeça novamente.

— Ande. Vamos cuidar do mestre Klopp.

# ◈ QUARENTA E UM ◈

**O GOLEM DE FERRO ESTAVA** caído em uma pilha de vagões de trem e carga espalhada, com as pernas retorcidas e rompidas. Apenas a metade de cima permanecia intacta, a cabeça enorme se apoiava nos destroços de dois vagões cargueiros, um gigante adormecido com um travesseiro de metal amassado.

Deryn e Alek se aproximaram através de partes elétricas e vidro estilhaçado. Os trilhos da ferrovia foram arrancados do chão e estavam caídos entre os outros destroços como um emaranhado de tiras de aço.

— Bolhas — falou Deryn, quando eles passaram por um vagão-restaurante derrubado, com as cortinas de veludo vermelho para fora das janelas quebradas. — Por sorte não havia passageiros a bordo.

— A gente pode subir até a cabeça do golem por ali — disse Alek ao apontar para a mão gigante esparramada na terra. Os dois subiram nela e no braço do andador, e em pouco tempo viram duas formas imóveis presas aos assentos de pilotagem.

— Mestre Klopp! — berrou Alek. — Hans!

Um dos homens se remexeu.

"DESTROÇOS E CONSEQUÊNCIAS."

Deryn viu que era Bauer, com olhar vidrado e mãos fracas que tentavam pegar o cinto de segurança. Ela seguiu Alek até lá em cima e o ajudou a retirar o homem.

— *Was uns getroffen?* — perguntou ele.

— *Der* Expresso do Oriente — explicou Alek.

Bauer olhou perplexo para Alek, depois viu os destroços em volta, e a expressão no rosto mostrou que aos poucos ele acreditava.

Os três soltaram Klopp e o deitaram no ombro largo do golem. O mestre de mekânica ainda não se mexia. Havia sangue emplastado no rosto, e quando Deryn colocou a mão no pescoço de Klopp, o pulso era fraco.

— Temos que levá-lo a um médico.

— Sim, mas como? — perguntou Alek.

Os olhos de Deryn vasculharam o campo de batalha. Não sobrara um único andador de pé, mas no céu surgiu a silhueta do *Leviatã*. Foi exatamente como ela esperava — agora que havia despachado o *Goeben*, a aeronave viria olhar de perto o canhão Tesla destruído.

Ela abriu a boca para explicar, mas de repente o monstrinho no ombro imitou um som de batidas suaves.

Alek ouviu também.

— Andadores — disse ele.

Deryn se voltou para a cidade. Uma dezena de colunas de fumaça surgiu no horizonte.

— Será que eles podem ser do Comitê?

Alek balançou a cabeça.

— Eles sequer sabem que estamos aqui.

— Sim, esta era a *intenção*, mas aquela mocinha anarquista contou para o tio dela, não foi?

Bauer ficou de pé sem firmeza e levantou um binóculo de campanha. Como uma das lentes estava quebrada, ele levou a outra ao olho como um telescópio.

— *Elefanten* — disse Bauer, um momento depois.

Alek praguejou.

— Pelo menos aquelas coisas são lentas — falou.

— Mas nunca vamos conseguir tirar Klopp daqui, não sem ajuda — falou Deryn.

— E onde você sugere que a gente consiga isso?

Ela apontou para a silhueta negra sobre a água, que ainda fazia a curva, com os faróis agora virados para os rochedos.

— O *Leviatã* está vindo para ver a situação de perto. Nós podemos sinalizá-los e levar Klopp para o médico da nave.

— A, B, C... — disse Bovril, alegremente.

— Eles nos farão prisioneiros outra vez! — falou Alek.

— Sim, e o que você acha que os otomanos berrantes farão, após tudo isto? — Deryn gesticulou para os destroços. — Pelo menos conosco vocês estarão vivos!

— *Ich kann bleiben mit Meister Klopp, Herr* — disse Bauer.

Deryn apertou os olhos. Após um mês trabalhando com mekanistas, o alemão dela estava muito melhor.

— O que ele quer dizer, que ele vai ficar com Klopp?

Alek se voltou para Deryn.

— Sua nave pode pegar Bauer e Klopp, enquanto eu e você tentamos fugir.

O queixo de Deryn caiu.

— Você perdeu o juízo berrante?

— Os otomanos jamais vão notar a gente nesta confusão toda. — Alek cerrou os punhos. — E pense bem, se o Comitê vencer hoje à noite, os revolucionários vão expulsar os alemães. E eles têm uma dívida com nós dois, Dylan. Podemos ficar aqui, entre aliados.

— Eu não, seu príncipe tapado! Eu tenho que ir para casa!

— Mas eu não posso fazer isso sozinho... não sem você. — Ele abrandou o olhar. — Por favor, venha comigo.

Deryn deu as costas para ele e por um momento desejou que Alek fizesse a mesma pergunta, mas de uma forma diferente. Não como um principezinho *Dummkopf* que esperava que todo mundo servisse aos seus objetivos, mas como um homem.

Não era culpa dele, obviamente. Deryn jamais contara para Alek por que ela realmente viera a Istambul — não pela missão, mas por ele. Não contara nada, e agora era tarde demais. Os dois ficaram juntos um mês inteiro, trabalharam e lutaram lado a lado, e ainda assim Deryn não se convencera de que ele se importaria com uma menina comum.

Então, qual era o sentido em ficar?

— Há mais coisas para fazer aqui, Dylan — disse Alek. — Você é o melhor soldado que a revolução tem.

— Sim, mas aquilo lá em cima é o meu lar. Eu não posso viver com... suas máquinas.

Alek espalmou as mãos.

— Não importa. Sua tripulação jamais irá nos ver.

— Eles precisam. — Deryn vasculhou o campo de batalha à procura de alguma coisa para sinalizar, mas Alek estava certo; mesmo que ela tivesse uma bandeirola de sinalização de 3 metros, ninguém jamais a veria no meio dos destroços do trem.

Foi aí que ela viu os braços do golem esticados para os dois lados. O da direita estava reto, o esquerdo dobrado, quase fazendo o sinal da letra S.

— Esta engenhoca ainda consegue se mexer?

— O quê, o andador?

— A, B, C — repetiu Bovril.

— Sim. Seria difícil não ver um gigante berrante fazendo sinais.

[ 405 ]

— As caldeiras estão frias, mas creio que ainda possa haver alguma pressão nos compressores — disse Alek.

— Então dê uma olhada!

Alek cerrou os dentes, mas voltou a subir até a cabeça e se ajoelhou aos controles. Ele deu batidinhas em dois mostradores, depois se virou com uma expressão de incerteza no rosto.

— Dá para funcionar? — gritou ela. — Não minta para mim!

— Eu jamais mentiria para você, Dylan. Talvez dê para a gente sinalizar uma dezena de letras.

— Então faça isso! Repita o que eu fizer. — Deryn ergueu o braço direito reto e dobrou o esquerdo para baixo.

Alek não se mexeu.

— Se eu me entregar para o seu capitão, ele nunca mais vai me deixar escapar.

— Mas se você não pedir ajuda ao *Leviatã*, Klopp vai morrer. Todos nós vamos, assim que aqueles andadores chegarem aqui!

Alek a encarou por outro instante, depois suspirou e se virou para os controles, onde colocou as mãos nas alavancas. O assobio dos compressores tomou conta do ar, e então os grandes braços se arrastaram lentamente pelo chão e imitaram exatamente a pose de Deryn.

— S... — falou o lêmur perspicaz.

Deryn passou o braço esquerdo pelo corpo. Esta letra foi mais difícil para o golem de ferro, por causa da maneira como estava meio deitado na terra, mas Alek conseguiu dobrar o cotovelo apenas o suficiente.

— H! — anunciou Bovril, e acompanhou conforme Deryn continuou. — A... R... P...

Na quinta letra, o enorme farol de kraken do *Leviatã* os localizou, e juntos eles repetiram a sequência mais duas vezes antes que o último tiquinho de pressão dos braços gigantes soltasse o último suspiro na noite.

Alek se virou para o outro lado.

— *Wie lange haben wir, Hans?*

Bauer protegeu os olhos do clarão do farol.

— *Zehn minuten?* — respondeu.

— Nós ainda temos tempo para escapar, Dylan.

— Não com apenas dez minutos, e não há necessidade de correr. — Deryn colocou a mão no ombro de Alek. — Depois do que fizemos hoje à noite, eu posso contar ao capitão como você me apresentou ao Comitê. E como, se você não tivesse feito isso, a nave teria sido abatida! — Ela falou tudo rápido. Quebrar a promessa silenciosa de deixá-lo para trás foi tão fácil quanto respirar.

— Espero que eles deem uma medalha para você — disse Alek, secamente.

— Sim, nunca dá para saber uma coisa dessas.

Então o farol começou a piscar em clarões curtos e longos. Deryn estava destreinada com o código Morse, mas conforme observava, os padrões conhecidos voltaram à mente.

— Mensagem recebida — falou ela. — E o capitão me manda saudações!

— Quanta cortesia.

Deryn manteve os olhos no farol que piscava.

— Eles estão se aprontando para nos pegar — anunciou ela. — A gente vai levar o mestre Klopp ao médico em um piscar de olhos!

— Então você não precisa mais de mim, nem de Hans. — Alek esticou a mão. — Eu tenho que dizer adeus.

— Não — implorou Deryn. — Você jamais vai conseguir passar por todos aqueles andadores. E juro que não deixarei o capitão acorrentar você. Se ele fizer isso, eu mesmo arrombo os cadeados!

Alek olhou fixamente para a mão estendida, mas a seguir seus olhos verde-escuros encararam os dela. Eles se entreolharam por um longo momento enquanto o ronco dos motores da aeronave reverberavam na pele de Deryn.

— Venha comigo — pediu ela ao finalmente pegar a mão de Alek.

— É exatamente como você disse na noite antes de fugir, como todas as partes do *Leviatã* se encaixam. Você se encaixa lá.

Ele ergueu o olhar para a aeronave, seus olhos brilhavam. Alek ainda estava apaixonado pelo *Leviatã*, Deryn conseguiu perceber.

— Talvez eu não devesse fugir sem meus homens — falou ele.

— *Mein Herr* — disse Bauer. — *Graf Volger befahl mir...*

— Volger! — disparou Alek. — Se não fosse pelas tramoias dele, todos nós estaríamos juntos, antes de mais nada.

Deryn apertou a mão de Alek com mais força.

— Tudo vai dar certo, eu juro.

Conforme a aeronave se aproximava, um murmúrio de asas surgiu no céu, e garras de aço reluziram nos faróis. Deryn soltou a mão de Alek e respirou fundo o odor de amêndoas amargas de hidrogênio vazando — o belo e perigoso cheiro de uma descida rápida. Cabos caíram da porta do compartimento de carga da gôndola, e segundos depois homens desceram por eles.

— Não é uma visão brilhante?

— Linda, se a pessoa não está acorrentada lá dentro — disse Alek.

— Besteira. — Deryn deu um soquinho no ombro dele. — Aquele lero-lero sobre correntes foi apenas uma maneira de dizer. Eles apenas trancaram o conde Volger em seu camarote, e eu tinha que levar o café da manhã todo dia para ele!

— Que luxuoso.

Deryn sorriu, embora tenha ficado um tiquinho nervosa ao pensar em Volger — o conde sabia seu segredo. O homem ainda poderia traí-la para os oficiais ou para Alek, a qualquer hora que quisesse.

No entanto, ela não poderia continuar se escondendo de vossa nobreza para sempre. Não era a atitude de um soldado. E, além disso, ela sempre poderia jogá-lo pela janela se a situação chegasse a esse ponto.

Quando a aeronave roncou ao parar, Bovril se segurou com mais força ao ombro de Deryn.

— Café da manhã todo dia? — perguntou.

— Sim, monstrinho — falou Deryn enquanto acariciava-lhe o pelo. — Você está indo para casa.

# ◈ QUARENTA E DOIS ◈

— S-H-A-R-P! — FALOU NEWKIRK da boca do compartimento de carga.

— Bolhas, Dylan, é o senhor mesmo!

— Quem mais? — respondeu Deryn sorrindo ao pegar a mão que o garoto ofereceu. Ela subiu com um impulso só.

— E o senhor encontrou o monstrinho desaparecido?

— Sim. — Deryn apontou o campo de batalha coberto por destroços com o polegar sobre o ombro. — Um dos meus muitos feitos.

Newkirk abaixou o olhar.

— O senhor andou ocupado *mesmo*, Sr. Sharp, mas poupe as bravatas. Há andadores alemães a caminho, e o contramestre disse que sua presença é exigida na sala de navegação.

— Agora? — Deryn deu uma olhadela para a operação de resgate. Klopp estava sendo içado no ar, amarrado a uma maca, enquanto Alek e Bauer esperavam em cima do ombro do golem de ferro.

— O contramestre disse imediatamente.

— Tudo bem, Sr. Newkirk, mas se certifique de que vai trazer aqueles mekanistas aqui para cima com segurança.

— Sim, não se preocupe. A gente não vai deixar os vagabundos escaparem novamente!

Deryn não discutiu com o garoto. Não importava o que Newkirk pensasse, desde que os oficiais soubessem que Alek tinha voltado por vontade própria.

Mekanista ou não, ali era o lugar dele.

Ao voltar para a sala de navegação, a aeronave zumbia e roncava debaixo dos pés de Deryn, os corredores estavam cheios de homens e monstros apressados. Bovril captou tudo com olhos do tamanho de florins, levado a um raro silêncio por estar estupefato. Ali era o lugar do monstrinho também, ao que parecia.

A cientista esperava na sala de navegação e olhava para as luzes de Istambul do outro lado da água. Deryn franziu a testa — ela esperava encontrar o capitão. Obviamente, com os andadores alemães a caminho, os oficiais estariam lá em cima na ponte, mas por que mandaram que ela fosse ali em vez de ir a um posto de combate?

Tazza deu um pulo do chão ao lado da Dra. Barlow e correu para cheirar as botas de Deryn, que se ajoelhou para enfiar a palma da mão em concha no focinho do tilacino.

— Que bom ver você, Tazza.

— Tazza — repetiu Bovril, e depois deu uma risadinha.

— Também é um prazer ver o senhor, Sr. Sharp — disse a cientista ao dar as costas para a vista. — Todos estávamos transtornados com tanta preocupação.

— É brilhante estar em casa, madame.

— Obviamente, era lógico que o senhor voltaria são e salvo, sendo um rapaz tão engenhoso. — A cientista tamborilou no peitoril da janela. — Embora eu saiba que o senhor causou um pouco de confusão neste ínterim.

— Sim, madame. — Deryn se permitiu sorrir. — *Foi* um pouco de confusão derrubar aquele canhão Tesla, mas nós conseguimos.

— Sim, sim. — A cientista abanou a mão como se visse torres envoltas em relâmpagos desmoronarem todos os dias. — Mas eu quis dizer esta criatura no seu ombro, não essa batalha cansativa.

— Ah — falou Deryn ao olhar para Bovril. — Então a senhora quer dizer que está contente por reavê-lo?

— Não, Sr. Sharp, não é isso que quero dizer. — A Dra. Barlow suspirou devagar. — Já se esqueceu? Eu não poupei esforços para garantir que o lêmur saísse do ovo enquanto o *Alek* estivesse na sala de máquinas, de maneira que sua fixação de nascença fosse direcionada totalmente para ele.

— Sim, eu me lembro disso — falou Deryn. — Como o lêmur é parecido com um bebê de pato que se apega à primeira pessoa que vê.

— Exatamente, e a primeira pessoa foi Alek. E, no entanto, cá está o lêmur no *seu* ombro, Sr. Sharp.

Deryn franziu a testa ao tentar se lembrar exatamente quando Bovril começou a andar em seu ombro tão frequentemente quanto no de Alek.

— Bem, o monstrinho parece gostar de mim tanto quanto dele. E por que não gostaria? Quero dizer, Alek é um *mekanista* berrante, afinal de contas.

A Dra. Barlow se sentou à mesa de mapas e balançou a cabeça.

— Ele não foi projetado para se apegar a duas pessoas! A não ser que eles... — Ela apertou os olhos. — Eu imagino que o senhor e Alek tenham uma amizade um tanto quanto íntima, não é, Sr. Sharp?

— *Sr.* Sharp — repetiu Bovril, e depois deu uma risadinha.

Deryn olhou feio para o monstrinho, depois espalmou as mãos.

— Honestamente, eu não sei, madame. É apenas que Alek estava ocupado pilotando o andador hoje à noite, então Bovril veio para *meu* ombro, e creio que...

— Com licença — interrompeu a Dra. Barlow. — Mas o senhor acabou de dizer *Bovril*?

— Ah, sim. É meio que o nome dele.

A cientista ergueu uma sobrancelha.

— Como o nome do extrato de carne?

— Não fui eu que o batizei. Eles nos ensinaram tudo isto no treinamento de aspirante, sobre não se envolver. Porém, uma mocinha anarquista insistiu em chamá-lo de *Bovril*, e o nome meio que... pegou.

— Bovril — repetiu o monstrinho.

A Dra. Barlow deu um passo à frente para examinar o lêmur mais de perto, depois balançou a cabeça novamente.

— Eu me pergunto se este excesso de intimidade foi culpa do Sr. Newkirk. Ele jamais conseguiu manter os ovos em uma temperatura estável.

— A senhora quer dizer que Bovril pode estar com *defeito*?

— Nunca dá para dizer com uma nova espécie. O senhor diz que foi uma "mocinha anarquista" quem começou com essa besteira de *Bovril*?

Deryn começou a explicar, mas se viu cambaleando e desmoronou em uma cadeira. Não era exatamente de bom tom se sentar na presença de uma dama, mas de repente tudo que acontecera naquela noite abalou Deryn — a batalha, a morte de Zaven, o *Leviatã* ter escapado por um triz de morrer em chamas.

Mais que qualquer outra coisa, foi o alívio de estar em casa. De sentir a nave sob os pés, real e sólida, e não queimando de maneira horrível no céu. E Alek a bordo a esta altura também...

— Veja bem, madame, quando eu o encontrei, Alek tinha começado a se envolver com este tal de Comitê para União e Progresso, que estava muitíssimo interessado em derrubar o sultão. Eu não fui com a cara deles, é claro, mas aí nós descobrimos que havia um canhão Tesla sendo construído. Como eu sabia que ele poderia destruir o *Leviatã*, tive que garantir que o canhão fosse derrubado. Mesmo que isto significasse me juntar a anarquistas... ou revolucionários, como a senhora quiser chamá-los.

[ 413 ]

— Muito engenhoso, como sempre. — A cientista se sentou em frente a Deryn e esticou a mão para coçar a cabeça de Tazza. — O conde Volger não estava tão errado assim, não é?

— O conde Volger? — Deryn sentiu um tiquinho de pânico ao ouvir o nome. — Se não se importa que eu pergunte, madame, sobre o que exatamente ele não estava errado?

— Ele disse que Alek tinha se envolvido com maus elementos. E também que o *senhor* seria capaz de encontrar nosso príncipe desaparecido.

Deryn concordou devagar com a cabeça. Volger estivera sentado bem ali, obviamente, quando ela ouviu a pista sobre o hotel de Alek.

— Aquele lá é um espertinho.

— Realmente. — A cientista ficou de pé novamente e se virou para olhar para fora da nave. — Embora ele talvez esteja errado a respeito desse Comitê. Por mais desagradável que seja sua política, eles fizeram um serviço importante para a Grã-Bretanha hoje.

— Sim, madame. Eles nos ajudaram a salvar a nave berrante!

— Eles parecem ter derrubado o sultão também.

Deryn se levantou com um esforço e se juntou à Dra. Barlow na janela. A nave estava a caminho novamente e voltava sobre a água. Ao longe, as ruas de Istambul ainda pareciam iluminadas por tiros e explosões, e Deryn conseguiu distinguir as nuvens turbulentas de pimenta em pó nos faróis dos elefantes de guerra.

— Eu não tenho certeza de que o sultão já esteja derrubado, madame. Parece que eles ainda estão lutando.

— Esta batalha é bastante inútil, eu lhe garanto. Alguns minutos após o *Goeben* ser destruído, nós vimos o aeroiate imperial *Stamboul* decolar das dependências do palácio com uma bandeira de paz.

— Paz? Mas a batalha mal começou. Por que o sultão se renderia?

[ 414 ]

— Ele não se rendeu. De acordo com as bandeirolas de sinalização do *Stamboul*, o *kizlar agha* está no comando. — A Dra. Barlow sorriu friamente. — Ele estava levando o sultão para um lugar seguro, longe dos problemas de Istambul.

— Ah. — Deryn franziu a testa. — A senhora quer dizer que ele estava... *sequestrando* o próprio soberano?

— Como eu lhe disse há algum tempo, sultões já foram substituídos anteriormente.

Deryn assobiou baixinho e imaginou quanto tempo essa batalha sem sentido duraria. Fora da janela, a água escura da baía ainda se agitava no ponto onde o *Goeben* afundara. Ela se perguntou se o beemote ainda estava lá embaixo, à procura do jantar no emaranhado de aço e óleo.

O farol foi aceso novamente e penetrou na água para controlar o monstrinho. O *Breslau* viria a seguir no cardápio.

— Se o Comitê realmente estiver vencendo — falou Deryn —, então a Alemanha será a única potência mekanista que sobrou!

— Meu caro garoto, ainda há a Áustria-Hungria.

— Está certo, é claro. — Deryn pigarreou, e ficou brava consigo mesmo, em silêncio. — Não sei como pude esquecê-los.

A Dra. Barlow ergueu a sobrancelha.

— O senhor se esqueceu do próprio povo de Alek? Que estranho, Sr. Sharp.

— Sr. Sharp — disse uma voz acima deles.

Deryn olhou bem para o alto e ficou de queixo caído.

Dois pequenos olhos espiavam do teto. Eles pertenciam a outro lêmur perspicaz, que segurava um tubo de lagarto-mensageiro com as patinhas. A criatura quase se parecia com Bovril, exceto por não ter pintinhas nas ancas.

— Mas que diabos?

Então ela se lembrou: havia *três* ovos remanescentes. O ovo de Bovril, o esmagado pelo autômato do sultão, e mais um do qual ela se esquecera completamente.

A Dra. Barlow ergueu a mão, e o outro monstrinho balançou, pendurado em uma pata como um macaco, depois caiu. Ele deu a volta pelo braço da cientista e desceu até o ombro.

— Sr. Sharp — repetiu o novo monstrinho.

— *Sr.* Sharp — corrigiu Bovril, e aí os dois começaram a dar risadinhas.

— Por que ele não para de rir? — perguntou a cientista.

— Não faço a menor ideia berrante — falou Deryn. — Às vezes acho que ele é destrambelhado da cachola.

— Revolução — anunciou Bovril.

Deryn o encarou. Ela nunca tinha ouvido a criatura dizer algo do nada antes. O novo monstrinho repetiu a palavra, rolou o som na língua alegremente, depois falou:

— Balança do poder.

Bovril riu ao ouvir a frase, depois prontamente imitou.

Conforme Deryn assistia com um assombro crescente, as criaturas começaram a falar coisas sem sentido, cada uma repetindo o que a outra dizia. As palavras soltas se tornaram uma enxurrada de frases em inglês, mekanistês, armênio, turco e meia dúzia de outras línguas.

Em pouco tempo, Bovril recitava conversas inteiras que Deryn tivera com Alek ou Lilit ou Zaven, enquanto o novo monstrinho declamava o que parecia ser exatamente a Dra. Barlow falando, até mesmo algumas declarações que tinham que ser do conde Volger!

— Com licença, madame, mas que raios eles estão *fazendo*? — sussurrou Deryn.

A cientista sorriu.

— Meu garoto, os dois estão fazendo o que é natural para eles.

— Mas estes monstrinhos são fabricados! O que é *natural* para eles?

— Ora, apenas se tornar mais perspicazes, é claro.

# ◈ QUARENTA E TRÊS ◈

**NA MANHÃ SEGUINTE,** Alek recebeu permissão para visitar Volger.

Quando o guarda abriu a porta do camarote do conde, Alek notou que ela não estava trancada. Ele próprio fora tratado com cortesia na noite anterior, mais como um convidado do que um prisioneiro. Talvez a tensão entre seus homens e os captores darwinistas tivesse derretido um pouco no último mês.

O conde Volger parecia bem confortável. Ele estava à escrivaninha comendo um café da manhã de ovos cozidos e torrada e não se deu o trabalho de se levantar quando Alek chegou. Volger simplesmente acenou com a cabeça e disse:

— Príncipe Aleksandar.

Alek fez uma mesura.

— Conde.

Volger voltou a passar manteiga em um pedaço de torrada.

Parado ali à espera, Alek se sentiu como um estudante chamado para ser castigado. Ele nunca tinha ido à escola, obviamente, mas de alguma forma todos os adultos — sejam tutores, pais ou revolucionários com jeito de avó como Nene — expressavam o desapontamento da mesma maneira. Com certeza os diretores de escola não eram tão diferentes assim.

Finalmente, Alek suspirou e disse:

— Talvez poupe tempo se eu começar.

— Como quiser.

— Você quer me dizer que eu sou um tolo por ter sido capturado novamente. Que foi loucura me envolver com a política otomana. A esta altura eu poderia estar escondido na floresta, a salvo.

O conde Volger concordou com a cabeça.

— Sim, ainda tem isso.

O homem voltou a passar manteiga na torrada e parecia decidido a cobrir cada milímetro quadrado.

— Por não seguir seu conselho, arrisquei minha vida e a vida de meus homens — continuou Alek. — O Dr. Busk diz que Klopp está se recuperando bem, mas ele e Bauer foram levados por mim a uma batalha campal. A situação podia ter ficado pior.

— Bem pior — falou Volger, e depois voltou a ficar em silêncio.

— Vejamos... Ah, eu também joguei fora *tudo* que meu pai me deixou. O castelo, todos os seus planos, e finalmente o ouro dele. — Alek meteu a mão dentro do casaco de piloto e tateou atrás de um calombo duro costurado no canto do forro. Ele arrancou o pano, tirou o que restava do ouro e o jogou sobre a mesa.

Após um mês comprando pimenta e peças mekânicas, a barra tinha sido quase totalmente raspada. Tudo que sobrara fora o brasão redondo dos Habsburgo estampado no centro, como uma moeda grossa e malfeita.

Volger pestanejou, e Alek se permitiu sorrir. Pelo menos tinha provocado uma reação.

— Você financiou esta revolução *totalmente* por conta própria?

— Apenas os toques finais... um pouco de pimenta por cima. — Alek deu de ombros. — Revoluções são caras, ao que parece.

— Eu não teria como saber. Eu evito revoluções, por princípio.

— É claro — disse Alek. — É com isto que você está realmente furioso, não é? Que eu subverti a ordem natural das coisas e depus um colega real? Que eu esqueci que os revolucionários querem derrubar *todos* os aristocratas, incluindo você e eu?

Volger mordeu a torrada e mastigou pensativo, depois se serviu de mais café.

— Ainda tem isso também, creio eu — admitiu o conde. — Porém, há uma coisa que você esqueceu.

Alek imaginou por um momento qual seria seu fracasso final, mas depois desistiu. Ele pegou uma xícara no peitoril da janela, encheu de café e se sentou à escrivaninha, em frente de Volger.

— Esclareça para mim.

— Você salvou minha vida.

Alek franziu a testa.

— Eu fiz o quê?

— Se você tivesse desaparecido na floresta como deveria, aquele canhão Tesla teria mandado Hoffman e eu para o fundo do mar, com o restante da tripulação desta nave. — O conde olhou fixamente para a xícara de café. — Eu devo minha vida a você. Uma reviravolta totalmente irritante.

Alek tomou um gole de café para esconder a surpresa. Era verdade: o conde Volger fora salvo com o *Leviatã*. Mas será que o homem estava realmente *agradecendo* por ele ter se juntado à revolução do Comitê?

— Isto não torna você menos idiota, é claro — acrescentou Volger.

— É claro que não — disse Alek, um pouco aliviado.

— E também há a questão de sua fama recém-descoberta. — Volger abriu uma gaveta, tirou um jornal e o jogou sobre a escrivaninha.

Alek pegou o jornal. Estava em inglês — *New York World*, dizia o cabeçalho. E lá na primeira página estava uma fotografia de Alek, em cima de um longo artigo escrito por Eddie Malone, o "editor da sucursal de Istambul".

Alek deixou o jornal cair novamente sobre a mesa. Ele nunca tinha visto uma fotografia de si mesmo antes, e o efeito foi nitidamente desagradável. Foi como olhar para um espelho estático.

— Minhas orelhas são assim tão grandes?

— Quase. No que raios você estava pensando?

Alek ergueu a xícara e olhou fixamente para o reflexo negro e reluzente da superfície do café. Ele reunira coragem para encarar qualquer menosprezo da parte de Volger, mas não por causa disso. Como declarava o nome do jornal, o mundo inteiro olhava estupefato para ele agora. Seus segredos de família estavam expostos para qualquer um ler.

— Aquele repórter, Malone, sabia muito a respeito dos planos do Comitê. Uma entrevista foi a única maneira de distraí-lo. — Alek arriscou outra olhadela para a foto e notou a legenda: O HERDEIRO DESAPARECIDO. — Então é por isso que a tripulação tem sido tão educada comigo. Eles sabem quem sou agora.

— Não apenas a tripulação, Alek. A Grã-Bretanha tem um consulado em Nova York, é claro. Mesmo seus diplomatas trapalhões dificilmente deixariam passar isto. O lorde Churchill em pessoa enviou este jornal para o capitão Hobbes, trazido por alguma espécie de águia monstrinho.

— Mas como raios *você* conseguiu o jornal?

— A Dra. Barlow e eu já andamos trocando informações há algum tempo. — O conde se recostou na cadeira. — Ela está demonstrando que é uma mulher muito interessante.

Alek encarou o homem e sentiu um leve arrepio.

— Não se preocupe, Alek, eu não contei para ela todos os meus segredos. Como vai seu amigo Dylan, por falar nisso?

— Dylan? Ele é... um tanto quanto surpreendente, às vezes. — Alek suspirou. — De certa forma, é por causa dele que me deixei ser capturado novamente.

A xícara de café de Volger parou a meio caminho dos lábios.

— O que você quer dizer com isso?

— Dylan me convenceu de que era mais seguro me entregar do que escapar. Havia *mesmo* uma dezena de andadores otomanos vindo em nossa direção, creio eu. Porém, foi mais que isso. Acho que pensa que me encaixo nesta nave. — Alek suspirou. — Não que isso importe. Assim que voltarmos à Grã-Bretanha, eles vão me colocar em uma jaula.

— Não me preocuparia com isso por enquanto. — O conde deu uma olhadela para as janelas. — Você não notou?

Alek olhou pela janela. Na noite anterior, quando ele ficou cansado demais para permanecer acordado, a aeronave estava retornando pelo estreito e guiava o beemote de volta para o mar Mediterrâneo. Mas agora havia montanhas passando, com os cumes alaranjados pela luz do sol nascente. As sombras compridas se esticavam pela bruma e apontavam para a esquerda de Alek.

— Nós estamos indo para leste?

Volger estalou a língua.

— Você demorou a notar. Tenho certeza que seu amigo Dylan teria percebido de cara.

— Sem dúvida. Mas por que estamos a caminho da Ásia? A guerra está na Europa.

— Quando essa guerra começou, a Marinha alemã tinha navios em todos os oceanos. O *Goeben* e o *Breslau* não são os únicos que os ingleses estavam procurando.

— Você sabe *aonde* nós vamos na Ásia?

— Infelizmente, a Dra. Barlow tem sido discreta em relação a isso, mas eu suspeito que estaremos em Tóquio mais cedo ou mais tarde. O Japão declarou guerra à Alemanha há quatro semanas.

— É claro. — Alek olhou para as montanhas que passavam. Os japoneses eram darwinistas desde que assinaram um pacto de cooperação com os ingleses, em 1902. Porém, era espantoso pensar que a guerra provocada pela morte de seus pais já ultrapassara a Europa e agora envolvia todo o globo.

— Este desvio é inconveniente, mas mantém você fora daquela jaula por um pouco mais de tempo — disse Volger. — A Áustria-Hungria não está se saindo bem com os grandes ursos de combate da Rússia. A hora para você se relevar pode estar mais próxima do que eu pensei. — Ele cutucou o jornal como se fosse um peixe morto. — Quero dizer, revelar o pouco que você ainda não mostrou.

Alek puxou o canudo para pergaminho do bolso.

— Você quer dizer isto?

— Eu estava com medo de perguntar se você ainda possuía a carta.

— Como se eu fosse perdê-la! — falou Alek, com raiva, depois se deu conta de que, na verdade, ele já a tinha perdido uma vez. Porém, desde o incidente com o táxi, Alek manteve a carta consigo o tempo todo.

Na noite anterior, o aeronauta que o revistou no compartimento de carga encontrara o canudo para pergaminho e o abrira. Porém, o texto rebuscado da carta em latim não significou nada para o homem, e ele a devolveu com educação.

— Eu não sou um completo idiota, Volger. Na verdade, foi por causa desta carta que eu ignorei seu conselho e permaneci em Istambul.

— O que quer dizer, sua alteza?

— Uma briga inútil em minha família começou esta guerra, então cabe a mim terminá-la. — Ele ergueu o canudo. — Esta é a vontade dos céus, que dizem o que devo fazer. Não posso ficar à espreita, escondido, mas, sim, devo tomar meu lugar de direito e dar fim a essa guerra!

Volger encarou Alek por um longo momento, depois estalou os dedos.

— Essa carta não é garantia de que você tomará o trono.

— Sei disso, mas a palavra do papa deve valer para alguma coisa.

— Ah, eu tinha me esquecido. — O conde virou o rosto. — Você esteve na terra de pagãos e hereges. Não soube das notícias do Vaticano.

— Notícias?

— O Santo Pai está morto.

Alek olhou fixamente para o homem.

— Dizem que a guerra foi difícil para ele — continuou Volger. — O papa queria muito a paz. É claro que o que ele queria não importa agora.

— Mas... essa carta representa a vontade dos céus. O Vaticano continuará confirmando que é real, não?

— É o que se imagina. Obviamente, alguém no Vaticano contou aos alemães sobre a visita de seu Pai. — O homem espalmou as mãos. — Temos que torcer que essa pessoa não tenha influência sobre o novo papa.

Alek se virou para olhar pela janela e tentou compreender a novidade de Volger. Após a morte de seus pais, o mundo inteiro enlouqueceu, como se a tragédia de sua família tivesse rompido com a própria história. Mas em Istambul, de alguma forma, as coisas começaram a entrar nos eixos. A revolução do Comitê, a chegada de Dylan acompanhado pelo beemote, tudo isso revelou que cabia a Alek parar a guerra e pôr as coisas em ordem. Pela primeira vez na vida, ele se sentira convicto em todas as suas ações, como se fosse guiado pela Providência divina.

Mas o mundo virava de cabeça para baixo novamente. O destino o conduzia, não de volta para o centro da guerra, mas para longe de sua terra natal e de seu povo, para longe de tudo que ele nascera para fazer. E a carta na mão, a única coisa deixada por seu pai que Alek não jogara fora, podia ser inútil agora.

Que Providência divina maluca era essa?

# POSFÁCIO

*Beemote* é um romance de história alternativa, portanto a maioria dos personagens, criaturas e máquinas é invenção minha. Porém, as locações históricas e os eventos são inspirados nas realidades da Primeira Guerra Mundial. Eis uma rápida análise do que é verdadeiro e o que é ficcional.

O *Sultão Osman I* foi um navio de guerra de verdade, comprado pelo Império Otomano e que esperou ficar pronto em um estaleiro britânico no fim de 1914. No entanto, quando a guerra começou, o chefe do Almirantado Winston Churchill decidiu confiscar o navio, preocupado que os otomanos pudessem se juntar à Alemanha e usá-lo contra a Grã-Bretanha. No fim das contas, os otomanos realmente entraram na guerra, mas em parte porque Churchill roubara o navio deles. Ainda é motivo de debate se eles teriam se envolvido sem essa provocação.

Como em *Beemote*, o Império Otomano era instável em 1914. No mundo real, na verdade, o sultão e o grão-vizir não mandavam mais. Eles tinham sido derrubados durante a revolução de 1908, e o Comitê de União de Progresso (CUP) já estava no poder.

No mundo de *Beemote*, porém, a revolução de 1908 fracassou e deixou o sultão no poder e a CUP dividida em várias facções. Eu criei uma segunda rebelião em 1914 porque queria que meus personagens se envolvessem em uma revolução bem-sucedida, uma que talvez empurrasse a história na direção de um resultado mais positivo.

A influência dos alemães em Istambul era bem real; eles eram donos de um jornal popular, enquanto a embaixada britânica não possuía ninguém no corpo de funcionários que lesse turco. (Difícil de acreditar, mas verdade.)

Assim como neste livro, os encouraçados alemães *Breslau* e *Goeben* se viram presos no Mediterrâneo no início da guerra. Eles escaparam para Istambul e se tornaram parte da Marinha otomana, com a tripulação e tudo mais. Em troca dos dois navios, os otomanos colocaram o almirante Wilhelm Souchon, comandante do *Goeben*, no controle da frota inteira. No dia 29 de outubro de 1914, o almirante Souchon atacou a Marinha russa sem permissão oficial e arrastou os otomanos para a guerra.

No mundo real, a guerra resultou no fim do Império Otomano, que foi fatiado em vários países, incluindo Turquia, Síria e Líbano. Eu queria criar uma história em que o império permanecesse intacto e Istambul mantivesse sua natureza cosmopolita como um modelo para o resto do mundo.

E sim, você realmente deve chamá-la de Istambul, e não de Constantinopla. Embora a aristocracia otomana tenha usado o nome *Kostantiniyye* por muitos séculos, e muitos ocidentais se apeguem ao nome em histórias e canções, Istambul era um nome mais comum entre seu povo. (Na verdade, a maioria das pessoas apenas a chamava de "a Cidade".) De qualquer forma, o correio turco parou de entregar correspondências marcadas com "Constantinopla" em 1923.

O Expresso do Oriente foi um trem de verdade, é claro, que corria por várias rotas de Paris a Istambul desde 1883. Em seu auge, o Expresso simbolizava tudo que era elegante e aventureiro a respeito de viajar.

No dia 14 de dezembro de 2009, algumas semanas após eu terminar este livro, ele funcionou pela última vez.

Não existe tal coisa como um "canhão Tesla", mas Nicolau Tesla foi um inventor de verdade, famoso por descobrir os princípios básicos do rádio, radar e corrente alternada. Ele passou décadas construindo um assim chamado raio da morte, e, nos anos 1930, Tesla alegou que era capaz de "abater 10 mil aviões a uma distância de 400 quilômetros". Ele ofereceu o aparelho para vários governos, mas ninguém o levou a sério.

Talvez tenha sido uma boa coisa.

Este livro foi composto nas tipologias Caslon Old Face BT e Sohoma Condensed, e impresso em papel Off Set 90g/m² na Markgraph.